卫雨 著

游刃

你是世人的冠军，更是我的少年。

贵州出版集团
贵州人民出版社

图书在版编目（CIP）数据

游刃 / 卫雨著. －－ 贵阳：贵州人民出版社，2020.7
ISBN 978-7-221-15997-7

Ⅰ. ①游… Ⅱ. ①卫… Ⅲ. ①长篇小说－中国－当代 Ⅳ. ① I247.5

中国版本图书馆 CIP 数据核字 (2020) 第 071194 号

游刃 YOUREN

卫雨 著

出版统筹	陈继光
出　　品	黑岩阅读网
总 策 划	龙立新
总 监 制	岳中康　张　领
责任编辑	唐　博
封面设计	殷　舍
出版发行	贵州人民出版社
	（贵阳市观山湖区中天会展城 SOHO 办公区 A 座贵州出版集团 邮编 550081）
印　　刷	黑龙江艺德印刷有限责任公司
开　　本	32 开（880mm × 1230mm）
字　　数	347 千
印　　张	11.75
版　　次	2021 年 7 月第 1 版　2021 年 7 月第 1 次印刷
书　　号	ISBN 978-7-221-15997-7
定　　价	42.00 元

版权所有 盗版必究。举报电话：综合图书编辑一室 0851-86828359
本书如有印装问题，请与印刷厂联系调换。联系电话：0731-82755298

目录

第一章　出租车里再相逢 ················· 1

第二章　不是冤家不聚头 ················· 7

第三章　犹忆当年少年时 ················· 15

第四章　少年少女同翻墙 ················· 22

第五章　冰上一跳惊天地 ················· 27

第六章　回程之路起风波 ················· 34

第七章　吃哪儿补哪儿 ··················· 37

第八章　发现敌情 ······················· 39

第九章　初次交锋 ······················· 41

第十章　义薄云天 ······················· 43

第十一章　危急时刻 ····················· 45

第十二章　百密一疏 ····················· 47

第十三章　继母 ························· 49

第十四章　两个家 ······················· 51

第十五章　冰激凌 ······················· 53

第十六章　生活里的光 ··················· 55

第十七章　地沟油 ······················· 57

第十八章　大神的辅导 ··················· 59

第十九章　重大考验 ····················· 61

第二十章　教练凶猛 ····················· 64

第二十一章　贝尔曼旋转 ················· 66

第二十二章　天才少年 ··················· 69

第二十三章　十七岁生日 ················· 72

-I-

第二十四章　秘密基地 …………………… 74

第二十五章　家　宴 ………………………… 78

第二十六章　风雨将至 ……………………… 83

第二十七章　决　裂 ………………………… 88

第二十八章　冲冠一怒为上仙 ……………… 91

第二十九章　貌似和平的谈判 ……………… 95

第三十章　小表弟 …………………………… 99

第三十一章　精英训练营 …………………… 103

第三十二章　精神支柱 ……………………… 108

第三十三章　举杯少年时 …………………… 112

第三十四章　事发突然 ……………………… 117

第三十五章　两难抉择 ……………………… 121

第三十六章　他的选择 ……………………… 125

第三十七章　在你身边 ……………………… 129

第三十八章　不要为他考虑 ………………… 133

第三十九章　对他好一点 …………………… 137

第四十章　漫长的告别 ……………………… 140

第四十一章　幻想中的霸道总裁 …………… 145

第四十二章　魔鬼念头 ……………………… 149

第四十三章　小松鼠和小兔子 ……………… 153

第四十四章　争　端 ………………………… 157

第四十五章　热血上头 ……………………… 161

第四十六章　将心比心 ……………………… 165

第四十七章　痛 ……………………………… 169

第四十八章　相互心疼 ……………………… 173

第四十九章　成就对方 ……………………… 177

第五十章	进击的实习生	181
第五十一章	十月的《枫》	184
第五十二章	在我身边	187
第五十三章	前仇旧恨	191
第五十四章	商演：短节目对阵自由滑！	194
第五十五章	阴谋阳谋	198
第五十六章	他是刀锋	202
第五十七章	她为刀鞘	206
第五十八章	心　意	210
第五十九章	掉链子型选手	213
第六十章	徐　总	217
第六十一章	弟　弟	220
第六十二章	夜　店	223
第六十三章	设　局	227
第六十四章	蒙　冤	231
第六十五章	公关之战	235
第六十六章	别扭的青少年	239
第六十七章	攻　坚	243
第六十八章	良　心	247
第六十九章	新闻记者的初心	251
第七十章	理性人？	255
第七十一章	发布会	259
第七十二章	伟大的运动员	263
第七十三章	公布女朋友	267
第七十四章	老年粉丝	271
第七十五章	恋爱指导员	275

第七十六章	约会进行时	279
第七十七章	奇怪的小女孩	283
第七十八章	童年留下的痕迹	287
第七十九章	高原特训	291
第八十章	年轻活泼的情敌?	295
第八十一章	灾 情	299
第八十二章	执意解约	303
第八十三章	勇气犹存	307
第八十四章	疑似故人来	312
第八十五章	老朋友	316
第八十六章	何日再相逢	321
第八十七章	父 亲	325
第八十八章	对手的主场	329
第八十九章	化身侦探	336
第九十章	小分队再聚首	340
第九十一章	攻心之战	345
第九十二章	君子小人	349
第九十三章	《我终于失去了你》	353
第九十四章	侠客行	357
第九十五章	永不回头（大结局）	363

第一章　出租车里再相逢

周五的早上兵荒马乱。

明沫起了个大早，今天是她实习的第一天，一定要按时到岗，给领导留下一个好印象。

即将步入崭新阶段的年轻人总是对生活充满了热情，出生二十余年十指也没沾过几次阳春水的明沫，破天荒地给全家人准备了丰盛的早餐。

明爸明妈起床之后果然很高兴，明爸搓着手坐到饭桌边，高兴地问明沫："今天早上吃凉拌茄子？"

明沫："……那其实是煎荷包蛋。"

明爸兴致不减地"哦"了一声，又起一块放到嘴里，闭上眼陶醉地赞美："焦脆可口。"

因为忙着给自己夹刘海卷而迟到了一步的明妈紧随其后，尝了一块后与明爸夫唱妇随："香浓入味。"

明沫在两个人的鼓励下跟着叉了一口……两秒钟后，她开始五味杂陈地思考人生——思考到底把嘴里这块又糊又咸的东西吐到哪儿。

还没等她阻止爸妈，明妈就已经神色如常地吃完了自己的那份，一边抽出纸巾擦嘴一边问明沫："今天就开始工作了吗？"

"今天应该没什么事，"明沫默默把黑暗料理荷包蛋撤掉，换上买好的面包与牛奶，"就是去领一下员工卡什么的，下周一才开始正式工作。"

明妈点点头，又想起来了什么："铭铭今天得去晨星俱乐部考核吧？你记得顺路接他过去。"

陆铭铭是明沫姨妈的宝贝儿子，刚上三年级，但已经是花滑（花样滑冰）领域非常有潜力的苗子。

"铭铭很有希望吧？"明爸在一旁问。

"很有，"明沫点点头，"他原来的教练跟我说过，铭铭的跳跃在同龄人里绝对是最好的一档——不过据说晨星俱乐部只收天才。"

"哎呀！"明妈高兴地说，"我就说我女儿是天才。"

……

晨星俱乐部招收运动员确实只收天才，问题是她是作为一个工作人员进去实习。

匆匆吃完早饭，明沫跟鼓励她的老爹老妈告了别，然后走出了老旧的居民楼。

明沫今年二十一岁，重点大学商务英语专业，辅修金融，人生理想非常简单——好好工作赚大钱。

这其实和她的家庭背景有点矛盾——毕竟她爸妈是那么显而易见的一对活宝，人家爸妈顶多是认同"鼓励式教育"，这两位好像打心眼里坚信自己的女儿是世界第一。

按理说，明沫应该成长为一个蜜罐里泡大、没有压力的年轻女孩，但事实恰恰相反。

每次看到老明陪客户喝酒喝到胃出血，或者看到明妈为了省钱不雇保姆自己下了晚班回家做家务，明沫都恨不得第二天就搬回来一百万现金，让老两口赶紧退休。

于是二十一岁的明沫没有其他梦想，或者说赚钱就是她唯一的梦想。

而体育经纪这个行业现在还在野蛮生长阶段，未来成长的空间或许很大。

为她提供职位的启虹是国内最大的体育经纪公司，声名赫赫的冰上运动俱乐部晨星就是启虹旗下的，练花滑的陆铭铭表弟做梦都想进入晨星。

"也不知道陆小朋友有没有那个天赋。"

明沫默默想着，叹了口气。

大清早的，寄宿小学门口有两个等着家长来接的"小黄帽"。

背后的校园里，其余小朋友还在上课，显然这两位小黄帽是为重要的课外比赛请了假，小黄帽一号拎着琴盒，小黄帽二号身边则放着一个黑色的大运动包。

"果果我跟你说，"小黄帽二号是个包子脸的小男孩，此刻正跟身边的小女孩喋喋不休，"我已经跳出 3T 了，教练都说我是花滑的天才！我今天去晨星的面试如果能成功的话，未来我就会像林少侠一样厉害了！"

"3T"指的是花滑跳跃中的后外点冰三周跳，以小包子脸的年龄，能跳出三周来确实形容一句天才也不为过。

可惜的是他这番撩妹完全是对牛弹琴，身边的小姑娘哪里听得懂什么是3T，她倒是抓住了另一个关键词："林少侠是谁呀？"

"林少侠你都不知道？"小包子脸来劲了，以一种小博士般的腔调开始背诵百度百科，"林展涵是我国最全面的花滑男单选手，世界锦标赛冠军，跳跃滑行表现力全方位无短板，十一岁的时候就在少年赛的自由滑里实现了两个四周跳，因为著名短节目《侠客行》而有了少侠的外号……"

果果及时打断："长得帅吗？"

小包子脸同学显然对这个看脸的世界有点绝望，不过他还是及时调整好了情绪："很帅的，我给你看照片……"

他拿起自己挂在脖子上的小手机，屏幕背景是一个正在冰上旋转的身姿，果果立刻惊呼了一声："好帅！"

本来想在女神面前表现一下自己，结果成功向女神展示了自己男神的小包子脸不知道该喜该悲，就在他情绪复杂之际，突如其来的手机铃声让他的情绪直接落入了低谷——

手机屏幕上显示着联系人的名字——女魔头。

"你妈妈？"果果小声问。

"不是，"小包子脸悲愤道，"是我表姐。"

"你表姐为什么是……女魔头？"

"因为她是我见过的最凶狠、最邪恶的女人，"小包子脸泫然欲泣，同时不忘谨慎地补充，"你可千万别告诉她，不然我死定了。"

果果欲言又止，神情悲悯地看着他。

与此同时，小包子脸发现自己在地上的影子不见了——因为一道更为巨大的黑影笼罩在了他的身后。

小包子脸顿悟了，他悲壮地闭上眼睛："果果，就此别过，壮士一去兮不复返……"

下一秒，他被拎了起来，明沫笑笑："走了。"

然后她友好地冲果果笑了笑："明天见。"

明沫一手裹挟着小包子脸，一手拎起装着冰鞋的运动包，袅袅婷婷地转身离去,她和小包子脸的背影一起消失在夏日的浓荫里,看上去非常其乐融融……

十秒钟后,果果听到远方传来了陆铭铭同学的悲惨呼声:

"姐!我错了!我再也不敢了!"

十分钟后,在结束了对"暴躁老姐,在线打屁股"这一亲情项目的沉浸式体验后,陆铭铭小朋友抽抽搭搭地跟着明沫一起在路边等车。

此时恰好是早高峰,一辆一辆的出租车从他们身边经过,全都载了客,明沫的额头上渗出细密的汗来,她和陆铭铭打闹归打闹,事实上她可能比陆铭铭本人都要紧张这次考核,自己迟到了也就算了,千万别耽误了陆铭铭。

就在这时,一辆出租车停在了旁边,司机师傅摇下车窗,在后面车子的鸣笛声里亮出大嗓门:"是去晨星吗?"

陆铭铭眨眨眼睛:"欸,你怎么会知道?"

"后面这客人说的,他说你背的这包是装冰鞋专用的。"

明沫的肩上此刻扛着陆铭铭的运动包。

"赶紧的,上不上来啊?顺路。"司机师傅也是个暴脾气,"我本来不想停的,你谢谢后头这客人吧。"

明沫这才朝后排看去,窗玻璃挡上了看不清具体的,只能依稀看到后排有个男生贴着车门坐着,戴着黑色的口罩,棒球帽的帽檐压得很低。

时间紧迫,明沫忙不迭地拉开车门:"谢谢啊……"

男生淡淡道:"没事。"

一把清清冷冷的嗓子,尾音有一点沙哑,听上去既舒服又有辨识度。

明沫猛地愣住了,整个人卡壳在了车门旁边。

这声音"化了灰"她都听得出来是谁。

那一瞬间明沫感觉到,大脑被分割成了好几个板块,有些地方跟放映机似的不停把陈芝麻烂谷子的事在她脑海里重播,有些地方跟警笛似的鸣叫着提醒她再不上车就迟到了,还有些……

可惜陆铭铭小朋友没有给表姐"还有些"的机会,急不可耐的他直接临门一撞:"快!快进去!"

于是死机了的明沫直挺挺地摔进了后座,摔了个人仰马翻。

那一瞬间明沫的脑海里甚至莫名其妙地写出了一首即兴现代小诗——
我想过很多次如何与你再相逢
或许以眼泪或许以沉默
或许在夕阳里或许在大雨中
但一定不是像现在这般
让我的门牙
磕到你的膝盖上
……

事故的罪魁祸首陆铭铭并没有察觉到发生了一起男性乘客膝盖受伤、女性乘客口腔受伤的惨烈事故，他飞快地拉开前门坐进了副驾驶，小手很有气势地一挥："出发！"

明沫避开男孩来扶自己的手，艰难地从对方腿上爬了起来。

对方淡淡地说："你还好吗？"

明沫："……牙还在。"

对方点了点头，说："你应该过得还好。"

明沫狐疑地看着他，问道："怎么看出来的。"

对方平静道："胖了。"

这种三句话以内一定把天聊死的本领和四年前真是一模一样。

明沫把头一偏，看向窗外，决定就当他是个陌生人，好歹忍过这二十分钟的车程。

然而天生扫把星的陆铭铭小朋友这个时候不知道为什么又上线了。

陆小朋友原本跟着司机师傅放的上嗨金曲摇头晃脑，结果电台频道一转，变成了一个普及女性安全的线上讲座，陆铭铭听了两句后，不知道哪根弦搭错了，突然生出一点警觉来，他回过头来，非常严肃地跟男孩说："我警告你，虽然我姐在美女里算是丑的，但你也要注意一点，不要有什么非分举动。"

明沫无奈地一笑。

"对了，"陆铭铭突然想了起来，"你和我们顺路，那你也是去晨星？"

"我今天在晨星比赛，"陆铭铭以武侠电影中的夸张姿势一指自己

—5—

的鼻子,"看在你让我们搭车的分上,我邀请你来看我表演,你到时候不要太被我震撼到。"

男孩点点头,道:"一定看。"

陆铭铭心满意足地坐正了,明沫在后面默默地为他点了一根蜡。

陆小朋友……根本不知道自己在跟谁说话。

二十分钟的车程很快结束了,明沫掏出钱包要抢着结账,才知道男孩上车前就已经扫码付过了,只得作罢。陆铭铭看着男孩一路上都没有骚扰表姐,认为自己是保卫了女性安全的功臣,美滋滋地和明沫一起向俱乐部里走去……

十秒钟后,陆铭铭呆住了。

冰场中间立着考核的宣传板,四五个小朋友和他们的家长已经等候在了一边。

而旁边的评委席上,教练们也都已经坐好了,只有中间的位子是空着的。

然后陆铭铭就眼睁睁地看到刚刚和他们同车的那个男生一路走了过去,坐在了那个空位上。

他摘掉帽子和口罩,拨了一下被压下去的头发,露出一张醒目的面孔来。

欧洲人的轮廓,亚洲人的五官,气质清冷凛冽,往那里一坐,似乎就有无形的追光跟着打了过去,聚焦在他身上。

"我的天啊,"陆铭铭小朋友双手捧住包子脸,年幼的内心第一次被命运的无常震惊到了,"那……那是……"

他的偶像。

世界锦标赛冠军,被称为中国花滑界最快升起、也最快陨落的巨星。

林展涵。

第二章　不是冤家不聚头

中国花滑界最快升起、也最快陨落的巨星。

最快升起无需解释，而最快陨落，则指的是林展涵在一举得到世锦赛冠军、被所有人所期待时，遇到了鲜有运动员能够克服的伤病——跟腱断裂。

这种致命性的损伤足以让运动员的整个生涯折戟沉沙，不出所料，六个月后，林展涵宣布退出国家队。

璀璨巨星就此陨落。

陆小朋友原地愣神了五秒钟后，刚刚义正词严警告林展涵对姐姐不要有非分之想的他仰起头，看向明沫。

"形势危急，"陆铭铭作慷慨悲歌状，"姐姐能否为了我的前途，施展美人计？"

"不能，"明沫干脆利落地揪着他转了个身，"你自求多福。"

陆小朋友悲愤又忐忑地换鞋去了。

楼上就是启虹的公司总部，明沫上楼把该办的手续办好，领好了员工卡下来之后，距离考核开始还有点时间。

她脖子上挂着员工卡，一下来就被一个挺着大肚子的中年男人叫住了："欸，新来的实习生是吧？"

明沫点点头，看了一眼男人的胸牌——袁冬。

袁冬看来是启虹内部的某个领导，他伸出胖胖的手指点点远处："你站到那儿去，维持一下纪律，别让家长什么的越过线，以及那边的评委如果水喝完了，你帮忙拿下新的。"

明沫转头一看，那位置就在林展涵边上。

不敢违抗上司命令，明沫端着一张云淡风轻的脸走了过去。

好在考核很快就开始了。

晨星俱乐部这次考核的规模并不大，一共四五个孩子而已，都是全国各个俱乐部推上来的好苗子。

只要能通过这次考核，孩子们就能进入晨星进行训练。晨星俱乐部背后是财力雄厚的体育公司启虹，抛开晨星优秀的教练团队和硬件设施不谈，启虹成熟的经纪模式会定期为这些小会员们安排一些能够获得收入的演出和活动。

要知道，花滑的训练费用是十分不菲的，光靠家庭的财力支撑不了几年，启虹的商业模式能够为这些花滑选手们的父母减少很大一部分经济压力，因此进入晨星俱乐部的名额也就特别珍贵。

一个个孩子轮番上场，明沫听到教练们在小声议论。

"刚刚那个女孩我觉得稳了，这么小的年纪能转出完整的贝尔曼，再练一段时间加强一下跳跃，我看就能往国家队里送了。"教练甲说。

"男单这边倒是没什么全面的选手，"教练乙叹口气，"第一个小男孩滑行和表现力都挺难得的，结果两次点冰跳全摔了，后头那个高度还要更惨点，都快贴地走了，也不知道为什么这一届的跳跃差成这样儿。"

"哎呀，这不年龄还小嘛，练一练还是有机会的，"教练甲拍拍教练乙的肩膀，"你当是个人都能有林展涵那个天分哪。"

"快别提林展涵了，一提他我这心里就痛。"

明沫大声清了清嗓子。

两个教练祸从口出，说完才想起来平时只能在电视里看到的林展涵此刻就坐在他们旁边，顿时尴尬得不行。

明沫偷偷瞥了一眼林展涵。

从她的角度只能看到林展涵的侧脸。

仍然是令人羡慕的白皮肤，高鼻梁，神色淡漠，似乎没有听到教练们在说什么。

明沫感觉自己内心深处的某个空洞无声地疼痛了一下。

不过由不得她考虑太多，因为下一个上场的是陆铭铭。

教练们都已经有点疲惫了，这一届参加考核的孩子水平普遍不高，弄得他们很是意兴阑珊，此时此刻都有点倦怠，除了林展涵仍然腰背挺得笔直、一直注视着场上以外，剩下几个纷纷伸起了懒腰，甚至有的还打起了哈欠——

一分钟后，所有的哈欠断在了喉咙里，换成了一声惊呼。

"我的天！看这小孩！"

明沫的唇角无声无息地弯了起来，她望向陆铭铭，悄悄冲他比了个大拇指。

陆铭铭的小包子脸上绽放出一个大大的笑容，朝着场外的观众们示意，小朋友的得意之情溢于言表。

明沫跟着笑起来。

她倒是不担心陆铭铭，这个表弟只在她面前是个小尿包，其余时候都阳光自信得不得了，从小在姨妈姨父的精心喂养下培养出了一副倍儿棒的身子骨，体能没得说。

明沫听陆铭铭之前的教练说过："这小子的滑行只能算中流，但跳跃在同年龄档里绝对是顶尖水平。"

尤其是男生普遍发育晚，一般年纪大些才能有高难度的跳跃。在刚刚几个小男孩普遍跳跃不行的情况下，陆铭铭直接贡献出了一个三周后内点冰跳和一个三周勾手跳，说是惊艳全场也不为过。

然而就在场外一片欢腾、教练们纷纷鼓掌的情况下，一个声音突然传了出来。

"Flutz。"

那个声音清清冷冷的，尾音又带着一点哑，非常具有辨识度。音量明明不大，但是不知道为什么，它所过之处，空气诡异地安静了下来。

教练们互相对视一眼，一起悄悄看向了评委席的正中，神色都有点尴尬。

林展涵坐在那里，手里拿着笔，他面前的白纸上是他给每一个孩子做的笔记。

眼看着陆铭铭小包子脸上的得意笑容变得有点黯然，明沫突然开口道："什么是Flutz？"

气氛中突然弥漫了诡异的火药味，旁边一个工作人员刚刚是负责给陆铭铭签到的，知道明沫是陆铭铭的家长，以为明沫觉得被冒犯了，赶紧道："就是一个术语……"

可惜热心的工作人员话还没说完，那一边就续上了。

"Flip jumps，是后内点冰跳；Lutz jump，勾手跳。"林展涵转过头来看向明沫，他的声音仍然很冷，然而不知道为什么，稳稳当当的叙述里竟然冷得让人有点舒服，可能是因为声音里带着不容置疑的专业性，"以逆时针选手为例，起跳上前者用的是左后内刃，后者用的是左后外刃。"

他淡淡地说：「Flutz 意味着错用刃，两个跳混了。"

陆铭铭在场上呆滞了，底下的教练也都有点讪讪，他们也都看出来错刃了，但是 Flip 和 Lutz 本来就非常难区别，很多运动员都是跳得好这个跳不好那个，陆铭铭年龄还小，能跳出来就非常不易，其余的事情可以以后再纠正。

明沫垂下头，小声咕哝："动作好看不就得了，盯着鞋看干什么。"

林展涵冷笑："这话你对裁判说去。"

"我提醒你，"明沫突然抬起头看向林展涵，"如果你因为我的原因迁怒我弟弟，那你就是史上最不公正的评委！体育史因为你这种人蒙羞！"

教练们一脸疑惑。

气氛好像有点不对头？

林展涵继续冷笑："你以为我像你一样吗？"

陆铭铭小朋友终于回过神来，结结巴巴地问："你……你们认识？"

林展涵回过头来，这位高不可攀的世界冠军冲着自己的迷弟露出一个微笑："何止是认识，你小时候我还抱过你。"

陆铭铭目瞪口呆，捂着他的包子脸在风中凌乱。

这都什么事儿啊。

一个小时后……

本年度的考核比赛已经圆满结束，几家欢喜几家愁——不过陆铭铭小朋友还算是不太愁。

林展涵亲手把进入晨星的资格证交给了他："三个月之内，错刃改不过来的话就用你打狗。"

明沫反应了半天才明白林展涵这是说陆铭铭的脸像肉包子。

啧啧，这一位的中文还是那么一言难尽。

陆铭铭是不愁了，愁的是他姐。

贵宾接待室里，明沫铁青着脸问林展涵："贵宾您喝什么？"

"冻顶乌龙。"

游刃

"没有,"明沫扔给林展涵一瓶矿泉水,"请您凑合。"

林展涵拧开矿泉水,突然笑了:"你不会实习第一天就想辞职吧?"

"正有此意。"

"为了躲我还丢份工作,不值当。"林展涵喝了一口矿泉水,淡淡道。

"……我没躲你,"明沫说,"减少交集对咱俩都好。"

林展涵点点头,不置可否。

两人这边还没掰扯明白呢,门突然开了,大肚子的袁冬走了进来。

传说袁冬可以一晚上去三场酒局,啤酒肚就是这么喝出来的,不过也喝出了启虹快一半的业务线,是体育经纪界元老级的人物。

"林先生,"袁冬笑着往沙发上一坐,"首先要感谢您对晨星俱乐部的信任,我们一定为您量身制定规划,实现共赢。"

明沫默默站在一边。

林展涵退出国家队之后转为了职业选手,签约启虹经纪,既在晨星俱乐部担任教练,也会在启虹的策划下接一些商业表演。

明沫觉得那种心痛的感觉似乎又回来了。

她不是很想看林展涵继续和袁冬谈条款,于是找了个由头,悄悄出去了。

屋子里只剩下袁冬和林展涵。

其实如果明沫刚刚足够专注的话,她就会听出袁冬对林展涵的语气不完全是友好的。

"之前林先生在国家队的时候我登门拜访过,"袁冬冲林展涵笑了笑,"那个时候的林先生,可是相当不好合作呢。"

岂止是不好合作,当时的林展涵孤傲冷漠,对这种上门要求商业合作的人甩都不甩一眼。

袁冬想在林展涵脸上看到尴尬或者屈辱,但是都没有,林展涵似乎永远能够很好地控制自己的面部表情,他淡淡地笑了笑:"多有冒犯了。"

袁冬的铁拳打到了一团不卑不亢的棉花上,于是心下也有几分没趣,左右他并不想真的得罪林展涵。

体育经纪的路线其实也并不是很宽,毕竟体育明星除了一些商业表演外并没有太多合适的资源,而体育表演和电影、演唱会这些大众的娱

-11-

乐产品一比又显得太过小众了，盈利总是有限。

然而林展涵不一样，他最大的优势其实非常简单——长得好。

袁冬也是见过不少当红小生的，平心而论，林展涵的脸上妆之后完全不输他们，而且花滑多年来塑造了他特有的气质，林展涵在镜头面前的形象非常好，堪称行走的画报。

早在国家队的时候，林展涵就因为这个优势有了相当大的粉丝基础。这意味着他的路线可以很宽，种种资源在他身上都能被消化掉。

袁冬有心杀杀林展涵的威风，但也不想从根本上得罪这棵未来的摇钱树。

"那么合同条款林先生过目一下，如果有什么额外的要求可以再和我提，"袁冬想了想，补充道，"另外特别说明一下，我们会为每位选手配好专门的经纪人，虽然我是林先生的主要策划人，但是执行上的事不是我管，由经纪人为您包办。"

林展涵签字的手突然停了下来："那么我的经纪人是谁？"

"叫李箫，是我第一个带的徒弟……"

林展涵停笔了，他看了看合同，自己的名字才签了一半。

他抬起头来，冲袁冬淡淡地笑了一下："您刚才说，有什么额外要求可以再提的，对吧？"

明沫从卫生间出来的时候被袁冬找上了。

"拿着。"

"什么？"

"这是专用的联系手机，不能关机，确保选手和我呼叫你的时候你能被第一时间联系到，"袁冬说，"还有这个，是电话册，里面包括了司机、营养师和各大机构的联系方式，你等会儿自己录入到手机里，然后你等一下来我办公室领策划案……"

明沫满脸疑惑。

实习生不是应该先从打杂开始干起吗？怎么感觉自己一上来就被交付了很重要的工作？

然后她低头看了一眼专用手机，立刻呆住了——

联系人的第一栏里写着三个清晰的大字——林展涵。

-12-

"不是不是，"明沫抓住袁冬，"袁老师，我这是成为选手的经纪人了吗？"

袁冬以一种"这是什么笨蛋问题"的不耐烦表情点了点头。

"可是可是，"明沫崩溃，"这是我上班的第一天啊！"

"第一天怎么了？"袁冬转身就要走，"新人也要勇敢承担责任。"

"不……不……不……"明沫把袁冬又拦了回来，"但是这不合规矩吧，袁老师？其他更有经验的同事怎么想？"

袁冬有点欣慰地看了明沫一眼，觉得这新来的小姑娘情商居然很不错。

"是，林展涵的项目确实都比较重要，也有很多人想做，直接交给你的话会让有些老员工有点妒忌，这都是正常的。"

明沫松了一口气："那么……"

"不过这是林展涵自己提出来的，所以大家其实也并不能有什么异议，"袁冬拍拍明沫的肩膀，"放心，不会树敌的——就算树了又怎么样？好好干，用你的实力向他们证明你担得起这个岗位！"

明沫快要哭了。

说好的减少交集对彼此都好呢？

明沫抱着一大堆东西站在原地，然后她看到林展涵从会议室里走了出来。

他走到了自己的面前。

明沫抬头看向他，林展涵的眼睛很清澈，和四年前一模一样。

明沫甚至觉得他和四年前相比，所有的地方都没有变化。

然而似乎又真的变了很多，变成了完全不同的人，不同到让她觉得有点陌生。

明沫在愣神的时候，听到林展涵用极低极轻的声音说了一句：

"你都没有问问我过得好不好。"

那一瞬间，坚冰崩裂，一个孤独冷漠但又揣着柔软内心的少年似乎又站在了明沫的面前。

但是当明沫回过神来的时候，坚冰已经重铸，林展涵似乎恢复了他的清冷疏离。

"多多指教。"

他对明沫点了点头,然后转身消失在晨星俱乐部涌动的人流里。

明沫突然意识到,林展涵还是变了,也许是因为伤病,也许是因为岁月,他那身斩断一切的刀锋般的气质被层层叠叠地掩埋了起来——起码在四年前,他绝不会用这种虚无的客气词汇来掩饰自己真正想说的话。

那时候他说什么来着"明沫,我绝不回头。"

刀锋般的少年终于被这个世界反伤,他也许会变得圆润,变得精致。

明沫抱着包靠在了墙壁上。

她用只有自己能听见的声音轻轻道:"真想再见一见当年的你。"

第三章　犹忆当年少年时

如果一切还能回到当年。

当年的花滑界潜力新人陆铭铭还是个话都说不利索的萌娃，而当年的明沫也只有十六岁，正在自习课上悄悄叨咕她的小生意。

"去跟二班的课代表说，只要她那边交上来的样文没有任何拼写语法错误，这次利润就再多分她百分之五。"明沫回过身去，小声跟后排的任志宁说。

任志宁是个竹竿身材的男生，不知是没变声还是天生如此，声音比别的男生要细很多，乍一听像是女生说话："不会赔本吗？你利润率本来就不高啊。"

"不会，"明沫噼里啪啦按完计算器，"这样我就省得找人校对了，校对也是成本啊！"

俗话说得好，三岁看大七岁看老，十六岁的高中生明沫就已经掉到了钱眼里。

她从自己的短项——英语作文里，发掘了一项商机。

要想作文得高分，肯定就不能通篇全用低级词汇，一说到观点就是"I think"，一说到好处就是"It's very good"，但对于平时没积累的学生而言，高级词汇的运用也很难，靠查词典的话很有可能出现大词小用的情况，偷鸡不成蚀把米。

于是明沫联系了各班的英语课代表——每次从老师那儿把英语周记抱回来之后，找评分最高的几篇打到电脑里，她汇总起来，在学校后门的打印店里以批发价打出来，然后卖给需要的学生。

当然，这些写出范文的尖子生也会收到相应的酬劳。

任志宁还要跟明沫说点什么，突然吓得闭嘴了，可怜巴巴地往旁边缩了缩。

与此同时是篮球哐的一声砸到桌子上的声音，一个声音在明沫背后响起来："喂，你又越界了。"

明沫不用回头也知道这是任志宁的同桌李泽逃课打篮球回来了。

以李泽为首的一班男生们一个赛一个的龙精虎猛，一下课就一窝蜂拥向篮球足球场，所以瘦弱的任志宁一直融不进主流男生群体，一是他本身也更喜欢和女生们聊聊时尚杂志和情感话题，二是李泽他们对这种的妇女之友也极尽鄙夷。

李泽和任志宁是同桌，几乎把任志宁挤到了角落里，当任志宁为了和明沫说话稍微越过界一点的时候，李泽一找到由头，就会开足了马力欺负他。

明沫瞪了李泽一眼，但是有点无可奈何，毕竟各种班级活动上任志宁还是会被分到男生那边，她就算现在和李泽对吵，到时候也护不住任志宁。

"欸，这一期的英语作文集应该印好了，"明沫只能曲线救国，"小任和我一起去搬吧。"

其实并不需要出动两个人，不过起码能暂时让小任脱离李泽的怒火射程范围也好。

明沫拉着小任噔噔噔地顺着走廊这一侧的楼梯跑了下去，并不知道走廊那一边的尽头里，黑发白衣、满脸冷淡的少年正被父亲和老师领上来。

"这就是我们学校目前的情况，"带着父子俩参观完学校的女老师笑着指指一班的方向，"林展涵同学会进入高二一班学习，一班是理科重点班，带班的老师都非常有经验，我们要不要现在去见一下班主任？"

一旁的男人像是从商务杂志里走出来的一样，非常标准的精英风范，他看了一眼身边的儿子。

少年漆黑的瞳仁里充满了淡漠，就差没把"抵触"两个大字写到脑门上了。

男人不动声色地回过头来冲老师笑笑："您辛苦了，我和孩子聊聊，然后再去办公室找您。"

打发走女老师后，男人面向少年："已经同意你继续去冰场了，还不知足吗？"

林展涵看着楼梯的尽头，良久才开口，说的是一口流利的美式英文。

"中国国内普高的课程安排我已经做了调查，这种情况下我根本不能保证训练量，适合我的是专门的体校，"林展涵面无表情地说，怒气全隐在眉心深处,"要保证水平的话我一周至少要上九节专业课,这还只包括上冰,陆上的体能训练也必须跟进。"

男人保持着风度,静静地听着,一时间没有说话。

这小子从美国回来还不到半年,稍微长一点复杂一点的句子就只能用英文说。

"你答应过我的,回国去体校……"林展涵加重了咬字。

"展涵。"男人打断他,说的是一口非常体面的普通话,只不过语速缓慢,似乎是为了照顾儿子的中文听力水平,"你不是真想做运动员吧?爸爸理解你的兴趣,运动是好事啊,爸爸也经常去打高尔夫。"

少年黑色的瞳仁彻底地冷了下来,他预感到男人要说什么了。

男人语气平稳地开导道:"但是喜欢不意味着要去当运动员,对吧?"

"怎么能去体校呢?那是读书读不通的傻小子们才去的地方——别人如果问我,我儿子在哪儿读书,我一回答是体校,人家表面上不说什么,心里总归是瞧不上的。就连小珏那样读不懂书的料子,我也给送到私立中学里去了,咱家的孩子总归得要个体面。"男人循循善诱,"何况你应该也知道,运动员是干不了几年的,退役了之后拿什么挣钱?"

男人见林展涵不说话,以为自己的教导起作用了,他乘胜追击,凑近一步,低声道:"小珏是个没脑子的,我那些业务就算留给他,他也能都给我做砸了……这些事情你不要担心,你是我大儿子,我该留的家业肯定一分不少地留给你。"

林展涵深吸了一口气,他最后看了一眼男人,黑眸如同冰封。

"All is about the money.(一切都为了钱)"他冷笑起来,微微摇头,"Such a fool.(这个傻瓜)"

下一秒,他不等男人回应,转身就走。

他的身后传来男人恼羞成怒的声音:"你想读不想读都得在这儿,别忘了你现在的监护人是我!"

林展涵的胸口激烈地起伏着,他头也不回,一路顺着楼梯往下走。

钱钱钱,都是钱。

十六岁的林展涵清高到浑身上下每一个毛孔都不染尘埃,觉得这世上只知道赚钱的人蠢和坏至少占了一样,然而就在他顺着楼梯往下走的时候,二楼公共教室的志愿指导讲座通过"小蜜蜂"扩音器往他耳朵里钻。

"计算机起点工资高啊……"

"金融待遇好……"

林展涵面无表情地想:"我就是要滑冰。"

在冰面上跳起来的那一瞬,腿上的肌肉将爆发力发挥到极点,腰背发力在空中扭转,整个身体既在剧烈的转速中,又仿佛沦入了一个纯净的空境。

林展涵的脑海沉浸在了对花滑的回忆里,再加上怒气使他下楼的速度异常迅捷,等发现前面有人的时候已经晚了……

哗啦一声响,他直接撞上了对面的女孩,刚打印好的东西散落一地。

林展涵愣了一下,赶紧蹲下身帮女孩把册子捡了起来。

他冰封一样的脸上难得地出现了一点歉意:"Sorry(抱歉)……"

然而明沫的注意力并不在这儿,上上下下打量了一遍林展涵,她发现这人好像之前从来没在学校里见过,不过这一切并没有妨碍到少女的商业头脑。

只见明沫立刻绽放八颗牙齿的客服笑容,热情洋溢地说:"帅哥!买英语作文集吗?收录一中实验班各位大神的高分作文,质量很有保证!一本只要9块9!"

林展涵沉默以对。

刚刚还要绅士道歉的陌生帅哥一秒恢复了冰山脸,面无表情地走了。

"All is about the money.(一切都为了钱)"林展涵把丈二和尚摸不着头脑的少女甩在身后,咬牙切齿地想,"Such a fool.(这个傻瓜)"

一想到接下来要成为同学的人都这么蠢,林展涵的心情就更糟糕了,他本来就天生携带生人勿近的冰冷气场,此时简直就是移动的冰雪城堡,谁靠近谁被冻死。

于是明沫再次见到林展涵的时候,见到的是一个要多欠揍就有多欠揍的林展涵。

"给大家介绍一下新同学。"在自习课的尾声,班主任推开门走了进来。

然而大家伸长脖子望了半天,也没瞅见新同学在哪儿。

班主任也是登上了讲台才发现身后的人居然没跟进来,这位慈眉善目的老太太赶紧冲门外招招手:"进来呀。"

啧啧,门都不敢进。

于是大家纷纷产生了心理预期,准备见到一个文静羞涩的新女同学。

……然后林展涵就手插着裤兜走了进来。

一般像他这么个年纪的男生,如果斜挎着包还插个兜,那绝对是标准的又痞气又欠揍的不良少年形象,可惜林展涵被多年的花滑生涯和与之匹配的舞蹈练习塑造出了一副笔直挺拔的身形,哪怕站到垃圾车旁边都显得像是落难王子,痞是痞不起来的。

……于是只剩下了欠揍。

班主任老太太发表了一通欢迎陈词之后,叫新同学也介绍一下自己。

"林展涵。"

大家听到少年淡淡地说了自己的名字。

然后就点了个头,漠然地站在原处。

大家面面相觑了十几秒,这才意识到他这是自我介绍完了。

明沫原本正在算自己今天的收入,听到骚动声才抬头看了一眼,立刻发现这位就是在楼道里撞了自己还黑脸离开的没礼貌大哥。

这是要成为同学了?

啧啧,明沫在心里感叹,她一直是主张和所有人处好关系的——毕竟"和气生财"嘛。但是这一位……恕明沫直言,她还真没啥想和他好好相处建立友爱同学情的愿望。

班主任老太太有心赶紧结束这一尴尬场面,于是指导林展涵:"林展涵同学选个座位吧。"

然后她转向班级众人:"大家为了新同学更好地融入班集体,有点谦让精神。"

一班在林展涵来之前是双数,大家都是按男生和男生、女生和女生坐的。

林展涵看向下面。

莫名其妙地,明沫感到他的目光看向了自己。

不是吧?

—19—

明沫心里一紧，她现在的同桌是尽职尽责的女班长，平时没少放水让她逃自习课去挣钱，她并不想失去这样一位深得民心的姐妹，换一个除了长得帅就只剩长得帅的奇怪陌生男。

没办法，十六岁的明沫就是这样毫不开化。同龄女生的粉红少女心已经汪洋成海了，她这边还是撒哈拉大沙漠。

然而下一秒，林展涵走了下来，径直冲着明沫的方向。

她眼睁睁地看着林展涵越走越近，越走越近……

然后走了过去。

林展涵越过明沫，在明沫的身后站定。

明沫这才意识到她的身后一直没有消停过，李泽霸占着大部分的桌面，旁若无人地哼歌转笔，旁边的小任占着很小的一块地方，可怜巴巴地写着作业。

林展涵用指关节轻轻敲了敲李泽的桌子。

李泽之前一直心不在焉地塞着蓝牙耳机，此刻才意识到新同学走到了自己身边，他呆若木鸡地看向林展涵。

林展涵点了点头，语调冰冷平静："可以吗？"

李泽呆若木鸡地看向班主任老太太。

"啊，林展涵同学想要坐在那里吗？"班主任老太太满面笑容，"那李泽你就搬到前面来好了，刚好讲台前面这块还能再设个单座。"

班主任老太太慈祥的面孔之下露出了一丝狡黠："也方便我更好地督促你学习。"

李泽目瞪口呆地摘下蓝牙耳机，他动作有点大，一颠之下桌子里偷藏的漫画书落了一地。

全班愣了两秒，然后一起哄堂大笑了起来。

李泽本来上课就小动作颇多，因为坐在最后头，难以被观察到，班主任老太太一直没什么理由直接调他去前面，这下好了，李泽名正言顺地进入官方特别关注席位。

大家都忙着对李泽幸灾乐祸，只有明沫悄无声息地用余光默默打量了一下林展涵。

林展涵依旧是面无表情地插着兜站在一边，没人能看出来他有什么想法，似乎这个位子也只是他扫了一眼之后，随随便便决定下来的。

　　李泽收拾好东西，灰溜溜地离开了，林展涵在位子上坐下，小任有点胆怯地看了他一眼，然后把笔袋往自己这边放了放……

　　林展涵停住了他的手，然后把小任的笔袋放到了他俩桌子的交界处。

　　"左边二分之一是我的，右边二分之一是你的。"他淡淡道。

　　然后他抬起眼睛来，黑而冷的瞳仁落在小任的手上，小任立刻紧张了起来——他戴了一个手链。

　　小任是双鱼座，手链是他亲手做的，碎的水钻穿成一条闪闪发光的链子，上面的人鱼图案有着温柔的轮廓。

　　李泽无数次地嘲笑过小任真是比女生更女生了，也是极品。

　　然而林展涵看了一眼，点点头。

　　然后明沫听到他用清冷的声音道："很适合你。"

第四章　少年少女同翻墙

明沫十分气愤。

班级里的每一片座位都会形成一个小小的片区，现在有一位看起来就不怎么好相处的不速之客投入了我区，那我区的全体人士应该同心协力，共同应对。

结果她的亲密伙伴小任第一个背叛投敌了。

就因为林展涵夸了一句他的手链好看。

虽然小任的审美一直得到女生们的夸赞，但是男生那边不把他当成异类的……还真没有。

林展涵对小任来说简直就是天降神兵，不但赶走了一直欺负他的李泽，还给了他充分的尊重和认可，于是接下来的几天，小任简直能把林展涵夸出花来。

明沫对小任的态度表示头疼。

拜托了，这大尾巴狼就是释放一句客气话好不好！咱们能不能不要这么好收买啊！

尤其你看他释放完这么一句之后就再也不理你了。

其实林展涵不仅是不理小任，他谁都不理，经常会有对他好奇的天真少男和被他俊美皮囊所迷惑的无知少女前去向他搭讪，但结果永远是人家说了一大通，林展涵就淡淡点个头。

久而久之，大家都认清了一个现实——林展涵这厮是神仙下凡尘，高冷到了骨子里，懒得理凡夫俗子。

明沫并没有和林上仙结交的欲望，她忙着搞自己新的挣钱业务。

前两天有个初中同学听说了她印作文集的事，表示一中大神们的作文在自己学校的市场上也很畅销，问她能不能每次多印一批，到时候卖完跟她五五分账。

这种举手之劳就能多赚钱的好事，明沫当然不会拒绝，于是她火速印了一摞，约定当晚交接。

一中是寄宿制高中，平时管得很严，没有假条的情况下轻易不会放出校门,也不会允许外校的学生进来,不过这难不倒明沫。

当晚七点,天已经黑了下来,学生们由各班班长带着在教室里自习,明沫悄悄抱着作文集溜了出来。

一切都很顺利——明沫把几块砖在墙边摆好,然后身手敏捷地踩着砖爬上了墙头,她的初中同学已经在外面等着了,明沫愉快地把作文集交给了她,感觉无数钞票已经在自己面前发光。

然而当明沫目送着同学远去,然后准备翻回来的时候才发现问题。

她选的是校园最偏僻的角落,这里由于人迹罕至,路灯坏了一直没修,离教学楼又远,因此在没有光源的时候总是乌漆麻黑的,虽然时间还不到八点,但可见度已经非常低了。

不过由于周围一直没有传来脚步声,说明没人过来,明沫也就放心大胆地往下一跳——

她直接撞到了一个人身上。

明沫往下跳的时候,这个人正在往上爬,简直把动量对冲的原理发挥到了极致,相撞带来的痛感再加上猝不及防的吃惊,使得明沫直接尖叫了一声。

她叫完就后悔了。

远处传来了看门大爷的声音:"什么人!"

完蛋!

明沫想逃,然而大爷的手电光跑得可比她快多了,明沫腿还没迈,人已经被圈在了光圈里,随之而来的是大爷老当益壮的大喝声:"站住!不许动!"

明沫差一点就举起双手做投降状了。

惊恐中带有愤怒的明沫转过头去,打算看看是哪个家伙坏了自己的好事——

下一秒,明沫猛地愣住了。

近在咫尺的地方是一张在手电筒的白光之下无比清晰的面孔,尽管嘴角紧抿神色冷峻,但在强光的照耀以及超近距离的观察之下,明沫承认自己在这一刻明白了什么叫美颜暴击。

可惜这相遇并不怎么美好,五分钟后,明沫和美少年林展涵一起坐在传达室的小沙发上,和大爷大眼瞪小眼。

　　林展涵眉目清冷,面无表情,大有烈士宁死不屈之态,明沫则两股战战,畏首畏尾,看上去下一秒就要卖主求荣。

　　不过不管表面上展现出来了什么气质,这俩人的口径倒是很统一——无论大爷怎么问他俩是哪个班的,他俩都不开口。

　　大爷见他俩死鸭子嘴硬,愈发愤怒,于是把门一锁,决定挨个去问谁家少了熊孩子。

　　随着大爷裤腰带上一大串钥匙所发出的声音渐渐远去,明沫终于和林展涵对视了一眼。

　　"我每次遇上你都没好事,"明沫往后一瘫,仰天长叹,"你是新来的不知道,咱们班主任奶奶来了肯定要求写个两千字的检讨,她是教英语的你知道吧?检讨还得用英文写,你说我作文都写不出来我还写检讨……"

　　正当明沫准备进一步展开长篇累牍的抱怨时,她突然住口了。
　　因为她看到林展涵打开了传达室上方的气窗。
　　怎么着……这难道还要玩越狱?
　　问题是这也没啥可越的啊,传达室里没有能搬动的椅子,沙发和桌子都是固定的,窗沿那么高,不可能踩得上去……天哪。
　　明沫看到林展涵踩了上去。
　　他的手一撑,然后整个腰发力,把自己的身体硬生生地拽了上去,之后抬起了腿,稳准狠地踩上了窗沿。
　　明沫惊呆了。
　　这是什么杂技动作。
　　腰部的肌肉得足够有力量,但是有力量还不够,还得有恐怖的柔韧性。
　　这位不会是个舞蹈特长生吧?
　　不过明沫已经没空想了,因为她看到林展涵站在窗沿上,回头看向了她。
　　她立马忘了刚刚抱怨林展涵的正是自己,连滚带爬地冲了过去,抬起脸求拯救。

游刃

说真的，这位见面就推销的女同学给他留下了一中的第一个坏印象，尤其是还在他翻墙的时候从上面掉下来狠狠砸了他一下——林展涵并不具有"热心肠"这种传统美德，他不是很想管明沫。

不过明沫的眼睛太亮了，林展涵一直和所有人保持距离，并不习惯被这样热切地注视，尤其是那种目光让他想到了什么抬起头要吃的小动物。

于是林展涵犹豫了一下后，小心翼翼地调整了一下姿势，然后一只手扶住窗框，把另一只手伸给了明沫。

明沫愣了一下，然而很快反应过来，握住了林展涵的手。

下一秒，她整个人被提了起来。

明沫震惊了。

林展涵看着并不是力量型的，一班以李泽为首的男生大多块头很大，但是林展涵看上去瘦削而修长，很像是不喜欢运动只会读书的文弱男孩。

然而明沫清晰地感觉到了林展涵浑身肌肉收紧时的力量，握住她的那只手五指修长骨节分明，在闷热的天气里也带着一点点凉意。

明沫还没愣完神，就听到林展涵冷冷的声音："你自己也动一下好不好。"

明沫回过神来，赶紧四肢并用爬上了窗台，两个人前后脚地跳出了传达室。

啊！自由的空气真新鲜！

不过随之而来的一阵声音给明沫警示——大爷回来了！

她赶紧拉一拉林展涵的袖子："还站着干吗？跑啊！"

少年少女如风一般扑出了校园，跑到了大街上，明沫喘了两口气，正打算问林展涵要不要去附近的麦当劳避避风头，结果一抬头，看到林展涵正在……打车？

"你去哪儿？"明沫目瞪口呆。

林展涵看了她一眼，然后淡淡道："训练。"

训练？训什么练？

明沫有点狐疑，她眼睁睁地看着林展涵坐上了一辆出租车，然后绝尘而去。

不过一分钟后,那辆出租车又倒了回来。

林展涵把车窗摇了下来,在夜色中露出一张冰雕般的面孔来:"上车。"

"天已经黑了,"林展涵非常简洁地说,"不安全。"

明沫愣了两秒,然后反应过来了。

林展涵是看她在这里发愣,以为她没有地方去,又觉得天黑了之后一个女生孤身一人会不安全,于是问她要不要跟他一起去。

那一瞬间明沫突然有点明白了,为什么林展涵一共也没跟小任说几句话,但是小任那么喜欢他。

其实去麦当劳躲一会儿的话应该也没什么安全问题……但是鬼使神差地,明沫拉开车门,坐了进去。

出租车轰然起动,明沫突然有了一种奇怪的感觉,她并不知道林展涵要去哪儿,然而这一刻她感觉自己就像是乘上了午夜的南瓜车,在夜色中义无反顾地开启一趟奇幻之旅。

而彼时的明沫并不知道,旅途的尽头将是一个冰雪纯白的世界。

而她和林展涵,注定要在那个世界里度过无数只属于他们的青春。

第五章　冰上一跳惊天地

　　经过在出租车上艰涩的交流，明沫可算是搞明白了一件事——敢情林展涵是要去冰场溜冰。

　　明沫平时不怎么爱看体育节目，一听到这个，脑海里立刻浮现出来的是春节逛庙会时候的保留节目——小孩们全都穿着臃肿成球的花棉袄，手里举着没吃完的糖葫芦，坐在一个木制板凳上，小腿一蹬就在冰面上以龟速滑行出一小段距离来，还不忘对旁边举着相机的父母露出一个傻笑。

　　怎么想怎么觉得这种喜庆傻气的活动都和旁边这位移动的人形冰雕有点违和。

　　不过明沫毕竟也才十六岁，对新鲜的东西还是保持着十足的兴趣，反正已经来了，她不介意去围观一下林展涵怎么坐在小木板凳上傻笑。

　　到了地方之后，明沫先去买了瓶水，结果等她晚一步走进冰场时，就看到林展涵正在和看冰场的老头儿剑拔弩张。

　　明沫简直怀疑这位大爷和她们学校门口传达室的大爷是一对兄弟，二人都以守住一块地盘为生，后者不让人出去，前者不放人进来。

　　"不营业了！"大爷呼出两道白气，"对外开放的时间是下午一点到六点半，下回早点来！"

　　明沫不用想也知道这个时间段林展涵长了翅膀也飞不出学校。

　　林展涵低声道："不能通融一下吗？可以额外付您费用。"

　　"这不是钱的事！"老头儿大声说，"这是规矩！"

　　眼看着就要无功而返，明沫一想自己来都来了，索性也替林展涵努把力。

　　"大爷，这确实不是钱的事，"明沫走上前去，"这是梦想和热爱。"

　　林展涵偏过头来看了明沫一眼，明沫在心里翻了个白眼——天知道她为啥要把林上仙翘课溜冰这种事说得这么高大上，但为了能让老头儿放行，她也顾不得那么多了。

　　明沫上前一步，她其实个子很小，鹅蛋一样的小圆脸，偏偏眼睛很大，不眨眼看人的时候总是显得非常可爱和真诚。

"我们老师白天不放人，要上课考试，实在是出不来，只有晚上才有时间——我们学校离这里好远，我们坐了好久的车才过来。"明沫说，"大爷您也不容易，大概是白天还有别的差事，不然谁愿意上夜班呢？"

"他真的很喜欢滑冰。"明沫调动着自己的情绪，让演讲的气氛一路走高，她绞尽脑汁地思考着一个震撼人心的结束语，最终被她想到了——

"有着在冰上死而无憾的心。"

明沫注意到林展涵突然转过头来，几乎是有点震惊地看着她，黑眸里的冰几乎要震碎开来。

是吧——明沫默默捂脸想道——不用震惊，我也觉得我有点太能扯了。

不过黑猫白猫抓到耗子就是好猫，明沫的苦情演说加上林展涵愿意付双倍场地费，大爷最终把两人放了进去。

明沫注意到林展涵掏出了一个系着号码的钥匙——她刚刚还心想林展涵就这么空手来了怎么滑冰，现在看来，林展涵是早把东西寄存在了冰场内部的储物柜里。

林展涵去换衣服加热身了，明沫一个人走走晃晃地在冰场里看看这儿看看那儿，在她的新奇感就要消退的时候，她听到背后传来了一声轻响——

林展涵滑进了冰场。

明沫意识到这和她想象中的小木板凳差距有点大。

并不是林展涵在平时生活里就不帅不富有魅力，但他有点太清冷了，有时候你甚至会觉得他是一尊没什么活气的精致蜡像。

但是此时此刻一切都变得完全不同，林展涵动起来了。

就像是白鸥擦着无边的海面展开了双翼。

他膝盖一动，肩膀随之摆动，整个人轻飘飘地过了半场，明沫不懂花滑的步法，但是仍然能看得出他的滑的方式一直在变，在悠悠绕着冰场转了一圈之后，林展涵以一个后压步接双足直立转收尾。

林展涵深吸了一口气，然后再次加速。

左前外刃三字步进跳跃，他一点速都没有减，整个人在滑行速度的加持下直接凌空而起——

后内接环三周跳!

在之后的时光中,明沫看过很多次花滑表演,看到过更多的三周跳甚至四周跳。

但是再没有任何一次跳跃给她的震撼比林展涵第一次在她面前跳出的这个后内接环三周跳更大。

那一刻人体在高速运动中展现出来的强大生命力和美感,根本不是镜头可以捕捉和描摹的,明沫可以看到昏暗的光线下,少年的发丝在空中打旋,灯影投在他的身上,每一个细节都完美到不真实。

感觉上似乎定格了很久,但事实上只有短短一瞬间,林展涵结束旋转,落地滑出。

明沫说不出话来。

林展涵停下了滑行,在原地站了一会儿,然后做了一个明沫完全没有想到的动作——

他蹲下身,躺在了冰面上。

这是怎么了?不舒服?明沫大惊,不顾冰面有多滑,小心翼翼地跑到林展涵身边,刚要开口问他怎么了,然而下一秒却突然把话咽了下去。

她看到林展涵平静地注视着天花板,胸口在刚刚的运动之后激烈地一起一伏。

明沫蹲下身去,她听到林展涵低声说:"你说的没错。"清冷的声音在冰场上回响:"我有在冰上死而无憾的心。"

回去之后,明沫并没有把当晚的事情跟任何人说。

就像灰姑娘并不会把自己遇到仙女婆婆乘上南瓜马车换上水晶鞋的故事分享给她的后妈和两个姐姐,和林展涵去冰场的经历对于明沫枯燥的高中生活而言是一段近乎奇幻的旅程,每次看到林展涵面无表情地坐在最后一排的时候她都有种隐而不宣的快乐——

啧,我可是唯一知道这位上仙真实面貌的人。

不过林展涵对明沫的态度倒是没怎么好转,依然是端着一副漠然的"我们不熟,我也并没有兴趣和你变熟"的姿态。

也不单是针对明沫,他对谁都是那个用细微点头应付一切的样子。

哼,多大点年纪,就恃才傲物。

明沫对此嗤之以鼻。

还没等她嗤之以鼻完,小任的声音就惊动了她:"沫沫,李奶奶叫你去面批作文。"

李奶奶就是一班的班主任老太太,教英语,退休之后返聘,非常富有教学经验。她人很慈祥,从来不高声吼骂犯错的学生——但是她另有独门神功,名曰"李奶奶与你喝茶聊天"。

明沫和林展涵上次逃自习的事还是被她发现了,于是明沫就这样荣幸地成为了李奶奶的座上宾,一边抱着李奶奶给她倒的铁观音,一边听李奶奶讲话。

李奶奶从她们这一辈人想要获得知识有多么不易的血泪求学之路开始讲起,其间引述了无数古今中外的名人名言和励志故事,又讲到二十一世纪是知识为王的时代,年轻人少小离家老大回,不可学啥啥不会。

魔音穿脑,余音绕梁。

之后的三天明沫见到李奶奶腿都打哆嗦。

不过令她奇怪的是,林展涵也被叫去喝了茶,但这位哥的心理素质好像非常好,喝茶喝了三个小时后,回来面不改色心不跳的,令明沫非常佩服。

此刻虽然不是去喝茶,只是去改作文,但明沫还是心生敬畏,以参见老佛爷的心态恭敬前往。

很奇怪的,尽管印了无数次的英语作文集,明沫自己的作文成绩倒一直没什么好转的迹象,仍然处于一个不上不下的水平。

这一次,明沫又坐在李奶奶身边,看她用红笔在卷面上勾勾涂涂,结果看着看着突然被另一样东西吸走了注意力——是全班人上一周摸底考试的成绩统计单。

其中林展涵因为是转校生,所以名字排在最后一个,明沫很快就看到了他的成绩,然后吓了一跳。

论总分,林展涵其实也就排在一个中游甚至偏下游的水平——但是单科就很戏剧化了。

他的数理化生都有一个很不错的分数,物理尤其高,和班上参加物理竞赛的男生们是一个水平。

可怕的是他的英语——差点满分。

要知道一中的英语考试并不是高考难度,为了在平时测验中拉开差距,让学生展现真正的英语素养,一中的英语考试用"渡劫"来形容也不为过,一百五十分的满分,能上一百的都很少。

林展涵考了148。

按说这份傲视群雄的英语成绩足以把他的总分也变得傲视群雄,可惜林大神的语文……只考了68。

满分也是150。

明沫的嘴角抽搐了一下,这一微表情刚好被近在咫尺的李奶奶察觉到了:"看什么呢?"

被老佛爷问话,明沫不敢欺君,她指指成绩统计单:"膜拜大神。"

李奶奶扫了一眼,笑了笑:"你说林展涵?"

"人家是美国回来的,"李奶奶慈眉善目,"在美国读完初中来考中国的数学,能考到这个分数,这小孩还蛮聪明的。"

明沫的重点和李奶奶完全不一样。

那一瞬间,有奇异的火花在她脑海里灵光一现,明沫意识到自己好像窥破了一个机密。

她决定做个实验。

课间的时候她回过头去,敲敲小任的桌面:"我跟你说个事。"

小任抬起头。

"你说某些人初来乍到的,一天到晚就知道冷着个脸,不知道的还以为他把自己当什么大罗神仙,事实上没几斤几两的真本事。"明沫语速飞快地说,表情非常郑重。

小任傻眼了,下意识地转头去看林展涵,结果明沫直接伸出手来固定住了他的头。

然后她自己转向林展涵,放慢了语速,微笑道:"林同学,我说的对吗?"

林展涵偏过头来看了她一眼,那一瞬间明沫从他眼睛深处看到了一点懵懂和不知所措——不过很快,林展涵冷冷地点了个头。

明沫心满意足地转过身，竭力压制住抖个不停的肩膀——她快要笑死了。

林展涵不是高冷，他是听不懂。

他听大家说话就跟中国学生听英语听力似的，简单的、慢速的还能应付一下，如果是大段大段的而且还说得很快，在他那儿就糊成一团了。

而且这位爷还不想承认，于是没听懂的就通通点个头。

怪不得他听谁说话都没表情——废话，你听英语听力的时候你也没表情。

这也解释了他为啥能够抵御李奶奶的喝茶神功，人对不那么熟悉的语言总是很容易屏蔽，毕竟你放一段英语听力然后坐在旁边走神，你也能一句都不往脑子里进。

明沫窥破了这个秘密，立刻觉得姓林的冰块好玩了起来，林展涵整个人在她眼里都变得有点可爱。

不过这小可爱也没可爱两天。

距离上一次去冰场才过了两天，一班刚下了一天中最后一节体育课。

高中的男女生是分开上体育课的，明沫跟着女生们正从排球场往教室走，就看到球场门口立着一个修长挺拔的门柱——林展涵插着兜站在那儿，目光朝这边望过来。

男生们的体育课都在学校另一头的篮球场上，因此林展涵的出现实在是有点突兀。

女生们下意识地停下了，明沫听到班里胆子最大的女生在后面偷偷笑："展涵仙君好帅哦。"

什么奇怪外号。

不过明沫承认，在午后的光线下，林展涵站在操场尽头的画面还是非常赏心悦目的，绿色的草坪和湛蓝的晴空为他打底，眉目清俊的少年穿着贴身的黑色T恤和黑色修身运动裤，衣服上烫金的英文花体字在阳光下流光溢彩，亮眼到让人移不开眼。

不过等等。

林展涵穿了一身黑？

虽然一中的规定里，只要下了最后一节课，学生就可以换常服，但是林展涵的穿衣习惯很明显是偏爱浅色的,上一次看他穿深色好像是……去冰场那天。

明沫恍然大悟。

她默默瞅了林展涵一眼,然后悄无声息地离开了女生群体,往西南边走去。

林展涵立刻跟了上去。

女生们目瞪口呆。

脱离了众人的视线后,明沫扶额问林展涵:"你是不是又想翻墙?"

换了深色的衣服,就是怕在爬墙的时候被弄脏。

林展涵点点头——这次不是没听懂式地点点头了,幅度要更大更认真,以示肯定。

"那你自己翻嘛,"明沫说,"我今天没有出去的需求。"

林展涵低声道:"陪我去吧,我需要你。"

黄昏的风温柔地吹过来,少年清冷的嗓音低沉下来之后有种微微的涩哑,融进风中后拂过明沫的发丝,让她几乎激灵了一下。

然而林展涵下一秒接上的话瞬间打破了温柔的气氛:"不然门口的爷爷不放我进去。"

明沫无奈。

这家伙中文不好能不能谨慎着点用啊。

"我还有事……"明沫说,"我今天要去印作文集……"

"赔你损失,"林展涵想了想,"双倍。"

明沫眼睛立刻睁圆了。

这可耻的财迷之心!

从今天起我就是林大款进冰场的人形通行证了!

明沫二话不说,又跟着林展涵翻出去了。

第六章　回程之路起风波

明沫成功地以三寸不烂之舌蛊惑了大爷，再一次为林展涵赢得了在非营业时间进入冰场训练的机会，离开的时候，林展涵还给她买了个草莓抹茶双球冰激凌作为答谢。

一切都很顺利。

直到回学校。

他俩翻墙的流程一直是林展涵先把明沫托上去，然后自己爬到墙上，下的时候是林展涵先下，在底下接一下明沫。

林展涵往下看了看，看到一块不知道谁扔在这儿的黑垫子。

"就往这上面跳，"林展涵跟明沫说，"小心点，不要踩到旁边的碎砖。"

然后他先跳了下去。

然而就在此刻，明沫猝不及防地听到了一声——

"喵——"

声源就来自林展涵的正下方！

那不是黑垫子！那是只趴着的猫！

林展涵也反应过来了，然而他人已经在空中，反悔是来不及了，为了避免踩到猫，他只好向一边扑过去。

那旁边都是碎砖，这样重心不稳地踩上去百分之百会崴到！

千钧一发之际，明沫脑海里突然滑出了一道亮光——

冰面上的少年轻声道："我有着在冰上死而无憾的心。"

明沫扑了出去。

她在跳下去之前用尽全身力气往上拽了一把林展涵，让林展涵下落的速度变慢了许多，这样一来，林展涵落地时承受的力道就变得很小。

果然，林展涵在这个缓冲之下成功调整了姿势，稳稳地落在了地上。

不过随之而来的代价是，明沫在这个大力的拖拽之下完全收不住力，她轻而易举地从墙头掉了下来。

于是明沫就代替林展涵踩到了碎砖堆上，华丽丽地扑倒在了地上。

作为罪魁祸首的大猫受惊地嚎叫了一声，然后事不关己地逃跑了。

林展涵吓了一跳，赶紧俯身把明沫扶起来："你干什么？"

明沫龇牙咧嘴，然而不知道为什么竟然有点得意，她痛苦而愉快地对林展涵说："没事，反正我不靠腿吃饭。"

作为财迷，明沫非常勤奋地自学过经济学导论，以经济学的观点来看，在受伤这一领域，她比林展涵更具有"比较优势"——普通人崴一下也就崴一下，不影响以后坐办公室见客户。

但是运动员崴一下那可就不是崴一下的问题了，每一处伤都有可能直接影响到后续的运动生涯。

尽管林展涵并没有给明沫讲过她的计划，但是他从冰面上旋转跳起的身姿已经足够有说服力了，它让明沫相信，林展涵未来一定会成为伟大的花滑运动员。

林展涵提醒明沫："你还能走吗？"

明沫沉浸在自己为国家体育事业挽救了一名潜力天才的无比自豪之中，闻言扬扬得意地站了起来……然后龇牙咧嘴地重新跪了下去。

明沫抱怨道："能不能不乌鸦嘴啊！这下真走不了了！"

她愁眉苦脸地看了一下林展涵："我这可是为了救你啊，你起码帮个忙……"

她话音未落，林展涵便点了点头——他把手伸到明沫的腿弯处，然后一把把她抱了起来，径直往校医院走去。

明沫一脸震惊。

我叫你帮忙的意思是让你扶我一下……

尽管这个姿势学名好像叫公主抱，但是明沫感到林展涵给她的感觉就像是长工在给地主搬一袋惹人嫌弃的大米。

林展涵走得大步流星，明沫感觉自己一个不留神就会被他扔到地上去，无奈之下只能双手抱住林展涵的脖子："你……你注意安全……"

俗话说得好，好事不出门，坏事传千里。

在这个明沫不希望任何第三人出现的场景中，恰巧，经过了一个路人。

不过万幸的是，这个路人是小任。

小任刚洗完澡，抱着澡盆穿着拖鞋正准备回宿舍，结果就撞见这么一幕。

精致的粉色澡盆落到了地上，然而小任顾不得去捡了，他双手捧心，脸上露出了慈爱的姨母笑——这种笑在他看漫画书的时候也经常出现。

他用极小的声音，含蓄而羞涩地问林展涵："我这是'鸳鸯女无意遇鸳鸯'了吗？"

拜托了！虽然知道你是《红楼梦》的骨灰粉，但是能不能不要在这种时刻用这么高级的中文啊！林展涵这种中文白痴能听懂就怪了！

更可气的是，林展涵一如既往地秉承了他听不懂就点头的优良品质，非常淡定地冲小任点了个头。

明沫觉得自己快要投黄河自尽了。

小任郑重其事地点点头："我一定守口如瓶。"

林展涵显然是对这个成语也没听懂，凭猜测他认为小任是看出了明沫受伤，表示一定尽快报告给班主任，于是他冲小任摇了摇头："不用的，没有这个必要。"

小任震惊了。

明沫一口血差点喷出来。

她浑身无力地被林展涵抱到了校医院，医生走过来按按她的脚踝："哪里痛？"

明沫指指自己的心口，半死不活道："这里。"

医生狐疑地看向林展涵，林展涵摇摇头，示意自己也不懂。

第七章　吃哪儿补哪儿

幸好崴得并不严重，只是扭到了筋，医生开了两盒药水外加一个星期的生病证明——后者让明沫大喜，这意味着她这周都不用去跑操了。

林展涵站在一边，看着明沫美滋滋地攥着证明，就差满脸放红光了，默默叹了一口气，感觉这种乐观主义精神有点值得学习。

明沫老实了一周。

她在班里的人缘一直很不错，受伤的时候大家都围着她的座位嘘寒问暖，只有林展涵非常不合群地从一边经过，连看都不看这边一眼。

明沫刚要在心里谴责这位上仙没有良心，突然发现自己放在桌上的水杯不知道什么时候没了。

还没等她往四周看，上仙本人就又面无表情地回来了，经过她的时候依然眼神都不甩一个，但是跟变戏法似的突然出手，一个装满温开水的杯子放在了明沫的桌上。

帮受伤同学接个水这种好人好事，林上仙的姿态何必这么冷艳？

午休带饭的时候也是，明沫只感觉到一阵清风从身边经过，桌上就多了个保温桶。

明沫打开一看——大骨棒汤。

第一天也就算了，之后每天还是大骨棒汤，这种午餐配置让明沫感到自己像在坐月子一样，如果不是林展涵气质实在出众，她都要怀疑他家别是杀猪卖大骨棒的。

明沫忍不住询问林展涵："为什么天天都是这个？"

林展涵："吃哪儿补哪儿。"

他停顿片刻，仿佛也知道自己一个中文都说不利落的人说出这种非常中式的传统理论有点奇怪，于是快速补充道："我听李奶奶说的。"

她这又不是骨折了，真吃哪儿补哪儿的话也得整个红烧牛蹄筋吧。

林展涵皱起眉头，寒气逼人："你不喜欢吗？"

明沫赶紧转过身来，默默啃骨头。

一周后，明沫又恢复成了来去自由的女子，与此同时，她还从合作

-37-

已久的二班英语课代表那儿搞来了一个宝物——出校请假条。

二班英语课代表患有干眼症,之前每个星期都要去医院做理疗,明沫要来了一张她已经作废的请假条后,用小刀把姓名一栏的钢笔字刮了下来,填上了林展涵的名字。

然后她又如法炮制地改了日期,送给了林展涵。

"以后你就不需要再翻墙了!"明沫说。

林展涵看着那张请假条,明沫可以从他瞳孔深处看到一丝不易察觉的感动。

林展涵抬起头看向明沫,在组织了半天的语言后,低声道:"你为什么要多此一举?"

林展涵也察觉到自己的中文表达好像又出了点偏差,他赶紧补充道:"我的意思是,这一切与你无关。"

好像还是不对。

明沫看着林展涵,严肃道:"正确的表达是——感谢你狗拿耗子。"

林展涵怀疑地看了明沫一眼,明沫冲他递了个非常肯定的眼神,于是林展涵相信了这位中文老师,他礼貌地点点头,一板一眼地重复道:"感谢你狗拿耗子。"

明沫也礼貌地冲他点了点头,然后快步走出了教室。

她离开的时候肩膀一耸一耸的,当她终于走出门后,教室外爆发出三个班都能听到的大笑声。

林展涵感觉自己好像被耍了。

第八章　发现敌情

有了出校凭证的林展涵出校门出得更频繁了，跟明沫同桌的女班长杨雨欣在晚自习上盯着后排的空座位，小声道："这缺勤缺得也太频繁了吧。"

晚自习除了偶尔有老师抽查外，一直是班干部负责记录考勤、监督纪律。杨雨欣并不是专向老师打小报告的人，但是林展涵缺席得太过频繁，她要一直知情不报的话，也有些对不起自己的责任。

结果杨雨欣打算记下来报告给老师的行动被明沫和小任两个人拦下来了。

"不是我不通融，"杨雨欣有点无奈地跟明沫说，"他要像你这样偶尔有事缺勤一两次，我也就当没看到了，问题是现在这样哪行呢？"

"林展涵虽然是转校生，但是也是我们班集体的一分子，班干部也有帮助他的义务——他这要是翘课去网吧打游戏了，或者去社会上找一些不三不四的朋友，到时候学校可怎么和他家长交代呢？"

虽然杨雨欣的语言风格直逼李奶奶，但是人确实是蛮善良的。小任赶紧为林展涵辩解："他不会的！"

"那你知道他逃自习去干吗了？"

小任确实不知道。

本来上次"鸳鸯女无意遇鸳鸯"之后，小任以为林展涵和明沫每次自习课不在就是出去约会了，但是现在明沫老老实实地坐在这儿写作业，林展涵还一个劲地往外跑，显然不是这种可能。

小任有点心虚地看了明沫一眼，这个眼神被杨雨欣捕捉到了。

"沫沫你知道吗？"

明沫心里纠结了一下——她不确定林展涵想不想让别人知道。

然而就在她这边还没纠结出来个结果的时候，变故陡然发生了。

明沫的位子在靠窗的倒数第二排，从她的位置，刚好能看到后门处有个穿西装的身影一闪而过。

尽管只看了不到两秒的时间，但是明沫意识到这张脸有点熟悉。

好像在哪儿见到过……

明沫想起来了！

就在那天……林展涵撞翻了她的作文集的那一天，当她抱着重新整理好的作文集上楼时，她看到这个穿西装的男人在和李奶奶聊天。

然后林展涵就转进了他们班。

线索贯串成一线，明沫猛地一激灵——这个男人是林展涵的家长！

她看了看身后林展涵空荡荡的座位，不知道为什么，心里有种不好的预感。

"我肚子有点疼，回来再跟你说。"明沫匆匆甩给杨雨欣一句话后，无声无息地出了教室。

走廊里空空荡荡的，只有一个值日生拿着英语书坐在角落里。

明沫定睛一看——嘿，她还真是人脉遍天下，这个值日生正是二班一个多次买过作文集的男生，她还给他打过折。

"嘿！"明沫小声叫他，"刚刚那个叔叔去哪儿了？"

值日生往那边一指——老师办公室的方向。

明沫冲他拱拱手，压低了嗓子："别说我问过啊，下次给你打五折！"

值日生比了个让她放心的手势，示意绝对保密。

明沫无声无息地朝老师办公室飘过去。

第九章　初次交锋

办公室里的大部分老师都已经下班了，只留下了一个当值的老师，避免学生有什么问题突然过来。

明沫悄无声息地趴到了门边。

她听到男人的声音："学生去哪儿了您这边当老师的不知道，是不是有点太不负责了？"

今天当值的是个年轻老师，闻言也有点生气："这位家长，全年级一共二十个班，每个班四十多个学生，有时候去找学科老师答疑了，有时候去参加课后辅导了，我不可能一一追踪他们的去向吧。"

她缓了口气："要不这样，您孩子是一班的吧？我把一班班长叫来问一下。"

明沫想了想杨雨欣被叫过来的情形，立刻眼前一黑——杨雨欣是个老实姑娘，家长都在面前了，她不敢不实话实说。

那林展涵爸爸立刻就会知道，他儿子可不仅仅是缺了这一节自习。这小半个学期里，他缺了得有二三十次了。

听着当值老师的脚步声已经挪向了门口，明沫来不及犹豫了……

她笔直地站在门口，大喊了一声"报告"，声音嘹亮得办公室里的两个人吓了一跳。

然后明沫推门走了进去。

办公室的两个大人只看到一个个子小小的少女走了进来，女孩圆圆的脸大大的眼，看着有点像卡通人物，不过又比卡通人物多了不少朝气，看她走路的姿势，感觉身体里像塞了一个能量满满的小宇宙。

"老师好，我是一班班长，我们班的投影仪好像出了点问题，老师能帮忙联系校工师傅来修一下吗？"

明沫原本绷了一身的劲，然而当感到男人的眼光看了过来，她还是没忍住，悄悄吞了吞口水，尽量保持着让自己的声音听上去没有破绽。

"我给你找一下校工电话。"老师翻了翻抽屉，同时开始向明沫问话。

"你是一班班长对吧？"老师问，她不教明沫他们班的课，因此并

—41—

不认识她们班上的人,"你们班那个……这位家长,您的孩子叫林展涵对吧?你们班林展涵同学去哪儿了?"

明沫感到男人的目光如鹰隼般严厉,明沫明明没有露出任何破绽,但是她总感觉这个男人的目光精明得可以把她一眼望穿。

"林展涵同学有干眼症,去医院做理疗了。"明沫说,"他跟我请过假了。"

"干眼症?"明沫听到男人问,"这小子体检视力两只眼睛都是5.1,干眼症好像是视觉疲劳才有的症状吧?"

"这学期学业压力很大,我也感觉眼睛没开学体检的时候状态好了。"明沫赶紧用手揉揉眼睛,示意一个学期的学习足以让健康的眼睛也变得不适。

莫名其妙地,明沫在男人的面前说话就有点露怯。

男人面无表情地点了点头,明沫发现他们父子俩面无表情的时候看上去很像,简直是一个模子里刻出来的深邃冰冷,只不过林展涵身上的少年感极大地中和了这种感觉,把冰冷转换成了清冽。

男人似乎没有再和明沫交流的打算,他大步流星地走了出去。

第十章　义薄云天

明沫装模作样地接过了老师给她的电话本，道了声谢后，无声无息地出了办公室。

对于学校的地形，她可是比男人熟悉多了，于是三分钟后，明沫无声地趴到了楼梯转弯处的栏杆旁，在这个位置，她刚好能听到下方的男人打电话。

"对，全市有滑冰条件的地方都找一下，这个时间段应该没几个在营业了，非常好找。不对，没营业的也进去看一下！"

明沫倒吸一口凉气。

她掏出自己的小手机，疯狂地翻通讯录，翻了半天才想起来林展涵没给自己留过电话。

不仅没给自己留过，全班估计没任何人知道怎么联系上这位上仙。

叫你平时不社交！看看，危急时刻连个给你报信的人都没有！

明沫在心里疯狂吐槽林展涵。

眼下的局势不是明沫的力量可以左右的了，男人显而易见地家大业大，人脉资源雄厚，不知道动用了多少手下去给自己找熊孩子，明沫自己就还是个熊孩子，何况人家的家务事她也管不着。

怎么办？

回去继续做作业吧，同时在心里点一根蜡烛为林展涵默哀。

这本来就不关她的事，何况明沫已经尽了一个同学该尽的力，余下就看林展涵自己的造化吧。

明沫晃晃悠悠地打算回教室，然而就是这一刻，又是同一个画面回到了明沫的脑海里——

漆黑的冰场里只剩下几盏照明的灯，光线投在冰面上，映出荧荧的光来。

黑发黑眸的少年躺在冰面上，微微呼出一口气："我有着在冰上死而无憾的心。"

这句话第一次是从明沫嘴里说出来的，林展涵之后只是重复，然而就是因为如此，明沫能感受到这句话从林展涵嘴里说出来的时候所产生的奇妙化学反应。

那种话语背后的信念，在明沫编出这句话的时候是没有的，是林展涵的声音赋予了这句话这样的力量。

明沫一直觉得林展涵和她见过的所有同龄人都不一样，但她说不出来究竟是哪里不一样。

毕竟林展涵虽然看上去高冷，但其实也没多成熟，听不懂中文的时候又懵又死要面子，做数学压轴题做不出来的时候会咬笔，政治课老师念幻灯片的时候他和所有人一起昏昏欲睡。

似乎没什么不同。

但是明沫又分明感受到了有什么地方是不一样的，此时此刻她终于明白了——林展涵身上没有那种同龄人都有的混沌感。

十六七岁的孩子即便很多时候已经有了无限接近成年人的成熟作风，但其实百分之九十并不知道自己真正想要什么。

他们往往在高考结束后对着志愿表发懵，最后在大人的指导下填一个自己也不知道是不是真正喜欢的专业。

但是林展涵身上没有这种混沌感。

他似乎非常清楚地知道自己要什么。

明沫没有和他深入地谈过，但是就凭冰上的那一句话，明沫没有办法不相信他。

那么他父亲……支持他吗？

短短的时间里明沫的脑海里电光火石般快速汇总了现在掌握的信息，然后预感到林展涵如果被他爸找到的话，今晚估计不是那么好过。

明沫的心莫名其妙地紧张了起来，她转身趴在窗户旁看了看——男人已经打着电话走到了校门口。

好吧！明沫仰天长叹，今晚的竞速游戏开始了！

小鸡快跑！看谁能先找到林展涵！

明沫风一般地跑下楼梯，直奔西南边，然后从后墙翻了出去。

第十一章　危急时刻

五分钟后明沫拦下了一辆出租车。

她如一个女特工般环视四周，在确定无人后，拉开车门坐了进去。

明沫一边把地址报给司机师傅，一边在心里默默估算。

她并不了解林父的搜索路线，但这难不倒明沫。

她打开手机调出导航，搜索关键词"滑冰"，然后开始浏览搜索结果。

一边浏览她一边感叹林展涵很聪明。

一般人逃出去的话应该会选择离学校最近的冰场，这样能快去快回，最为简便。

但是在眼下这种情况，如果林展涵去的是最近的，那么不出十分钟他就能被林父抓包。

所幸林展涵选的冰场离学校有一段距离，这样林父起码在搜过两家之后，才会赶到那里。

然而即便这样，时间也足够紧迫了，下车后明沫如风般跑进冰场，看门的大爷已经认识她了，看清是她之后只是抬了抬眼皮，连招呼都懒得打了。

明沫心下舒出一口气，这意味着林展涵肯定在里面。

她大步流星地跑了进去，果然，一个黑色的身影正在冰面上翩转起舞。

明沫直接以百米竞速的速度冲了过去："林展涵！"

冲动之下明沫犯了个错误——她看着穿冰刀的林展涵在冰面上稳稳当当，就误认为穿帆布鞋的自己也能在冰面上有同样良好的平衡能力。

她当然是想多了。

随着一声尖叫，明沫在跑出几步之后就摔了，惯性让她直接滑了出去。

恰巧，在林展涵的训练路线里，他也正好是朝这个方向滑过来！

而且是背滑！

直到这一刻明沫才意识到那些看似优美的步伐在近距离之下看着有

—45—

多快，林展涵听到背后的尖叫声才意识到明沫在那儿，转向已经来不及了，他极力试图降速，然而还是撞到了明沫。

最后的一刻林展涵单手扶冰，两个人一起摔到了一边。

明沫快要吓死了，她甚至感觉她的愚蠢让花滑界一颗还没得及升起的新星就这样陨落了，在极度的自责中，她带着哭腔问："你伤没伤到？我打120还来得及吗？"

林展涵飞快地爬了起来，显然也在暴怒状态里："你知道冰刀多锋利吗？扎到你怎么办！"

两人怒目相视了两秒钟，然后相互意识到对方好像都没什么事。

明沫刚要放松地呼出一口气，然后就猛地意识到现在说安全还为时过早了。她一把抓住林展涵，像地下党接头一样对着林展涵的耳朵道："快跑！你爸来抓你了！"

说曹操曹操就到，明沫这边刚说完，外面突然传来了看门大爷的大嗓门："都说了我们不营业了！"

这一嗓子的声音在原本寂静的冰场上空盘旋，明沫被炸得瞬间激灵了一下，随后她立刻听到了纷纷攘攘的脚步声，随之是看门大爷愤怒却又无可奈何的声音："谁让你们进来的？"

拦不住了。

这个动静，这个气势，十有八九是林父带着人来了。

一颗心在胸腔里狂跳，呼吸几乎要堵到喉咙口，明沫被林父神兵天降的速度吓得几乎瘫到冰上，她看了一眼林展涵，看到了一双漆黑得如同暗夜的眼睛。

第十二章　百密一疏

好在林展涵实在是个好样的，这位大难临头的上仙保持了非常强大的冷静，他一把拽起明沫，然后带着她几步滑到冰场的边缘，那里放着林展涵的包。

林展涵飞速上去换了鞋，由于时间紧迫，他冲上去的时候甚至还穿着冰刀在陆地上跑了两步，看得明沫差点当场心梗。

这什么杂技动作。

换好鞋的林展涵一把把包甩到肩上，然后谨慎地扫视了一下四周，在确定没有留下任何线索后，他一把关掉灯，拽过明沫："走！"

他们蹲下身藏在观众席的座位过道里。

一片黑暗。

四周只有少年急速的呼吸声和心跳声。

明沫听到自己的心跳也打鼓一样乱响。

她发现林展涵的手还握在她的手腕上，隔着一层衣服，但她还是能感到少年手掌的轮廓和指尖那一点能够渗透薄薄衣料的凉意。

这是为了保证他俩的联动性，不然黑灯瞎火的谁也看不到谁，他俩要是跑散了，心里一慌，肯定全被逮到。

明沫深吸了一口气，试图平稳自己的情绪。

她听到门口响起了混乱的脚步声，一个年轻男人的声音响起来："林总，开灯吗？"

应该是林展涵他爸的秘书。

黑暗里传来男人低沉的声音："嗯。"

灯被猛地开启，本来林展涵训练的时候也只开了几盏灯用来照明，但现在所有的灯都被打开了，加上冰面对光的反射，整个冰场内宛如白昼。

眼睛已经适应了黑暗的明沫差点被当场刺瞎。

她眯着眼睛看向旁边，林展涵察觉到她的目光，偏过头来，食指压在嘴上比了个"嘘"的姿势。

他的目光很沉静，明沫之前一直觉得林展涵的眼睛虽然形状好看，但是生得太冷了，瞳孔漆黑就如同夜色下冰封的海面，情绪如海潮般在冰面下起伏，外界的人们并不能窥探到一丝一毫。

然而此时此刻正是这种冷让人感到安心。

明沫感到自己的心渐渐回落到了肚子里。

男人环顾四周，偌大的冰场空空荡荡，没有人来过的痕迹。

门口的大爷此刻也跟了进来，絮絮叨叨地在旁边抱怨："我都说了不营业了！没人进来过！"

男人点点头，突然，他的目光落到了冰面上的一样东西上。

他走过去，将那东西捡了起来。

一个金色的发绳。

明沫猛地一惊，她摸向自己的头发，发现自己绑头发的发圈在刚刚被撞到之后掉了一个。

"这是什么？"男人问大爷。

"我怎么知道是什么？"大爷说，"很多小姑娘来滑冰嘛，她们掉的呗。"

"但是你们关门之后不会做清洁吗？"男人低声问。

大爷愣了愣。

"这个东西在冰上很显眼的，清洁工会遗漏掉吗？"男人轻声道，"有人在冰场关门、清洁之后……进来过吧？"

明沫毛骨悚然。

男人看向四周，平坦的冰场上并没有藏身之处，他抬起头，眯着眼睛看了看观众席的方向。

"上去看看。"他招呼司机和秘书。

第十三章　继　母

完了！完了！

明沫的脑子跟复读机一样就会重复这两个字了。

被林展涵他爸发现自己和林展涵手拉手躲在这里会是什么情况？

尤其是她刚刚还冒充班长在办公室里面对面地给这位林总扯过谎，他一定能认出她来。

完了！完了！

她以一种慷慨赴死的眼神看向身边的林展涵，结果发现身边这位即将和自己一起被问斩的难友正在——发短信？

这都啥时候了你还在发短信？

难道是预感到你爸要家暴你吗？你发短信报警？

林展涵仿佛看不到明沫质问的眼神，他关上手机，平静地往后一靠，光线在他的后方打过来，照得他精致的侧颜如同晶莹剔透的冰雕，眼睛黑不见底，似乎沉淀着一种相当复杂难言的情绪。

明沫愣了愣，下一秒，她听到下方响起了手机铃声。

当所有的人离开我的时候

你劝我要耐心等候

并且陪我渡过生命中最长的寒冬

如此地宽容

当所有的人靠紧我的时候

你要我安静从容

李宗盛的《我终于失去了你》。

男人接起电话："喂？"

"你在找展涵吗？"由于冰场里过分寂静，男人手机音量调得又大，因此尽管隔着一段距离明沫也能听到那边女人娇媚的声音，"我带展涵出来吃个饭，忘了跟你讲而已，你怎么那么多事啊。"

"真的？"男人问。

"哎呀，不是你让我多关心展涵的生活吗？"女人道，"小珏也跟哥哥在一起呢，要不要小珏跟你说句话？"

"不用，"男人说，"你让展涵跟我说一句。"

"展涵……展涵跟爸爸说一句？啊，展涵不想说，"女人对着话筒似乎压低了声音，"哎呀，展涵刚刚从国外回来，还不太适应，而且他这个性格你也知道，你别那么暴躁，你越急孩子越容易逆反，你这么大张旗鼓地去学校找他，孩子肯定觉得在同学面前丢面子啦。"

男人想了想，挂断了电话。

"走吧。"他招呼秘书和司机。

临走的时候他还不忘让秘书给看门大爷递了一盒好烟："不好意思，打扰。"

大爷从鼻孔里哼出两道白气，看也不看林父一眼。

男人走了之后，明沫终于从座位后头连滚带爬地出来。

"谢谢大爷谢谢大爷。"她连连作揖，就差对着大爷感激涕零了，要不是他拖住了时间还帮他们掩护，林展涵和自己肯定上来就暴露了。

"不谢！"大爷很豪气地一挥手，"你是没见那男的推开我进来时候凶的那样，孩子落在这样的家长手里有好吗？没好！"

"欸，那小子呢？"大爷问。

明沫这才意识到林展涵仍然坐在过道里没出来。

"啧啧，肯定嫌弃他爹给他丢人了。"大爷道，"孩子是好孩子啊，这一天天在冰场上练得，那汗撒得我看了都心疼，就这样，当爹的还那个样子，啧啧。"

"你去安慰安慰他吧。"大爷感慨完毕，潇洒地一甩手走了。

第十四章　两个家

明沫走到观众席上,她看到林展涵仍然坐在原地,连姿势都没有变一个。

明沫犹豫了一下,也在原位坐了下来。

她不知道该说点什么,因为一种天生的敏感让她察觉到了林展涵的状态不太对。

明沫想了想,避重就轻地说:"以后还是少逃自习吧,你这样弄得班长也不好做人。"

她能感受到林展涵的情绪现在处于一个非常不爽的状态里,在这种情况下如果林展涵出言刺她几句明沫甚至都可以完全谅解,然而她等了几秒钟后,听到林展涵低声道:"给你们添麻烦了。"

明沫愣了愣,林展涵这样反而让她有点手足无措。

"但其实……不是我想这样的。"林展涵究竟还是没忍住少年人的暴躁,伸手揪了揪头发,"我应该去体校的,我的情况本来就没法在寄宿制高中。"林展涵顿了顿:"但是我爸不同意。"

人家的家事明沫不方便问,于是她只好转移话题:"那刚刚帮你救场的是……"

林展涵简洁道:"我后妈。"

明沫卡壳了。

转移话题没转移到位,直接转移到火坑里去了。

她有点明白了,林展涵现在情绪状态极其不好的原因,一方面是他爸来找他,另一方面则是情势逼他不得不去求助继母。

林展涵向后一靠,头正好枕在观众座椅的边缘,他闭上眼睛,缓缓道:"我之前一直跟我妈在美国,滑冰也是在那儿练的,一年前我妈和一个美国人结婚了,我和继父相处得不太好。"

明沫帮腔:"你继父人肯定不怎么样。"

"也没有。"林展涵摇了摇头,神情有点疲惫,"我继父整体上对我很好,也很礼貌,但是一些小的地方会让我非常不舒服,比如他不太喜欢我说中文。"

"而且我也一直想回中国，就回来了。"林展涵道，"说好了回来能继续走花滑这条路的，但是我爸说谎了，就像他当初对我妈说谎了一样。"

明沫听出来了。

林展涵没有说得特别明白，但是从他的口吻可以依稀听出来，当年他父母离婚，过失方应该是他父亲。

尤其是明沫有点印象，林展涵似乎是有个弟弟的，好像叫……林珏还是什么的，来学校找过一次林展涵，那孩子看面相大概在上初中，林展涵和他聊了几句，兄弟俩明显不太熟。

林珏大概是林展涵父亲与继母生的儿子。

林展涵没有明说，但依现状来看，他的继母很有可能就是插足了他父母、拆散了他家庭的罪魁祸首。

明沫万万没有想到，看上去不食人间烟火的林上仙在人间竟然真的活得如此孤家寡人，母亲在异国组建了新家庭，父亲这边也已经和继母一家三口生活了许多年。

林展涵甚至没有一个可以被真正意义上称作"家"的地方。

而且以林展涵在学校的那个作风……他也没有朋友。

这么一想，这位天才活得还真是孤独啊，怪不得他能说出"在冰上死而无憾"这种话，恐怕也只有这里能让他感到归属感。

明沫悄无声息地叹了口气。

然而就在她兀自感伤的时候，她听到身边的林展涵突然问："你吃冰激凌吗？"

第十五章　冰激凌

一个草莓、一个抹茶、一个香草、一个巧克力。

"要一起吃吗？"明沫抱着双份的双球甜筒傻眼了。

林展涵摇摇头："我不能吃这种。"

花滑运动员的饮食控制是非常严苛的，体重哪怕重一点，跳跃时候的感觉都会产生很大的变化。身体不够轻盈将会导致跳跃时的高度下降，这样很有可能出现存周（跳跃的周数不足）的情况，影响技术分。

"那我一个人吃也……有点太多了。"明沫眨巴眨巴眼。

"那你带回去，遇到谁就和她分一下……如果还没化的话。"林展涵伸手给明沫拦了一辆出租车。

"你不走吗？"

"我今天得回家住一晚上，不然跟我爸撒的谎就圆不上了。"林展涵帮明沫关上车门。

车门扣上的前一瞬，明沫听到林展涵用极轻的声音说："谢谢。"

明沫猛地回头，然而车已经开出去了，她竭力将头伸出窗外向后望去，看到少年插着兜站在路灯下，他冲自己挥了挥手，灯光将他孤零零的影子拉得很长很长。

林展涵看出出租车消失在路的尽头，然后掏出手机来，给一个备注是"徐妍"的号码发了一条短信，内容非常简单——是自己现在所在的位置。

二十五分钟后，一辆白色的奔驰停在了林展涵的面前，前座的车窗摇下，露出女人明艳的面孔来，她其实已经不年轻了，但眼神仍然和年轻女孩一样娇媚明亮，和她脖颈耳朵上的珠宝首饰一样闪闪发光。

女人看了一眼林展涵，淡淡道："上车吧。"

徐妍，林父的现任妻子，林展涵的后妈。

明沫的猜测没有错，徐妍确实是第三者，当初的她只是林父公司的一个前台，除了青春貌美外一无所有，林母当时带着林展涵去公司找爸爸，她给母子俩各倒了一杯水。

那是林展涵第一次见到徐妍，彼时林母还完全不知道眼前的年轻前台就是自己婚姻的隐形炸弹。但是林展涵似乎比他妈妈更加敏锐，当时只有四岁的他冷冷地看了徐妍一眼，然后推开了她的手，杯子里的水晃了出来，泼了徐妍一身。

他从第一面起就在冥冥中预感到自己和这个女人注定是敌人。而事后也果然如此，徐妍怀孕了，威逼林父和林母摊了牌，在二人离婚后成功上位，而那个孩子就是后来的林珏。

而今一转眼，将近十三年已经过去了。

林展涵面无表情地在原地站了两秒，然后他打开车门坐到了后座上，全程低垂眼帘，没有和徐妍发生任何的目光接触。

"要这么冷淡吗？"握着方向盘的女人笑了笑，手指上的戒指璀璨夺目，"再怎么说今晚也是我给你救了场。"

林展涵不说话，窗外的霓虹灯照亮了他的脸，但不知道为什么，那些彩色的光影只是愈发衬托出了他头发的漆黑和皮肤的冷白。

"不要总端着这种脸色给大人看。觉得自己特别厉害是不是？特别天才是不是？"女人嗤笑起来，"等你爸有一天把你的零花钱断掉，你就知道自己厉不厉害了。"

第十六章　生活里的光

钱钱钱，又是钱。

林展涵内心深处的火又腾了起来，他原本不想和徐妍多说话，但是徐妍一直在挑战他的底线。

林展涵紧抿嘴唇望向窗外，然而车窗玻璃仍然把徐妍的影子倒映出来。那些璀璨的珠宝在暗夜中闪着灼灼的光芒，和窗外的霓虹灯交相辉映，绚烂的美丽刺痛了林展涵的眼睛。

而比珠宝的光芒更刺痛他的是徐妍脸上的表情，她手扶方向盘目视前方，并不往林展涵的方向上看一眼，然而嫣红的唇角微微上扬，是毫不在意的、势在必得的淡笑。

这个女人到底有什么好得意的？她以为全世界的人都会和她一样，为了几个钱去破坏别人的家庭吗？

林展涵咬紧了牙，那句"停车"已经涌到了他的喉咙口，下一秒就要脱口而出。

他也不知道他下车能去哪儿，但他一秒都不想再在这辆车上待了。

心里黑色的火连绵成一片滔天的火场，仿佛要连人带车地把一切都烧干净。

然而下一秒，就在他开口要让徐妍停车的前一秒，林展涵的手机嗡地响了一声。

这一声嗡响阻断了他即将脱口而出的恶意。

林展涵低头看去，手机屏幕在膝盖上亮起，进来了一条短信，来自陌生的号码。

"猜猜我是谁。"后面跟着一个龇牙咧嘴的笑脸。

无聊程度直逼幼儿园小朋友。

然而像是在熊熊燃烧的森林里突然砍出了一条干干净净的防火带一样，林展涵心里黑色的火莫名其妙地被这条短信拦截了，他拿着手机，愣了愣神儿。

他并不需要去猜这条短信的主人是谁，他在中国的社交关系里一共也没有几个人。

"你哪儿来的号码?"林展涵回复。

"你刚去买冰激凌的时候手机落在桌子上了,我就用它给我手机拨了个号,然后就把号码记下来了。拜托了大神,不要活得这么自闭好不好,有了你的手机号我下次通风报信的时候就不用当人肉快递了,一个电话就解决了。"

"啊,不说了,发个短信的工夫我甜筒化了一半!"后面一个龇牙咧嘴的愤怒表情。

林展涵盯着手机看了两秒,突然无声地笑了一下。

他抱起书包挡在脸前,挡住了前排女人的视线,然后在阴影中露出了一个更灿烂的笑容。

这个夜晚本来应该是相当屈辱的,他的亲生父亲为了阻止他的梦想兴师动众,差一点搜了全市的冰场,而他不得已拉下面子向继母求助,接受对方肆意的嘲讽。

但是他的心情竟然出乎意料地并没有跌到谷底——大概是因为即使表面染着数不清的污渍和斑点,但是生活的底色是明亮的。

过去的一个月,竟然可以算得上他最近几年中过得最开心的一段日子。

到底是什么发生了不同?

父亲还是那个父亲,继母还是那个继母,冰场还是那个冰场。

唯一的变量是,他的生活里多了一个明沫。

第十七章 地沟油

明沫并没意识到自己给林上仙的生活带来了什么变化。

人与人之间的关系往往就是如此，朋友众多、人缘倍儿好的那一位总是肆意播撒着自己的春风雨露，把善意挥霍着播撒向一堆人，播撒完之后就忘到脑后了，全然不知道自己成了某些人生活里几乎可以用"唯一"来形容的亲近的人。

明沫第一次发现林展涵有点奇怪是在她答应请唐绍吃饭的时候。

唐绍是一班的英语课代表，人长得很精神，是走在操场上女同学都要多看一眼的类型。唐绍高一的时候和明沫当过一个学期的前后桌，两人颇为熟悉。

眼看着就要期末了，明沫英语作文集的生意越做越好，她甚至找李奶奶梳理了一下往年的作文考题，把考题按专题分成了几类，打算下一期就按专题来出。

不过她整理了一下大神们的作文，发现有些专题是他们之前没写过的，明沫不想把这些专题空过去，于是她找到了唐绍。

"每个专题写两篇就行！你四篇，二班的英语课代表再写四篇，分下来很快的。"明沫说。

唐绍跟她开玩笑："有什么好处？"

"别绕弯子了，你不就是想吃学校门口那家烤串吗？"明沫豪气地一挥手，"周五放学了我请客……"

她一句话还没说完就感到后脊梁骨冒出了一阵寒气。

要不然就是谁突然搬了个空调对着她吹，要不然就是某人经过了她背后。

明沫回过头去，果不其然，林展涵仙袂飘扬地从她正后方经过。

然后林上仙转过头来，仿佛非常不经意地说："听说这种无照经营的烧烤店的油都是从公共厕所旁边的下水道里捞出来的。"

她严重怀疑林展涵的中文不知道什么时候瞒着他们进步了，不然他为什么能做到轻描淡写地把一句地沟油描述得这么具有冲击力。

唐绍显然被林上仙震慑住了,他建议:"那我们去吃别的吧。"

明沫警告了他不许挑人均太贵的地方敲诈自己,然后回到座位上开始上自习。

她有点惊讶地发现林展涵竟然没逃今天的自习课,在后面奋笔疾书了一个晚上。

"孩子大了啊,知道好好学习了。"下晚自习的时候明沫调侃林展涵。

林展涵翻了个白眼,不食人间烟火地离开了。

第二天早上,明沫在自己桌上看到了一厚沓作文纸。

"我的天啊小唐,你这也太神速了!"明沫翻着作文纸向两排之外的唐绍赞叹道,"而且你怎么还练了这么一手花哨的花体字?你老实交代一下,是不是预谋给国际部的美国辣妹写情书来着?"

"哪里有美国辣妹?我怎么不知道!"唐绍刚叼着面包冲进班里,此时手忙脚乱地在书包里找英语课本准备上去带早读,"昨天作业太多了,我周末再给你范文!"

明沫愣了愣,低头重新看了一下手里的作文纸。

一手连笔花体字。

班上别人的英语字迹明沫都见过,还真没有这个字体的。

她有点震惊地思考了片刻,然后回头看向林展涵。

林上仙此刻转头看着窗户,一副正在欣赏窗外校园风光的淡定表情。

明沫:"窗帘没拉开,你在看啥?"

林展涵仍是沉默。

他收回视线,不着痕迹地赞美道:"Nice curtain.(漂亮的窗帘)"

明沫抖抖手里的作文纸:"你写的?"

结果还没等林展涵承认,杨雨欣就从外边走了进来:"沫沫,李奶奶请你喝茶。"

第十八章　大神的辅导

大难临头，明沫赶紧丢下林展涵，一溜小碎步冲向英语办公室。

"明沫啊！"李奶奶倒了一杯龙井递给明沫，"你说你啊。"

明沫毕恭毕敬："您讲您讲。"

"你说说你，给大家印了那么多作文，自己这作文分还是没上去，怎么能有说服力呢？"李奶奶说，"好词好句倒是都用上了，但是套得也太生硬了，判卷老师哪有那么好糊弄呢，一看就看出来你是套的了。"

明沫赶紧点头。

高二下学期就要过去了，很快就要升入高三，课业的压力显而易见地压了上来，明沫自己心里也知道掂量。

明沫的确财迷，但是脑子非常地清晰。

明沫也看过一些青春小说，里面那些贫穷倔强的女主角在校园里捡废品然后和高富帅校草男主角相遇的时候，明沫就非常哀其不幸怒其不争，心想一个可乐瓶子两毛钱，就算全校的人都爱喝可乐你一天也就赚个零花钱，耽误的时间足够你把《五年高考三年模拟》刷上两遍，考个好大学读个好专业走上人生巅峰。

现在要是把心思全放到挣小钱上去，错过的没准就是日后赚大钱的机会，明沫不打算十年之后还以印作文为生，何况她少女心有限，并不期待打造贫穷坚强人设以上演"霸道校草爱上我"。

明沫和李奶奶喝完一盏茶，让茶水把自己的心洗了个透亮——是到好好学习的时候了。

尤其还有一个明沫难以直说的原因，就是林展涵。

林展涵白天上课，晚上在冰场训练，每一滴汗都流得货真价实。

同龄人之间互相影响的力量永远是超乎想象的，明沫看着林展涵这样，心里的那根"要对自己的人生和未来负责"的弦也在不知不觉中渐渐地绷紧了。

"那么怎么样才能提高呢？"明沫拿着自己的作文问李奶奶。

"光是高级词汇是不行的，还要用得恰当，还有你连接词用得太少了,连接词在英文中,尤其是在考场的英语作文中,是最能体现考生逻辑的。"李奶奶说,"总而言之,是没有捷径可以走的,要想让分数从中间段走到高分段,多读多写是唯一的提升办法。"

她了看明沫的作文:"这样吧,你去找唐绍给你改一稿,看看他写的和你写的有什么不同,多看两遍你就知道了。"

唐绍正带着大家早读,明沫没打扰他,先把作文放到了书包里,拿出书来跟着一起读。五分钟后,明沫发现自己的作文不见了,翻遍了书包也没找到,然后看到了后面小任偷笑的表情。

"你这浓眉大眼的怎么也学坏了?"明沫冲小任伸手,"你抽走的吧?快给我,我还得找唐绍呢。"

小任正襟危坐:"不是我。"

"你说谎的时候眉毛不要乱跳好不好!"明沫无语,此刻上第一节课的数学老师已经进来了,"我下课找你算账。"

四十分钟后,明沫和自己包里失而复得的作文面面相觑。

上面用红笔勾勾画画,把用得不对的词全换成了正确的,结尾的一小段还重写了一下,飘逸的花体字和明沫的幼圆体相比,就像土肥圆旁边站了个出尘的仙子。

"我就说了不是我。"后排的小任默默耸耸肩。

只有一种可能了,明沫默默把目光移向坐在小任身边的林展涵。

"不是。"明沫挠挠头,"感谢你的帮助,但是咱们能不能不要跟做贼似的……"

"你一个语法错误犯了三次,应该是虚拟语气的一个知识点搞错了。"林展涵面无表情,"我讲一下,你听吗?"

明沫:"听。"

第十九章　重大考验

兵荒马乱的期末就这样过去了，明沫的英语期末成绩一下上升了十来名。

前面的客观题，优秀的学生考的分都差不多，拉开差距的是后面的主观题，也就是作文。

然而比明沫进步更恐怖的是林展涵。

这一位虽然逃自习逃到了人神共愤的地步，但是上课还是认真听了的，再加上期末的语文成绩一下子提高了二十多分，总分立刻一步跨进了全班前十的行列里。

考完的学生们一个个都放飞了自我，打算借着暑假好好娱乐一下，尽管假期还有不少作业要做，不过刚考完的这几天起码先放松一下。

连杨雨欣这样的三好学生也在成绩出来的当天约着女生们放学后一起去看电影吃蛋糕，明沫当然也是其中一员，然而就在她收拾好书包走出教室的时候，她发现林展涵正在走廊的尽头打电话。

明沫鬼使神差地走了过去。

走到近处的时候她听到林展涵恰好在说最后几句话。

"那就说定了，"林展涵淡淡道，"今晚见。"

他挂断了电话，转过身来。

明沫被他撞个正着，有点尴尬地摸摸鼻子。

"那什么……你给我改的句子我考试都用上了……感谢你的盛情帮助！"明沫憋了半天终于憋出来这么一句，这台词的生硬程度简直直逼外国人。

林展涵把手机放回兜里，淡淡地说："你都不请我吃烧烤。"

明沫满脸疑惑。

不是他自己说的门口的烧烤用的都是"公厕旁边下水道里捞出来的油"吗？

"没事，反正我也不能吃。"林展涵飞快地找补了回来，"那你用来吃烧烤的时间还有吧？"

这人尽管语文考了90，中文沟通水平还是一言难尽，明沫和他大眼瞪小眼了半天，才终于反应了过来——林展涵是问自己有没有空。

"你今天不是约了人吗？"明沫指指林展涵的手机。

林展涵深吸了一口气，明沫突然发觉他有点紧张。

此刻林展涵的后背靠着墙，一旁的夕阳透过玻璃洒进来，林展涵的整个身影就像沐浴在金色的阳光里，少年的每一根发丝都被浸染上了金辉，连睫毛尖都如同流淌的赤金。

明沫听到林展涵轻声说："我约了前国家队的教练，今天是见证我三个月来成果的时候。"

明沫后背骤然一僵。

在这个大家考完都松了一口气的时候，林展涵并没有给自己一天的休息，他直接踏上了新的征程。

而更让明沫震撼的是"前国家队"这四个字。

明沫隐约意识到林展涵很厉害，也一直预感有朝一日世界会成为他的舞台，但是真的听到的时候，感觉是完全不一样的。

没有父母可以帮他，林展涵是怎么找到对方的联系方式的？这中间有没有遇到过什么障碍和困难？毕竟他是连讲中文都有些吃力的少年。

"我之前在美国的俱乐部里训练，过来之后一直没有找到合适的途径，我爸在这方面也一直给我起反作用力。"林展涵说，"我自己练的话可以让水平不掉太多，但是长期的话必须跟教练。"

"郑教练不想带学生了，我花了很大功夫，他只答应来看一看。"林展涵低下头，镀金般的睫毛微微颤了一下，"但我确定我能让他看一眼就走不了。"

轻轻的一句话，落在地上万钧之力。

透过夏日薄薄的短袖校服，明沫能看到林展涵几乎是贴着骨头生长的肌肉轮廓，他看着很清瘦，但是爆发力和柔韧度全都隐藏在清瘦的背后，那是日复一日的训练才能形成的。

这并不是轻飘飘的一句话，这句话的背后是林展涵积攒了不知道多久的血汗。

明沫突然明白了，今天应该是个对林展涵的花滑生涯而言很重要的

游刃

日子，他希望能有个人见证它，这个人本来应当是他的父母，但是他的母亲跟他隔着整个太平洋的距离，他的父亲又完全不理解他的选择。

没有人能够陪伴他，他从来都是孤身一人走向空寂洁白的冰面。

"沫沫，我们收拾好了！走吧！"身后传来杨雨欣的呼唤声，女生们要出发去电影院了。

林展涵愣了愣，显然并没想到明沫已经约好了人。

明沫看到林展涵眼睛里的光飞速地熄了下去，他开口道："这样的话……"

明沫抬手制止了他。

"你们去吧！"她转头对杨雨欣喊道，"我有别的事啦！"

她背上书包朝前走去，走出两步后，回过头来看向林展涵。

夕阳就要落下，最后的光芒落在走廊里，别人行色匆匆，只有他们两个的身影沐浴在最后的金色海潮中。

明沫眨了一下眼睛，光芒从她的睫毛上抖落，她冲林展涵露出一个灿烂的笑容："走吧。"

第二十章　教练凶猛

明沫听到"前国家队教练"时的确想过对方年龄应该比较大，但是她没想到对方竟然比自己想的还要大。

郑雪峰今年六十二岁，头发已经白了一半。

明沫悄悄在网上搜了一下这位教练的资料，发现他当年也参加过花滑男单的世界级比赛，但名次都很一般。

不一般的是在他做教练之后的成绩。

明沫惊讶地发现几位花滑界的顶级选手都在他手下训练过。所谓顶级，指的是他们的名字在明沫这里也如雷贯耳。

后来的郑雪峰不再带弟子，有人说是他年龄大了，也有人说他是再没遇到可心的弟子。

当郑雪峰抱着肩膀出现在门口的时候，连明沫的呼吸都停滞了一下，她知道这或许是能给林展涵整个人生带来转机的人。

然而郑雪峰的兴致表现得非常淡淡。

"你非要我来这一趟，我就来了。"他淡淡地对林展涵说，语气并不暴躁，但是话锋处可以感受到他隐隐的傲气，"但是我不觉得我可以为你做什么，以你的资质再训练一段时间就有进入国家队的希望，到时候会有很好的教练来负责你。"

"而且我看了一眼，你在邮件里着重强调了自己的3A。"郑雪峰笑笑，"是，3A当然很厉害，但是如果我没猜错的话，你是做不到四周跳的，对吗？"

林展涵沉默了一下，明沫则在旁边手指如飞，飞快地在手机上搜索着资料。

她很快搜到了郑雪峰提到的3A——阿克塞尔三周跳。

花滑的跳跃一共有六种，阿克塞尔跳、勾手跳、后外点冰跳、后内点冰跳、后外结环跳、后内结环跳。

而其中只有阿克塞尔是朝前跳的，而阿克塞尔也是所有跳跃中最难的一种。

选手跳跃时空中旋转的周数决定了跳跃是一周跳、两周跳、三周跳还是四周跳。成年组男子单人滑选手在竞赛中通常采用三周跳和四周跳，女子单人滑选手则通常选用除了阿克塞尔三周跳以外的三周跳。

林展涵今年十六岁，而中国在花滑界向来擅长跳跃，最年轻的一名实现四周跳的男单小将只有十五岁。

郑雪峰素来以挖掘天才闻名，在他看来，林展涵还算不上天才。

就在明沫暗暗捏了一把汗的时候，她听到林展涵开口了，语速不紧不慢，音色宛如一把清透的碎冰。

"邮件只是希望您可以过来，阿克塞尔三周跳也的确是我现在能做出的最难的跳跃，"林展涵说，"着重强调了它只是因为我认为它比较直观，并不是说它代表了我全部的优点。我的优点很多，没能全部向您描述的原因是……"

他低声道："我中文还不太好。"

郑雪峰微微愣了一下。

中国花滑的长项是跳跃，短板则是……只有跳跃。

有网友这么笑言中国选手的节目编排——"简单来讲就是准备跳跃——跳跃——准备跳跃——跳跃——准备跳跃——跳跃……然后就没了。"

然而花滑并不是一项单纯比谁更能跳的运动，这是一项结合了艺术与竞技的项目，有着一套非常复杂的打分系统，跳跃只占其中的一部分，主要体现在技术分上。

而除此之外，还有节目内容分这种体现选手表现能力的分项，因此对花滑选手的要求，永远是综合而全面的。

只是年轻气盛的小男孩们往往不愿意听这个——毕竟滑行、步法、表现力，这些东西在相互吹牛的时候可不好使，还是直接砸跳跃周数更直观有面子一点。

郑雪峰沉吟了一刻，道："那你滑给我看看吧。"

林展涵一点头——这正合他的心意。

语言是苍白的，最有说服力的语言永远是行动。

-65-

第二十一章　贝尔曼旋转

林展涵滑行入场。

他滑入场中的那一刻，明沫清晰地看到郑雪峰的表情微微地变了。

她并不知道郑雪峰心里的惊涛骇浪。

林展涵在邮件里告诉郑雪峰他之前在美国训练，郑雪峰也就在心里默认他会继承欧美那边的风格。

事实上很多亚洲男单选手的身上都有20世纪欧洲名将的影子，甚至顶级的选手也不外如此……

但是林展涵没有。

郑雪峰四岁上冰场，至今已经近六十年，在冰上淬炼出了一双火眼金睛，林展涵滑了一小段他就看出来了——林展涵是独一无二的。

他的流畅，他的速度，以及他变刃的时候那种罕见的细腻……郑雪峰屏住了呼吸。

林展涵迎来了他的第一个跳跃。

3Lz2Lo——也就是勾手三周接后外结环两周。

林展涵一跃而起，滞空的瞬间时间宛如静止，冰面反射出的光是银色的，银辉流转间林展涵轻巧地腾空又降落，就像海鸥在点水后又迅速地飞起。

明沫一颗心几乎要从嗓子眼里跳出来了。如果不是旁边站着郑雪峰，她现在就能尖叫出声。

音乐继续。

林展涵选用的是一段相当舒缓的轻音乐，这是他特意为了突出自己的优势，他上肢优越的表现力以及细腻的滑法都异常适合这种音乐。

在一组编排步法后，林展涵进入了他最后一个跳跃——他在邮件中重点强调的阿克塞尔三周跳！

以左前外刃起跳，林展涵的身体轻盈地飞入半空，浑身的肌肉收紧，阿克塞尔的空中旋转比其他所有跳跃都多出半周，林展涵在空中的旋转已进入了极高的速度，眼看林展涵就要完成这最后完美的一击——

他失误了。

也许是因为期末考试的那几天他疏于训练了,也许是因为第一次见到郑雪峰他紧张了。

不管是因为什么原因,当林展涵几乎就要可以确定自己能够做到全套完美表演的时候,他的最后一跳、也是最得意的一跳出现了瑕疵。

林展涵落地滑出,他竭力控制着表情,不让狼狈出现在自己的脸上。

但是他心里就像有灰色的浪潮拍打而过。

在跳不出四周跳的情况下,阿克塞尔三周就是他在技术上最大的利器,然而他在这一跳上失误了。

郑雪峰不是桃李满天下的仁师,他极为严苛地追求完美……林展涵没有把握住这一次机会。

一切就是如此,冰场上……永远没有第二次机会。

林展涵突然横下了心。

既然没有第二次机会……那就永远把当下的这次机会做到最好吧。

刀刃可以变向,而他将继续一往无前。

林展涵完全沉浸在了音乐里,他流畅地滑入冰场的中心,开始了自己最后的旋转。

他并不知道此刻郑雪峰心中的震动。

林展涵那一跳确实是失误了,这一点郑雪峰自然看得清清楚楚。

让他惊讶的是林展涵在失误之后的表现。

一般花滑选手在失误之后的多数选择都是快速蹬冰,即便是国际赛事的顶尖选手也基本都是如此。

但是林展涵在失误之后立刻通过膝盖来压步提速……

这一刻郑雪峰终于确定,林展涵的滑行是顶级的。

他是百分之百的天才。

然而林展涵给郑雪峰的震惊还没有结束。

最后一个旋转,郑雪峰原本预期看到一个燕式或者……

没有或者了。

林展涵单足立于冰上,浮足冰刀被拉起悬于头顶后方,整个人呈现出一个完美的水滴状……

来了一个完整的贝尔曼旋转!

这一次连明沫这个外行都看出了林展涵的强大,贝尔曼旋转以瑞士花滑女选手丹尼斯·贝尔曼的名字命名,标准的贝尔曼旋转美到摄人心魄,林展涵的上半身因为后仰而呈现出了极为优美的线条,从下颌到脖颈,再到腰腹,就如同春风里被吹弯的一茎花藤。

明沫转过头看向郑雪峰,郑雪峰的惊讶已经完全掩饰不住了。

贝尔曼旋转在国际赛事上并不罕见,但是它一般出现在……女单。

因为骨骼结构的不同,男子基本没人转得出贝尔曼旋转,只有凤毛麟角的顶级选手具备这项技能,并以此作为自己的招牌动作。

林展涵在这种旋转上展现出了自己近乎恐怖的柔韧性。

郑雪峰不自觉地后退了一步,眯起眼睛望向赛场中间大口喘息的少年。

他承认他说得对。

林展涵的优势是无法用文字在邮件中描述得出的。

他太全面了,滑行、旋转、步法、艺术表现力,而且跳跃做得也不差。来到中国之后他很有可能在之后的训练中被中国选手们的长板所影响,他只有十六岁,未来完全可能跳得出四周。

那么他将是世界顶尖的选手。

第二十二章 天才少年

郑雪峰认下了林展涵。

事实上，他已经很多年没有遇到过让他满意的花滑选手了，他甚至觉得自己这一生的教练生涯已经结束。

直到林展涵今天的表演让他沉寂多年的心再次狂热地兴奋了起来。

林展涵并不是完美的，今天的表演仍然存在着诸多的问题，但是他无疑是天赋卓绝的，只需要一段时间的雕琢，就可以绽放出最闪耀的光彩。

而他郑雪峰正是擅长雕琢的人。

最为重要的是，林展涵今天的表演质量充分地展示了他在之前的三个月里所下的苦功，郑雪峰在花滑领域钻研这么多年，深知但凡之前的三个月里林展涵有一点懈怠，就不可能有今天的体能和柔韧度。

而他的训练还是在没有教练的情况下自己完成的。

这足以说明他的热爱和毅力。

然而就在郑雪峰决定收林展涵为弟子，明沫已经准备去和林展涵击掌庆祝的时候，林展涵向后退了一步。

林展涵看着郑雪峰，黑色的瞳仁像是夜色下不染杂质的高原湖水，他轻声而认真地说："我已经取得了您的认可，但是……您还没有取得我的认可。"

明沫瞪大眼睛，蒙了。

什么……什么意思？

她一个外行都能看出郑雪峰的厉害之处来，单凭她刚刚在网上搜出来的那一大堆金光闪闪的履历，郑老爷子就绝对在江湖上处于宗师级的地位，想要找他拜师学艺的少年们如同过江之鲫。

结果，这位林姓少年好不容易得到了郑老爷子的青眼，干出来的第一件事不是拜谢师恩，反而当场质疑起郑老爷子来了。

明沫都要怀疑他是不是滑得太好了，好到林展涵心态飘了，头脑发热了，自我认知不清楚了，然而就在她打算悄悄上去拽林展涵的时候，郑雪峰开了口。

"我都六十二岁了,"郑老爷子居然笑了,"怎么获得你认可啊?跳个四周跳给你看吗?"

那他这把老骨头估计就得在冰上摔个四分五裂了。

林展涵摇摇头,涉及花滑,他永远不开玩笑。

"我希望您来给我编舞,"他淡淡道,"我期待一个真正懂花滑的人来给我编舞……已经等了很久了。"

郑雪峰再次露出了微微吃惊的表情。

中国能够编舞的并不多,或者说整个亚洲都不多,大部分选手在参加国际赛事前,会前往欧美,由外籍专业人士为自己编舞。

郑雪峰上一次编舞还是在十几年前了,为一位韩国的男单选手,这位男单选手的自由滑选曲来自一部著名的中国古风电影,郑雪峰与对方完美合作,当那位男单选手将这支曲目带到世锦赛的时候,强烈的东方美学以及其中放映出的动静相生的东方哲学让整个世界都为之震撼。

郑雪峰微微明白了,他低声道:"你是不是有非常想滑的曲目?"

一首东方的、中国的曲目,只有中国的编舞教练才能明白其中的韵味。

然而林展涵说:"没有。"

他顿了顿,接上了自己的话:"或许应该这么说,有,但是它现在还没有出生。"

他看着郑雪峰费解的表情,然后笑了笑:"今天您能前来看我的表演,是我的荣幸。我之后会再联系您——我保证会很快。"

郑雪峰皱了皱眉头,他深深看了林展涵一眼,突然摇了摇头,跟着笑了起来。

"后生可畏。"明沫听到郑雪峰以极低的声音叹了一句。

然后他伸出手来和林展涵握了握:"好,那么我等你联系我。"

老人走出了冰场,明沫看着他的背影,突然觉得比起刚进来的时候,郑雪峰的后背看上去直了一点,整个人年轻了一点。

明沫凝视着郑雪峰的背影,饶是她这个外行,心里也涌现出了很多别样的情绪,似乎看到了时光的流淌和老一代花滑健儿在新一代人身上倾注的心血和梦想……

游刃

结果她一回头，发现林展涵不见了。

明沫吓了一跳，差点以为自己撞见了灵异事件，直到目光逡巡了一圈后往下一落，看到这位新一代花滑健儿又躺在冰上了。

"上仙您这是干什么？"明沫往这位一言不合就往冰上躺的少年旁边一坐，结果刚坐下就弹了起来，原来她裤子薄，往冰上一坐简直透心凉，"这个时候不该载歌载舞地庆祝一下吗？怎么还在这里表演起卧冰求鲤了？"

第二十三章　十七岁生日

　　她一口气说了这么长一串，林展涵显然是听不懂的，明沫也没有指望他听懂。她只是打算随便说点什么来缓解林展涵的紧张。

　　没错，刚刚在郑雪峰面前保持住了仙气缥缈的林展涵，在郑老爷子走后，终于不绷着了。

　　他的胸膛大幅度地起伏着，原本白皙的面色上浮现出了一层粉色，是心率加快血液急速流转的结果，冰得明沫一骨碌爬起来的冰面对于他而言，是刚刚好的降温。

　　他刚刚差点就以为郑雪峰不会要自己了。

　　他的心并没有强大到无坚不摧的地步，连续三个月，在没有支持、没有教导、没有对手的寂静冰场上训练，他看上去有多平静，心里就忍下了多少痛苦。

　　好在他最终等来了郑雪峰。

　　明沫在旁边等待了片刻，她听到林展涵轻声说："这是我给自己的生日礼物。"

　　明沫愣了一下，还没来得及开口，就看到林展涵微微合上眼睛，呼出一口白气："这下……我终于不再是一个人了。"

　　哪怕前路漫漫，他也有信心走完，因为他有了教练，有了并肩作战的战友。

　　在冰面反射出的银光中，林展涵听到旁边的女孩说："你本来就不是一个人啊。"

　　明沫把外套叠了叠，放在冰上，然后往上一坐："我这不是经常来看你嘛。"

　　林展涵愣了愣。

　　"你要愿意的话，还可以叫小任、雨欣他们来看，"明沫耸耸肩，"他们肯定要被你惊讶坏了……"

　　她后面再说什么林展涵都没听清，只有前面的那句话一直在他脑海里回响。

她说得对。

这三个月来,他原来并不是一个人。

他还要再深想什么,明沫突然后知后觉地反应过来:"欸,你刚说啥?这是你给自己的生日礼物——你哪天生日啊?"

林展涵报了个日期。

明沫眨巴眨巴眼睛,然后大惊道:"那不就是明天!你可真沉得住气——你打算怎么过啊?"

高中生的生日无非就那么几个路数,要不和父母一起过,要不请班里玩得好的同学吃个饭。

林展涵睁开眼睛看了明沫一下,明沫突然卡壳了。

她反应过来了——林展涵恐怕是不打算过了。

以他和亲爸后妈的关系,家人欢聚估计是行不通了,而他初来乍到三个月,和班里的同学也没混熟。

也许今天就是他自己跟自己庆祝生日了,没有蛋糕,没有蜡烛,冰场就是场地,花滑表演就是宴会,郑雪峰的认可就是礼物。

这就是林展涵的十七岁生日。

等等……

明沫突然后知后觉地意识到了一件事——她是唯一的客人。

林展涵并没有一个人庆祝他的生日,他邀请了明沫。大概自己在他心里,是中国唯一的一个朋友吧!

能在林上仙心里拥有这么重要的位置,身为凡人的明沫当然是十分荣幸的……荣幸的同时又有点心酸。

十七岁啊,青春小说里最喜欢描写的十七岁,应该有过不完的夏天、喝不完的汽水和永远都不会散的一群朋友,是成年之前最后的浪漫时光——就这么草率地在冰场里滑了个冰就算庆祝了?

第二十四章　秘密基地

明沫站起身来，决定给林展涵出谋划策。

"这样不行，"她说，"你既然邀请了我，我就得给你出出主意，生日嘛，好歹得有个喜庆点的娱乐活动。"

林展涵眼皮也不抬："我爸大概会给我办个宴会，邀请他的朋友们来参加什么的。"

"什么玩意，"明沫一把把他拉起来，"是你过生日还是你爸过生日，你快想一个你喜欢的娱乐活动，不然我就拽你和杨雨欣她们一起看电影去了，咱们现在过去的话离她们要看的夜场首映还有好长时间，大家可以一起去比萨店，给你买个蛋糕吹吹蜡烛什么的。"

林展涵无言以对。

跟杨雨欣一起去看电影的那群人林展涵虽然都没怎么说过话，但毕竟上了一个学期的课，多少有点了解——她们看他的表情让林展涵联想到了幼儿园小女孩们排队观赏北极熊。

一想到这群女孩在自己身边围了一圈看自己吹生日蜡烛……林展涵就发自内心地觉得有点恐怖。

于是他忙不迭地拒绝了明沫："还是不打扰她们了……我倒是有想去的地方，但可能有点无聊。"

明沫豪气地一挥手："不怕！"

想她明沫，左能和唐绍、杨雨欣这样的学霸逛博物馆谈天说地，右能陪小任这样多愁善感的艺术少年在海洋馆对着大白鲨吟诗作对，普天之下就没有她结交不了的朋友，应付不了的场合和活动！

……

半个小时后。

明沫默默哀叹，感觉自己还是有力所不及的方面。

她默默在心里道："这好像不是'有点'无聊的问题。"

面前是一个游乐场，不是那种有过山车、跳楼机，一人268块门票钱的游乐场，而是一个坐落在周围全是居民区的街心、交十块钱进去所有项目任你体验的游乐场。

其中"所有项目"包括蹦床、摇摇车、滑梯和一个看上去非常迷你的旋转木马。

林展涵过的真的是十七岁生日吗?

明沬觉得只有七岁。不能再多了。

明沬愣神的工夫里林展涵已经买了两张票过来,此刻天色已晚,低龄小朋友们应该都已经各回各家了,游乐场里静静的,一个人都没有。

作为社交达人,明沬认为自己有热场的义务,然而就在她准备上蹦床上狂蹦一番的时候,林展涵把她拽了下来,示意她跟着自己上滑梯。

……滑梯就滑梯吧,明沬表示认命。

滑梯大概是这个小游乐场硬件设施最好的项目了,搭得有模有样的,最高的地方竟然搭了四层,像一个小阁楼似的耸了出来。

不过高归高,毕竟是给小孩玩的,里面空间非常有限,明沬没有林展涵那种柔韧性和灵活度,当她登上扶梯、滚过滚筒、爬上绳梯,最终到达四层顶端的时候,累得仿佛刚在操场上跑了个 400 米。

初夏的夜风微凉地吹了过来,把明沬身上的汗意吹走了,她舒展了一下四肢,突然感到这样也很舒服。

林展涵坐在滑梯的边缘,明沬走过去,和他一起向外望着。

滑梯王国里的小兔、小猪、小狗熊一起在下方憨态可掬地看着他们。

"看不……"

明沬本来想说"看不出来你还挺有童心的",然而林展涵恰巧在同一刻和她一起开了口,明沬在听清他说的是什么的那一瞬间,就把所有原本要说的话都吞回了肚子里。

林展涵说:"那是我原来的家。"

明沬愣了愣,顺着林展涵的目光向远处望去,那是一个挨着游乐场的小区,最高的居民楼也只有六层,不知道是什么时候的老房子了。

此刻正是夏天,绿油油的爬山虎爬满了楼。

"我五岁前都住在那儿。"林展涵说,"那时候我爸的公司刚起步,还没赚到太多钱。"

明沬沉默。

"我小时候身体不太好,经常半夜感冒发烧什么的,所以平时我爸只要有空就揪着我出去锻炼身体,冬天的时候没什么可玩的项目,他就带我去商场的冰场滑冰。他跟我一起滑,但是摔得比我还多。"

"所以后来他就看我一个人滑了,休息的时候他会给我拿本唐诗宋词在旁边读。人家的小孩寒假都报了什么国学班、奥数班之类的,就我天天被我爸带到冰场玩,我妈很焦虑,天天埋怨我爸,我爸就说他来教我。"

林展涵轻声地说着,明沫转过头去,看到林展涵在夜色下那双深黑澄澈的眼睛,夜风在他周围盘旋,他柔软的衣角和柔软的发丝都在风中起伏。

"其实他教都是瞎教,打的比方也都挺可笑的,说什么'千里冰封,万里雪飘'就是形容冰场的,我滑冰的姿势就是'山舞银蛇',"林展涵挑起嘴角笑了笑,"但我最后真的把他念过的都背下来了。"

这是明沫第一次看到林展涵的微笑。

大部分的时间明沫都觉得林展涵像是刀锋——冰刀的刀锋。

带着寒光,斩断冰雪,这个世界有什么阻拦他,他就用锋利的刃斩断什么。

然而林展涵笑起来的时候,这些东西就远去了。

刀锋的背后藏着一个温柔干净的少年。

"你知道我爸最喜欢哪一首吗?"林展涵说完就自己透露了答案,"李白的《侠客行》。"

赵客缦胡缨,吴钩霜雪明。

银鞍照白马,飒沓如流星。

十步杀一人,千里不留行。

事了拂衣去,深藏身与名。

那是林展涵的父亲还没有发家的时候,那时候这个创业者大概最容易被这种豪气所震动。

林展涵低声道:"我想滑这个。"

明沫一惊,因为林展涵的缘故,她也在网上搜过不少花滑的资料,因此最基本的知识还是知道的:"花滑的配乐不是要求是纯音乐吗?"

何况《侠客行》只是一首诗,连音乐都没有。

林展涵低声道:"音乐的话,现在确实没有。"

他顿了顿,望向远方:"郑雪峰的女儿郑琅是独立音乐人。"

明沫再次一惊。

她意识到林展涵做过的功课可能远比自己想象的要多,他的规划,也远比自己想象的要深谋远虑。

"当初韩国花滑选手滑的曲目也是经过郑琅改编的,郑琅的优势就在于她作为音乐人的作曲和制作能力都非常强,而且非常清楚花滑选手的需求。"林展涵点开手机上的音乐软件,把郑琅的作品拿给明沫看。

列表上是一排非常有记忆点的作品,有些有歌词,有些是纯音乐,但是相同之处是——它们都带有强烈的东方色彩。

轰然一下,似乎有什么东西在明沫脑海里炸开了花,把全部的线索串联到了一起。

林展涵说他的美国继父不太喜欢他说中文。

林展涵一心想要郑雪峰做自己的教练。

林展涵六岁就去了美国,如果在那边没有刻意学习的话,十几年的时间过去,不可能有现在这个水平。

他希望带着一首东方的诗歌走向冰场,尽管这首诗连音乐都没有。

这一切的一切让明沫意识到林展涵做出这一系列的选择都源于同一个理由——林展涵认为他的根就在这里。

第二十五章　家　宴

当一个个寄宿学生从宿舍里收拾出了行李，带着它们和暑假作业一起回到各自的家中时，林展涵和郑雪峰通过邮件联系，很快确定了下一次见面的时间。

郑雪峰了解了一下林展涵在这三个月时间里的训练内容后，结合林展涵的身体情况做出了一份计划："你上次那个3A的失误主要是因为跳跃高度太低了，这和你后半程体力不够是有很大关系的。如果要提升的话，必须经过系统的体能训练。我希望你能参加九月份的全国精英训练营，而在此之前提前来冰上中心在我的指导下进行训练。"

明沫知道了消息，问林展涵："九月份去全国精英训练营的话……那课是不是就顾不上了？"

林展涵的嘴唇抿成一条线。

照理说，他在训练的时候兼顾学习，以他的智商和学习基础，绝对是能够上一本线的。

但问题就在于，他父亲对他的期望绝不仅仅是一个一本而已。

然而要上一个重点名校的话，林展涵用于学习的那点时间就肯定不够了。

尤其高考对运动员的加分政策也很严格，重大国际体育比赛集体或个人项目取得前6名或者全国性体育比赛个人项目取得前6名才能够获得加分，距离高考只有一年的时间，林展涵未必能够及时地拿到名次，更何况即使拿到，也未必能跨越一本线和顶级名校录取分数线的鸿沟。

唯一的办法似乎只有这一年先高考，进了大学再继续训练——但是运动员的生涯何其短暂，浪费的一年时间可能再也追不回来。

人生的分岔路已经明明白白地摆在眼前，他必须做出选择。

高考和花滑，不可能二者皆圆满。

林展涵打定主意要和父亲再聊一聊，但是还没等他准备好，林父就骤然想起了林展涵生日的事情。

此时距离林展涵的生日已经过去了两周，明沫暑假作业都写完了三分之一了，日理万机的林父终于后知后觉地反应过来他的大儿子好像满十七周岁了。

"这是你回国后第一次在国内过生日吧？"林父对林展涵说，"把你同学都叫来咱们家办个宴会吧。"

如果是平时，林展涵想都不用想，直接一口回绝，但这个节骨眼上他要和父亲谈判，就不能预先把关系弄得太僵。

林展涵给班里的同学群发了一条邀请短信，发之前他心里多少有点战战兢兢，毕竟在他本人看来，他这一个学期和大家都没怎么说过话，招人待见的可能性很低，大家未必愿意来给他庆祝生日。

哪知道短信一发，反响空前热烈。

细细一想，其实林展涵是一个很奇葩的存在，他的颜值赢得了以杨雨欣为首的女生的好感，他身上积极上进的气质赢得了以唐绍为首的学霸的好感，再加上他运动细胞发达，体育课上呼风唤雨，连李泽这种被他得罪过的浑小子都对他很服气。

林展涵莫名其妙地什么也没干，就赢得了一班全班的爱戴。

只不过林上仙平时过于高傲出尘，普罗大众实在是没什么接近他的机会，现在看到上仙亲自发短信邀请他们参加一年一度的蟠桃宴，一班的众猴简直恨不得抛下暑假作业，一起翻着筋斗云前来赴宴。

而林展涵的家宴也真的让他们大开眼界。

之前也有同学在家里请大家吃饭，不过基本上都是定几个全家桶或者比萨外卖，大家在茶几旁边围成一圈，所以当大家穿过别墅门口的草坪，来到林家的客厅，看到里面只在电影里出现的长餐桌时，全都非常没见过世面地"哇"了一声。

站在后面的明沫悄悄地看了一眼林展涵，林展涵笑了一下，似乎有一点轻微的尴尬。

这是第一波的"哇"，第二波则是出现在徐妍出来迎接大家的时候。

徐妍一身标准的贵妇人装扮，踩着八厘米的细跟高跟鞋走出来，耳环项链戒指一个不落，就差把珠光宝气四个字顶在脑门上了——明沫甚至觉得如果不是因为现在是夏天，徐妍会披个貂来让她的登场更加闪亮。

"林展涵，你妈妈好漂亮啊！"有女生直接夸了出来。

徐妍朝这个女生笑了笑。

明沫第二次悄悄看向林展涵——她感觉到林展涵的情绪不太对了。

然而林展涵没说什么，他礼貌地点点头，示意大家入座。

明沫的左手边是小任，小任的对面则是李泽。

看到李泽的时候小任明显又有点紧张，李泽发觉了这一点，瞪了小任一眼，然而没再向之前那样开口嘲讽他。

明沫突然觉得有点恍如隔世。

距离林展涵第一次走入一班只过了三个月的时间，仿佛昨天李泽还在后面取笑小任，她和林展涵也只是在走廊里狭路相逢、互相给彼此都没留下什么好印象的陌生人。

然而一切似乎又变化了很多。

至少她和林展涵是这样。

三个月的时间，让她认识了一个原本不在她世界里的少年，她知道了他的梦想，他的过往，能够从一点蛛丝马迹里察觉他情绪的变化。

少年人之间的感情想来真是世界上发展最迅速的东西了。

每个餐位上都已经摆好了全套吃西餐的餐具，徐妍拿着手机在旁边打完电话后，冲大家笑："我早上已经订好了安东尼餐厅的套餐，现在已经在路上了，稍等十分钟。"

林展涵家的保姆为大家在高脚杯里满上饮料。由于同学们都没成年，保姆很贴心地把红酒换成了石榴汁。

徐妍点的牛排套餐很快就到了，与之一同来的还有两个人，林展涵的父亲林征宇，以及林展涵的弟弟林珏。

二人并不是一起回来的，林征宇行色匆匆地赶回家时，司机正好从国际学校的夏令营里把林珏接回来。

林珏长得并不像父亲，五官上完全继承了他的母亲，然而这种放在女人身上非常能展现女性美的五官长到男孩脸上，就显得有点小家子气了，再加上林珏本人的身材胖胖的，还没有经历变声期，说话细声细气，性格也温敷得不行。

林征宇和林珏一起入了座，林征宇招待惯了生意场上的朋友，对待儿子的同学也习惯性地用上了同一套，在和每个孩子都寒暄了一轮之后，林征宇这种精明到极点的人已经成功摸清了每个孩子的特点。

明沫全程被问话的时候都很紧张。两个月前，她和林征宇打过一个照面，冒充过一班班长，向他汇报了林展涵的去处。

那一晚上的谎其实并没有圆得非常周密。毕竟明沫当时说的是林展涵去医院看眼睛了，而徐妍说的是带林展涵去吃饭，虽然感觉到林征宇这样的人不至于过了两个月再把旧事翻出来为难自己，明沫还是在心里悄悄打起了小鼓。

明沫在高中生里是个实打实的精豆子，然而放在林征宇这种老狐狸面前，她的段位就不够看了，林征宇气场越强大，明沫心里越慌。

就在她以为林征宇已经问完了话，准备开始切牛排的时候……林征宇突然发难了。

他发难发得非常巧妙，并没有直接对明沫说什么，而是转头看向了他们这群人中的另外一个：“小伙子，你们班的班长是哪一位啊？”

明沫放在餐桌下的手一下子攥紧了。

林征宇真是精明到了骨子里，他挑中的是所有同学里明显说话最不过脑子的李泽！

李泽根本不知道其中有什么关窍，林征宇一问，他立刻就指了指杨雨欣。

明沫知道完了。

果然，林征宇回过头来，带着一点恰到好处的礼貌和疑惑："但是我上学期去看展涵的时候，这位同学说她才是班长啊，展涵请假也是向她请的。"

明沫的脸唰地一下热了。

这是当着全班同学的面。

现在的高中生活当然不那么教条，男生女生之间玩得好非常正常，但是……被对方家长直接当着全班同学的面问出来，气氛实在是非常微妙。

林征宇手段高明，杀人于无形。

他看向李泽，问："你们班班长难道是轮着当的吗？"

明沫感到旁边的小任已经攥起了拳头。

林征宇挑谁不好,偏偏挑李泽。

明沫的人缘一直很不错,在场的都愿意帮她圆场。但是李泽,他和明沫之间是有梁子的。

第二十六章　风雨将至

李泽之前欺负小任的时候，明沫一直护着小任，和李泽吵过好几次，关系绝对说不上好。

在这种情况下，李泽会说出什么来，明沫和小任心里都完全没有谱。

然而李泽没有直接说什么，他为难地看了一眼明沫，又看了一眼杨雨欣。

在很短的一瞬间，明沫心里有点感动。

以李泽心思细腻的程度，他当然是想不明白到底发生了什么的，然而他至少能搞清楚一个显而易见的事实——明沫向林父说谎了。

他本来可以立刻说出实情揭穿明沫的，但是他没有，他在犹豫，犹豫着怎么打这个圆场。

李泽这种男生，万事义气为先，在他心里，一班同学内部之间打架归打架，对外的时候，大家还是一家人。

他和明沫之间再怎么吵，他也不能在第三人面前告明沫的状。

然而在这种情况下，李泽的犹豫其实已经暴露了答案，就在明沫已经心怀绝望的时候，她听到一声刀叉放到桌面上的响动。

那响动不大不小，然而全场的注意力立刻被吸到了那边。

林展涵放下刀叉，淡淡道："对啊，就是轮着当的。"

他看向李泽："对吧？"

李泽赶紧点头："对对，现在是杨雨欣，之前是明沫。"

明沫稍稍松了一口气。

之后的宴会风平浪静地进行了下去，十几分钟后，林征宇问杨雨欣："展涵在你们班还适应吧？"

杨雨欣牛排切到一半，突然被点名，赶紧放下刀叉点点头："都挺好的，叔叔放心。"

林征宇笑了笑，示意杨雨欣不必紧张："是你们给他营造了好的环境，我看他这次期末考试成绩进步了挺多的。唉，说起来你们又觉得老古板，但是你们毕竟是要在高考考场上千军万马过独木桥的，我们家长最放心不下的肯定还是成绩。"

"展涵转学进去得晚，之前的家长会我也没赶上，"林征宇说，"你们一中里，大概班级前几名能够上清华北大的线啊？"

遥遥地，明沫感到林展涵切牛排的动作顿了一下。

然而别人是没有这么敏感的，杨雨欣一五一十地回答道："每年的人数都会有波动，不过我们是最好的重点班之一，前三名应该是能够去的，前十名也都能去到排名很靠前的985院校。"

"展涵听到没有？"林征宇转向林展涵，姿态是非常儒雅的慈父形象，"上了高三之后大家都会收心，下个学期你得更努力一点才能跟上大家，自习课就不要再逃了……"

"爸。"

明沫的心咯噔了一下，她听出来林展涵声音里极力压制住的巨大情绪了。

她甚至能想象出林展涵脖子下方的血管在突突地跳。

明沫胆战心惊地转过头去，果然，林展涵的眼睛冷得像是黑色的冰。

今天的刺激对于林展涵而言是一轮一轮的，从徐妍盛装出场时女同学夸赞的"你妈妈好漂亮"，到林征宇刚刚对明沫不动声色的发难，再到现在他让林展涵下学期不要再逃自习课。

逃自习干吗去？林展涵自己当然知道，他清楚以林征宇的精明，他也一定知道。

揣着明白装糊涂。

然而林展涵这里已经绝不能再糊涂了。

"爸，"林展涵说，"我明年不打算参加高考了。"

风云巨变，明沫看到林征宇的脸色瞬间难堪了起来。

他是在生意场上混了十几年的人，习惯了不管背地里怎么相互算计，表面上也绝不撕破脸，他本以为当着这么多同学的面叮嘱林展涵，林展涵又是那么死要面子的人，一定能有不错的效果。

然而林展涵偏偏要跟他撕破脸。

"不打算高考了？"林征宇心里的怒气已经涌了上来，但是表面上仍然维持着最后的风平浪静，"你这个年龄不参加高考，还能去哪儿啊？"

林展涵低声道:"去哪儿您知道。"

语气生硬坚冷。

这语气直接刺激到了林征宇,他身在高处,已经习惯了接触的人都唯唯诺诺,更别提他自己的儿子:"我知道?我知道什么?我要看着你跟一帮臭汗兮兮的人去运动场上卖傻力气吗?然后一身伤病地退下来……退下来之后还能干什么?"

林展涵:"是,是没法继承你那摊暴发户的家业了。"

"反了你了!"林征宇盛怒之下,也不管周围全是林展涵的同学了,直接拍桌子起身,"你就这么跟你老子说话?"

林展涵吐字如刀:"那我们可以不说话,我能去滑冰就行。"

一旁的林珏颤颤巍巍地伸出手来:"哥……"

林展涵盛怒之下直接甩掉他的手:"谁是你哥!"

徐妍原本一直坐在后面的沙发上修指甲,林展涵不是她亲儿子,这种时候不方便她开口。但是林展涵碰了林珏之后,作为林珏亲妈的徐妍立刻火了,她三步并作两步走到桌前,高跟鞋鞋跟叩击地面的声音铿然作响。

"我的天,看看这语气厉害的,"徐妍的发火和林征宇的发火完全走两种路线,她不拍桌子不吼人,只是阴阳怪气地冷笑,"不知道的还以为你已经拿了个世界冠军回来呢。"

林展涵看向徐妍。

"我是没拿世界冠军,"林展涵的发火又是第三种路数,他越愤怒,语气就越冷,"但是我觉得,不知道凭借什么手段靠男人上位的人,好像没有资格嘲笑认认真真付出了汗水和努力的人。"

俗话说得好,家丑不可外扬。

当着一屋子同学的面,林展涵直接掀了他后妈的底。

也掀了林家的底。

一时间徐妍、林征宇、林珏三个人全都愣住了。

一班的同学们也完全没经历过这种事,不论男女生,一律吓傻在原地。

屋子里静得能听见针掉在地上的声音。

两秒钟后，明沫清晰地看到，徐妍和林珏的脸变成了猪肝色，而林征宇反倒平静下来了。

平静得让人觉得很恐怖。

他转头对同学们说："让你们见笑了。"

然后他挥手招来保姆和司机："送一下客人。"

明沫被迫跟着同学们一起往外走，林家的司机负责送他们回家。

最后出门的时候明沫回头望向林展涵。

刚刚徐妍冲过来的时候有好几个同学不小心打翻了杯子，暗红色的石榴汁在桌上肆意流淌，杯盘狼藉。

林珏拿胖胖的手擦着眼泪，依偎在他妈的怀里，徐妍双手搂着自己的孩子，冷冷地和林展涵对峙。

而林征宇的平静只是最大的暴风雨来临前的平静。

他真的是天才——那一刻明沫真的很想为林展涵说句话——你们看看他花滑时候的样子就知道了。

他那么清醒地知道自己想要什么，他那么执着地在追求自己的梦醒。

他付出了那么多那么多的汗、泪、血。

你们看看他吧，你们看看他。

然而明沫最终还是没有说出口。

因为她知道即便说了，这间屋子里也并没有人真的想听。

在这个能容纳一张超长餐桌的豪华客厅里，黑发黑眸的少年孤立无援。

明沫看向林展涵，林展涵像是感受到了什么一样，转过头来看向了她。

他们的目光在空中相遇，明沫不知道林展涵能不能看懂自己眼睛里的千言万语。

只是很短的一瞬，林展涵就移开了目光，他不想在这种情况下让明沫再受到什么牵扯。

但是在错开目光前，林展涵很轻很轻地对明沫笑了一下。

眼眶通红，然而带着浓浓的安慰意味。

明沫看清了他那一瞬间的口型。

林展涵说的是:"没事,别担心。"
明沫转过头,跟随着人流走出了林家的大门。
她突然感到很想哭。

第二十七章 决 裂

明沫有整整两天没联系上林展涵。

她发了短信给杨雨欣，杨雨欣回复说林征宇好像这两天联系了一下李奶奶，希望班主任劝一下孩子。

第三天的时候明沫给林展涵打电话的时候林展涵依然没接，不过五分钟后回了个短信过来：

"没事，别担心。"

内容和明沫最后一次见他的时候一模一样。

问题是他这么发明沫就更担心了。

"我感觉不太对劲。"

傍晚的奶茶店里，明沫咬着吸管，对被她约过来的杨雨欣和小任说。

她一句话还没说完，背后就传来了一声大呼："欸，你们怎么也在这儿啊？"

小任一听声音脸就黑了。

不是冤家不聚头，来买奶茶的正是李泽。

李泽四肢发达头脑简单，完全忘记了明沫和小任有多不待见他，举着他的大杯珍珠奶茶一个跨步就跨到了明沫他们这桌的座位上。

明沫没理他，继续和杨雨欣分析："我看林展涵他爸那天是气到极点了，这事恐怕不能风平浪静地过去。尤其这是个原则性问题，林展涵要花滑，林展涵他爸要让他高考，在一方妥协之前，他们两个之间绝没有可能熄火停战。"

"我觉得不对劲的地方就在于这两天太平静了，林展涵完全没有任何活动的迹象……"

"林展涵别是被他爸关禁闭了吧！"李泽大吼一声。

李泽的父母是菜市场卖水果的商贩，李泽小时候上房揭瓦，四处找打，在菜市场里为祸四邻，而且记吃不记打，他爸怎么教训他都没用，最后就索性把他往家里一锁，反正李泽只是淘气，并不找死。只要他懂得不能把手插进电插销里的道理，他在家就比在外头安全多了，起码在家他不会经常被人打破头。

李泽看明沫不理他，急了："你想想，你想想我说的有没有道理？林展涵他老爹气急了，不干出点体罚的事那能叫气急吗？"

这个逻辑无药可救，连小任都默默捂住了脸。

"再说了，你想啊，林展涵要去溜冰，那就是要跑，林展涵老爹要让他高考，那就是不能让他跑，这种情况下显然是要限制林展涵的行动啊！"李泽吸了一口奶茶，把吸上来的七八个珍珠一顿猛嚼后，生猛地咽了下去，"我高一要逃学去浪迹天涯的时候，我爸就是把我从火车站里抓回来关了禁闭。"

明沫和杨雨欣对视了一眼。

不得不承认，李泽后面的这一番话说得其实是有道理的。

林展涵一个十七岁的大小伙子，做事能力上又早熟到无限逼近大人，他执意要去花滑的情况下，限制他的行动是唯一的办法。起码会停掉他的信用卡、没收手机、断掉他的经济来源什么的。

但是关禁闭？

"不能吧……"杨雨欣小声说，"我看林展涵爸爸挺彬彬有礼的，应该不至于。"

小任接着道："再说沫沫不是说了，她给林展涵发短信是被回复了的，林展涵如果真的被关了的话，应该会用手机求助的吧。"

明沫心里嘀咕了一下，这还真不一定。

以林展涵表现出来的性格，他很有可能不愿意麻烦别人。更何况……在中国，好像也并没有什么能帮他的人。

老师不了解情况，在这种情况下有很大的可能性是和父母站在统一战线上的。

同学吗？同学们自己就是一群小毛孩子。

明沫愁苦地捏了捏太阳穴，再抬头的时候，她突然发现李泽不知道什么时候不见了。

大概是看出他们不想和他聊了之后就离开了吧，明沫看向李泽留在桌上的空奶茶杯，里面的冰已经化了，看来李泽是走了有一段时间了。

十五分钟后，明沫的手机嗡的一声响，她打开一看——李泽。

"我带着一帮兄弟过来了。"这是第一条。

明沫看了心里一抖,感觉李泽这画风也太像要去打群架的小混混了。

下一条接踵而至——

"好像是真的。"

明沫立刻站了起来,她抓起外套,对杨雨欣和小任道:"走。"

第二十八章　冲冠一怒为上仙

从这里坐公交到林展涵家只需要十分钟。

明沫远远地就看到了李泽带着一帮一班男生站在林展涵家小区的后墙外面。

林家住在别墅区，每家都有个单独的阁楼和门口的草坪，看起来很像美剧里中产阶级生活的那种屋型。

这种高档小区进去都是要刷卡的，明沫他们上次来的时候是直接被林家的司机接进去的。

"我们没卡进不去，先不要打草惊蛇，多观察一下比较好。"说这话的人是唐绍，他正举着一个小望远镜往里看。

李泽他们没往里直接闯的原因大概就是他们这群人中还有唐绍这么个狗头军师，看来唐绍这位学霸不仅在学习上非常灵光，在生活方面也比较有脑子。

"等踩好了地形我们就从这儿翻进去！"这是唐绍的第二句话。

好像也并没有好到哪里去。

"欸！欸！欸！我看到林展涵了，"唐绍对着望远镜眯着眼睛，"对……没错是他……他在阁楼里！我再看看……阁楼的门是锁着的！"

"你小声点，被发现了就完了！"杨雨欣一掌拍在唐绍肩上，然后担忧地朝明沫看过来。

事实证明，彬彬有礼的林展涵他爸和高中文化的李泽他爸在教育孩子方面是一个水平的，李泽的猜测真的猜到了点子上。

"这样不行，我们几个硬闯的话完全不合规矩，"杨雨欣对明沫说，全场只有她们两个女生，杨雨欣觉得自己也只能和明沫沟通了，"我们还是赶紧去找李老师来吧……"

杨雨欣拿起手机就给李奶奶打电话，结果不巧的是，李奶奶去外地调研教学去了，下周才回来。

她在电话那头连连答应尽快和林展涵的家长取得联系，好好调解一下。

"这样，我们先回去，等李老师那边调解出结果来再说，"杨雨欣招呼大家，她拉一拉明沫，"这样，你带一拨人，我带一拨……"

她找错人了。

明沫看向林家阁楼的方向。

调解？调解不了的。

林家父子积怨已久，现在遇到的又是一个必须解决的原则性问题，两边都是不达目的誓不罢休。

明沫觉得林征宇这脑回路也是惊人了，自己抛下了人家母子，如今好不容易把儿子找回来了，还这么对他。

他看过林展涵的表演吗？看过吗？

明沫把外套往腰上一系，转头问李泽："怎么翻墙？"

杨雨欣在旁边目瞪口呆。

完了，无药可救。

热血上头，又疯一个。

眼看事态就要控制不住，杨雨欣在旁边急得跳脚，对明沫压低了嗓子喊："你们先确定林展涵愿意跑再说！"

她话一出口，众人都是一愣。

没错，他们费了大劲把人救出来，人家林展涵自己不愿意走怎么办？

尤其是就算走，他能走到哪儿去？逃得了初一逃不了十五。

就在这个节骨眼上，明沫的手机响了。

她拿起来一看，眼睛立刻瞪大，来电信息是三个大字——林展涵。

"喂……"明沫接起电话，哑着嗓子问，"你还好吗？"

"你们在我楼下？"那边传来碎冰一样的声音。

明沫一愣。

"让唐绍把望远镜收起来，聚起来的光点会打到我这边的窗帘上。"林展涵站在窗边，"你们来干什么？"

明沫看了一圈周遭的人，三言两语把情况说了。

那边沉默了将近一分钟的时间。

"我们之前联系不上你，就也没问问你自己想不想走……"

就在明沫觉得林展涵要斥责大家胡闹的时候，她听到林展涵低声而坚决地说了一声："走。"

明沫往上看了一眼,她和林展涵的目光遥遥相望。

没有再多说一个字,明沫挂断了电话。

林展涵说他要走,那就是要走,至于他们刚刚说的那些问题,他一定有解决的办法。

明沫相信他已经在那沉默的一分钟内深思熟虑过了。

"林展涵说他走。"明沫看向周围。

李泽这种唯恐天下不乱的半大男孩一听立刻热血上涌,自告奋勇道："那就救!"

架势仿佛林展涵是他拜把子的好兄弟一样,完全忘了林展涵初来乍到的时候给过他一个下马威。

杨雨欣拉着唐绍探了一圈路,回来道："花园那边有一个小门,插销是从里面封上的。"

事到临头,连杨雨欣都加入了熊孩子的队伍,她估算了一下小阁楼的高度,约莫着在正常楼层里也就是两层的高度。

"这个高度我是敢直接往下跳的,"李泽插嘴,"就是不知道林展涵敢不敢。"

小任在他对面翻了个白眼。

计划初步定成,李泽和另外一个高个男生以叠罗汉的办法,先后翻过了小区的高墙,然后他们风一般绕到花园的小门处,从里面打开插销,把大家伙全放了进来,只留下唐绍一个人带着他的望远镜在小区外头盯梢。

借助几辆停在小区内部的豪车做掩护,明沫他们一行人七绕八绕,轻而易举地避开了其他家的住户,直接翻进了林家的后院。

此时已经是晚上七点,明沫低声道："我观察了一下,这帮土豪的车在不下雨的情况下好像都停在家门口——林展涵他爸的那辆车好像没在。"

也就是说,林征宇还在公司没回来。

林珏暑期在夏令营待着,那么家里应该就只有保姆和徐妍。

此时杨雨欣的手机震了一下,杨雨欣点开,是唐绍："我刚绕了一个角度,看到林展涵他后妈了,她在前厅那儿。"

好机会!这样他们可以完美地避开徐妍!

明沫他们狂奔到阁楼的楼下,明沫仰起头,直接和站在窗边的林展涵对视了。

她举起手机,林展涵的电话准时到来。

"窗户是从外面封上的,但是能从外面打开,"林展涵说,"你右手边的油漆桶后面有梯子。"

男生们搬来梯子,李泽像个灵活的大马猴一样刺溜一下蹿了上去,他三下五除二,非常暴力地从外面给林展涵打开了窗户。

一分钟后,李泽和林展涵前后脚顺着梯子来到了地面上。

一切都顺利得不像话。

杨雨欣呼出一口气,她看向手机屏幕,然而下一秒,她突然愣住了。

她之前和唐绍约定了电话不要挂,但是此时此刻,电话断线了。

也许是自己刚刚不小心碰到了挂机键……但是没来由地,杨雨欣心里划过了一丝不祥的预感。

十秒钟后,她不祥的预感成了真。

一声清晰的女声在众人背后响起:"展涵。"

第二十九章　貌似和平的谈判

所有人都仿佛被施加了定身术一般定在了原地，然后他们如同生了锈的机器人一般，僵硬地转过头向后望去。

徐妍一身胭脂红的睡袍，抱着手臂，淡淡地看着他们。

众人全部倒吸一口凉气。

其实他们都知道，现在一拥而散的话，就凭徐妍一个四体不勤的富太太，肯定没法一一把他们揪回去。

但是大人带来的威力还是无穷的，他们自以为已经足够成熟、能干出惊天动地的事来，但还是在家长出现的瞬间一溃千里。

他们崩溃地互望，徐妍怎么突然从前面过来了？唐绍干吗去了，为什么没给大家报信？

然后他们就更加崩溃地听到了远处保安的质询声："你鬼鬼祟祟地待在这里干什么？手里的望远镜干什么用的？"

完蛋，唐绍被保安抓住了。

所有人的心理防线基本都崩掉了。

只有林展涵仍然保持了沉稳，他回头看向徐妍："什么事？"

徐妍叹了一口气。

"不错啊，你们这是劫法场啊还是怎么的？"她拨弄了一下自己的水晶指甲，看向了林展涵，"既然这样的话，我就和你说几句吧。"

徐妍抱着肩膀，靠在门柱上，淡淡道："如果你今天走了，就不要想着再回来了。"

林展涵轻哧了一声。

"我不是威胁你，"徐妍也不动怒，"是，你本事挺大，想法挺多，但我说白了，你还太年轻了，年轻就总有年轻的害处，很多事你这个年龄想不了那么全，所以我只是想给你说说客观事实。"

"说句难听话，你不是我生的，我日后不指望你给我养老，你混得好混得差都和我没关系，"徐妍说，"所以你无论是想高考还是想滑冰，我其实都不是很关心。"

"我之前想着你毕竟跟我们住在一个屋檐下,虽然你估计是不太可能对我有什么好感了,但是能和你相处得好点呢,我还是愿意相处得好点,所以你叛逆一下骗骗你爸,我帮你圆个谎也就圆了。"

"但是今天这个情况你自己心里清楚,"徐妍歪了歪头,她一头深咖啡色的长直发,随着她的动作在肩膀上悠荡了一下,"摆在你眼前的其实就两条路。"

"要么你现在怎么爬下来的,就怎么再爬上去,我也不爱听你们爷俩又在家里吵吵,所以我可以当什么都没发生过,不和你爸说。"

林展涵的面孔冰封一样冷漠。

"要么你就走吧,"徐妍说,"我说句实话,你这个样子,我也不是很愿意你老在我家晃。"

明沫看到林展涵微微抖了一下。

他姓林,但是徐妍说得没错,这里是她的家。

那么其实林展涵本就没有家。

"所以我愿意帮你个小忙,你爸如果发了疯要去找你的话,我可以帮你拦住,"徐妍说,"但是别让我再看见你了,可以吗?"

林展涵回头看了一眼这栋别墅。

没有眷恋,没有伤感,似乎只是不带任何感情色彩地、认认真真地看了一遍自己住的地方。

然后他冲徐妍点了点头:"OK。"

他带头走了出去,明沫犹豫了一下,跟在了他的身后。

同学们陆陆续续地跟了上来。

林展涵快步地走出大门,然后绕到后墙的位置,一把把正在给保安解释的唐绍揽了过来。

"我朋友。"他看也不看保安地说了一句,然后拉着唐绍头也不回地往前走。

他们一直走了好几百米,直到整个小区消失在了他们的身后。

林展涵松开唐绍,拍了拍他的肩膀,然后冲着大家道:"今天实在是多谢了。"

李泽这种做事的时候豪气干云,做完才发现自己全然没过脑子的混小子到这一步才感到有点尴尬,他挠着头问林展涵:"那你现在……怎么办啊?"

"我卡里还有点钱,先去找个青年旅舍开下房间吧,"林展涵想了想,"我证件都在学校宿舍,很好取回来。"

"那你爸……再找你怎么办?"

"能拖过这一段就行,"林展涵平静地说,"之后等全国精英训练营开始了,我就去黑龙江了,我爸总不可能跨越千山万水来抓人。"

他竟然一步一步地全想好了。

杨雨欣在一边忐忑不安,始终不确定自己今天到底是参与了一个帮助同学的行动,还是捅了个天大的娄子,此刻看林展涵心里非常有谱的样子,她多少踏实了一点,不过心里那根弦还是绷着,叮嘱大家道:"快散了吧,万一那个阿姨打电话到学校去把今天的事告诉给老师,老师来找我们的时候我们还这样聚成一大群就坏了。我们现在赶紧各自回家,如果接到电话的时候就全说自己没参与,也什么都不知道,记住了吧?"

于是一伙人赶紧在地铁口挥手作别,林展涵再次一一感谢了大家,承诺以后一定要请客感谢大家。

他非常客气、非常礼貌地送走了所有人,然后一个人坐在地铁口的石台子上,望着已经完全黑下去的天空,不知道在想什么。

直到一个身影坐到了他旁边。

明沫本来是跟着大家一起走的,不过她三转五转又转了回来。

林展涵其实没什么可担心的,自始至终他都没有表现出任何过激的情绪,平静地走完了全程。

然而明沫觉得他有点太平静了。

正常人处理情绪的方式一般都是爆发出来,要么哭要么闹要么吵,但是林展涵不是。

哭和闹都是得有观众的,就像小孩子跌倒了,如果刚好旁边有大人在,就哭得山响求抱抱,如果四周无人,一般也就自己带着泪花揉揉腿,然后拍拍身上的土站起来了。

林展涵当一个四周无人的小孩已经当得太久了。

所以他不太习惯爆发,他处理情绪的方式是拼命往下压,往内部消化。

外面风平浪静，里面五脏俱焚。

世界何其浩大，有的人无论走到哪里，都知道万千灯火中自有一盏永远在等自己回去，但是有的人没有，他们披荆斩棘一路向前，回首时发现身后空无一物。

没有来处，没有归宿。

有安乐窝的人，永远体会不到无根之萍的痛苦。

林展涵感到明沫在旁边撞了撞他的肩膀。

"欸，"他听到女孩在旁边状似无意地说，"话说金山银山也有坐吃山空的一天，上仙要不要考虑一下在凡间做个暑期打工？"

林展涵没吭声。

第三十章　小表弟

　　明沫显然也有点紧张,林展涵一不说话她就更慌了,语速跟八匹马拽着似的跑得飞快:"那什么,我表弟缺个英语家教,我看着你从美国回来,就挺好,不过家教费我出不起,包吃包住的话倒是可以,但是不能保证好吃……"
　　"天啦,我在说什么?"明沫一捂脸,"算了我走了。"
　　她跳下石台就要走,结果突然被后面伸出的一只手拉住了。
　　夜风拂过,带来了来自后方的气息——是衣服上很干净的柠檬洗衣剂的味道,清清新新,独属于温柔美好的少年。
　　明沫回过头去看向林展涵,她的眼圈有点红。
　　其实在这个场合、这个情节之下,要哭也应该是林展涵哭的。但是林展涵一滴眼泪不掉,于是明沫差一点就把他的份额给哭了。
　　林展涵看着明沫,街边的霓虹灯全都倒映在他清澈黑色的瞳仁里。
　　良久,林展涵问:"你表弟多大啊?"
　　明沫:"他虽然年龄小,但是志气很高。"
　　"所以是多大?"
　　"不管多大,早一点和国际接轨总是没错的。"
　　温柔的气氛被破坏了个干净,林展涵耐心耗尽,跟着从石台上跳了下来:"所以到底多大?"
　　明沫不敢看他的眼睛:"今年年底满三岁。"
　　林展涵无语。
　　林展涵觉得自己脑子也不清醒了,他不知道怎么就跟着明沫上了地铁,去见她"年龄不大但是志气很高"的小表弟。
　　半个小时后,林展涵和陆铭铭大眼瞪小眼。
　　男孩子普遍运动神经发育得比语言神经早,陆铭铭已经是个满地滚的小胖球了,话说得还是不怎么利索。他看到明沫,双手立刻合到一起,呈打枪状,对着明沫来了一枪,小嘴里大吼道:"啪!"
　　明沫冷漠脸,毫无触动地飘过。

神枪手陆铭铭对此非常失望,然后他看到明沫背后还跟了个林展涵。

于是陆铭铭再次将小手高举过头顶:"啪!"

林展涵看了一眼陆铭铭,他有点为难地看了一眼明沫,然后很配合地捂住胸口抖动了一下身体。

陆铭铭大喜,觉得自己可算是遇到了知音,于是一个胖球般地滚动过去,抱住林展涵的腿,非常自来熟地大喊道:"哥哥!"

至于他的亲表姐,陆铭铭表示丢在一边儿吧,他没有兴趣。

明沫无语地看了一眼陆铭铭,有点意外。她本来完全无法想象林展涵坐在一群聒噪的小孩子里会是什么情况,感觉唯一的可能就是林上仙念动咒语,面无表情地把一群猴崽子全收到宝葫芦里。

所以很惊奇地,她发现陆铭铭和林展涵居然相处得很不错。

看着陆铭铭像超大号牛皮糖一样黏在林展涵身上,甩都甩不掉后,明沫满意了,她径直走到后院。

一个慈祥的老头正在后院打理自家种的小白菜,听到声音抬起头:"沫沫来啦。"

陆铭铭的爹妈一个赛一个地忙,于是暑期就把陆铭铭托付给了姥爷来带。当然,陆铭铭的姥爷也就是明沫的姥爷。

"姥爷,"明沫小声道,"外面那个是我同学,方不方便让他在您这儿住一段时间啊?大概就一个多月,九月份他就走了。"

明沫的姥姥走得早,姥爷又不愿意和子女一起住,他身体健朗,故而也没请保姆,除了明沫和爸妈一个月来看他一次以外,暑假带陆铭铭的时候基本上是姥爷唯一有伴的时候。

不过陆铭铭这个陪伴者也不咋样,没有多动症,胜似多动症,姥爷照看他照看得确实有点吃力。

姥爷远远地看了一眼屋里,林展涵注意到了姥爷的目光,有点腼腆地点了个头。

姥爷一把年纪,什么世面没见过,看一眼就大概猜出来怎么回事了:"怎么着,和家里吵架啦?"

明沫叹了口气,把林展涵的情况挑了几样重要的,简要地讲了讲。

"他爸妈离婚了,妈在美国,嫁了个当地人,爸也娶了新老婆,有个小儿子,"明沫说,"他想当运动员,他爸死活不同意,他跟他爸闹掰了就跑出来了。"

"不过您放心,他爸还是挺要面子的一个人,应该不至于来这里为难您,真来了也没事,您丢给他自己处理就行,他能处理好……"

姥爷挥挥手示意明沫不用说了。

"娃娃看着蛮好的一个人,他爸就算找来了也不怕,我和他一起劝劝他爸,"姥爷一边给小白菜浇水一边说,"他不嫌我老头子的房子太单调就行了。"

明沫立刻冲上去给姥爷一个熊抱,嘴里以在偶像演唱会上表白的口吻大喊道:"暖心天使周建国!美颜盛世周建国!守护全世界最好的周建国!"

"行了行了,我这一把老骨头的,还美颜,吹牛皮不打草稿,"姥爷把明沫扒拉下来,"自己在家没大没小就算了,在同学面前也这样,叫人家笑话死。"

明沫转过头去,看到了林展涵的目光。

他俩的目光一碰即散,林展涵转开了眼睛,但就在那一瞬间,明沫看出了林展涵眼神深处有一点羡慕。

姥爷摘掉手套,去屋里坐下和林展涵聊了两句。

"明沫之前也有同学来住过,不要害羞。"

姥爷说的是小任,当初小任和家里吵了架,哭着跑出来,也是在明沫的姥爷家住了一晚上。

"爷爷平时自己做饭,有什么想吃的就跟爷爷说。"

林展涵微微低着头,姥爷问一句他就答一句。

不孤傲不冷淡的时候林展涵完全就是看上去最乖的那种高中男生,白白净净清清秀秀,一方面同龄人的浮躁气在他身上已经完全退去了,另一方面他又完全没有沾染上成人世界的世故和红尘,仍然是干净明朗的少年气。

明沫彻底放心了。

林展涵的新生活开始了。

就时间而言,林展涵在姥爷家待的时长并不长,因为大部分的时间他都花在冰场里，按照郑雪峰的计划进行精英训练营之前的训练，郑雪峰已经断言，只要能出四周跳，林展涵就是全国一线的男单花滑运动员。

而明沫则和杨雨欣、唐绍他们一起相约去图书馆学习，再开学的时候，他们就是最紧张繁忙的高三考生了。

偶尔学累了的时候明沫会去冰场探望一下林展涵。每次看完回来的时候，明沫都觉得像是被重新注入了诸多的生命力，连理综卷子看着都可爱起来了。

每个少年人都应该为美好的明天付出努力，在抵达梦想之前，磨砺与困难都是必然会出现的。

林展涵没有给明沫讲过任何道理，然而他的自身行动已经让明沫不再惧怕任何磨砺与困难。

她正在以积极而淡然的心态拥抱高三。

第三十一章　精英训练营

最后一个暑假就如同签字笔芯里的墨水一样流逝得飞快，一个月的时间过得飞快，转眼就到了高三的开学摸底考试。

林征宇做了最后的努力，他联系了李奶奶，家长与老师一起和林展涵深谈了一次。

林展涵对林征宇已经彻头彻尾地失望，谈的时候他只是全程回答了李奶奶的问话，没有多对林征宇说一个字。

他这个人永远是做的比说的多，因此他回应林征宇的也是行动。

摸底考试的时候是打乱座位重新分配考场的，林展涵恰巧是坐在明沫身旁。当最后一门英语的作文写完，明沫抬起头时，她身边的林展涵举起了手提前交卷。

明沫下意识地侧过头去看他，下一秒，明沫的眼睛猛地睁大。

答题卡上空空如也，林展涵交了白卷。

之所以在这里坐了这么长时间，大概是因为明沫恰好坐在他旁边，他怕明沫在没写完卷子的时候看到这一幕被影响考试状态。

明沫看着林展涵走出教室，他一次也没有回头。

他认真答完了前面三科的卷子，那是他的骄傲，他不允许有人认为他是学不懂才去做运动员。

然后他在自己最擅长的英语上空了整整一百五十分，这是他的选择。

他用这个行动告诉所有人——他不回头。

那是刀锋般的少年，出鞘后便只劈斩向前。

林征宇没有再找过林展涵了，他知道没有意义了，即便他把儿子五花大绑押到高考考场上，林展涵也敢交完白卷后出来。

林展涵终于如愿以偿地跟着郑雪峰踏上了飞往黑龙江的飞机，全国精英训练营在那里等待他，他的花滑之路将在那里开启。

临走前他和每个人都很好地道了别，他银行卡里大概还有一些钱，于是就给班里的每个同学都买了一盒巧克力作为礼物，给姥爷买了一个按摩器，连陆铭铭都收到了他送的玩具冲锋枪。当然，只能发出惊天动

-103-

地的响声，子弹那是一个也没有的。

不出意料地，林展涵给他自己的家人什么都没有买。

出乎意料地，他给明沫也什么都没有买。

他不太知道能送给明沫什么，他并不想让她的礼物看上去和别人的是一样的，然而不一样的礼物他又完全想不出来。

他去机场的那一天没有告诉别人，杨雨欣本来想组织一班同学一起去送他的，但是林展涵考虑了一下，觉得高三时间紧张，就不要耽误同学们学习了。

但是明沫要来的时候，林展涵没有拒绝。

明沫牵着陆铭铭一起来的，她本来是有那么一点伤感的，但是……陆铭铭把她的伤感份额透支了。

陆铭铭梨花带雨般抱住林展涵的大腿就是一阵鬼哭狼嚎："哥！哥！"

明沫把陆铭铭往下扯："你哥过段时间就回来了。"

陆铭铭不管不顾，依旧狼嚎。

明沫："……醒一醒，醒一醒，你并不是仙侠剧的女主角！他是去训练不是去渡劫！不要搞得这么肝肠寸断！"

林展涵淡淡地笑了出来。

明沫看他笑了，莫名其妙地跟着笑了一下，这一笑冲淡了离别的感伤气氛，明沫大大咧咧地想："是呀，估计我还没高考，他就回来了。"

然后这个不用高考的人大概会穿得红彤彤的站在考场门口给大家送考加油，看着自己面如菜色两股战战地进考场。

想想就来气！

来气的明沫一把扯过陆铭铭："好了！跟大哥哥说再见！"

她自己扬起头，对林展涵道："那你快去找郑教练吧！再次见面的时候我们都要变成更好的人呀！"

明沫拉着陆铭铭走了，走远了之后，她似乎感到了什么，回过头去。

林展涵站在原地没有动，他望着这边，淡淡地笑了一下。

明沫也回应了一个灿烂的笑容，她用力朝林展涵挥了挥手，然后带着陆铭铭走出了机场。

林展涵在原地看着她的背影越来越远。

此刻偌大的机场，人流川流不息。

但是周围的一切在林展涵眼中虚化。

林展涵的目光穿过人群，定焦在明沫身上。

这一刻林展涵突然明白了，他没有给明沫准备礼物的原因并不是不知道给她买什么比较好，真正的原因是……买了礼物就是告别。

而他不想跟她告别。

一班的同学在班里安静地上课学习，姥爷在后院侍花弄菜，陆铭铭抱着冲锋枪在客厅里对着电视机吼声震天。

他们当然也都是一群可爱的人，这群可爱的人对他很好，他发自内心地感激他们。

但是他们其实不明白他是一个什么样的人，没有真正地了解他，他们之间的牵连只是人与人之间的那一点善意，并没有形成更深层的羁绊。

而按照世俗标准该与他有着深层羁绊的人们，现在都已经成了陌路。

林展涵看着明沫的背影。

他想："我只有你了。"

高二升上高三，面临的是一场不大不小的变动。

明沫他们整个年级从主教学楼迁到了学校专门为高三应届考生准备的第二教学楼里，新教学楼的窗户没有之前的大，让明沫总有种放养的羊群被圈进了笼子里的感觉。

人也变了很多。之前参加学科竞赛的、搞学生活动的、捣鼓自己小生意的，纷纷回归到高考的主航道上，教室后面未能免俗地挂起了"距离高考还有××天"的数字牌。

明沫觉得时间的流速变快了很多，高二的时候三个月就足够她和林展涵从完全不熟到产生了诸多奇异的羁绊，而高三的三个月就像开闸的水一样转眼间飞速流过。语、数、英、物、化、生排好了顺序进行周考，如果林展涵还在的话他估计也逃不出去了，班主任和五科老师轮流坐镇晚自习，盯着大家复习答疑。

林展涵偶尔会发一两张训练营的照片给明沫，只是他那边很忙，明沫这边也很忙，两个人都有点累得聊不动天了，所以除了简短地交流之外，并没有展开来长聊过。

最开始的时候明沫是很不适应的,周末不是想着跟杨雨欣、小任他们出去玩,就是想去姥爷的小院子里跟陆铭铭打嘴仗。然而考了两次月考之后,明沫就彻底收了心。

她之前的成绩还是不错的,然而高一高二的"不错"之中其实掺杂着太多的水分,毕竟在她所在的重点班里,很多同学之前全在忙学科竞赛,偏科偏到综合成绩一塌糊涂,但是高三放下竞赛后,这些本来就非常聪明的学生捡起了拖后腿的科目,排名就像坐了火箭一样拼命往上升。

在排名连续三次倒退后,明沫开始失眠。

她不是很敢尝试安眠药,总怕会影响白天的脑子,然而不借助药物的话她晚上完全睡不着,在这个人人都只恨睡觉时间不够的特殊时期,明沫直到天快亮的时候才能睡一会儿。

她给家里打过电话,明爸明妈花了很长的时间劝她,联系了李奶奶多开解她。但是都没有用,到了晚上,该睡不着还是睡不着。

这个情况在高三上学期期末考试的时候达到了巅峰。

此时是一点半,宿舍早就熄了灯,同寝室的三个女生已经陷入了沉睡,然而明沫仍然僵硬地躺在床上。

她睡不着也不敢大幅度地翻身,宿舍的床一翻就容易嘎吱嘎吱响,高三的重压下谁都不容易,她不想打扰室友的睡眠。

明沫拽过薄毯子,从枕头下面把自己的手机拿了出来。

一中在高三期间也并不禁止学生用智能手机,只要不在学习和考试期间拿出来就不会被没收。

明沫插上耳机,用薄毯子遮住手机的光,然后按亮了屏幕,调出了一首轻音乐。

黑暗里手机的光让明沫的眼睛有点发涩,她犹豫了一下,发了一条短信。

"你训练压力大不大啊?"

这个点林展涵应该已经睡了,明沫也并没有指望他能回复,发出来只是她自己好受一点而已。

黑暗放大了所有的情绪,由于知道那边的人肯定不会回复,明沫几乎把林展涵当成了一个树洞。

"我后天就期末考试了,讲真的我有一点害怕。"

"平时作业都会做的,到了考场上就都做不出来了。"

"我爸我妈和李奶奶都跟我说不要紧张,只要尽力了就可以了。但是他们越这么说我越紧张啊,感觉他们对我太好了,而我特别对不住他们。"

明沫用手指捏了捏手机,指关节在手机的光芒中因为过于用力而显现出了发白的颜色,深深叹了一口气,明沫准备把手机放回去。

耳机里的轻音乐突然断掉了。

一个卡顿之后,铃声从耳机里响了起来。

明沫手忙脚乱地想要挂掉,但是忙中出错,刚好按上了接听键,耳机里传来少年清冷的声音:"喂。"

第三十二章　精神支柱

明沫从毯子里小心翼翼地探出头来环顾四周，室友们睡得正香。

"我知道你那边不方便讲话，"林展涵说，"你不用说，听我说就行。"

明沫在胸腔里狂跳的心突然一点点安稳了下来。

"给你听这个。"林展涵低声说。

片刻后，音乐从对面传了过来。

隔着很远的距离，从冰雪覆盖的哈尔滨，这段音乐借助电波行走了上千公里的距离，到达了明沫所在的校园里，精准地从上千个学生里找到了她，钻到了她的被窝里。

开头是很轻的，像国士的手不紧不慢地拂过风雅的琴弦，又像黑衣的剑客叼着一枚竹叶，以绝世轻功站在万顷竹林之巅，抱着手臂眺望远方。

明沫起初并没有反应过来这是什么，只觉得是一段自己从来没听过的旋律，但是骨子里似乎有什么地方是自己所熟悉的。

十几秒后，她猛地意识到了什么。

赵客缦胡缨，吴钩霜雪明。

银鞍照白马，飒沓如流星。

十步杀一人，千里不留行。

事了拂衣去，深藏身与名。

仿佛有一副长长的卷轴在明沫心里铺开，随着音乐的进行，《侠客行》的每一句以浓墨写就的狂草在其上浮现出来，然后又飞快地消失。

没错，《侠客行》。

当初林展涵跟他想要滑一首诗的时候，恐怕没有人会相信，明沫也只是随便一听。毕竟《侠客行》是没有音乐的，即使能谱成曲子唱出来，也并不能够用作花滑的音乐，国际通用的规定里，花滑的背景音乐必须是纯音乐，不能够带词。

然而此刻明沫意识到，这首音乐就是《侠客行》。

它是纯音乐，并没有一句歌词，然而当你把《侠客行》的每一句话代入到其中时，你就会发现文字和音乐产生了一种神奇至极的融合，就仿佛这首音乐是把侠客行的每一句中文翻译成了音符。

这是一首写在五线谱上的《侠客行》。

"郑琅把它写出来了,"一曲终了,耳机里复又传来了少年的声音,"我们磨了很多次,改了很多稿,这一版也许仍然不是最终版。"

他顿了一下,轻声说:"虽然很艰难,但是总会越来越好的。"

深夜里他的声音有点沙哑。

明沫侧过头去,一滴眼泪突然从她的眼角渗出来,掉进了枕巾里。

虽然很艰难,但总会越来越好的。

"虽然学习上的事我恐怕是帮不上什么忙了,我已经半年没考过试了,但是如果你是心态上的问题,我可能还能说两句,"林展涵道,"我很小的时候就开始在美国那边参加俱乐部联赛。"

"一开始的时候我也很紧张,同组的选手年龄都比我大,技术上也都比我厉害,"林展涵轻声说,"我想过很多办法安慰自己,比如'不和别人比,只要做最好的自己就行了',比如'一次比赛成绩不代表全部实力',反正就是很多大道理。"

"但是都没用,道理我都懂,该紧张还是紧张。"

明沫屏住了呼吸,林展涵说的简直和她的情况一模一样。

所以呢,最后你想了什么?

"最后我什么都不想了,"林展涵说,"我的脑子里只有我的动作,我的注意要点,其他所有的念头都清空,忍不住想起来的时候我就刻意打断自己,反正就是努力让自己的大脑除了该保留的东西外,其余都是一片空白。"

林展涵说:"后来我在中文里,学到了这个意思更简单精准的表述方式。"

"明沫,"林展涵的声音仿佛从远隔千里的冰雪深处传来,"但行好事,莫问前程。"

明沫突然觉得自己的心安静了下来。

"睡不着的时候不要想任何东西了,数自己的呼吸,慢慢就睡着了。"

林展涵最后的声音低了下去,他一直是这样,声音大一点的时候就是清冷透亮的,小声说话的时候反而有点含混和沙哑。

他没再说话,电话那头只有少年轻轻的呼吸声。

在还有两天就要期末考试的夜晚,明沫数着林展涵的呼吸,睡了她一个月以来最好的一觉。

在听到电话那头传来女孩均匀的呼吸声后,林展涵轻轻挂掉了电话,然后把手机放到了胸口的位置。

由于打了太久的电话,手机微微有点发烫,把暖流带到林展涵的胸腔里。

明沫不会知道,林展涵确实已经睡着了,训练营里手机日常都是静音的,但是林展涵特意为明沫设了特别提醒。

待手机已经慢慢凉了下来后,林展涵还是看着天花板,没有丝毫的睡意。

他被一种很奇异的感觉包裹了,这是他之前从来没有体会过的感觉,也是在未来很久之后,他才后知后觉地反应过来,原来这种感觉就是人们常常说的"想念"。

在之前十七年多的人生里,林展涵并没有特别想念过谁,他之前跟母亲在一起的时候,听母亲带着恨意抱怨父亲时,脑海里也会滑过那个在自己小时候带自己运动、给自己读诗的爸爸。来到中国后,他也会偶尔想到不知道母亲在美国和自己的继父相处得怎么样的问题。

但是都不是这种想念,不是这种你好奇她每时每刻都在干什么、关心她此时此刻开不开心⋯⋯以及迫切想要见到她的想念。

林展涵有一个笔记本,是他学花滑用的——运动员也需要做笔记,林展涵的笔记本上密密麻麻地记了自己的节目编排和动作要点,包括郑雪峰对他饮食起居上的建议都一个不落地记在了上面。

这个笔记本是他刚来中国的时候买的,那是他被父亲强行送到寄宿学校里、梦想得不到任何支持、心里怀揣的彷徨和孤愤最多的时候。当时的他在扉页上写了一句话来自勉——

"刀刃可以变向,但我永远向前"。

那是他最锋利的时候,整个世界与他为敌,而他怀揣着一腔孤勇勇往直前,宁死不肯后退半步。

然而现在的他有了改变,巨大而冰冷的世界出现了一条裂缝,里面有柔暖的光芒倾泻而出,光芒中央站着一个女孩。

自此冰封的世界中他不再踽踽独行。

头一次,林展涵有了不想再在冰场多待的想法。

他按亮手机,调出日历来,默默数了数日子。

"快了吧,"他把手机放在胸前,虔诚地就像祈祷,"快了。"

第三十三章　举杯少年时

林展涵在五月的时候回到了学校。

此时也是高三学生开始放假准备自主复习的时间了，林展涵的到来给沉闷了快一年的一班注入了一剂兴奋剂，在和全班同学都寒暄过后，杨雨欣决定叫上玩得比较好的同学一起吃个饭。

杨雨欣等人盛情难却，林展涵不好拒绝……不过要让他自己选的话，他更想单独和明沫吃。

他用征询的眼光看向明沫，结果明沫估计是考了大半年的试把情商也给考低了，对林展涵目光里的复杂意味是一点没看出来，非常兴奋地四下招呼道："小任去不去？唐绍去不去？李泽你不要去！……算了你非要去的话就去吧！"

于是林展涵斩断三千情丝，思念尽收心底，摇身一变，又恢复成了不食人间烟火的林上仙。

林上仙面无表情地跟着几个聒噪愚蠢的凡人去涮火锅。

这一年来学校把高考考生们捧在头上怕摔着含在嘴里怕化了，唯恐身体上出点什么问题影响考试状态，细致程度达到了恐怖的地步：自从有个学长回来分享经验说午睡超过十五分钟容易把大脑睡懵会影响下午的考试，午休时间就专门有老师拿着表在楼道里巡回，看看哪个学生睡了超过十五分钟就赶紧上去拍醒。

校领导三番五次叮嘱大家忌辛辣忌油腻忌生冷，小卖部里连瓶冰水都不带卖的，校食堂恨不能改成养生小厨，顿顿清淡营养。

可惜猴崽子们毫不领情，现在一出校门，立刻直奔火锅店点了个变态辣锅，巨大块的牛油抛入红汤之中，然后鸭肠、毛肚、黄喉、肥牛一股脑往里扔。

好在这帮饿死鬼还保留了一丝清醒的意识，认识到林上仙和重油重辣明显不太搭，于是很体贴地在鸳鸯锅里为他开辟了清汤的一席之地。

李泽这一年来成长了很多，褪去了当年那个看到软柿子就想捏一捏的混脾气，开始有点将功补过的意思，然而小任仍然不给他什么好脸色看，两个人一碰上就是一出活喜剧。

"小泽子。"小任高贵冷艳地说。

"喳,"李泽毕恭毕敬,"娘娘您吩咐。"

小任说:"帮本宫调制蘸料。"

李泽立刻屁颠屁颠去了小料台,他调蘸料的方式非常让人耳目一新:拿个最大号的碗,然后每种酱包括葱花、香菜、蒜泥全都挖一勺进来,然后甩开膀子疯狂搅拌。

李泽举着他搅拌完的蘸料屁颠屁颠地回去献宝:"娘娘,这是奴才祖传的蘸料。"

小任看了一眼,柳眉倒竖:"来人,赏一丈红!"

杨雨欣和唐绍立刻把李泽拽过来,在他剃了毛寸的圆脑袋上一顿胡乱拍打,打得李泽抱头求饶。

明沫在旁边笑到跌倒。

林展涵坐在明沫旁边,悄悄透过清汤锅泛起的雾气去打量笑倒在椅子上的明沫。

"真好。"他默默地想。

李泽终于从宫斗剧中脱身而出,他一边夹了一大片肥牛,一边问林展涵:"上仙你学业这边什么打算啊?"

他这句话问到点子上了,大家一起看向林展涵。

林展涵正在帮明沫在辣锅里找她的丸子,此刻终于找到了,林展涵一边用漏勺把丸子捞给明沫,一边回答道:"我在训练营的时候也有文化课的学习,但是具体怎么样得和郑教练再商量一下,如果今年就能去参加外训或者比赛的话,就退役之后再考虑读书了。"

"而且这次回来,郑教练其实也还想再攻克一下我爸。虽然我马上就成年了,但是郑教练那边心里有包袱,觉得没有父母的认可的话,他不敢去承载别人家孩子的命运。"

"但是没关系,我爸这边实在克服不了的话,我可以让我妈从美国回来一下。总之我心里有数,最近几年的重心肯定是在花滑上,但长期来看的话,书也是要读的。"

林展涵的思想一直是比同龄人要成熟一点的,这种成熟可以透过语

-113-

言感染到周围的人，一时间在座的其他人都有点沉默。

高考这座庞然大物横亘在他们面前，让他们除了卷面上的分数和排名表上的名次之外无暇去思考更多的东西，但是此时此刻，在林展涵的带动下，他们都开始思考几个问题：

未来的几年我们都会做什么？

我们都想成为怎样的人？

杨雨欣第一个问出来："大家有想好志愿专业的事了吗？"

大家一时间没开口。

明沫倒是想得最明白的人，她喝了一口可乐，坦诚地说："我大概就挑个好赚钱的专业读了。"

"希望能赶紧攒点钱叫我爸妈退休，要是能攒出给我姥爷买个大房子的钱就好了，他就不用老在他的小菜园里被蚊子咬了，到时候整个阳台都是他种的花，风一吹来，花香拂面。"明沫一挥手，有点陶醉。

大家都露出了笑容。

其实不光是林展涵，还没迈入柴米油盐酱醋茶的高中生们，大多都是有点清高的，老觉得谈钱有点俗，过早地进入了讨厌的大人世界。

在这种情况下，那种很在意钱、很功利的同龄人往往是讨不到周围人喜欢的。但是明沫不太一样，尽管她从高一就开始倒腾她的小生意赚钱，但是大家偏偏都还是很喜欢她。

她让人想起那种古代生意故事里重仁义、重情义、重信义的商人，在商业的另一面是坦诚和热忱。

"我的话想去读新闻。"杨雨欣说。

"你想当记者吗？"唐绍差一点惊掉了手中的筷子。

他们之前从来没听杨雨欣说过，不过细想之下，她还真的很合适。

杨雨欣的细致和认真，大概和新闻业界的求真精神是不谋而合的。

杨雨欣点了点头，在她之后，唐绍和李泽也大致说了说想法。

李泽没什么打算，他的成绩不怎么稳定，打算到时候看了分再说。

唐绍的目标倒是相对而言比较清晰，他的成绩是这群人里最好的，全科都很优秀，只要发挥不出大问题就肯定能够上最好的学校。他打算考得好的话就读计算机，分数稍低一些的话就选个录取分数线次一级的基础学科,然后研究生再转计算机。

他们各自谈了一圈,最后才发现小任一直没说话。

明沫碰碰他的肩膀:"想啥呢?"

小任想了想,深沉地叹了口气:"太晚了。"

"什么太晚了?"

"艺考,已经错过艺考了,太晚了。"

明沫愣了愣。

小任的确是有过走美术这条路的想法的。

小任的成绩很一般,尤其是数学和物理,刷了一摞的题之后跟没刷一样。唐绍拿着数学压轴大题的经典题型给小任翻来覆去地讲了好几遍,把繁杂的步骤一步一步给他理清了,小任吭哧吭哧地照着背了一遍,下次考试的时候还是得不到分。

最后的结果就是小任看到压轴题直接翻过去不做了。

"我没有那个脑子。"小任对明沫说。

一般这种理科不好的人大多偏文,但是小任连文也不偏。他的作文分数一直成谜,碰上对眼的判卷老师,他能得个满分,碰到不对眼的会觉得他跑题跑了十万八千里,直接给他降到三类文。

连李奶奶都感叹,这小孩看着就和主流非常不一样,是个天生的艺术胚子。

但是艺术这个专业,烧钱,回报晚,小任家庭条件很一般,断断不能同意他去走艺考的路子。

"其实也不算晚。"林展涵突然开了口。

小任低下头。

他这一年已经变得自信阳光了很多,但是在林展涵面前他有点羞愧:"我连跟家里抗争的勇气都没有。"

林展涵放下筷子,沉默了一会儿,似乎是在想怎么说。

"勇气这种东西怎么说呢,有时候不被逼到绝境,你自己也不知道自己到底有没有,"半晌后,林展涵开了口,"我是真的没办法,错过了这几年,以后就再没有机会了。"

"但是你要是想去学艺术,什么时候都不晚,"林展涵看着小任,"还

-115-

有一生的时间去做你喜欢的事情，记住你现在对它的爱就好了，别放弃。"

明沫看到小任的眼睛突然亮了起来。

火锅四周的气氛骤然昂扬了起来，快吃完的时候杨雨欣提议："我们碰个杯吧。"

这帮高中生都没参加过饭局，不知道碰杯前要不要说点什么祝酒词之类的，一个个满心激动地举着可乐、雪碧站了起来之后都有点傻眼。

一般这种冷场的时候都需要明沫来救，她想了想，举起了杯子："祝我们梦想成真。"

然而她并没能说完这句话。

因为林展涵和她同时开了口，而他的声音压过了她的。

林展涵说："祝我们永不回头。"

明沫猛地转过头去望向他。

她突然想起了几个月前深夜的那个电话……

他说，但行好事，莫问前程。

"一定会成功"这样的祝愿是如此的虚浮和套路，未来坎坷，没有人知道前路最终通往何种结局。

于是我只祝愿你永不回头。

小任第一个跟着举起杯子："祝我们永不回头。"

"祝我们永不回头。"

"永不回头。"

他们一饮而尽。

此时距离高考还有十五天。

第三十四章　事发突然

这个周末明沫没有回家,她去了姥爷那里。

姥爷的小菜园草木扶疏,比家里更能让明沫静下心来。林展涵这几天也仍然借住在她姥爷家里,不知道为什么,焦虑到极点的时候明沫看看林展涵,总会得到一种奇异的力量。

她最近胃口很差,于是中午姥爷用自己菜园出产的小白菜炖了肉丸子汤,让明沫的舌头又恢复了感知美食的能力。

明沫抱着碗感叹:"美食达人周建国!守护全世界最好的周建国!"

她一口气喝完了汤,把碗往桌上一放,没有高考压力的林展涵同学自动起身去洗碗了,陆铭铭小朋友本来非常没眼力见儿地端着冲锋枪想向姐姐发起冲锋,被林展涵拎着背带裤的带子拎到厨房里旁观他洗碗去了。

明沫把下巴搁在桌沿上:"你说我要没考好,可咋办啊,周建国?"

姥爷:"没考好过来帮姥爷种地。"

明沫扶额:"你不能适当地鼓励我一下吗?比如明沫同学你一定会考好的。"

姥爷说:"明沫同学你一定会考好的。"

明沫双手合十:"全世界最好的周建国保佑明沫一定考好。"

姥爷拍拍她的头:"保佑明沫一定考好。"

不得不说,高考前的重压下,真的是这种最没营养的对话能让明沫紧绷的神经放松下来。

回学校的时候明沫没和林展涵打招呼,她听到姥爷去了厨房里,似乎是捏了捏林展涵的肩膀。

"看把我们小伙子瘦得,"姥爷感叹,"缺个人好好照顾你啊。"

明沫心里莫名其妙地一动。

然而高考前切忌心里瞎动,趁着自己没有再发展出更深一层的想法,明沫赶紧跑回学校背书去了。

最后的两周明沫过得非常平静。

她按部就班地完成自己的复习计划,尽量不让任何突发事件产生以致干扰到自己。

焦虑和紧张的情绪越来越沉重地压在心头,明沫尽量做到像林展涵说的那样不去想。

高考的前一天大家坐在教室里,李奶奶的英语是最后一科,她在讲台上最后一遍叮嘱了注意事项后,冲全班同学淡淡地笑了:"你们是我最后一届请喝茶的学生了。"

"毕业了大家也要常回来看看。"

"大家都很棒,考出自己的水平就可以了——你们每个人都是我的骄傲。"

明沫觉得眼泪就在眼眶里打转。

考前最后的时间是她最苦也是最幸福的时光,她一边顶着压力向前,一边觉得全世界都站在自己背后。

傍晚的时候明妈发来短信,问明沫第二天中午有没有什么想吃的。

他们这些考生会由学校统一安排好大巴送到考点,中午也会统一安排休息区,家长可以进来探班,给孩子带点吃的或者营养品。

明沫估计明天中午自己是咽不下盒饭的,于是她回复说:"叫姥爷炖个白菜丸子汤吧。"

那边隔了一会儿,回复了一个"好"。

明沫放下手机,隔了一会儿又重新拿起来。

她知道自己也许不应该发这条短信,但是心里的火在这个考前的夜晚燃烧了起来,她不打算把这团火带到考场上了。

深夜的时候听着他的呼吸入睡。

看到他的时候就会获得力量。

他说的任何一个字都能直击她内心的最深处。

明沫拿起手机,她想了很久,给林展涵发了一条短信:

林展涵同学……

打了一半明沫才猛地意识到——给林展涵发什么?

林展涵同学,你对我很重要。

有病吧,明天高考了跟人家说这个。

林展涵同学,感谢你一年来的照顾。

这话更应该跟李奶奶说。

林展涵同学,考完可以和我交往吗?

呸!你以为自己是偶像剧女主角吗?!

明沫思前想后,最后在屏幕上敲下了几个字:

"林展涵同学,等考完试,我们就是大人了。"

明沫读了三遍,感觉自己都没读懂这句奇怪的话到底是想表达什么玩意,于是绝望地决定还是放弃吧,删掉去睡觉。

结果她那个手指也不知道是发了什么风,本来要点删除键的,结果直接碰到了发送键。

明沫呆愣了片刻,然后开始疯狂地摇晃自己的手机——啊!啊!啊!撤回!撤回!撤回!

明沫当然也知道摇晃手机是没法撤回的,问题是她也不知道做什么能缓解一下尴尬了,完了!完了!完了……

手机嗡了一声。

明沫低头看向屏幕。

"加油。我等你考完。"

这是明沫整个高三时光的最后一剂强心针。

她被这句话点燃了希望,她被这句话镀上了铠甲。

上午的语文考试她发挥得非常稳定,前一晚睡眠质量非常高,明沫觉得这个开端几乎可以用完美来形容。

唯一一点不完美的是中午明妈送来的白菜丸子汤,明沫喝了一口就意识到这百分之二百是明爸熬的。姥爷熬出来的要清淡很多,明爸好像还用的是鸡汤当汤底,姥爷一般不走这种捷径,他会用丸子本身的味道来提鲜。

不得不说,明沫的反应神经有点太粗了。

很多蛛丝马迹其实已经指向了一个可能,但是此时此刻明沫浑然不觉。

如果她一直这样浑然不觉下去,那么也是非常好的,或者说,这恰恰是所有爱她的人所希望的。

然而她偏偏回过神来了。

而且她回过神来的时间点非常不凑巧。

在往数学答题卡上填好了名字，等待监考老师把卷子发下来的那一小会儿空闲里，明沫走了一瞬间的神。

这一瞬间的走神酿成了难以挽回的灾难性后果。

明沫后知后觉地想到："我今天可是高考，姥爷怎么会连个饭都不愿意给我做呢？"

这一个问句引发了爆点，一系列的回忆突然连着爆开了。

明沫突然想到今天明妈来给自己送饭的时候眼睛是肿的。

还有几天前……姨妈给她打了个电话，问她的考前状态怎么样的时候，她在电话里听到了陆铭铭的声音。

不对啊，陆铭铭不是一直跟着……姥爷住的吗？

一件事或许说明不了任何问题，但是连在一串的时候……就不太可能是巧合了。

明沫感到自己开始心慌了。

第三十五章　两难抉择

　　她做了很久的考前心理建设，设想了自己在考场上遇到各种突发情况的时候该如何应对才能保持镇定……但是这个突发情况并不在她的设想之内。

　　姥爷出事了，很有可能是出事了。

　　不是小事，如果是小事的话大家不至于一点口风都不肯透给自己，明妈的眼睛也不会是肿的。

　　读题，明沫在心里对自己说，卷子已经发下来了，数学的时间本来就很紧张，愣着干什么，赶紧读题。

　　她仓皇地扒着卷子开始看第一道选择题，前面的选择题题干很短，对于优秀考生而言完全是送分的，题型也是之前的大考、小考中练习了无数遍的。

　　然而明沫读了三遍都没有读懂题干在说什么。

　　她茫然地抬起头，和讲台上的监考老师对视，监考老师狐疑地看着她。

　　明沫心里不祥的预感越来越重。

　　她出考场的时候脸色青白得像鬼，后面有两个作死的考生在相互对答案，明沫木然地听着，觉得每一个答案似乎都非常的陌生。

　　明爸明妈在考场外等着，看到明沫出来时候的脸色全吓了一跳。

　　他们搞不清楚明沫到底有没有察觉什么……但是显而易见地，明沫考砸了。

　　明爸走上前来，犹豫了好久之后终于勉强做出若无其事的样子，他拍拍明沫的头："考完了就不想了，好好准备考下一门。"

　　明沫木然地继续向前走，她的五脏六腑在翻江倒海，但是她……不能开口问。

　　她没有勇气问姥爷到底怎么了，她不知道自己在接受了最坏的结果之后会不会崩溃。她明天还有两门，占 750 分里的 450 分，她为此准备了一年，她不能崩溃。

明爸明妈心里也在煎熬。

这是个博弈,"告诉"和"不告诉"两个答案在疯狂地互咬,每个都有充分的理由,这种情况下,连做父母的都非常的无力,他们并不知道哪一种是对孩子更好的选择。

明沫一整晚都没有睡着,她反复地告诉自己,不要想,不要想。

然而一切都失控了。

晚饭过后她就上了床,她在背对所有人的地方咬住被角,巨大的恐惧让她眼泪流满了整张脸。

杨雨欣拿着物理课本在她身后站了一分钟,然后悄悄地走出了寝室,外面站着满脸担心的小任。

"给林展涵打电话,"杨雨欣低声对小任说,"立刻打。"

考生的休息区林展涵是进不来的,而第二天的早上他站在送考的人群中,没能找到明沫。

明沫绕路从另一个门进了考场,她甚至没有办法承受和其他考生一样在大门处和老师、父母拥抱一下——她觉得如果今天还在送考的人群中看不到姥爷的话,她会当场崩溃。

然而逃避解决不了问题。

今年的理综非常难,每一道题都有异常长的题干,连唐绍这样从未失手过的学霸都卡了很多次,杨雨欣差点没写完卷子,小任空了至少二十分的压轴题。

而明沫,所有题干上的字在她眼前都是浮着的。

生物大题是惯例的基因遗传问题,第一个空问孙子的隐性基因来自爷爷还是奶奶。

明沫不知道自己在干什么,她想都没想就往上填了个爷爷。

她的心沉甸甸地往下坠。

姥爷现在到底怎么样了?

他在医院里吗?

我现在坐在这里考试,是不是错过了见他最后一面的时间?

最后明沫已经完全读不进去题了,她的视线完全被眼泪糊上了,很久之后她才知道那一年她的故事成了不明所以的旁人解释那一届高考有多变态的有力证明：

"理综爆炸难，我们考场有个女生当场就被难哭了，啧啧啧，那眼泪流得跟家里死了人似的。"

到最后收卷的时候，明沫的答题卡空白了将近三分之一。

明沫知道自己是完了。

她行尸走肉般地走出考场，脑子里嗡嗡地，面前有什么她看不见，旁边有什么她听不见。

她不想看到父母，于是她依然选择了那个很少有人走的第二通道。

然而她一走出去就被拉住了。

明沫抬起头。

林展涵看着明沫，这是他从来没有见过的明沫。

明沫几乎是没丢过面子的那种女生，她情商高、讲义气，是个人都能和她成为朋友，偶尔有丢脸的时候自嘲几句就圆过去了，从来没有遇到过特别狼狈的场合。

然而她此刻简直狼狈到了极点。

"我考得好差。"明沫说，她的嗓子完全是哑的。

"没事，"林展涵说，"你不会他们也不会，今年好像理综就是很难，我刚才看见好几个女生一出来就哭了。"

"不到最后一刻别放弃，你英语好，能挣回来。"

然而林展涵这么说的时候自己心里也没底。

英语再怎么好，也得听力能听得进去，阅读能看得进去。

以明沫现在这个状态，她能不把答题卡涂串都已经是造化了。

林展涵昨天就接到了小任的电话，但是明沫的手机关机了，早上他也没找到她。

现在只有一门英语还能救，然而林展涵不知道怎么救。

之所以明沫已经表现出了强烈的异常后都没有任何人敢和她说真相的原因是，除了明沫本人外，其余人都没有足够的把握来判断她的这种异常究竟是因为考砸了，还是因为意识到了什么。

如果仅仅是因为考砸了，那么她现在得知真相就无异于另一个霹雳，她可能会当场考不下去。

然而如果她真的是因为意识到了什么，那么这种不确定的状态对她的伤害性可能比知道真相还要大。

告诉，还是不告诉。

明沫的父母都不敢做决定的事，现在压到了林展涵的肩上。

做得对了，他不一定有功，做错了，他一定有过。

明沫看了一眼林展涵，然后缓缓推开了他，继续木然地向前走，她并不指望林展涵能说点什么。

那一瞬间，林展涵做出了决定。

再坏也不会比现在更坏了。他想，赌一把吧，赌错了我向她全家赔罪。

"明沫，"他转过头来看向她，"姥爷走了，就在上周末。"

第三十六章　他的选择

明沫的脚步猛地顿住了。

很奇怪地，这一刻她反而没有哭出来。

她甚至想起了一个她不知道什么时候听过的故事：说的是一个住在年轻人楼下的老人，每天晚上都会被年轻人脱靴子时重重的靴子砸落地面所发出的声音惊醒，于是在他抗议后的第二天里，年轻人在脱下一只靴子砸落地面之后猛地想起了他的抗议，于是把第二只靴子轻轻地放到了地上。

结果老人反而一直在等着第二只靴子落下的声音，最后一夜都没有合眼。

明沫想："第二只靴子终于落下来了。"

她感到巨大的悲伤如同海潮一般正在心里涌起来，但是林展涵走了过来，他看着明沫，黑色的发梢下是黑色的眼睛。

清冷又悲悯，伤感又安慰。

"明沫，"林展涵盯着明沫的眼睛说，"但是姥爷还是会保佑你的。"

"全世界最好的周建国保佑明沫一定考好。"

明沫的眼泪突然落了下来，她直接坐到了地上，放声大哭。

考场外的考生已经散去了，骄阳似火下只有一对孤单的少年少女。

林展涵半蹲下来，他犹豫了一下，把明沫的头揽到了自己怀里。

"如果不能做到不要想的话，就想他吧，"他低下头，下巴刚好抵在少女头顶发旋的中心，林展涵轻声道，"想着他，然后走完这个征程。"

明沫就这样上了最后一门英语的考场。

发卷子的等待时间里她双手合十放在桌上，默想："周建国，你在看着我吧。"

这是一个被泪水和汗水打湿的夏天，无数年轻人的命运在这一年被改变，这一年里留下了太多太多不为人知的故事。

明沫英语超常发挥。

她走出考场的时候异常平静，她拥抱了明爸和明妈，然后说："带我去看姥爷吧。"

全世界最好的周建国在这个夏天悄无声息地离开了。

他走得非常突然，从突然心脏衰竭到停止呼吸只有短短二十分钟，这让明沫有一点点的欣慰。太多的老人在重症病房里度过了非常孤独和困苦、毫无生命质量和尊严的临终时光，和他们相比，周建国起码没有受什么罪。

高考完的考生中有人去楼顶撕书，有人去夜店通宵，有人在家睡了三天三夜。

而明沫则在姥爷的灵堂哭完了全程。

杨雨欣、小任、唐绍、李泽，还有一班很多同学都来了，明沫感激他们，但是他们也并没有办法给到她任何有效的安慰。

连她爸妈都不能，明爸明妈毫无疑问是爱她的，但她住校住了这么久，不可能和父母一直保持完全即时的沟通。他们之间多少有一些代沟，于是父母的诸多走心安慰到明沫那里也都变成了不痛不痒。

唯一有效的是林展涵。

林展涵根本不说话，他就只是坐在明沫的旁边，然而不知道为什么，他在的时候明沫会觉得好一点。

于是明爸明妈也把位置留给了他们两个。

姥爷去世已经一周了，因此该来吊唁的人其实已经来过了，大家都已经过了冲击最大、悲伤最多的时期，除了明沫。

于是灵堂里只剩下明沫和林展涵。

哭到筋疲力尽的时候明沫睡着了，她整个人蜷缩在垫子上，头以一个非常不舒服的姿势抵在冰冷的地面上。林展涵犹豫了一下，把她拉了过来，让她的头枕在了自己腿上。

明沫没有完全睡着，她低声喃喃道："姥爷最后是和你住在一起的吧。"

林展涵点点头，事实上当时正是他一只手抱住吓傻的陆铭铭，另一只手拨打了救护车电话。如果家里只有姥爷和陆铭铭这一老一小的话，事情恐怕还要更糟糕。

姥爷主要是之前身体实在太硬朗了，谁也没想到会有这一出。

"那他最后跟你说了什么?"明沫问。

林展涵想了想,最后有点无奈地摇了摇头:"不记得了。"

"你知道我听到的,姥爷说的最后一句话是什么吗?"明沫轻声说。

"他说你应该被好好照顾。"

明沫闭上眼睛,一大颗眼泪从她眼睛里掉出来。

"所以说,对我来说……这就是我姥爷的遗言了。"

林展涵心里剧烈地一动,就像胸腔里有某个部分狠狠地疼了一下,然后又缓了一下,仿佛是伤口撕裂后又漫上了腥甜的鲜血。

他看着明沫憔悴到极点的脸,心想:"我不能离开她。"

生老病死让人生的短暂和无常在一瞬间以最残酷的形式彰显,因此就愈发显得夹杂在短短时光缝隙中的少年情感是如此之浓烈。

在我最艰难的时候,我遇到了你。

在你最艰难的时候,让我陪着你。

林展涵俯下身,紧紧抱住了明沫。

上方的遗像中,姥爷的目光温柔地注视着他们。

傍晚,明沫筋疲力尽地睡着了,林展涵沉默地坐在一边陪着她。

突然,他的手机震动了起来。

林展涵看向屏幕——林征宇。

他无心接听,按掉了电话。

然而很快,手机再次震动了起来。

林展涵不得不站了起来,走出灵堂。

"喂,"夜风吹得他脑子清醒了一点,"有事吗?"

"和爸爸见个面吧。"那边传来林征宇的声音。

"有什么事电话里说吧。"林展涵回答道,礼貌而冷漠。

那边沉默了一会儿。

片刻后,林征宇道:"这样吧,再等几天。"

林展涵微微挑起了眉。

"等这一届学生的高考成绩出来了,如果你想和我聊聊的话,就给我打电话。"

林展涵眉心微动:"你什么意思?"

-127-

林征宇没有直接回答他，淡淡道："你们这些小孩子遇到事情不要老喜欢自己扛，毕竟你们还小，个人能力是有限的。"

"要学会借助父母的力量，毕竟这个时候，父母还可以给你搭出一个比较好的平台。"

"等下，"林展涵打断他，"你到底想要说什么？"

林征宇沉默了片刻，然后道："明沫同学家里的事情我听说了。"

林展涵眼角一跳，刚要说点什么，林征宇的话音就堵住了他的嘴。

"我这么说吧，过去的事情已经过去了，人死不能复生，但是你们年轻人还有无限的未来要奔，"林征宇说，"所以当下她最该解决的问题是，担心自己到底能上一个什么样的大学。"

林展涵猛地顿住了。

林征宇挂断了电话，夜风吹来，林展涵头一次觉得夏夜的风也会如此的冷。

第三十七章　在你身边

尽管时间在悲伤中被拉得无限长，日子还是一天一天地过去了。

高考出分的日子如期来临。

尽管点开网页前明沫就做好了心理准备，然而当她真正看到分数的那一刻，巨大的冲击还是几乎一瞬间就摧毁了她的防线。

明爸、明妈请了假从单位赶回了家。

李奶奶在一天之内来了三个电话。

姨妈一家带着陆铭铭前来探望，连好动的陆铭铭都感到了空气的压抑，自己乖乖缩在角落里不敢出声。

如果把明沫一模、二模的成绩做一个平均的话，她这次高考成绩比这个均值低了将近一百分。

语文是正常的，英语很高，但是数学和理综做得就像是从来没有学过一样。

明沫原来的成绩是不差的，尽管高三上的时候经历过很长时期的低谷，但是在高三下有了回升的趋势，尤其一中是全市的重点中学，一班又是重点班，所以即便在一班排名很靠后了，上一个重点大学还是没有问题的，明沫的成绩也从来没有跌出过重点线。

然而现在明沫的问题是她的总分并没有上一本线。

如果去复读，压力就是成倍的，因为谁都不能保证新的一年分数会不会比上一年更差，尤其明沫本身的性格并不是非常能抗压，复读的压力要远大于高三，她有很大的可能性是根本扛不住的。

但是如果就这样，去读一个她根本没有考虑过的学校，在那里度过四年青春，乃至影响到自己人生的整个轨迹……明沫又不可能做到甘心。

事情已经几乎到了走投无路的地步。

就在这个时候，林展涵突然给明沫打了电话。

"我有办法了，"林展涵的声音在电话那头传来，"明沫，我们一起出国吧。"

十个小时前，林展涵躺在床上，对着天花板发呆。

运动包就放在不远的地方，那里面有他的冰鞋，十几年了，那一直是林展涵最重要的东西。如果现在这个房间着了火，别人在逃跑前去拿钱包、首饰，林展涵一定先去拿冰鞋。

手机响了起来，林展涵看了一眼，是郑雪峰打来的。

他头一次无视教练的来电，按了静音扔在一旁，任凭手机在黑暗中一遍遍亮起。

一天前，在明沫和李奶奶通话过程中忍不住掉下眼泪的时候，林展涵沉默地走开了，在外面站了半个小时后，拨通了林征宇的电话。

"你有办法吗？"

林展涵其人，清高又好强，一生不屑于在父辈余荫下乘凉。

这是他第一次开口向父亲求助。

林展涵在床上翻了个身，他没有开灯，房间里一片漆黑，黑暗笼罩着他，让他宛如一直朝一个黑色的泥塘里沉下去一般。

黑色的泥塘叫作孤独。

林展涵想起五个小时前林征宇对自己说的话，他说："去美国一样可以滑冰的，还在你原来的俱乐部，我的儿子这么优秀，一定能把学业和花滑兼顾好的。"

潜意识里林展涵知道林征宇在哄他，一个要拿学位证的学生绝无可能把体育练出专业运动员的水准。

然而此时此刻，心里有个小人在帮着林征宇骗自己。

小人说："没事的，凡事也有万一，没准能在美国大学挑个课业不重的专业呢。"

小人说："而且没准你在那边参加一些花滑比赛，能得到的奖金把你们俩的学费都付了，不就不用林征宇的钱了。"

林展涵在黑暗里低声说："花滑是我的梦想。"

小人沉默了一会儿。

"没有让你彻底放弃梦想啊，"片刻后，小人说，它待在林展涵的身体内部，把他所有的软弱和犹豫都吸纳进了自己的身体，"只是一时的妥协而已……妥协一下，成全别人的梦想。"

"何况不是别人，是明沫啊。"

"难道你想要离开她,再走向那个没有任何人爱你的世界吗?"

明沫不是没有考虑过出国,但是她算了一下国外每年的花销,自己就打了退堂鼓。

她家没有那么多钱,她不想让爸妈砸锅卖铁供自己念书。

然而林展涵似乎有了办法。

"费用上你不用担心……"林展涵低声说,"我爸会付的。"

此刻所有带来巨大冲击的事都已经过去了好几天,明沫的情绪基本已经从崩溃状态恢复了过来,理智重新进入了她的大脑,她一听就觉得有点不对。

林展涵的父亲会帮她付出国的费用?

那根本不是个小数目,四年下来的话是几十万人民币。

尤其是林展涵和他父亲势同水火,为什么又突然联系上了?

林展涵没有意识到明沫这边的疑虑,他自顾自地把安排说了下去。

"我们先飞香港,把托福考了,现在申请虽然已经晚了,但是我爸说他在美国大学也有朋友,我们可以先过去旁听。"

"等一下,"明沫问,"那你花滑怎么办?"

林展涵顿了一下,声音轻快地说:"美国那边花滑俱乐部很多的,我之前就是在那儿练的,到了美国之后还可以找原来带我的教练继续学。"

明沫应付了他几句,然后挂掉了电话。

明沫年轻,但是她不傻。

命运馈赠的礼物,一定暗中标好了价格。

她沉住了气,没有给林展涵那边任何回应,林展涵之后打来的电话她一个都没有接。

果然,一天过后,林征宇本人联系了她。

他们约在一个餐厅见面。

林征宇穿着全套西装,架着金丝眼镜,看上去是非常文质彬彬的样子,只是人到中年后多少有了一点啤酒肚。他伸手示意明沫坐下,菜已经点好了,明沫的面前摆着已经续好的柠檬水。

"明沫同学吧?我们见过,"林征宇对明沫点头致意,"听说了你家里的变故,节哀顺变。"

-131-

明沫点了点头，目光微垂。

之前哭肿的眼睛已经消肿了，连带着一起消下去的是曾经的脆弱。

亲人去世和高考失败对于未经世事的年轻人而言，哪一桩都是灭顶的灾难。明沫在几天之内生生受了一遍，经历了她生平最大的劫难，心在被热油反复煎过后，反而比之前更加成熟了。

巨大的灾难让她整个人几乎脱胎换骨。

她有点明白为什么林展涵身上总有点早熟的感觉了——因为他受过别人没有受过的苦。

少年总在痛苦中成长。

她客气地对林征宇说："谢谢。"

第三十八章　不要为他考虑

林征宇选的这个餐厅离明沫的学校很近,此时恰有几个明沫认识的外班同学也在餐厅里,他们过来寒暄,问明沫的志愿选项。明沫行云流水地打发了他们,全程悲喜都没有表现在脸上。

林征宇冷眼在旁边看着这一切,他是实打实的老狐狸,几眼就能相出一个人的与众不同来。等明沫打发走了同学再回过身来的时候,林征宇笑了笑:"展涵应该跟你提了吧?"

明沫看了一眼林征宇。

她没有跟他绕来绕去的打算,林征宇远比她精明,跟他打哑谜的话自己绝对没有胜算,于是明沫单刀直入地挑开了话题:"去美国的大学读一个学位,花滑作为业余爱好,然后叔叔奖励他带一个人一起走的学费,是不是?"

林征宇看了一眼明沫,他心里微微惊讶——这个小姑娘看得比自己想象的还要透。

他笑笑:"现在的年轻人真是了不得,你如果是个男生的话,将来肯定是能干成一番事业的男人。"

明沫完全没有被夸的意思,她淡淡地笑了:"这话说的,那叔叔也未免太看不起女孩了。"

她突然觉得此情此景相当滑稽,烂俗的电视剧里不是常有那种情节吗?富家男主的父母对女主说:"给你一百万,离开我儿子。"

结果到了明沫这里,剧情变成了"给你一百万,跟我儿子走"。

明沫看了一眼林征宇,但是林征宇完全没有因为被她抢白而生气,他气定神闲地举起玻璃杯,喝了一口水。

明沫恼火起来。

她知道林征宇觉得自己一定不会拒绝他。

但是凭什么?

"我不喜欢国外的环境,"明沫硬邦邦地说,"是,我这次高考没考好,但是只是意外,我可以复读。"

林征宇气定神闲地放下杯子。

"明沫同学,你了解过复读班的情况吗?"

明沫心里咯噔一下。

她了解过,出分的第一天她就去了解了,在网上看了大量的经验帖。

"复读班里,当然有你这种第一年没考好,想要第二年好好奋进的孩子,"林征宇笑了笑,"但是还有相当多一部分,是心思都不在考大学上,只是被父母硬逼着去混日子的垃圾学生。"

"你一直在重点中学的实验班里,对吧?你去了复读班就会知道,你的学校、你的老师、你的同学给你营造了一个多么好的学习环境,这些在复读班里,都不会有。"

明沫放在餐桌下的手悄无声息地握紧了。

这些她心里都清楚,林征宇准确地戳到了她的痛处。

一颗老鼠屎足以坏了一锅汤,高考前大家都神经过敏,前排男生写字太响了都有可能造成明沫的烦躁情绪,如果有一两个不想好好学习的破坏分子在班里调皮捣蛋,那自习课就别想好好上了。

更别提半个班都是这样不想好好学的人,他们的力量足以拧成一股绳,让想好好学的人也学不成。

"所以啊,你根本不知道会碰到什么人,"林征宇轻飘飘地笑了笑,奉上致命一击,"今年会出这种意外,明年没准是另一种意外。"

"叔叔的思想呢,可能有点老旧,如果再说'你们女孩子怎样怎样'的话,大概会遭你嘲笑,"林征宇的指关节轻轻叩击着桌面,"不过呢叔叔毕竟是过来人,该说的还是要说,你们女孩子,以后到了社会上,由于年龄遇到的麻烦是会比男生多的。"

他不用再多说了,他看着明沫的脸色就知道她明白。

男人二十五岁和三十岁差别并不大,女人的话就完全不同了。

无论是体力的衰退,还是面临的组建家庭、生育后代的压力。

大部分人都是普通人,活得并没有那么潇洒,不是说不在乎,就真的能挥挥手全然不在乎的。

"女孩每一年的青春都很宝贵,浪费一年的时间在无穷尽的刷题上,还要面临巨大的风险,是我的话,这笔买卖我不做,"林征宇看着明沫,

"我第一次见你就知道你是个很聪明的孩子,我知道你考虑得清楚。"

"尤其是……"林征宇顿了顿,然后笑了起来,"今天我意外发现,你很精明,但是更难得的是除了精明之外,你很善良。"

明沫的双睫猛地战抖了起来。

"你坐在这里,想要和我抗争,并不是为了你自己。因为对于你自己而言,这件事根本没有任何的损害,你能读一个很好的美国大学,而且不会给家里造成经济负担,这是你之前根本没有的机会,"林征宇说,"你坐在这儿是为了展涵,要做出牺牲的人是他而不是你。"

明沫的手开始发抖。

她不想去美国吗?

她想。

更广阔的世界,更好的教育机会,尤其是她不用再回过头来,去面临一年暗无天日的复习。

"那么我希望你明白,"林征宇说,"为你自己考虑,不要为别人。"

"你们今年才几岁?十七还是十八?你们还太小,不明白朋友圈子这种东西几年就会完全换一遍血的道理,现在看上去最重要的人,过了几年看可能什么都不是。"林征宇说,"但是学历这种东西是跟你一辈子的,你的前途,你的生命,都有可能因为年轻时候的这几年发生巨大的改变,这是最宝贵的时光。事实上人生重要的节点就那么几个,一步走错了都没有后悔药。"

"那你呢?"明沫突然说。

"你叫我不要为他考虑,那么你呢?"明沫盯着林征宇的眼睛,"儿子这种东西总不至于几年就换一遍吧?"

林征宇笑了。

"我恰恰是在为展涵考虑,"他说,"展涵这个年龄,视野太局限了,这就注定他没有办法为自己做出最优的选择。"

"什么叫最优的选择?"明沫步步紧逼,"赚最多的钱吗?"

"是啊,赚最多的钱,"林征宇几乎连犹豫的时间都没有,"难道钱不重要吗?"

"你现在因为两份卷子没做好就进退维谷,因为什么?因为没有足够的财力,然而我有,你去美国读书的那几十万在我看来并不是很大的负担。展涵已经十八岁了,这可以算作我送他的成年生日礼物。"

林征宇说完了他所有的话,往后一靠。

他胜券在握。

在资历、财富、社会资源全都占优势的情况下,处在人生最低谷的明沫根本就没有反击之力。

林征宇原本是做好了准备花几十万给儿子买个开心的。在他看来,十几岁的感情能走出结果的凤毛麟角。

但是现在他觉得如果林展涵真的和明沫走到一起了他也能够接受。虽然在之前的计划里他肯定更希望林展涵能找个门当户对的女孩,两个人能整合家庭资源做出更好的事业,但是明沫确实给了他很多惊喜。这个小姑娘自身素质是非常过硬的,高考垮了并不是她本人的错,是个人在那种情况下都得垮,只能是怨命不好了一点。

明沫不知道自己是怎么回去的。

离交志愿表还有一段时间,她没把这件事跟爸妈说。

明沫想去美国,她真的非常想去。

而且那几十万也并不是问题,四年之后她就工作了,慢慢还总是还得清的,她并不会欠林家什么。

她在浑浑噩噩中顺应了林展涵的安排。林展涵的自理能力非常强,很快就订好了去香港的机票。他们下周就飞过去,香港那边的托福考位还有,他们下个月可以直接参加考试。

然而明沫又开始失眠了。

她在失眠了三个晚上之后,接到了一个陌生人的来电。

对面是一个明沫从来没有听过的女声:"请问是明沫同学吗?"

明沫完全不知道对方是谁:"是我,您是?"

那边顿了顿。

"我是林展涵的妈妈。"

第三十九章　对他好一点

明沫终于见到了林展涵的母亲。

她身上的西化色彩非常的浓重，与一直在中国生活的女人有着一眼即可看出的区别。明沫见到她时她穿着明黄色的太阳裙，栗子色的短卷发，架着一副大墨镜。大概是拜美国高热量食品所赐，她的身材有些发福，无袖的裙子外露出两条浑圆的臂膀来。

林展涵的母亲约她的地方在一个大商场里，她们在门口见面，明沫本来以为林母要带她去餐厅或者咖啡店之类的地方，然而都不是。

林母带她去了商场的地下——那里是一个冰场。

小小的孩子们在冰面上穿行着，其中最小的大概只有三岁。

"展涵刚开始上冰的时候大概也就这么大。"林母看着那些小孩淡淡道。

明沫心里一动，她隐约知道了林母今天谈话的主题是什么。

"其实很奇怪，我这边是并不反对展涵滑冰的，但是展涵执意和我分开了，回到中国，回到了他父亲的身边，"林母叹了口气，"说实话，我真不知道他这样是为什么。"

明沫不敢妄自猜测。

林展涵和母亲之间似乎并没有他和父亲这边这样激烈的矛盾，但是不知道为什么，他和母亲的关系似乎也并不怎么亲。

"本来他的监护人已经变成了他父亲，那么他父亲和他本人都同意的事情，我就不应该再插手管了，"女人道，"但是这毕竟是会左右他人生的事，所以我还是坐了八个小时的飞机，过来见一见你。"

明沫低声说："阿姨……"

她不想再和任何人深聊了，林展涵的母亲带她来到冰场，无非是希望借此唤醒她的一点良心，让她想想林展涵的花滑梦想，由此放弃去美国。

但是明沫太累了，她实在是太累了，她原本坦荡平顺的人生被两样前所未有的灾难砸成了一片废墟，她没有力气再花很多精力思考什么才是正确的了。

林展涵自己决定的，她跟着走就行了，就这样吧。

"我知道你想说什么，"女人突然重重呼出一口气，她有点疲惫地靠在冰场旁边的栏杆上，"你应该是觉得我今天来是要劝你别去美国的，对不对？"

"不是，"女人摇摇头，苦笑，"我没权利这么做，说句实话，我要是你，我一定走，只要不是傻子，都应该抓住这个机会。"

明沫愣了愣，她有点摸不清林母的套路了。

"我来只是想见见你，看看你是什么样子的，"林母低声说，"你能看出来吧？展涵其实是很独立的一个孩子，在他之前的人生里，除了花滑之外，我没有见过他对别的什么东西抱有过热情。"

"所以我想看看，能让他放弃花滑的女孩，是什么样子的。"

明沫完全愣在了原地。

"我没有权利要求你放弃如此之大的利益去成全他的梦想，我只是希望你……多关爱他，展涵其实是没太受过关爱的一个孩子，"女人说，她的眼睛在墨镜后面泛起了一点泪光，这点泪光被明沫敏感地捕捉到了，"我从来没有见过他这么喜欢过一个人，所以我千里迢迢地过来，其实只是希望能当面叮嘱你一句，展涵是个好孩子……对他好一点。"

说到最后女人的声音有微微的哽咽。

明沫突然耗尽了耐心，她转身就走。

他们对他好吗？明沫默默地想。

她在离婚的创伤后有没有去关爱自己同样受了创伤的孩子？

他为他做好一切决定的时候究竟是为了他的前程还是自己的面子？

他们是什么样的父母？

明沫觉得疲惫，她明明不想再思考任何问题，然而问题偏偏一个又一个向她涌来。

她走出冰场的时候，眼泪终于慢半拍地落了下来。

他是个好孩子。

从来没有见他这么喜欢过一个人。

对他好一点。

明沫深吸了一口气，她拿起自己的手机，拨了一个号码。

"喂，郑教练吧？我是明沫，之前……"

"明沫啊？我知道你，展涵的朋友，对吧？"郑教练说，"你联系得上展涵吗？我刚利用个人资源给展涵弄到了一个去俄罗斯外训的机会，但是他跟我说他不去了，你知不知道这是怎么回事啊？"

明沫一时间没能说出话来。

"这可不是开玩笑的，说不去就不去了。俄罗斯那边的教练是我的老朋友了，很多一线男单都是在他手里练出的四周跳，四周跳出来之后展涵绝对可以进国家队了，"郑教练说，"他是不是遇到什么事了？"

"不是，"明沫在心里说，"他什么事也没遇到。"

遇到事的人是我。

她深吸一口气，然后对郑雪峰说："我能和您商量个事吗？"

漫长的解释时间。

郑雪峰良久都没有说出话来，即便他已经是个见过诸多风雨的老人，但是人生如迷局，旁观者永远没有发言的权利。

良久的沉吟过后，郑雪峰低声道："你不需要和他商量一下吗？"

"不需要，"明沫说，"这件事听我的。"

"真的不需要……和他说一声吗？"

明沫再次深吸了一口气，缓缓吐了出来。

"林展涵是软弱的。"

他原本一往无前地走他的冰雪之路，做好了所有凄冷孤独的准备。

所以在他得到一点暖意之后，他陷进去了。

明沫非常清楚，即使没有自己高考考砸这档子事，林展涵恐怕也接受不了去俄罗斯外训。

人性都是脆弱的，想要待在舒适区里不走出来，林展涵接触到了一点暖之后，让他再回那个冰冷的世界里，他就鼓不起勇气了。

"我跟他怎么谈都不会有用的，而且我对我自己的坚定程度……其实并不抱有太大信心，如果林展涵在谈的过程中感受到我的犹豫，那就完了，那之后无论再怎么说他都不会同意我们分开了。"

必须逼到绝路，两个人一起被逼上绝路。

郑雪峰那边沉默了一会儿，然后道："你想清楚了吗？"

明沫沉默了很久。

"是。我想清楚了。"

第四十章　漫长的告别

林展涵在机场等到了明沫。

他回过头来看向明沫的时候露出了一个笑容,明沫远远地望向他。

林展涵穿着白T恤和牛仔裤,拖着大行李箱,他笑得很清爽,就像初夏薄薄的阳光。

明沫走向他,她的手里捏着打好的登机牌。

林展涵看向她,眼神有点迷惑:"你行李放哪儿了?"

明沫沉默了一刻,然后扬起头看向他:"我没有收拾行李。"

林展涵的笑容像是被什么阻隔了一般,缓缓地收了起来。

"发生什么了?"他低头问明沫。

明沫没有回答他,她拿出手机,拨了一个号码,然后按下了免提键。

当那边响起了男人的"喂"声时,明沫平静地说:"林叔叔。"

"上次我跟你说过一句话,我不知道你还记不记得,"明沫低声说,"我说你未免太小瞧女孩了。"

"我的意思是,不是每一个女孩,都愿意向尊夫人那样,把身在豪门的男性当台阶踩的。"

明沫说完这句就挂了电话,然后她直接关了手机,没有再给林征宇任何一句反驳的机会。

林展涵的眉头皱了起来。

他身上的那股寒气出来了。

"明沫,"林展涵问,"这是什么意思?"

"林展涵同学,"明沫说,"我今年才刚满十八岁。"

"我今天用这种不劳而获的方式白捡了一个去美国读书的机会,那么请问在之后的人生里,我还能有个人的奋斗能力吗?"

"没有的,我不会有了,我会无时无刻都觉得有更省力更投机取巧、更白捡、便宜的路在等着我,就像我十八岁那年把高考考砸了还能够毫不费力地去美国读书一样。"

明沫说:"我不想为了这一点蝇头小利对我长期的人生观造成伤害,

所以我想好了，我不走了。"

林展涵低头看着她。

漫长的沉默。

明沫的心在发抖，但是她全盘的计划全赌在了演技上，因此拼尽了全力，表面上维持着云淡风轻。

"明沫，"她听到林展涵低声说，"如果你是因为我，那不要这样，我去美国也可以继续练。"

明沫的表情没有丝毫变化。

她向郑雪峰询问过这一点，答案是如果林展涵全心全意在美国俱乐部里做训练的话那当然也是可以的。但是林征宇不傻，他多花了那几十万，就是为了把林展涵送去美国读书的。

他是要他走正道。

林展涵必须完成他在美国的学业才能拿到钱，那就意味着他的花滑时间绝对不可能多。

这种业余训练就是温水煮青蛙，林展涵因为觉得毕竟还能上冰所以心里抱着侥幸，但是理智一点地看，业余的最终结果就是埋没了他的天分。

只要明沫跟着他走，她就是林征宇拿捏林展涵的软肋，林展涵本人并不在乎林征宇的钱，但是他需要给明沫筹备她那份学费。

明沫歪了歪头："不是，理由就是我刚刚说的那个。"

林展涵低声道："你觉得我相信你吗？"

他们的距离离得太近了，明沫可以直接看到林展涵眼睛的最深处，他的瞳孔太清澈了，明沫避无可避。

明沫的声音突然大了起来："你信不信都和我没有关系，我不走了，这就是结果，你如果想去美国念书你就一个人去。"

"当然如果你还想对得起你自己，对得起你在花滑上付出的这么多努力的话，"明沫垂下头，飞快地说，"郑教练在另一个航站楼等你，去俄罗斯的机票已经买好了。"

一阵极静的沉默。

下一刻，明沫突然感到一阵大力从自己的前方传来，她被林展涵直接推到了一边的墙上，林展涵低下头，他的嘴唇就在她的耳边，明沫根本无法躲开他的声音。

"明沫，"她听到林展涵沙哑的声音，"是你不喜欢我吗？"

明沫的心疼得快要裂开了。

她听出了林展涵声音里的急迫和惶恐，她曾经是他溺水时唯一一根救命稻草，但现在这根稻草毫不留情地从他的掌心滑出。

怎么可能不喜欢。

明沫不聋不瞎，林展涵身上的优点是个正常人都能轻而易举地看见，他帅气、清爽、聪明，有思想，有智慧，说得少做得多，身上的孤独和早熟让人心疼得要命。

更别提他一腔赤诚地对她好。

"现在提喜不喜欢这种事情就有点幼稚了吧？"明沫看着林展涵，她努力做到不回避他的目光，"你今年也才十八岁而已，十八岁的感情走得到头吗？你能喜欢我几年，一年？三年？也有可能是几个月……"

"我一生都喜欢你。"

话赶话。明沫对自己说。这就纯粹是话赶话赶出来的。

林展涵自己也根本不知道一生是个什么概念。

她冷笑："当初说在冰上死而无憾的好像也是你，这也没过一年你就要把花滑当业余爱好了，不是吗？"

林展涵骤然失去了声音。

明沫推开他，淡淡地说："你自己决定吧，我走了。"

她走出几步，林展涵在背后叫他。

明沫回过头去。

两个人的目光在人流拥挤的机场中碰撞到一处。

周围的行人漠然地走过，并不知道这边的少男少女两颗心全在经历毁灭级的地震。

那一瞬间林展涵心里突然涌上了非常奇怪的想法，他希望能登上一架飞机，然后让这飞机立刻坠毁在一望无际的太平洋里。

那样就是一生了。他默默地想。

我就证明了我一辈子都喜欢你。

然而明沫的眼神太冷了，她之前从来不是这样的，这样的明沫对于林展涵而言实在是太过陌生了，所以所有炽热的带着胸腔温度的话在喉咙口绕过一圈之后，又无力地全都坠回了腹腔。

她在他心里撒了一点星火，待到燎原之时，又亲手把它浇熄。

然而有过光明的世界在重回荒凉之时，只会比从前成百上千倍地难熬。

林展涵的情绪终于上来了，他看着明沫，一字一顿。

"我跟你说过的吧，我这个人，绝不回头。"

林展涵一直觉得世界对他而言就是这样的：前路永不足够，后路悉数断绝。

所以他永远怀着一腔孤勇一往无前，不能后退，没路可退。

"永不回头"是他当时碰杯时对所有人梦想之路的祝福，也是他自己的人生信条。

"所以我希望你明白，如果这一次你错过我，未来我永远不会再回头找你。"林展涵的瞳孔回到了冰封夜海般的样子，这是他的傲气，明沫早就知道林展涵是骄傲的人。

于是她微微地笑了，尽管整颗心浸泡在一片酸胀的汪洋里上下浮沉，但是她微微地笑了，她用牙齿咬了咬舌尖，传来的痛楚让她清醒，然后她平静地微笑道："我知道。"

"你一个人走吧。"

然后她伸出手，撕碎了自己手上的登机牌。

那一瞬间，明沫看到一滴眼泪从林展涵的眼角坠了下来，砸在地上，传来四分五裂的声音。

明沫把登机牌的碎片往空中一抛，在漫天落下的纸片里，她转身一步步离开了机场。

你不必再见到我。

而我希望下一次见到你的时候，是在洁白的冰场上。

"你一定要成为……世界冠军啊。"明沫在心里说。

半个小时后，明沫收到了一条来自郑教练的短信——林展涵跟他走了。

明沫松了一口气。

她坐着地铁回到了家里，明爸和明妈在门口等待她。

　　他们并不知道她经历了怎样的诱惑，错过了怎样的机会。他们只是拿着复读班的招生简章焦急地等在门口，想等着明沫回家之后尽快和她商量。

　　明沫突然感到了巨大的踏实，前路坎坷，但是她有信心走下去。

　　她朝他们飞奔过去，然后一手一个抱住明爸和明妈的脖子。

　　在这个阳光灿烂的午后，有尾部喷着白气的飞机从他们头顶湛蓝的天空飞过，留下长云般的痕迹。明沫并不知道林展涵会不会在其中，那飞机离云朵很近，云上的姥爷大概会默默保佑林展涵的汗水都能有所回报，毕竟他是那样的欣赏和心疼那个年轻人。

　　她并没有乘上那朵云，然而脚下泥土铸就的路是真实的，她已经下定决心走好它。

　　当飞机消失在视线的尽头时，明沫站在自己的房间里，她的目光穿透窗户追随着飞机远去。几分钟过后，白色的长云消失在澄澈的天空里，就仿佛她的生命一样，再没有了旁人来过的痕迹。

　　明沫的眼泪迟了整整两个小时，终于落了下来。

　　她的少年时代就这样结束了。

第四十一章　幻想中的霸道总裁

时间是一条流淌的河流，无声无息地淌过浩大的红尘世界，裹挟着千万人的千万个故事，而没有人知道水流的终点在何处。

有些人被河水冲刷出了新生的模样，有些人把旧影埋在沉沙与淤泥之下。

有些少年老去了，而有些孩子在长大。

长大的陆铭铭此刻站在晨星俱乐部的外面，骄阳似火，晒得他一张小包子脸皱巴巴的。

他在等他老姐一起回家，今天是他来晨星俱乐部面试的日子，而他表姐也在这里入职实习。结果他老姐半天了都还不出来，陆铭铭感觉自己的脸即将在阳光的亲吻下由一个刚出炉的松软蓬松的肉包子变成一个失去水分的包子干。

身后骤然传来脚步声，陆铭铭早就等得耐心耗尽了，闻言转身大吼："回不回家了！"

结果小包子同学一回头一仰脸，对上的是一张霜雪般清寒的面孔。

陆铭铭沉默了一会儿。

"我的意思是，"陆铭铭仰起脸对林展涵露出讨好的笑容，"我今天就不回家了，在冰场好好训练！"

一个小时前，陆铭铭在猝不及防间听闻了自己在花滑界的偶像是自己姐姐的高中同学，自己小时候还被他抱过。

可惜那时候陆铭铭还太小了，他又素来活得一派天真烂漫、没心没肺，啥事都不往心里装，时过境迁，他拍着脑袋也只回忆起一个模模糊糊的影子——至于当时在机场抱着林展涵的大腿哭叫"哥哥"的小屁孩往事，他已经丢到海里去了。

林展涵低头看了一眼陆铭铭："但是我要回家。"

就在陆铭铭张口结舌不知道如何作答时，林展涵开口道："一起吗？"

陆铭铭傻眼了。

当街拐卖儿童？

-145-

不要跟陌生人走的道理陆铭铭从小就被教育，就算林展涵是偶像，他现在也只能被划为陌生人的范畴。

然而就在陆铭铭要义正词严地拒绝的时候，他看到自己表姐灰头土脸地从后面跟了上来。

"走吧，"明沫对陆铭铭说，"一起吧。"

一头雾水的陆铭铭看了看表姐又看了看林展涵，有了自己即将被亲表姐和偶像联手拐卖的预感。

这不能怪明沫，她确实很心累。

明沫刚在卫生间里洗好了脸，抑制住了自己对往事的回忆，就被袁冬一个电话叫出来了。

"按理说你周一才正式开始工作，不过一些准备工作今天就做了吧，"袁冬给明沫布置了任务，"把林展涵的住处收拾好，和选手好好聊一下生活和心理上的问题，五点左右的时候跟我们公司有长期合作的医生会过去拜访一下。"

明沫也是一头雾水。

把林展涵的住处收拾好是什么意思？尤其是还……好好聊一下生活和心理上的问题？

体育经纪难道不应该是带着选手出去签合同，给选手进行长期商业策划，开发选手价值空间的职业吗？

怎么还管这么生活化的事情？难道体育经纪还兼职生活助理？

明沫甚至想象出了一个很诡异的画面——林展涵穿着名牌西装坐在办公室里，自己进去给他倒咖啡，结果咖啡泼了林展涵一身。

林展涵抬起了头，他"黑眸冷淡，薄唇性感"，冰冷道："女人，你引起了我的注意。"

明沫及时地晃了晃脑袋，把这个莫名其妙出现的霸道总裁的表述方式从自己脑袋里晃了出去。

她觉得这不属于自己的工作范围，没准是袁冬自己当领导当得太不专业了，布置了很不规范的任务——直到她上网搜了几篇行业论文看。

论文均指出，我国体育经纪行业目前存在人才紧缺、缺乏专业化与流程化的问题。从业人员的压力较大，为了改善现状，今后仍需长期努力。

换成人话来讲,就是这行人太少活太多,同时也没人能拍板告诉大家活具体应该咋干。只能大家把是自己的不是自己的活都干了,而且这事一时半会儿还解决不了。

再换成更贴近现实的话来讲——就是明沫确实十分有可能还得兼职生活助理。

林展涵说"女人你引起了我的注意"的文字又在她脑海里开始回放了。

她一脸生无可恋地从卫生间里出来,就看到林展涵靠在不远处等她。

于是就有了陆铭铭小朋友刚刚看到的那一幕。

明沫拉过还站在门口的陆铭铭,准备跟上林展涵。然而还没迈开脚步,就突然感受到了一阵不善的风迎面扑来。

她还没来得及出言提醒,走在前面的林展涵就撞上了一个人的肩膀。

明沫在后面看得真真切切,正常走路是不会撞得力度那么大的,那个人是故意的。

她抬眼望去,看到林展涵对面站着一个年轻人。

头发剃得很短,露出高挺的额头和一对浓眉来,浓眉下是一双形状锋利的眼睛,瞳色偏浅,在阳光的照射下显出一种琥珀般的色泽来。

明沫听到林展涵冲对方点了个头后淡淡道:"高梓川。"

那叫高梓川的年轻人却并没有什么好脸色,他盯着林展涵的眼睛,低声道:"你真是阴魂不散。"

明沫皱起眉头。

"听说今天是你来晨星的日子,我特意来看看,"高梓川阴沉着脸,"不得不说,知道你跟腱断裂的时候我真是太爽了。"

明沫看到林展涵垂在身体两侧的手握紧了一下,但他很快松开了,他看着高梓川淡淡道:"爽完了就把路让开。"

高梓川冷笑起来:"别急啊,我话还没说完。"

"下个月的金华花样滑冰表演盛典,你会参加的对不对?"高梓川笑,他凑近林展涵,低声在他耳边说,"毕竟……郑雪峰也是受邀嘉宾。"

金华花样滑冰表演盛典是一年一度的花滑界规模最大的商演,诸多优秀的职业选手都会奉献精彩绝伦的表演,有时还会有国家队的专业选手助阵。除此之外,还有一些已经退役或者正在担任教练、裁判的专业人士将会作为受邀嘉宾出席。

"你应该看到最近的采访了吧,郑雪峰在采访里不是说了吗,他最近会收一名体制外的选手作为他的关门弟子。"

林展涵看向高梓川,他的瞳孔冷了下来。

第四十二章　魔鬼念头

当初伴随着林展涵进入国家队，郑雪峰也重新回到国家队担任教练，如今林展涵已经离开，郑雪峰却仍然还在队里。

彼时国家队的其他花滑运动员已经有了较为稳定的教练作为搭档，因此郑雪峰大概是应上面的要求，再招一个新人。

"有一个新的弟子带了，他就再也没有精力多管一个不争气的你了吧？毕竟老爷子岁数也不小了，"高梓川指指自己的鼻子，低声笑道，"林展涵，我不会让三年前的事情再发生了，我哥的仇我负责报，郑老的关门弟子，一定是我。"

"那你多多加油吧。"

说这话的人不是林展涵，而是明沫。

明沫之前不远不近地站在林展涵后面，高梓川根本没看到她，此刻不知道从哪儿突然冒出这么一个路人来，一时间不禁地愣了愣。

"既然这么有信心，那来这儿放狠话干什么啊？站在冠军领奖台上对着记者的麦克风说不是更好吗？还是你其实也不怎么有实力，先跑过来玩攻城先攻心的套路啊？"明沫声音清脆，因此语速加快的时候很像一台小型机关枪在射击，"尤其你看看你，费这么半天劲就为了当郑教练弟子，林展涵四年前就是了好不好？你赢了不过是和他一样，输了还更惨。所以你还是好好加油去吧，先把路让开再说，好吗？"

明沫一推林展涵："走了。"

她左手推着林展涵，右手带着陆铭铭，领着这一大一小两个花滑天才绕过了有点发愣的高梓川，去了地下车库。

"喏，公司专用配车。"明沫就要往驾驶座里坐，陆铭铭就"嗷"了一嗓子。

他姐去年暑假拿的驾照，曾经负责接送自己和自己的小同学们一起去春游。结果到了公园一帮小朋友全部面如菜色，比坐过山车还恐怖。

好在明沫还没坐进去就被林展涵拎了出来。

陆铭铭捂着胸口："感谢老天爷，感谢林少侠。"

林展涵坐进驾驶座，明沫本来想跟陆铭铭一起坐到后面去的。结果陆铭铭不知道脑子里哪根弦有点天赋异禀，他直接拉开另一边副驾驶的门，把刚好绕到这边的明沫一头撞了进去。

第二次了！这已经是她第二次被这个倒霉催的弟弟撞进车里了！

这也是第二次她的门牙磕到林展涵的膝盖上了！

然后陆铭铭坐进了后座，他舒展地躺在一整排后座上，感叹道："啊，真舒服。"

她也不好再专门起来坐到后面去，只好坐在林展涵身边。

此时路上车辆不多，林展涵的手握在方向盘上，把车开得又快又稳。陆铭铭忍不住问："偶像，你之前训练那么紧张，还有时间学车啊？"

林展涵淡淡道："没有啊，我退役之后学的。"

陆铭铭震惊："所以你是……"

"对，上周刚拿到驾照。"

比起某个拿证一年多还能把小轿车开成过山车的年轻女司机，林展涵真是生动诠释了什么叫"人比人气死人"。

她悄悄拿出手机，打开网页，开始悄悄搜索。

叫什么来着？是高子川，还是高梓传？

林展涵在一个红灯面前停了下来，明沫感觉他的目光并没有往这边瞟过来。但是几秒钟后，林展涵淡淡道："高梓川，博恒俱乐部的明星花滑男单。"

"哦，"明沫收起手机，露出一副有点不自然的公事公办的样子，"那他是眼红你呗？"

"不能这么说。"红灯转为绿灯，林展涵踩下油门，"三年前我在全国青年锦标赛上赢了他哥哥高云天，那一届国家队只招了一个人走，然后第二年高云天就退役了。"

明沫又掏出手机开始搜。

一些论坛里有关于这场赛事的讨论，林展涵和高云天当时完全是双雄对决，高云天是俱乐部的老牌实力选手，林展涵那个时候还在跟着郑雪峰代表个人出战。所以高云天的粉丝基础是比林展涵大很多的，很多人当时都期待高云天能夺冠，结果半途杀出来个之前从来没在国内参赛过的林展涵。

其实高云天的整体编排是要高于林展涵的。林展涵当时只有两个四周跳，高云天比他要多一个，然而林展涵在现场的动作完成度非常高，而高云天也许是因为心态的紧张导致原本技术分最高的四周跳存周了，最后林展涵以微弱优势胜出。

即便这样，大部分人还是认为论综合实力的话高云天要更强——但是国家队还是要的林展涵。

这也是可以理解的，毕竟当时的高云天已经二十三岁了，然而林展涵只有十八岁，他未来的成长空间是远高于前者的。

然而对于高云天而言，他确实失去了最后的机会。

而时过境迁，林展涵现在已经二十一岁了，严重的伤病问题限制了他的可能性。而发誓要向他复仇的高梓川只有十七岁，正是意气风发、大有可为的年纪。

明沫的心无端地沉重了起来。

陆铭铭原本打算今天顺势不上学了的，结果路上收到了短信——果果已经参加完小提琴比赛回学校了。于是他当机立断，哭着喊着要去上学。

林展涵把他送到了学校，然后和明沫一起向住所开去。

原本车上有陆铭铭插科打诨，气氛还算可以。此刻他一走，封闭的车里只有明沫和林展涵两个人了，她莫名地感到有点不自在。

"我听袁总说你也没有什么要搬的东西，"明沫没话找话，"那你之前的东西怎么处理的？需要我给废品回收的人打个电话吗？"

"已经扔了，"林展涵面无表情地说，阳光透过车窗照在他的脸上，侧颜英俊而冷漠，"我不像某些人，我不会对不要的东西还那么好。"

明沫愣了愣，脑子里猛地轰然一响。

她的心里仿佛分裂出了两个小人，一个背着白翅膀，头上顶个小光环，宛如圣母，另一个背着黑翅膀，顶着小犄角，一脸坏笑。

小光环说："林展涵说得没错，当年确实是你不要人家的，所以你现在不要有任何工作之外的心思，知道了吗？"

小犄角说："他好帅，比四年前还要帅好多。"

小光环说："人家帅不帅和你有什么关系？专心工作，不要多想。"

小犄角说:"我们还有可能吗?"
小光环面无表情:"没有。"
小犄角得寸进尺:"那我重新追他好了。"
小光环破口大骂:"这太不要脸了。"

此时恰好有一阵风从车窗外吹了进来,掠过林展涵的发梢,掠过他的眉眼和鼻尖,掠过他微微抿着的嘴唇。然后这阵风裹挟着所有与林展涵有关的信息,扑到了明沫的面前。

小犄角突然哑火了,小光环以为它终于没话说了,正要得意扬扬地鸣金收兵。

然而小犄角喃喃道:"好想亲他。"

……

明沫立刻抬手给了自己一个嘴巴。

她这一番心理活动看似复杂,实际上都发生在电光火石之间。所以从现实的角度来看,就是林展涵说完那句话之后,明沫突然出手打了自己一巴掌。

前因后果组合得非常诡异。

明沫还没反应过来这份诡异,她的手就骤然被林展涵抓住了。

"你干什么?"林展涵一手握着方向盘,另一只手攥住明沫的手腕,低声喝问。

明沫也不知道怎么解释自己的自残行为,给她一千个胆子她也不敢向林展涵复述自己刚刚心里的魔鬼念头。

林展涵松开了手,回握住方向盘。

良久,他带着一点沙哑道:"对不起,我不提了。"

第四十三章　小松鼠和小兔子

两个人各怀心思。

林展涵曲解了明沫的意思，以为她是在通过自残让自己别再阴阳怪气地提过去的事，于是当下神情冷淡了下来，心想："这是有多烦我？"

明沫的心比他还乱，被自己心里的恶魔念头搞得七上八下，恨不得当场掏出来一本道德规范手册贴自己脸上，她绝望地约束自己："当初不跟人家走的也是你，现在旧情难忘的也是你，丢不丢人。挺住！别表现出来，还是对他差点吧！"

于是两个人全都不约而同地切换进了互相横眉冷对的状态，十分钟后一前一后地上了楼。

林展涵的住所布置得很简单，明沫挑挑拣拣地看了一圈。看到他床上居然摆了一只布偶兔子和一只布偶松鼠。

明沫没有放过这个能够表露自己恶意的机会，立刻嘲讽："幼稚。"

林展涵面无表情："粉丝送的。"

他们看了一眼这对玩偶，然后莫名其妙地同时开了口。

明沫："你不觉得这只兔子长得特别像你吗？"

林展涵："这只松鼠是不是有点像你？"

然后他们震惊地互相对视了一眼，又一起看向这对依偎在一起就差抱成一团的布偶。

尴尬的沉默。

还好沉默了片刻后，门铃响了。

进来的是袁冬提过的队医。

林展涵在进入晨星之前已经做过了全面的体检，医生带来的是他的报告。

"情况还是不乐观，"队医对林展涵说，"我明白郑教练为什么一定要让你退役了。"

很多有伤病的选手都在治疗了一段时间之后重返国家队，继续进行训练，但是郑雪峰当时非常坚持，在治疗结束后，他就让林展涵办了退役。

"你跟腱比正常人要长,从某种程度上意味着你会比常人拥有更好的跳跃能力,但是同时还有一个坏处,就是你会比常人更容易受伤。"

"理论上来说,跟腱断裂在手术之后需要八个月的康复时间,而且康复之后,还有很长一段时间要用来恢复之前的状态。"

明沫坐在一边默默地听着,感觉光听就足够她心里急得冒火了。

有个叫安东鲁宾斯坦的老兄说过一个励志名言:"一天不练琴,我自己能察觉到;两天不练琴,音乐家们就能察觉到;三天不练琴,听众都会察觉到了。"

林展涵已经有八个多月的时间没有剧烈运动过了,体能和技术绝对都在巨幅下降,而其他花滑选手们仍然在如火如荼地训练。

运动员生涯不过是弹指一挥间,一次重伤耽误的时间实在是太长了,造成的差距可能是整个运动生涯都无法弥补的。

"没关系,"林展涵说,"有的前辈三十三岁还拼搏在冰场上,我还有时间。"

队医摇摇头。

"能够奋战到那个岁数的,天分、运气、个人努力缺一不可,不是每个人都能有天生的条件和免于严重伤病的幸运,"队医说,"何况……我给郑教练发了邮件询问了你之前的情况,他坚持让你退役的原因是你的心态。"

林展涵的目光黯了一瞬。

"郑老说,你太执着也太凌厉了,你每一个四周跳练出来的时间都比他预期计划得要早,这是你刻苦的结果……但这也代表着你的偏激和冒进。"

"过强的训练是导致你跟腱断裂的重要原因之一,而郑老无法想象你在落后了将近一年的时间之后会怎么高强度地逼自己。这是非常危险的,要知道无论多么成功的手术,跟腱再次断裂的风险都仍然存在,而且我看了你的体检报告,你的肩、腹、膝盖、脚踝都有不同程度的损伤。"

"就算你能够滑到三十岁,冰上的生涯其实也只是你生命的一小部分而已,而这些伤病是会伴随你一辈子的,你有可能后半生都要承受它们的折磨。"

游刃

"所以郑老让我转告你……你是他最喜欢的弟子,也正是因为如此,比起一个能拿金牌的运动员,他更希望看到你首先成为一个健康快乐的人。"

明沫无声地背过头去,眼眶一热。

"所以就享受一些压力不那么大的表演赛就好了,不要再偏执下去了,"队医临走的时候拍了拍林展涵的肩膀,"我看过你的比赛,知道你退役的时候也很惋惜,但是我觉得郑老的决定是正确的……小伙子啊,你太偏执了,其实这个世界上除了滑冰还有很多别的快乐。"

"我看你的粉丝们都称你是'刀锋般的少年',但是刀刃一个劲地砍的话……是很容易断的啊。"

队医走了之后,林展涵和明沫很久都没有说话。

明沫突然有点灰心。

一个小时前,她还在心里隐隐希望着林展涵能在表演赛上重获郑雪峰的认可,击败高梓川,但是现在她恨不得林展涵在家躺着算了。

送走队医之后,明沫也该回去了,临出门的时候她犹豫了半天,回身撑住门框:"要不表演赛就别去参加了。"

林展涵没出声,带着一脸似笑非笑的表情看向明沫。

明沫莫名其妙地在他的目光里结巴了,非常此地无银三百两地找补道:"我……我不是担心你啊。"

"主要是表演赛也不是多来钱的项目,不如换个别的,我的业绩还指望这个呢。"她匆匆忙忙地说完,立刻夺门而出。

她走了之后,林展涵在屋子里静了片刻。

他的眉心微微皱了起来,队医的话让他的心此刻也浸在冰湖之中。

良久,他鬼使神差地从床上把那只松鼠拿了起来,捏了捏它的脸。

"真的好像啊。"林展涵低声喃喃道。

明沫觉得自己实在是乌鸦嘴。

她刚跟林展涵说完自己的业绩问题,结果她的业绩就真出了问题。

这问题还出在林展涵自己身上。

周一上班的时候袁冬把她叫了过去,把林展涵的策划案拿给她看。

明沫差点被这份策划案闪瞎。

一般的运动员退役了之后,都得体育经纪人去四处活动来给他们找资源。结果林展涵完全不用,他简直就是一个自带资源的人形印钞机,大大小小的邀约足足列了两页A4纸。

　　明沫有点痛苦地扶住额头,她感觉自己刚上班就粘上这么一块肥肉,确实容易遭同事恨。

　　袁冬一眼就看出了明沫的顾虑,他大腹便便地坐在办公椅里,道:"你不用太担心这事,并不是所有人都想给林展涵当经纪人。"

　　明沫没忍住投过去一个疑问的眼神。

　　"钱挣得多不多是一方面,当经纪嘛,也还很在意运动员好不好相处,"袁冬皱了皱眉头,"别说我没提前提醒你,给林展涵当经纪人既是机会也是挑战,他属于特把自己当回事的那种人,刺儿刺儿的,你千万别和他吵,忍着点就行。毕竟他赚钱能力在这儿,别得罪了。"

　　明明是前辈好心叮嘱,但是明沫莫名其妙听得心里不太舒服。

　　当然她也不敢反驳什么,于是只能点一点头,示意自己清楚了。

　　"去吧,把资料整理整理,通知林展涵十点钟一起开会。"

第四十四章　争　端

　　时隔多年再度给林展涵发短信让明沫心里有点奇异的紧张，短短十几个字她跟审公文一样审了七八遍，标点符号调了三次，最后才发了出去。
　　结果直到九点四十五了，这位哥还没有回复。
　　明沫有点焦躁地跑到会议室旁边看了看，袁冬和另一个策划人已经等在里面了，林展涵连个影子都没见着。
　　这位不会还没到公司吧？
　　明沫迫不得已，拨了两次林展涵的手机号，都没有人接。
　　几次折腾下来，明沫心里那一点欲说还休、百感交集的感情全部化作了对垃圾客户的愤怒。
　　现代人不接电话的话买手机干吗？这位哥不会还没起床吧？
　　气归气，明沫抱着手机原地踌躇了一会儿，突然想到了一种可能。
　　她直接顺着楼梯跑下了楼，下面是晨星俱乐部的冰场。
　　果不其然，隔着好远一段距离，她就看到林展涵在冰场里滑行。
　　明沫的脚步顿了顿。
　　片刻后，林展涵压步，跳跃。
　　明沫屏住了呼吸。
　　然后她看到林展涵摔了出去。
　　那一瞬间明沫几乎想要捂住眼睛回过头去，她从来没见过这么狼狈的林展涵，也绝不想见到这么狼狈的林展涵。刚刚那一跳明沫作为半懂不懂的观众都能看出来跳跃高度太低了，林展涵十六岁的时候都能跳得比这高很多。
　　是跟腱断裂的伤。
　　明沫深深叹了口气，跑了过去。
　　她赶到的时候林展涵已经从冰上爬起来了，黑色的训练服上沾了一大片白色冰碴子，他也没顾上拍，抬眼看向明沫。
　　那双黑眼睛太深了。
　　明沫面无表情："开会。"

林展涵意识到了什么一般，滑到了一边，那里放着他的运动包。他把手机掏出来看了一眼后，也没说什么，只是快速地换了鞋跟明沫上楼。

好在最后没有迟到，赶在离十点还差不到一分钟的时候，明沫终于把林展涵这尊大神请进了会议室。

袁冬和另一位策划人都套着大号的西装，只有林展涵穿着一身训练服，直接往会议室的真皮座椅里一坐。

袁冬热情地招呼了林展涵，然后向他介绍道："这个是演艺公司的齐老师，齐老师现在手里有好几个影视方面的项目，这次来主要是想和你讨论讨论，看看哪种比较合适。"

他用眼神示意了一下明沫，叫明沫从齐老师那里把资料接过去递给林展涵。

明沫刚起身就被林展涵按住了。

他淡淡道："我不会演戏。"

袁冬的脸色立刻阴沉了下来，林展涵这个态度让袁冬想起了他之前在国家队的时候拒不合作的姿态。他以为世事变迁之后林展涵能被打磨得好相处一点，结果没想到他还是太乐观了。

齐老师身为合作方，脸上倒是没露出来什么被冒犯的样子，他和颜悦色地对林展涵道："不先看一看角色什么的再说吗？"

林展涵点点头："谢谢，但是我真的不会演戏。"

"很多就是友情客串角色，没有几句台词的，"齐老师半开玩笑地说，"你去刷个脸就行。"

林展涵起身拿过资料，翻了翻。

袁冬觉得他是被说动了，于是冲齐老师笑了笑，脸色有所缓和。

明沫的心里却有种不祥的预感。

果然，十几秒过后林展涵把资料放了下来，神情仍然是淡淡的："我看了，都是很好的角色。"

"那么……"齐老师立刻接话。

"留给更需要这些角色的演员老师吧，"林展涵没有给齐老师说完话的机会，他把资料递了回去，"我一个一天表演没有学过的人去抢占他们的资源，总是不合适的。"

他顿了顿:"何况他们中肯定有很多比我长得帅。"

明沫在心里暗暗道:"这不是长得帅不帅的问题。"

林展涵是有名气的,别管他这名气是作为演员的名气还是作为运动员的名气,一个客串的角色给了他,多少能在宣传上有所帮助,这是新人演员比不了的优势。

但是说了也白说,林展涵根本不吃这一套。

齐老师沉默了一瞬,尴尬地笑了笑,他收起这沓资料,问林展涵:"如果影视资源觉得不合适的话,还有没有什么别的想法?"

林展涵思索了片刻,低声道:"我这边其实并没有什么特别多的要求,只要我觉得能胜任就可以,演戏实在不适合我。"

齐老师眼睛一亮:"这样的话,综艺行吗?"

这年头综艺也讲究新鲜度,不光是请演艺圈的人来当主持了,音乐界的,体育界的,甚至程序员和产品经理都可以来参加。

林展涵之前从来没参加过真人秀,连接受采访的时候都不会多说几句话,他的综艺首秀可以开一个相当不错的价。

林展涵皱了皱眉头:"我能去的可能性不高,您应该能看出来,我没有什么幽默感。"

"这个不怕,综艺的参与人员之间也是讲究平衡的,有能说笑逗趣的,也有高冷面瘫的,"齐老师说,"刚好我手里就有一个综艺项目,是户外旅行类的,第一季的节目是去北欧,你是不是还在那儿比过赛来着?"

"这个项目蛮好的,强度低,不累人,好多明星想要这个公费旅游的机会还抢不着呢。"齐老师大概是觉得自己很有幽默感,可惜林展涵对此毫无领会之意,闻言道:"这可能不行。"

齐老师的笑容僵在了脸上。

"旅游类的大概一次要出去很久吧?"林展涵说,"这可能会和表演赛撞车。"

此时坐在旁边的袁冬实在是看不下去了,直截了当地说:"一期综艺的价比商演高得多。"

"我知道,"林展涵点点头,"但是商演也是一种练习,很多花滑

-159-

选手的表现力都是在商演的时候通过和观众更好地互动锻炼出来的。而且综艺的录制时间大概挺长的吧？录制期间都没法上冰的话会对各项能力都有很大的损伤。"

齐老师睁大了眼睛，像是完全没反应过来林展涵在说什么。

袁冬噌地站起身来，从外面叫来一个前台小姑娘："先带齐老师去贵宾室休息一下，给齐老师泡杯咖啡。齐老师您稍等一下，我和选手这边再交流一下。"

齐老师出去后，会议室内的空气陡然阴沉了下来。

良久，袁冬发话了。

"你想干什么？"

第四十五章　热血上头

　　袁冬在体育经纪行业摸爬滚打了多年，最开始带的是篮球运动员，篮球运动员大多又高又壮，其中还有不少脾气挺暴的，袁冬能镇得住他们，自然有非常强大的气场。他这一声发问又冷又狠，明沫听得直起了一身鸡皮疙瘩。

　　然而林展涵天生不怕冷——他自己就是人形的冰雕。

　　"我之前就跟您说过，"林展涵表情语速都不带变化的，"在不影响训练的基础上进行商业策划。"

　　袁冬冷笑起来。

　　"不影响训练？"他问，"请问你训练不需要钱吗？"

　　"康复、编舞、日常训练，这些支出你不会指望你在没有收入的情况下，由公司给你掏吧？公司是你爹吗？"

　　明沫看到林展涵的眼角跳了跳。

　　凡人都有七寸，袁冬这是触到了林展涵的逆鳞上。

　　"要妥协的话我还不如去找我爹，"他淡淡道，话语如锋，"我就是为了不用他的钱，不然我为什么要和启虹签合约？"

　　袁冬被他气笑了。

　　"行，我们林少爷有底气有骨气，"袁冬面无表情道，"那我敢问林少爷一句，您训练有用吗？"

　　明沫心里猛地一缩，她看到林展涵的眼角跳得比之前猛烈了许多。

　　"跟腱断裂是什么级别的伤，你现在运动状态到底怎么样，你比我更清楚吧？"袁冬笑起来，"你再练有什么用？还想着当专业选手吗？"

　　袁冬顿了顿，平复了一下语气。

　　"你当齐老师是什么人，我请他一趟不容易的，"袁冬声音低下来，带着一点劝导的意味，"你是个聪明孩子，我话难听是难听了点，哪一句不是掏心掏肺的大实话？"

　　"齐老师那些项目你选一个吧，商演赶不上就算了，我会跟老板打好招呼，你伤好没多久，大家肯定都理解……"

他的话被林展涵打断了。

"我选商演,"林展涵淡淡道,"那些资源你爱给谁就给谁吧,其余时间我做教练。"

袁冬咬紧了腮帮子,良久,他低声道:"疯子。"

袁冬摔门而去。

明沫在座位上坐了片刻,觉得自己待在这儿也没什么意义,于是收拾了笔记本就要走。

然而就在她经过林展涵身边的时候,她听到林展涵轻声说:"是我过分了吗?"

明沫叹了口气,低声道:"没有,你有权利拒绝你认为不合适的工作。"

她忍了忍,然而没忍住:"你还是想回国家队吗?"

林展涵沉默了良久,没有说话。

就在明沫没有等到回音,打算抬腿离开时,林展涵说:"我会跟袁冬说一声,不用你当经纪人了。"

林展涵低声道:"我和袁冬已经闹掰了。"

他没说完全句,然而明沫把后半句听出来了。

我和袁冬已经闹掰了,他是你的顶头上司,你再跟我的话,连累的就是你。

明沫突然觉得心里有点堵得慌,她淡淡地道:"你说当就当,不当就不当?"

然后她撇下林展涵,径直出门了。

明沫本来打算从楼梯口下去,然而楼梯口的不远处就是袁冬的办公室,此时此刻袁冬的大嗓门从里面传了出来:"林展涵我是不管了,谁爱带谁带吧。"

另一个男生应了一声,明沫听了一下,发现竟然是启虹的CEO李赫。

明沫入职的时候听同事讲过,大老板平时神龙见首不见尾,没想到今天居然来巡视了,还刚好碰上了袁冬来告林展涵的状。

明沫下意识地停住了脚步,贴着楼梯间的墙壁,凝神细听。

"当初我就说不要带他,你非要把他签进来,现在可好,完全不合作,"袁冬骂骂咧咧,"而且这小子和别人情况还不一样,别人骂一骂威胁威胁就完事了,这小子油盐不进、软硬不吃的,我真是倒了八辈子霉才遇上他。"

"你不策划了还有谁能接管?"李赫的声音响了起来。

"谁能?"袁冬说,"谁带他谁这个季度的业绩就别想要了。"

安静了片刻。

然后李赫不紧不慢地开了口:"那就算了,解约吧。"

"我当时签他是因为有点可怜这孩子。我当年在全国青年锦标赛的赛场上见过他一回,别的小孩都有父母陪着,还有亲友团加油助威,他除了一个教练外谁都没有,听说是为了花滑和家里决裂了。"

"我看了他的比赛,还和他聊过几句。他绝对是有天分的,没想到命不行,这么早就赶上了这么严重的伤病,"李赫说,"本来想着能捞他一把的,但是如果实在捞不动的话,就是他自己的造化了。"

不是这样的,明沫想,袁冬并没有尽力,应该还是有其他办法的。

"就是有点可惜,那孩子现在这情况还挺需要钱的,"李赫沉默了一会儿,"不过老袁你都带不动的话,我估计公司别的人就更不行了,经纪公司和选手之间是应该彼此成就的,既然成就不了,就别耽误人家了,趁早解约,趁早完事。"

几分钟后,袁冬出来了。

明沫赶紧缩回身子,却又悄悄探出头去,看着他走的方向——应该是去找林展涵了。

明沫在原地站了几秒,然后猛地跑向了他们之前聊天的办公室。

情急之下她甚至没敲门,直接推门进去了。

李赫吃了一惊,启虹公司的企业文化虽然并没有强调严格遵守上下级秩序,但是这种不敲门直接推门进来的方式也实在是太缺乏最基本的礼貌了。

他看了一眼,面前站着的是个小姑娘,个子不高,一双大眼睛倒是挺亮的,胸前还是实习生的胸牌。

人力资源部现在都招的什么质量的实习生,入职培训的时候没强调一下规矩吗?李赫皱起眉头。

明沫也在发愣。

当李赫说最后那几句话的时候,她脑子就跟短路了一样,一股无名火在她心里腾地升了起来,让她直接推开门闯了进来。

明沫这个人,有情商很高、处事玲珑的地方,但是总有些时候脑子里就跟缺了根弦似的热血上头。

五年前冒充一班班长推开老师办公室的门向林父撒谎的时候是这样,五年后推开老板办公室的门的时候还是这样。

第四十六章　将心比心

人家讲义气至少还是为了朋友，她倒好，两次出头都是为了林展涵。偏偏在这两个时间点上，林展涵还都不是她什么人。

明沫自己也觉得自己脑子进水了。

然而门已经推开了，趁着最后一点心火还没熄灭，明沫鼓足了勇气，冲李赫道："李总好，我是林展涵选手的经纪人，刚刚在会议室里我看到袁总和选手之间有一些摩擦……"

她咬了咬牙道："如果袁总的风格和选手之间无法调和的话，那不如让我来试一试，为选手做策划。"

疯了，明沫想。这是她入职的第二天啊，她竟然在大老板面前抢她顶头上司的活儿。

放到职场剧里她就是那种活不过第一集就被开除了的小角色。

明沫以为李赫会震惊或者愤怒，没想到李赫看了她一眼之后，就又低下了头看文件，根本没当回事一样挥了挥手："别瞎闹了，该干吗干吗去吧。"

"拉资源这种事你一个小姑娘能行就怪了，"李赫说，"先好好跟着老袁学本事吧。"

明沫侧过脸看着地面，竭力地掩饰住自己的失望，虽然她其实预想过这个结果。

也是，策划这种事是需要去跑资源的，她一个新人，哪儿来的资源呢。

她在原地站的时间有点久，李赫又抬头瞥了她一眼。

这一瞥不要紧，一股诡异的熟悉感突然涌上了李赫的心。

明沫已经在往办公室外走了，然而李赫叫住了她："等下。"

明沫回过头来，她身子没动，只是转过了头，因此从李赫的角度看，是一个45度角的侧脸。

和他刚刚那一瞥之下看到的侧脸是一样的。

"我们是不是很久之前见过？"李赫问。

这话题跳转得有点突然，明沫莫名其妙地回想了一下，然后道："您说在公司里吗?"

她早上刚和一群员工听过李赫讲话,不过她当时混在一群人里,李赫应该没看见她。

"不是。"李赫按了按眉头。

李赫记忆力很好,几乎能做到过目不忘。他在他大脑中存储的信息海洋里游荡了一圈之后,骤然想了起来。

明沫看到李赫的嘴角突然无声地向上弯了弯,感觉笑得很诡异。

"你刚刚说什么来着?"李赫说,"要给林展涵策划?"

明沫对李赫这个骤然的态度转变很是摸不着头脑,只能"嗯"了一声。

"你要能吃得下苦,就去做吧,"李赫说,"我这里有一些资源的联系方式,你恐怕需要一个一个打电话去问,你没有老袁混迹多年的面子,人家未必愿意跟你合作。"

明沫立刻清醒了:"没关系的,谢谢李总!"

李赫摇摇头:"而且我提醒你,老袁这个人业务能力很强,但是脾气不怎么好,他看林展涵其实并不怎么顺眼。你这是逆着他的想法来,跟公然和他叫板没什么区别,他之后要给你小鞋穿的话,我不怎么方便帮你。"

明沫毫不犹豫地点了头,这些她在进门前就想过了。

林展涵是不能离开晨星的,那会让他失去最后的训练机会,艰难险阻总好过穷途末路,明沫还是觉得很值。

她谢过李赫,从办公室里走了出来,突然觉得李赫刚刚那个笑容有点熟悉。

她站在走廊里想了半天,突然发现这种笑好像多年前在……小任脸上看到过。

满含八卦,充满慈爱。

莫名其妙,明沫摇摇头,走向了会议室。

在她背后的办公室里,李赫打开自己的皮夹,里面的照片是他的妻子。

李赫笑了笑。

刚刚那一瞬间他记起了在哪里见到过明沫——就在那一届全国青年

锦标赛结束的时候,他和林展涵在场外交谈过。当时自己碰掉了林展涵的钱包,皮夹摊开后,里面放着一张女孩的照片。

不知道是在什么地方拍的,背景似乎是华灯初上的街道和遥远的万家灯火,女孩穿着校服拿着冰激凌。她低头看着手里的冰激凌,脸上有淡淡的笑,发丝在夜风中飞舞,似乎并没有注意到旁边有人在拍她。

那是一个侧脸,然而李赫看出了那张侧脸就是明沫。

日子一天天地过去。

林展涵自己给自己安排了非常精准的训练表,他每周负责指导陆铭铭三次,其余时间用作自己练习。

每个教练都有自己的休息室,学员可以把训练用品放在自己教练的休息室里。于是陆铭铭第二次来上课的时候,代理家长明沫把一大兜子切好的水果放进了林展涵的休息室。

"这些都是给我弟的,"明沫面无表情地对林展涵说,"不过他要是有什么不爱吃的你可以帮他吃掉。"

林展涵还没来得及说什么,明沫就猝不及防地发现陆铭铭闯了进来。小包子脸一边甩着毛巾一边哼着歌,看到水果立刻高兴地冲了上去,结果翻了两下就很不给面子地号叫道:"怎么三分之二都是菠萝!你明明知道我对菠萝过敏!你还是亲姐吗?"

陆铭铭号了两声之后反应了过来,转过头来警惕地看看林展涵又看看明沫:"还是说其实这不是给我买的。"

明沫:"我还有饭局先走了。"

她没敢看林展涵的表情,落荒而逃。

明沫出去之后,林展涵笑了笑,帮陆铭铭把袋子里的菠萝挑了出来。

期间有别的教练进来借东西,往这边瞥了一眼:"哎,我最喜欢吃菠萝了!"

"那我明天给你买,"林展涵拎起水果袋子,"今天这些不许动。"

明沫一路小跑着来到外面,风把她有点发烫的脸吹得渐渐凉了下来。

她老觉得自己的为人处世水平在同龄人里绝对处于上游。但是在爱情方面她就很笨拙了,一点迂回的招数也没有,喜欢一个人只想一个劲地对他好。

-167-

明沫伸手拦下一辆出租车，这方面她倒真的没骗林展涵和陆铭铭，今天她确实有饭局。

李赫给她留了一批资源的联系方式，她一个一个比对了过后发现了一个很合适的。仍然是综艺，但是只是作为一期的嘉宾，不会浪费太多时间，和表演赛不会冲突，而且综艺本身也和宣传体育运动有关，没什么花里胡哨的噱头。

她觉得林展涵应该对这种不怎么抵触，果然她征求了林展涵的意见后，林展涵表示同意。

明沫坐在车上，她感觉小腹有些痛，最近正好是生理期，好在痛得不算严重，是可以忍受的范围。下车后，明沫深吸了几口气平复了下来，拎起包进了包间。

这个项目的负责人是个四五十岁的大叔，为人有点过于热情了。明沫本来以为只有她和这位大叔吃个饭交接一下，结果一进门就是一桌子喝红了脸的人，那大叔非常自来熟地招呼明沫道："小姑娘别紧张，都是朋友，都是朋友。"

明沫坐下来，小心翼翼地和大叔提了一下合同的事情，大叔豪气地一挥手："没问题，合同我带过来了，等一下你看了就可以签字。你先跟大家认识认识，以后都是朋友，能互相帮扶着。"

第四十七章 痛

传言袁冬当年就是在这些大大小小的酒局里打通了自己的人脉网，自此成了最能给选手们带来资源的顶级体育经纪策划人。明沫素来对袁冬没什么好感，但此刻也觉得这位前辈实在有厉害之处，起码眼前这个群魔乱舞的场面她有点应付不来。

"来来来，喝一杯，喝一杯，"大叔把一扎啤酒塞到明沫手里，"来，大家敬新朋友一杯！"

明沫碰了一下那杯扎啤，极致的温度让玻璃杯外结了一层水雾，她觉得小腹胀痛得厉害了起来。然而眼前几乎都是男人，明沫这方面的脸皮还是有点薄，不好意思直说原因，只好道："我不太会喝酒……"

"哎呀，就猜到是这样！所以专门给你点了度数最低的，这就是糖水，"大叔说，"别扫大家兴啦！早喝完咱们也好早谈正事，是不是？"

明沫咬了咬牙，一饮而尽。

冰啤酒从她的喉咙里倾泻而下，让她的五脏六腑几乎要冻结到一起去了，周围是一片叫好声。

明沫放下酒杯，她的眼圈有点红。

"拿来吧。"明沫说。

她的声音像是被啤酒冰过一般，四下里静了静。

"什么？"大叔问。

"合同，"明沫说，她竭力让自己的声音显得不卑不亢，同时撒了个小谎，"李总和林展涵选手那边都还在等我的消息，咱们这边可能得稍微快点。"

她把那个空了的扎啤杯子往桌上一放，玻璃相撞，发出清脆的一声。

二十分钟后，明沫从包厢里走了出来，她的包里放着签好的合同。

其实算是很顺利了，如果袁冬在这儿的话，大概也要承认明沫这一单拿下来得非常迅猛。

但是明沫觉得有一点点想哭。

有一点点委屈。

"只是一点点而已，"她对自己说，"这都是正常的情况，以后大概还会遇到很多次。"

她伸手捂了捂小腹的位置，脚步有点虚浮地走出了酒店。

疼得有点厉害，她有点挤不动地铁了，而这个时候的车恐怕也不太好打……

然后她看到了林展涵。

林展涵的车几乎是在明沫走出酒店的同时赶到的。他停下车，车窗摇下后，在夜色中露出一张英俊逼人的面孔来。

明沫咬了咬嘴唇，她疼得有点反胃，因此一时间没能说出来话。

于是林展涵先开口了。

"李赫和我说了你今天的安排，我就过来看看……已经结束了是吗？"林展涵似乎也有一点点的不自然，"那上车吧。"

明沫有点没力气了，她拉开后座的门坐了进去。

"我送你回家吗？"林展涵犹豫了一瞬，"或者如果你接下来有空的话，我想带你去个地方……"

"没有，先回公司吧。"明沫说，为了掩饰虚弱，她把话音压得很低，于是从别人的角度听起来就是一种冷冷的腔调。

林展涵沉默了一瞬："好。"

这个时候正是晚高峰，本来二十分钟就能开到的路程硬是被堵成了快一个小时。林展涵不得不频繁地踩下刹车，而每停一下，明沫都觉得自己的痛苦又加重了一重。

她双手抵住小腹，无声无息地熬着时间。

度秒如年。

到最后的时候明沫的视线都开始不清晰了。因为剧痛而不断涌出的泪水把她的眼眶填满，窗外的霓虹灯在她眼里变成一个个彩色变幻的残影。

她抬起头看着林展涵。

林展涵没有看向她。

他穿着黑色的上衣，和当年从学校里翻墙逃出来去冰场的时候几乎一模一样。那一瞬间明沫觉得自己穿越了，她回到了自己的高中时代，她跟着一个神秘的男孩跳上午夜的马车,驶向浩瀚纯净的冰雪世界。

明沫闭上眼睛,眼眶里的泪水滚落下来,她的嘴角上扬了起来。

一个小时后,林展涵终于把车开回了公司。

他在公司门口停下车,等着明沫先下。

然而明沫没动。

"到了。"林展涵说。

明沫没出声。

睡着了?林展涵转过头去。

明沫的头靠在车窗上,看上去的确是睡着了。然而下一秒,林展涵看到了她苍白到几乎没有血色的嘴唇和被冷汗打湿贴在脖子上的头发。

"明沫?"

明沫的眼睛睁开了一条缝,眼神涣散地向林展涵这边看了一下之后,就又重新闭上了。

"明沫!"

离公司最近的医院只隔一条马路,在这个时间跑过去大概比开车还要快。林展涵快速地跑到后排的车门处,他一拉开车门,明沫的身体就势倒了出来,落在了林展涵怀里。

林展涵一把抱起明沫就往医院冲,这时有晨星俱乐部其他的教练刚好出来,震惊道:"这是怎么了?"

林展涵脚步不停。

"欸!你车还没锁呢!"

然而林展涵连头都没有回一下。

今夜的月光非常明亮。

明沫在医院候诊的时候终于恢复了意识。刚刚她做了一个很短的梦,梦到她去冰场给林展涵通风报信的那天撞到了林展涵身上,两个人一起在冰上摔了出去,林展涵伸出手来护住了明沫,竭力让冰刀不要扎到她。

当时她的头就靠在林展涵的胸前,她闻到了一股很淡的柠檬洗衣剂的味道,和林展涵本人的气息混合在一起,是清清爽爽的少年气。

她似乎又闻到了那种气息。

她睁开眼,发现自己的头就靠在林展涵的胸前。

明沫眨巴了两下眼睛才发现自己并不是在做梦，她赶紧一骨碌爬起来。

然而她一动林展涵就把她按了回去。

林展涵冷着脸道："别折腾。"

明沫立刻噤声。

还是那股柠檬洗衣剂的味道一个劲往明沫鼻子里钻。

明沫出神地想，这么些年来他可真是没怎么变。

晚上医院的人不多，很快就轮到了明沫。大夫是个四十多岁的阿姨，货真价实的刀子嘴，听明沫嗫嚅着说了几句病因之后就把明沫骂了个狗血淋头。

"现在的小姑娘啊，都不晓得怎么作死才好了是吗？"明沫感觉下一秒医生就要伸出手来戳自己的脑门了，"一个个的都当自己是钢筋铁骨的，啥子都敢干，啥子都敢做，叫不要吃凉的不听，叫不要吃辣的不听，到时候生小孩的时候有你苦的！"

明沫被她骂得一愣一愣的，一句话都不敢说。

第四十八章　相互心疼

"给你开点中药！好好调理调理自己！止痛药能不吃就不要吃！"医生快速地写了方子，"去吧，男朋友去付一下钱！以后多看管看管她，自己的女朋友自己要多上心！晓得吧？"

明沫还没来得及解释什么，林展涵就一声不吭地接过单子付钱去了。

虽然差点疼掉了半条命，不过到底没有大碍，再加上明沫生命力简直比野草还要旺盛，回去的时候她已经颇像个健康的正常人了，说起话来也不再虚弱，甚至可以中气十足地唱首歌。

然而明沫到底是没敢中气十足地开口，因为林展涵那边的低气压已经低到肉眼可见了。

林展涵在医院里非常尽职尽责，挂号交费什么的一气呵成，他还把自己的外套脱下来盖在了明沫身上。然而与之相对的是他除了必要的交流外，一个字也不跟明沫多说。

在公司电梯里的时候明沫小心翼翼地看了一眼林展涵，林展涵目视前方，下颌处是非常锋利冷淡的线条。

"喂，"明沫小声试探道，"你不高兴吗？"

林展涵没搭理她，电梯到了，林展涵大步流星地走了出去。

明沫跟在他身后，一溜烟地进了林展涵的休息室。此刻公司里已经基本没什么人了，偌大的空间里只有他们两个人。

"喂，"明沫鼓起勇气晃到林展涵面前拦住他，伸手在他脸前晃了晃，"那什么……谢谢你啊。"

林展涵本来还低着头等她说什么，结果听到"谢谢"两个字扭头就走。

"欸！"明沫赶紧拦住他，她小心翼翼地指指自己的鼻子，试探道，"我……得罪你了吗？"

林展涵看着她，明沫觉得这一位的气场实在是太强大了，周围的空气都要结冰了。

良久，林展涵深吸一口气，问："今天是谁？"

明沫愣了愣："啊？"

"我问谁逼你喝酒的?"林展涵语速飞快,字字如冰刀划过般锋利,"七月传媒是吧?"

"电话给我,"林展涵伸手就去拿放在桌上的手机,"这一家以后都不可能再合作了。"

"不是,等下!等下!"明沫扑了两下才把手机从林展涵手里拦下来,然而林展涵没有任何妥协的意思,明沫有点急了,看着林展涵的眼睛道,"你不合作了的话我今天就算白疼了。"

林展涵骤然安静了下来,他的眼睛很黑很沉地看着明沫,明沫能从那冰封的湖面下看出难以掩饰的难过来,这难过让明沫跟着有点想哭。

"是这样,"明沫竭力让自己的语气平缓下来,"其实人家也没有很过分,是我没有好好拒绝。"

"而且呢……你的生活大概都是比赛训练什么的,和社会接触得比较少,这种情况还是蛮常见的,我以后的工作肯定还是会遇到,如果都意气用事的话,那就没什么可谈的了。"

"只能说我能力不太足,经验也不太丰富,不过这次经历了下次就知道怎么做了。"明沫说。

林展涵的面色没有丝毫的变化。

明沫叹了口气:"我还要怎么解释啊。"

"你就说你下次不要再逞强了就行,"林展涵突然说,"合同谈不下来就不谈了,没有什么大不了的。"

"怎么是没什么大不了的呢……"明沫苦笑。

晨星俱乐部给你配了车、配了住所、配了经纪人,每一项都是不菲的花销,公司不是做慈善的,羊毛出在羊身上,这些花销肯定都出在选手的收入里。

没有收入就没有这些,当然也就没有训练、服装、编舞、医疗保健的经费。

然而她看着林展涵的脸色,最后无奈地笑了一下:"好的,以后绝对不再逞强了。"

林展涵的脸色却没有丝毫缓和的意思。

良久,他叹了口气,低声道:"我想自己待一会儿,先送你回家吧。"

送完明沫后林展涵没有回自己的住所，他待在休息室里，拉上了窗帘，关上了灯，于是屋子里陷入了一片漆黑。

林展涵靠在沙发上，双手垫在脑后，他在黑暗中睁着双眼，直到时间太久使得眼睛有些发涩。

他心里很难受。

林展涵的确是清高，他十六岁的时候觉得所有看重钱的人都是傻瓜。这么多年过去了，他看上去是变得圆滑了一点，但事实上心里的锋芒几乎没怎么变。

他基本从来没有为钱的问题困扰过，之前是出身优渥，之后和家里断了联系后就进了国家队，训练费用都由国家队来承担，他没什么花钱的地方，也就从来没缺过钱。

然而今天的明沫让他太难受了。

明沫最后的那句话几乎带着一种哄孩子般的温柔，然而那种温柔把林展涵的清高击了个粉碎。

他感觉自己就像一个活在空中楼阁里的雪孩子，明沫不辞辛劳地维持着他的净土和他的美梦，而他在这片净土中横挑竖捡，对世俗各种看不惯。

他没有办法接受这样的自己。

林展涵侧过身子，从沙发旁边拿过了自己的运动包。

打开运动包，里面是自己的冰鞋。

他可以选择忘记这双冰鞋，像郑教练说的那样去当一个幸福的普通人。他大概能当得很好吧，他现在已经拥有了能够最快把名利变现的机会，那些资源仍然在等着他，只要他愿意，他就可以攒下很多钱。

其实那对于他而言倒是不怎么重要。不过重要的是，明沫的业绩大概会变得很不错。

这是她的第一份工作。

"把表演赛滑完之后……就算了吧。"

这是林展涵在睡着前的最后一个想法。

明沫其实并没什么事，然而李赫竟然专程给她打了个电话表示慰问，并告知她林展涵已经帮她请了两天的假。

明沫莫名其妙。

林展涵这办的什么事？请了假她的全勤考核不就黄了？

"哦，林展涵坚称你这种情况属于工伤，所以不能影响考勤什么的……他花了老半天说服我，最后我觉得他说得有点道理，"李赫在电话里说，"所以你就放心休两天吧！"

明沫无语。

她胆战心惊地在家享受了两天工伤假，然后就忙不迭地跑回了公司。结果她一进门就被袁冬杀了一道狠厉的眼刀。

"哟，你还来啊？"袁冬看了一眼明沫，有点阴阳怪气。

"是，"明沫有点没懂他什么意思，"我之前身体不舒服就休息了两天，今天回来恢复工作。"

袁冬冷冷地笑了。

"你还有什么工作啊？你这半个月都没什么工作需要做了，"袁冬说，"林展涵自己谈了三个资源，合同都签完了。"

明沫震惊了。

"你说说，选手都能自力更生了，还要我们这些经纪人干吗？"袁冬冷冷地说完就转身走了。

旁边有同事看到明沫还站在原地，于是悄悄凑过来道："没事，袁总就是有点嫉妒，觉得他怎么没碰到这种选手既自带资源，还能自己去谈合同的好事……"

哪知道他话还没说完，明沫转身就走。

"怪人，"同事看着明沫的背影莫名其妙，"怎么搞的啊，怎么突然跟吃了炸药似的。"

吃了炸药的明沫一阵风似的冲进林展涵的办公室，此时此刻陆铭铭刚训练完，换好了鞋坐在沙发上听林展涵讲课。

"f和lz，前者是左脚内刃起跳，后者是外刃起跳，由于起跳习惯的原因，一般来说选手特别擅长其中一个就会不太擅长另一个，"林展涵说，"你还是更擅长外刃起跳，所以建议你练lz而不是f，你现在的3f就经常出现浅刃平刃的状况，如果裁判抓得严的话，执行分会被扣掉很多。"

他清了清嗓子，正要继续说下去，门就被明沫一脚踢开了。

游刃

第四十九章　成就对方

陆铭铭听到咚的一声巨响，刚要抗议，明沫就一个严厉的眼神扫了过去："你先出去待会儿。"

陆铭铭吓了一跳，立刻怂了，以怜悯的眼神看了一眼林展涵，然后悄无声息地出去了。

林展涵看向明沫。

"你去谈合同了？"

"嗯。"

"喝酒了吗？"

林展涵的眼神闪烁了一下："一点。"

明沫一时间简直说不出话来，不知道是因为生气还是因为心疼。

她知道林展涵是清高的，而且她想把这份清高保护起来，尤其是作为一个运动员，林展涵并没有必要认清现实。明沫一直觉得运动员懂得越少越好，这样有助于保持他们心态上的纯粹，千钧一发的时刻，想得越少的人才越不容易被竞技场上的高压击溃。

明沫深吸了一口气，后退了一步，关上了门。

然后她看着林展涵的眼睛，说："你知道当初我为什么没有跟你一起走吗？"

寂静。

从见面起，两个人就一直在回避谈过去的一切。

更不要说这个决裂点。

现如今明沫突然伸手，一把撕开了窗户纸。

"因为我对于爱情这件事有个信念。"

林展涵的瞳孔微微缩紧。

"比起相信世界上存在两个如钥匙和锁一样完美吻合的人，我更相信两个人在一起会在彼此的磨合中为了对方做出改变，变成更新的自己。"

"如果更新的自己是更好的自己，那么这就是一段好的爱情。"

"否则的话，如果两个相爱的人只是互相拥抱着沦陷泥潭的话，那就不如分开，相忘于江湖。"

林展涵张了张嘴，然而明沫没有给他说话的机会，她伸出手来制止了林展涵，继续说了下去。

"我们现在的关系也是这样。"

"我是你的经纪人，你是我的选手，如果我们能够成就对方，那这个合作关系就是好的。"

"但是如果我们一直在为对方做出妥协，牺牲自己的部分来成全对方，那这个合作就毫无意义，我们趁早结束。"

明沫看着林展涵，她的瞳孔有一点湿，每一根翘起的睫毛上都清晰地传递着她的清醒和坚定："我们每个人都有事业梦想，我的梦想不是有多好的业绩，我只希望我的选手可以成为无愧于自己本心的运动员。"

无愧于自己本心。

林展涵静了静，片刻后，他站起来，走到明沫的面前。

他伸手抱住了她。

明沫的睫毛剧烈地颤抖起来，她刚刚那个理智清醒的气场瞬间飞到了九霄云外。

心跳的速度飙升了起来。

这好像是我们……第一次拥抱。

而与此同时，林展涵默默地闭上了眼睛。

仿佛这是我们第一千次拥抱，前九百九十九次发生在我的心里。

然而一切在冰层下汹涌深流的感情无声无息地被压在心河的最底层，林展涵在明沫耳边说："我知道了，你放心。"

然后他松开了明沫，拎起运动包走向了冰场，没有再回头。

之后的一段时间，林展涵和明沫之间的交流频率锐减。

林展涵忙着准备即将到来的金华花样滑冰表演盛典。他排练节目的时间选在冰场已经停止营业、教练也都已经下班的时间，整个冰场只剩下孤零零的自己。

他甚至也禁止明沫去看他的排练。明沫只知道他的曲目是一首电影插曲，来自于文艺片《十月》，插曲的名字叫作《枫》，以及拿到了要给主办方过目的节目编排报告。除此之外，她完全没有亲眼看过林展涵的表演。

但是林展涵的一些基础性训练会放在白天进行,明沫有幸旁观了一下,之后觉得自己还是没旁观比较好。

林展涵的跳跃失误率非常高,周数足不足这种问题明沫是看不出来的。但是她能看出来林展涵摔得非常频繁,而每摔一次,林展涵都要在下场后接受队医长吁短叹的抱怨。

然而明沫已经没有时间去顾那边了,表演盛典即将到来,她的执行工作一片鸡飞狗跳。

按理说,明沫还是实习的新人,理应有个职场老人来带着她做,最起码也应该把工作流程和相关经验分享一下。明沫的"师父"是袁冬,然而袁冬完全成了甩手掌柜,明沫如果有问题去问他,他五次里有三次不在,一次推脱,最后一次指责"这么简单的问题还要问"。

明沫无法,只得拿了策划案圈出不懂的地方去问另一个经纪人李箫。李箫刚要回答,从后面路过的袁冬就干咳一声。

李箫顺时噤了声,摸着后脑勺对明沫讪笑:"那什么,这块……这块我也不太熟悉。"

明沫看向袁冬的背影,而袁冬事不关己,很快就消失在了办公室的门口。

李箫看了一眼明沫气到发白的脸,叹了口气,小声说:"你别怪我,我私下帮了你,袁总回头要是找我碴,我可就有得受了……而且我不比你,我的选手哪有林展涵那么省心,袁总要给我小鞋穿,我这活儿可真干不下去了。"

"哥劝你一句,你还是赶紧给袁总道个歉吧,你看这上上下下的,连李总都让着袁总三分,哪有你这样明着暗着跟袁总对着干的。"

明沫深吸了一口气,没说话,转身走了。

没有人教她,她花三倍的时间去学也不想向袁冬低头。

由于不知道什么资料是必要的,明沫只好把林展涵的所有信息和需求都汇总成表格,按照她自己理解的重要性进行排序和分类。最后她上网查了查,发现主办方里有不少外籍人士,于是她熬了个通宵,把所有信息又都做成了中英文对照版。

还好她是英语专业的。

高三复读的那一年,明沫心里想要报的专业一直是英语。

不知道为什么,当明沫最后把格式调好,看着电脑上一行行英文字母时,她的思绪莫名地飘回了许久前的午后。

少年拿过她的英语作文,把上面的错误一个个地标出来,校园的阳光穿透树叶和窗棂洒在他的发梢和指尖上。

一切似乎都已遥远到不真实。

由于一夜没睡,明沫早上出门的时候顶着两个大大的黑眼圈,好在她用厚厚的遮瑕挡了一层,不仔细看的话看不出来。

明妈就属于没仔细看的,于是她跟在后面一路问:"沫沫,明天生日打算怎么过啊?用不用妈妈今天下午去订个蛋糕?"

明沫忙得晕头转向,这会儿才想起来自己居然就要满二十二岁了。

老了啊,老了。

明沫一边在心里默默感叹,一边对明妈说:"不用了,明天晚上就是表演盛典了,我估计回来都半夜了。"

不管明妈继续唠唠叨叨,明沫出门赶公交,赶去上班。

由于没睡好,她脑子有点转不动,一不留神就坐反了方向。尽管她之后紧赶慢赶,还是迟到了半个小时。

她一进门就看到了李箫欲言又止的神色:"明沫,你快去李总办公室。"

迟到这件事已经由老总亲手抓了吗?明沫被熬夜折磨得心脏差点当场停跳,她赶紧一溜烟地跑向李赫的办公室。

一进门就看到了袁冬。

第五十章　进击的实习生

"明沫来啦？"李赫抬起头说，他天生一张国字脸，此刻脸上如沐春风。

这个架势好像不是迟到挨训？

"薇薇安那边给我发了个邮件，特意感谢我们这次选手资料给得很详尽，"李赫说，"她说她尤为感动的是，我们这边的员工考虑到了她身为美籍华人且在中国工作时间不长的情况，贴心地准备了英文版。"

明沫心里像是绽开了一朵喜悦的小花。

然而还没等这朵小花开放，李赫就转过头去对袁冬说："是老袁你教得好啊。"

明沫转过头去看着袁冬，不知道是因为失眠还是震惊，她的大脑一时间有点空白。

袁冬脸上的表情非常自然，他对李赫点点头说："哎呀，这不都是应该的。"

"明沫还算好带吧？"

"唉，现在的年轻人，哪有好带的，一个个的都心高气傲得不得了，实事没有几个干得成，"袁冬说，"还得我们这些老人把手把手地教。"

他说这话时神采飞扬，既有痛心又有自得。明沫看着他的脸，袁冬有一张发福中年男子的面孔，五官全被脂肪包住。

"不过一码归一码，"袁冬看向明沫，"今天迟到是怎么回事？刚有一点成绩就飘了？"

那朵小花现在化成了一团火，在明沫心里烧了起来。

不能吵，不能当面吵，明沫在心里想。

李赫倚重袁冬，两个人是十几年的老伙伴。她在这儿吵起来的话，即便是自己占理，最后也落不到什么好。

明沫之前觉得那种被上司抢了自己功劳还不敢说的职场新人大概都是受气包，但此时此刻，她同样感受到了那种无力。

她深吸一口气，平静了片刻。

"迟到是因为我发现资料附件里的音乐格式有问题，所以赶紧回去改了一下，耽误了时间。"片刻后，明沫低声说。

袁冬的眉头皱了起来："跟你说了多少回了？伴奏音乐要至少提前一周发给主办方！明天就表演了，今天音乐还没弄清楚，万一出了问题是让选手没音乐直接在场上干滑吗？"

"袁总，"明沫抬起头来看向袁冬，一点极其难以察觉的微笑在她的唇角蔓延开来，"节目音乐我上上周就发给主办方了。"

袁冬愣了一下。

"我刚说的是休息室的音乐。您也知道，很多选手都会对休息室提出一些特别要求的，比如零食饮料什么的，林展涵对这方面倒是没什么太多要求，但是他希望休息室里的音响能够播他的歌单。"

明沫不紧不慢地说完，抬起眼睛，看向袁冬："袁老师是不是不知道邮件内容？"

袁冬哑住了。

明沫打定主意他不知道，虽然明沫用的是公司邮箱，只要袁冬想查就能查到。但是明沫早上七点多才把邮件发出去，启虹这边正式上班的时间是九点，袁冬应该也是刚上班就来了李赫这儿，当着李赫的面，他不可能打开手机去细看邮件内容。

连邮件内容都不知道，还能说是他教明沫怎么做的？

袁冬的脸飞快地变红然后变白，然而在他发作前，李赫挥了挥手，笑道："小姑娘挺细致。"

"老李，"袁冬的脸色阴沉下来，"她什么意思你听不出来？"

他没有说出来的后半句是，就这样你还表扬她？你是不是要当着她的面不给我脸？

"咳，人家小姑娘哪来什么意思不意思的，"李赫继续一副什么也没听出来的样子，"行了行了，明沫你该干吗干吗去吧，干好了有奖金。"

"老李……"袁冬就要发作了。

"袁冬。"李赫却突然不笑了，他其实原本就长得很有威仪，笑容消失的时候，那张国字脸看着甚至气场强大到有点吓人的地步。

"咱俩年轻的时候都当过运动员，咱俩办的公司，也就是运动员的公司。"李赫缓缓道,"运动员是凭什么说话的?凭成绩,转换到开公司这里,就是凭业绩。"

"大家凭实干说话,其他的事情少弄,"李赫缓和了语气,拍拍袁冬的肩膀,笑着说,"无论是成绩还是业绩,你追我赶才好玩,老袁你稳坐头把交椅这么多年了,来个迅猛的新人给你增加点危机意识也挺好。"

李赫掌心的力量出奇地大,袁冬被他按着,最后只能皮笑肉不笑地咧了咧嘴,算作回答。

明沫退了出去。

她心情有点爽,于是整个人就跟打了鸡血似的不知疲倦,结果"死"得非常彻底。快下班的时候她去茶水间泡咖啡,她按开热水键,然后坐在一边的小沙发上,看着滚烫的水流进杯子里。

然后她就睡着了。

两个半小时后,明沫惊醒了。

她的第一感觉是茶水间大概已经被沸腾的水淹了,而她已经变成了漂浮在其中的一条死鱼。

然而并没有,周围的空气非常干爽,气温宜人。

明沫的第二感受是发现自己身上盖着一件外套。

明沫甚至都没去看就知道是谁的了。凭她在梦里梦到了一片柠檬森林来看,她闭着眼睛也知道这衣服被谁穿过。

果然,她刚直起身子,坐在不远处的林展涵就回过了头。

第五十一章　十月的《枫》

热水键早就被按回来了,连杯子里的热咖啡都已经凉成了室温,显然有一些是溢到了外面的地板上,不过此时此刻已经被擦干了。

不用说,在险情发生之前,消防队员林展涵及时赶到,避免了惨剧的酿成。

明沫叹了口气,爬了起来。

"你准备得怎么样了?"

仗还是要林展涵去打,她这边只能算个后勤。

然而现在粮草得蛮足的了,士兵那边士气却不太行的样子。

林展涵沉默了良久,低声道:"不是技术的问题。"

"手术后已经八个月了,我其实在恢复期的时候也在避开腿部进行训练,之后征求了医生的意见,腿部肌肉也在恢复,"林展涵说,"肯定比全盛时期差得多,但是应该比现在要强。"

他指指自己的胸口:"所以是心态问题。"

明沫歪了歪头,她不是专业的,还真不知道咋给运动员解决心态问题。

竞技场上,后方有千万双眼睛紧紧盯着自己,前方有对手虎视眈眈,每一步都关乎荣誉,任何一个微小的失误都可能让十几年来的血汗付诸东流——成败只在一瞬间。

那种压力根本不是普通人可以想象的,因此普通人也难以做出任何有效的安慰。

更何况,还有对自己的困惑。

明沫甚至隐隐明白林展涵在困惑什么。

他在中国的第一个教练就是郑雪峰,是郑雪峰一点一点把他带出来的,陪着他去比赛,见证了他的成长和辉煌,始终对他抱有极大的信心。

而今也是郑雪峰认为他不适合继续走下去,坚持让他退役了。

明天的嘉宾席上就会坐着郑雪峰,连明沫都想象不出来,林展涵应该以何种状态面对这位老师。

"最近这段日子……你辛苦了。"林展涵低声说。

明沫顿了顿，她本来想开玩笑说"为人民服务"，但是此刻氛围有一点沉重，她的玩笑没能开出口。

"但是我还是想请你……再帮我一个忙。"

明沫道："你说，只要我能做到。"

林展涵点了点头，然后他起身关上了灯。

明沫一惊。

然后他又拉上了窗帘，锁上了门。

屋子里一片漆黑。

明沫不知他要干什么。

林展涵打开了茶水间的投影仪，因为李赫有时候喜欢在茶水间里开小会，所以这里有一个投影仪，林展涵用它连上了自己的手机。

"不好意思，也许应该去电影院的，但是是十几年前的老片子了，影院早就不放了。"

林展涵打开手机，调出存好的电影——《十月》。

林展涵要滑的曲目《枫》就是出自这部电影的插曲。

其实只是小小的茶水间，但是当林展涵坐到明沫身边时，明沫感到四周的墙壁和家具都消失了。他们并肩坐在这小小的沙发上，沙发之外是无尽旷远的天地。

天地之间一片漆黑，只有他们的面前有一片小小的光亮，这光亮之中演绎着一个属于秋天的故事。

文艺电影大多没有特别大起大落的爱情桥段。《十月》拍的是一个北漂的男孩独自在北京打拼，每天下午他骑着车在后街上穿行而过，而此时也会有一个女孩从大学的校园里抱着书本走出来，穿着干干净净的棉麻长裙和针织外套。

每天他们都在那条街上擦肩而过。

男孩在北漂期间经历了很多事。虽然每天他都是骑着那辆自行车从后街穿过，但是等待他的是不同的事，有时候他接到了很好的活计，有时候他被信任的同乡骗去了身上所有的钱，有时候他被人辱骂，有时候他挨了打。

但是他没有离开北京，也许是因为每天穿行在后街时都会看到银杏落下来时女孩飘动的裙摆，那个短暂的情景构成了他对北京的幻想和向往。

快到月底的时候小伙子因为一个契机小小地发了一笔财。他非常兴奋，觉得自己即将成为一个人物，想着第二天见到女孩要问她的名字。

然而当天晚上他接到了来自老家的电话，他的父亲突然患上了重病。

男孩拿出了自己的存折，那里刚有了一笔小小的财富，也是支撑他去问女孩名字的勇气，然而他知道留不住他们了。

他本人也无法再留在北京，他需要回去。

第二天男孩没有再出现在后街，他不想再看到女孩从自己身边经过。对于今天的他而言，那不仅代表着错过，更代表着梦碎的声音。

他来北京这么久还从来没有去过任何一个著名的景点，于是他决定在离开前犒赏自己一次。彼时恰好是十月底，香山的枫叶红得很有名，而如果不看的话就要等到来年。

男孩去了香山。不巧的是那天是阴天，没有下雨但是天黑得很早，于是满山红叶并不能真切地看清，游客们渐渐失望地散去了，然而男孩仍然站在山顶。

他在那里看到了女孩。

女孩和游客们一起汇成一道人流，而男孩逆流而立。

他们擦肩而过。

那一瞬间女孩意识到了什么，她似乎认出男孩就是她每天都会遇到的那个人，她回头冲男孩露出了一个笑容。

香山最后的红叶飘落在她的肩头。

男孩看着她，但是没有任何的表示，只是不带任何情绪地看着，直到女孩感到困惑，以为自己认错了人。最后她犹豫着收起了笑容，转身随着人流一起离开。

在女孩走远后，男孩走上前去，捡起了那片从她肩头掉落的红叶。

插曲响了起来，温柔的音符如水流淌。

镜头定格在那片红叶上，然后缓缓地，整片屏幕暗了下去。

最后的黑屏上写了一行字："谢谢你，一直在我身边。"

从始至终，男孩不知道这个陪伴了他整个北漂生涯的女孩的名字。

游刃

第五十二章　在我身边

　　明沫坐在黑暗里，她默默地出神，小小的茶水间里回荡着最后的插曲，那些音符从音响里流淌出来，漫延上桌子，漫延上沙发。
　　良久，她听到林展涵清冷而微微发哑的声音："跟我走。"
　　驱车二十分钟，整座城市在他们的脚下默默震动。
　　二十分钟后，明沫仰起头，看向自己的面前——她记得这个地方。
　　仍然是夜晚，仍然是夏季的风，仍然是这些蹦床、旋转木马、滑梯。当初她跟随着林展涵来到这个小小的游乐园，在林展涵生日的前一晚。
　　当时的少年在滑梯的顶端抬起头看着远处的万家灯火，灯火越明亮就衬得他的眼神越孤独。
　　然而那时候他们都没有满十七岁，即便青春有些许的灰暗，也不妨碍他们相信之后会有无限盛大的未来。
　　明沫向前走去，她穿着通勤的白衬衫和灰色套裙，但是似乎每往前一步，她就离曾经的日子近了一点。
　　西装变成校服，披肩发变成马尾，耳边的风也回到四年前。
　　她随着林展涵登上滑梯的顶端，明沫穿的是中跟鞋，上去的时候磕绊了两下，于是林展涵伸出手来拉住了她。
　　他指骨微凉，触碰到明沫的掌心。
　　明沫感觉自己的心好像在那一秒多跳了一下。
　　林展涵一直是很绅士的，他十七岁的时候就是这样，他没和别的女生有过肢体接触，印象中明沫被他拉过一次，拉的也是手腕，隔着袖子。
　　然而这一次他的手直接握住了明沫的手。
　　他们已经登上了最顶层，然而林展涵的手没有松开。
　　他站在比明沫稍稍靠前半步的位置上，回过头来看着她，黑发黑瞳，气质清冽。
　　这是明沫第一次发现林展涵的眼睛不再像是冰层了，像是澄澈的没有被污染过的海面，一片漆黑，但是有着细碎的波纹。

他说:"生日快乐。"

下一秒,他身后的背景猛地亮了起来。

不是一瞬间亮起来的,而是一个接着一个,先是离他们最近的滑梯扶手,接着是滑梯附近的小猪、小兔、小狗,再然后是蹦床,是摇摇车,最后是远处的旋转木马。

它们一个一个在黑夜中亮起了明亮暖黄色的光。

林展涵回头看着明沫,他眼睛里的海面此刻被照亮了,光影投在水面上,似星辰大海,波光粼粼。

明沫知道他在等自己的回应,然而她现在大脑死机了。

越死机越出乱子,大脑一片空白的明沫最后脱口而出:"你找哪个公司弄的?好贵的吧!"

话音刚落她就想抽死自己。

林展涵脸上浮现出了淡淡的郁闷,他给明沫看了一眼栏杆上的小灯,那并不是被安上去的,而是由一条长长的透明绳索连接着的无数小灯泡组成。

"我自己弄的,"林展涵耸耸肩,"当然也经过了汪姨的同意。"

汪姨?明沫狐疑,然后就想起了门口收门票的那个大婶。

事实证明,掌控这座城市场所大门的是无数大爷大妈们,当年明沫搞定了看冰场的大爷,现如今林展涵搞定了看游乐场的大妈。

明沫胡思乱想的时候,林展涵把他准备好的礼物拿了出来。

明沫认了出来,那是他床头那个小松鼠。

"是我粉丝送我的,"林展涵摸了摸头,"你当时看得没错⋯⋯那个兔子她们说是我。"

明沫在微博上看过粉丝给林展涵画的漫画,她本来预期林展涵如果吸粉的话也是走霸道总裁人设什么的,结果发现完全出乎意料,林展涵的粉丝基本全是姆妈粉(大婶、大妈类中年妇女粉丝)。

人家选手的话题里都是"哥哥好帅""哥哥超棒",结果林展涵同学的话题里粉丝说的全是"我崽好棒啊""宝宝好乖"⋯⋯

明沫是过了很久才意识到这一点的,林展涵只有在同龄人眼里才显得冰冷狂霸帅炸天,在姐姐、阿姨眼里他就是人帅话不多的三好弟弟甚至三好儿子。

于是数量众多的姆妈粉给林展涵安了这么一个小兔乖乖的人设。

"但是我不知道这个松鼠是干什么的……"林展涵说,"直到一个粉丝给我看了一个故事。"

明沫微微睁大眼睛。

"故事的剧情好像是这样的……"林展涵低声道。

他神情太认真了,明沫以为他要讲一个剧情流的电影,最起码也是个迪士尼动画,《疯狂动物城》那种。

结果林展涵说:"小兔正在路上散步,小松鼠急急忙忙地向他走来。"

明沫无语。

"小兔问:'小松鼠,你这么着急,有什么事吗?'小松鼠说……"

"Hold on.Hold on.(稍等,稍等)"明沫说,"是不是第一个故事是他们一起请来啄木鸟医生给松树爷爷治病,第二个故事是他们在花园里看到一条像蛇的床单,第三个是他们邀请大象一起去拯救森林?"

林展涵挑眉:"你听过?"

明沫说:"这陆铭铭课本里的,看图写话,一年级下册。"

林展涵的粉丝是觉得他有多小啊!

气氛有点尴尬,然而林展涵停顿了一瞬,说了下去。

"那个粉丝最后跟我说,"林展涵低声重复道,"你看小兔子每次遇到问题的时候,都有小松鼠陪着他。"

"你也要有你的小伙伴呀。"

那一瞬间,明沫突然懂了。

她突然非常感激林展涵的粉丝,她们敏锐地看到了他的状态,然而又不想打扰他的生活,于是采取了这样一个迂回温柔的方式劝他。

林展涵太孤独了,他在冰场上光芒万丈,然而下来之后除了教练和工作人员外,没有陪他同行的人。

粉丝们发现在观众席上有别人的父母、朋友、亲友团,但是林展涵都没有。

他披冰戴雪,一身孤冷。

所以小兔子是他。

小松鼠是那个她们希望能陪伴他的人。

林展涵把小松鼠送给了她，作为她的二十二岁生日礼物。

"生日快乐，"林展涵把礼物放到明沫的手心里，低声道，"以及……你记得吧，我说希望你能够帮我一个忙。"

明沫这才想起来，她之所以看了电影又来了游乐场，起因都是林展涵在茶水间里说有一个忙希望她能帮。

而她回答的是——只要我能做到。

她冲林展涵点了点头。

林展涵看向明沫。

那一瞬间他的眼神突然让明沫想起了电影《十月》的结尾，男主看女主默默消失在人海里的那个眼神，以及那个眼神消逝后，随着片尾曲一起亮起来的字——谢谢你一直在我身边。

林展涵转过头去看向远方，千万的灯火倒映在他的眼睛里，明沫听到他低声说：

"希望你永远在我身边。"

第五十三章　前仇旧恨

回程的路上。

明沫坐在车里看着前方的夜景，林展涵还有一些东西要去晨星俱乐部里取，而且他送明沫回家的路也正好经过晨星，于是二人先去了公司。

从车上下来的时候，明沫先于林展涵下车，她环顾四周，然后发现俱乐部门口立着一个人影。

她有一点犹豫，低声问林展涵："那个是……高梓川吗？"

林展涵皱了一下眉头，目光往那边瞟了一眼。

然后他推开车门下了车，朝向俱乐部大门口的方向站定。

高梓川果然是来找林展涵的，他眯着眼睛往这边看了看，在看清了林展涵的面孔后，立刻走了过来。

他把脸凑近林展涵，隔着深夜的空气，明沫闻到了一股浓浓的酒气。

"别来无恙啊，林少侠。"高梓川露出了一个笑容。

林展涵皱眉："明天就表演了，你今天喝这么醉？"

"喝酒怎么啦？要你管？"高梓川摇摇晃晃地一挥手，"而且我喝……喝酒又怎么样？你不也在泡妞吗？"

林展涵冷着脸没说话。

"别给我摆着你这张……这张脸！"高梓川突然恼火了，"你老摆着这张脸给谁看？"

恼怒而大醉的高梓川做出了一个让所有人意想不到的举动。他手里还有一个啤酒瓶，对着前车盖砸了下去，啤酒瓶的底部立刻碎了，断裂的玻璃接口呈现出异常锋利的形状，然后高梓川拿着啤酒瓶朝对面划了下去。

以高梓川醉鬼的逻辑，他想要划的应该是林展涵那张让他永远看不惯的冰块脸，然而醉鬼的行动力限制了他，踉跄之中，那尖锐的酒瓶直奔明沫而去。

明沫刚想后退，一个影子就扑到了她眼前。

林展涵侧身挡在明沫的面前，千钧一发之际明沫听到林展涵闷哼了一声——高梓川的啤酒瓶划在了林展涵的后背上。

然而林展涵的动作没有一瞬间的迟疑，他一把拉开车门，把明沫扑到了车里，然后回过身来，一脚踹到了高梓川的肋骨上。

醉鬼的力气往往都大得惊人，然而林展涵这一脚愣是直接把高梓川踹得坐在了地上。

林展涵从小就有谪仙下凡的劲，因此同龄男生大多有点瞻仰他，搞得他长了二十多年一次架都没打过。他也从来不是喜欢动手的人，但是高梓川实在是触了他的逆鳞。

不管有意也好无意也罢，千不该万不该，高梓川不该去动明沫。

林展涵当冰雕当了这么多年，第一次浑身的少年气血全上头了，简直可以就地捡起剩下的酒瓶碎片给高梓川开个瓢。还好此情此景下还有人是冷静的，他身后的明沫赶紧把他拽到了车里，然后飞快地锁上了车门。

她对林展涵和高梓川谁能打赢完全没有兴趣，林展涵明天还有表演，他是运动员，运动员每一次受伤都是致命的。

但是好像已经受伤了。

明沫把林展涵拽回来之后第一时间就去看他的后背——这会让她决定是先打120还是110。

好在看上去并不怎么严重，林展涵后面的衬衣被划破了，后背被划开了一条细细的口子，血珠在往外渗。但是并没有汇成流的血，这说明伤口还是非常浅的，只伤到了一点表皮。

然而即便这样，明沫都疼得心里一抽，她面无表情地拿出手机，准备拨110。

然而这个时候车窗被很有礼貌地敲了三下。

明沫回过头去。

她说高梓川怎么不作妖来砸车窗了，原来是家属来了。

高梓川发完酒疯就直接躺到了马路上，准确来讲他是被林展涵一脚踹得没站起来，之后索性就在地上睡着了。

此时此刻敲车窗的人明沫先前从来没有见过，然而她只一眼就知道他是谁了，这个人和高梓川的五官有七成相似。

高梓川的哥哥，高云天。

林展涵曾经的手下败将，也是高梓川想要为之向林展涵复仇的对象。

虽然哥俩的五官的确很相似，但气质却完全是两个人，和高梓川又蠢又爆的愣头青形象相比，高云天实在是文质彬彬的一个美男子，他已经退役了多年，现在做什么工作明沫无从得知，不过打扮得倒很是得体，衬衫加深蓝色的西装裤，鼻子上还架着一副金边眼镜。

他开口说了两句什么，不过车窗玻璃的隔音效果不错，明沫完全听不到。

明沫看了一眼不远处已经醉倒在地的高梓川，又看了一眼眼前文质彬彬的高云天，她犹豫了一下之后看向林展涵。

林展涵冲明沫微微颔了一下首，意思是高云天应该不会有什么危险。

明沫还是不放心，直接伸手把包里的防狼喷雾拿了出来，然后摇下了车窗。如果高云天只是表面斯文，事实上和他弟弟一样犯浑的话，她就直接照着他的脸喷一下。

好在林展涵的判断是正确的，摇下车窗后，高云天冲明沫笑了笑："你好，先别急着报警好吗？"

明沫看着他不说话。

高云天弯着腰凑在车窗边，他看了一下明沫的脸色，有点为难地搓了搓手："是这样……确实是梓川不懂事，你们生气我也理解。"

"但是梓川太年轻了，还不懂事，又瞒着我喝了这么多酒，小孩子发酒疯，得罪你们的地方我替他道歉。展涵你有没有受伤？要不我们先去医院看一看，医药费我来付。"

林展涵摆了摆手，然而明沫拦住了他。

明沫从车的储物盒里拿出纸巾来按在林展涵的后背上，看也不看高云天一眼，半晌后才开了口。

"高先生，"明沫语气淡淡，"我觉得这种事情还是走程序来办比较合适，尤其就凭你弟弟现在这个样子，我推测你对他的教导也不怎么成功。既然如此，不如让警察来教导一下，我觉得之后还能让他给你省点心，以免你这个当哥哥的每次都要给他收拾烂摊子。"

她语气非常不善，高云天沉默了一会儿，低声道："是，您说得对，是我没照顾好他。"

"但是，"高云天踌躇了一下，"我刚刚检查了一下梓川的伤势——我初步地摸了一下，肋骨应该是没断，但是底下也青紫了一块，瘀血弄得皮肤都肿起来了。"

明沫心里咯噔一下。

这辆车的车载记录仪是没开的，也就是说没有监控录像能证明刚刚发生的事。

-193-

第五十四章　商演：短节目对阵自由滑！

先动手的是高梓川，其实伤害性更强的也是他，如果那一酒瓶真的挥到了明沫脸上，明沫三年之内估计都得在一个个疤痕整容手术里徘徊，更不要说碎玻璃有非常大的可能性划到眼睛。

但是他们避开了，只有林展涵的后背被划破了很浅的一道，从结果上来看，高梓川的伤势甚至是更重的——尽管林展涵踢他的那一脚基本可以算正当防卫。

"我不是想反咬你们，"高云天为难地说，"就是到了公安局又还要笔录，还要掰扯，这时间就非常长了……两个运动员明天又都还有非常重要的演出，也许明天是能改变他们人生节点的日子，我想着不管怎么样，都不要让这样重要的演出被耽误吧。"

高云天的确和他那个没大脑的弟弟一点都不一样，他这几句话，句句戳在明沫心里。

的确，去了公安局的话一旦高梓川和高云天反咬……虽然也许能找到证据证明明沫和林展涵只是自我保护，高梓川才是过失方，但其过程一定要耗费大量的时间和心力。

那么明天的表演一定会被影响。

说一句"算了"实在是要忍下巨大的不甘……

然而明沫深深叹了一口气，低声道："算了。"

高云天感激地合掌，带着歉意道："多谢你肯原谅梓川，我一定……"

明沫挥了挥手，看向林展涵，小声道："当然我说算了也不是真算了，争端是你们之间的，你决定吧。"

林展涵沉默片刻，然后看向高云天。

高云天也看着他。

"前辈，"林展涵冲他点了点头，"虽然一起参加过比赛，但是好像这是我们第一次面对面交流，没想到是在这样的情况下。"

"我看过前辈的《Dance in the rain》和《雾起》，都是我非常喜欢的节目，你也是我非常喜欢的一个前辈，"林展涵说，"但我唯一想说的是，我们是运动员,你弟弟也是。"

"竞技场上的争斗,永远不应该带到场下,"林展涵声线清冷,最后看了一眼远处的高梓川,然后冷着脸摇上了车窗,"明天见。"

他踩下油门,把高云天和高梓川全部抛在了身后。

运动员永远只在竞技场上真刀真枪。

而这真刀真枪的时刻很快到来了。

没有观众知道前一晚究竟发生了什么,他们怀揣着期待的心情在观众席上坐下,金华花样滑冰表演盛典就这样拉开了帷幕。

明沫作为工作人员站在离冰场最近的位置,她看着不远处的嘉宾席上渐渐坐满了人,其中有一个人满头白发,身材瘦小,然而目光如鹰隼。

已是多年未见了,然而郑雪峰气质不减当年。

这样的人一旦做出决定就不会轻易改变,他当年做出决定要收林展涵为弟子,就全心全意地带了他几年。而他决定让他退役,目前恐怕也难以让他回心转意。

明沫回过目光来,暗暗为林展涵捏了一把汗。

表演盛典在性质上属于商演,因此气氛比正经比赛要欢快自由很多,以让观众有最好的体验为宗旨。因此在比赛中常被安排在后面的冰舞在商业中反而被提到了最前——毕竟冰舞的观赏性最强。而且参加本次盛典的几对冰舞选手都非常擅长制造气氛,尤其是最后一对选手在欢快的乐曲中采用了非常具有喜剧效果的动作编排,以弗拉明戈舞为基础上演了一出小两口打架的闹剧,引得观众笑声不断,场面很快就热了起来。

原本主办方定下的顺序是冰舞——男单——女单——双人,以一对夫妻档双人滑职业选手的表演作为压轴。然而当明沫和主办方的美籍华人女老板交流完毕之后,这位名叫薇薇安的中年美女当即拍板,决定把男单作为压轴。

"林的人气非常高,"薇薇安说,"我的两个女儿都为他着迷。"

联想到微博上那一群成天"我的崽我的崽"的姆妈粉,再看看自己……明沫感觉林展涵真是国民偶像,老、中、青三代通杀。

"而且这是他的职业首秀,冰迷们会非常期待,他作为压轴的分量要更大。"薇薇安补充道。

"可是……"明沫觉得有必要提前说清楚，"林展涵选手的表演是由短节目改成的，他现在还处于伤后康复状态，医生对他表演复杂的跳跃和旋转都有诸多限制……我的意思是，他的节目分量也许并不足够撑起压轴，尤其在其余选手的表演都是由自由滑改编而成的情况下。"

花滑节目分为短节目和自由滑，其中真正能够显出选手实力、表现力的是编排更为复杂的自由滑，时长也有四分多钟；而短节目只有两分半，大部分只是中规中矩地完成一些规定动作，选手很难真正展现表演能力。

就好像人家都准备的是长篇诗歌朗诵，你只背了一段高中语文课本……这种节目用来压轴实在有点苍白。

"没事的，"薇薇安说，"脸好看就够了。"

她回去把和主办方的沟通结果跟林展涵说了，当然省略了薇薇安对他花瓶式的夸奖。

当时林展涵没说一个字就接受了，现在直到表演盛典都已经开始了，明沫也没有搞清林展涵到底是打算破罐子破摔，还是……破罐子破摔。

毕竟这事真的没有解决办法，林展涵如果不挑战高难度，那就不可能有亮瞎全场的表演，必然打动不了郑雪峰；然而如果他硬逼着自己上难度，那么就恰好又撞上了郑雪峰的痛点，印证了对方对自己偏执、疯狂的判断，说明对方让自己退役的决定是完全正确的……那郑雪峰就更没可能继续教他了。

左右都是错。

明沫觉得自己手心里都渗满了冷汗。

她在这种心神不定的情况下熬完了女单和双人滑的部分，接下来就到了男单。

明沫跑到林展涵身边，林展涵已经换好了演出服，银色带一点火红的演出服质地非常薄，几乎把林展涵身体的每一寸曲线都完美地勾勒了出来，明沫几乎有点不好意思直视他。

"没问题吗？"明沫问。

"没有。"林展涵淡淡道。

明沫心没安下来，像个要送独生儿子出征的老母亲一样多嘴多舌："没什么需要帮忙的吗？"

林展涵转头看向她。

　　那一身银白衬得他太像王子了……如果不是有工作重任在身，明沫觉得自己可以被帅得当场倒地不起。

　　"没有，"王子本人勾起嘴角笑了一下，"你昨天晚上已经把该帮的都帮完了。"

　　"那是对我非常重要的……等下你就知道了。"

　　明沫转身就走。

　　再不走她真的就要倒地不起了。

　　已经长那么帅了就不要笑了好不好？很犯规的啊！

第五十五章　阴谋阳谋

这次参加花滑男单表演的选手一共有三个。

按照顺序，分别是一个职业老将，高梓川，以及作为压轴的林展涵。

职业老将名叫杜咏，虽然人气并不是特别高，不过是业内的老大哥，路人缘很好。因此在男单开场的时候，按照流程，杜咏拿起麦克风，准备代表男单这边向观众问好，顺便简单介绍几句接下来三人的节目。

然而杜咏刚刚试音着"喂"了一声，麦克风就被他旁边的人抢过去了——

此时三个已经准备完毕的男单选手在冰场旁边的台子上坐成一排，杜咏坐在中间，而抢他麦克风的正是他左手边的高梓川。

"喂喂，大家好，我是高梓川，很高兴大家今天能过来看我们表演。"

场上响起了一片尖叫声，高梓川的长相和技术在花滑选手中都属于上游，因此也有属于自己的一群冰迷。何况由于他是职业选手，没有太多参加商演的机会，因此商演就是冰迷离他最近的时刻。故而这一场表演盛典中，高梓川的粉丝来得可能比林展涵还多。

杜咏皱了皱眉头，他年龄不小了，成熟而有涵养。因此虽然对高梓川的行径有些不爽，一时间也没说什么。

"是这样的，有个事跟大家说一声。为了感谢大家这么辛苦地来看我们，我们策划了一个比较有意思的环节。"

杜咏的脸色不对了，他皱着眉看向身边的工作人员，意思是这是哪一出？

工作人员也完全丈二和尚摸不着头脑，他们完全没有做过什么惊喜策划，不知道高梓川现在在说什么。

"是这样，之前的表演虽然很精彩，但说到底，花滑它是个运动，是竞技项目，没了竞技就少了很多意思，"高梓川说，"所以呢，既然这次活动还请了很多裁判老师，所以我们临时决定，男单这块让每个选手都有个得分。"

"尤其是……"高梓川看向了与他隔一个座位的林展涵，"我想向林展涵选手发出挑战,林展涵选手之前赢过我哥,现在我想赢回来。"

他说这话的时候神采飞扬,配上颇为帅气的脸,很能让冰迷们热血沸腾。于是高梓川的粉丝又欢呼了起来,都是在支持他。

"荒唐!"林展涵的冰迷中有人在喊,"短节目怎么和自由滑比?"

商演的节目编排并不保密,林展涵的资深粉丝当然知道林展涵这次的节目是短节目,不同的项目之间怎么可能做比较,就像推铅球的和扔标枪虽然都是投掷,但绝不可能用一套打分标准比一样。

"哎呀,这又不是正经比赛,不要那么较真嘛,"高梓川听到了观众席上的喊话,握着麦克风吊儿郎当地笑,"林展涵选手的节目还是比一般的短节目要编排得复杂一些的,而我和杜哥相比自由滑也把很多动作简化掉了,这样一来,其实两边没差多少。"

"至于标准嘛,就也别一板一眼地来了——技术的基础分国际滑联都有规定,当然是照着来;至于其他的,反正咱们有专业的裁判在,只要裁判们用同一副标准,就肯定是公正的了。"

他这一套话说得似乎有些道理,观众中有些是高梓川的冰迷,有些是看热闹不嫌事大的群众。热血竞技当然比单纯表演要好看,于是人群一时间都纷纷欢呼着支持高梓川。

"怎么样啊,展涵哥,是公平的吧?"高梓川笑眯眯地看向林展涵,"既然观众们都这么期待,我们也不能让他们失望啊。"

不远处,明沫咬紧了牙关。

高梓川说得看似有道理,实际上……完全不对。

花滑评分标准中,有很重要的一项是PCS,也就是节目内容分。

这一项包含滑行技术、衔接、表演、编排和音乐表达,而高梓川现在把短节目和自由滑强行统一到了一起后,短节目在编排上就绝对落后于自由滑,在其余几项上也绝对吃亏。

更不要说自由滑的高难度动作要远比短节目多。林展涵正是因为现阶段还做不了太多高难跳跃,才用短节目参加了表演盛典。

明沫看了一眼嘉宾席上的郑雪峰,然后把目光投向了林展涵。

不要意气之争,不要意气之争……

然而林展涵简单地回应道:"好。"

这一波操作带起了节奏,既然选手都同意,原本只作为嘉宾出席的裁判也纷纷表示愿意尝试这个新奇的玩法。

一片喧腾。

明沫知道自己是拦不住了。

杜咏以礼貌的态度谢绝了参加高梓川的游戏,他年纪比较大了,更多是作为热场的人物,硬按评分标准来评的话未免有点惨烈。观众们和高梓川都对此没有表示异议,前者只想看帅哥对决,后者的目标只在赢林展涵。

就这样,在杜咏的表演结束后,高梓川上了场。

解说报出了他的曲目,立刻引起了全场的声浪——《雾起》。

当年高云天和林展涵强强对决于全青赛时,高云天滑的就是这首曲子,惜败于林展涵。

如今时过境迁,弟弟带着哥哥的曲目出征。

一雪前耻的火药味已经无须多说。

音乐响了起来。

《雾起》是偏于轻盈柔美的音乐,原曲意境便是在旷远的山林中渐渐飘起了浓雾,因此原本每日远望心上人的青年无法看到丽人的身影。随着雾气一同漫起了愁绪。总体而言,展现的是一种浓烈的思念和轻轻的哀愁。

而高梓川的身影也的确轻盈。

他只有十七岁,而且骨骼发育似乎还比同龄人慢些,这使得他的跳跃能够较为容易地转足周数。随着一个开场的后外点冰四周跳,全场响起了热烈的掌声,他的高度够高,落地够远,周数够足,着实是十分优秀的跳跃。

明沫的心一下子绷紧了——高梓川的技术分一定低不了了。

她的心情越来越紧张,接着她看到高梓川做出了第二个四周跳。

明沫感觉自己的手心里腻满了汗水。

然而接下来她看到了更加惊心动魄的场景。

高梓川的节目略短于正常比赛的自由滑,只有四分钟不到的时长,然而他在如此之短的时间里塞进了……四个四周跳!

要知道，即便在国际最盛大的赛事里，有四个四周跳也代表了男单的顶级跳跃水平，而高梓川在一场商演里把它全跳了出来。

全场爆发出山呼海啸般的掌声和欢呼声，明沫默默闭上了眼睛。

音乐结束，高梓川在场中大口喘息着，脸上露出了灿烂的笑容，他看向了林展涵。

然而在目光移向林展涵的前一瞬，千钧一发之际，明沫注意到他的余光瞥向了郑雪峰所在的方向。

明沫突然意识到了什么！

她猛地跑到林展涵身边，情急之下她拽住了林展涵的手臂："不要比。"

她意识到高梓川的计谋了。

第五十六章　他是刀锋

明沫先前一直觉得高梓川这样一个举动只是意气之争，只是要当着郑雪峰的面让林展涵下不来台而已。但是现在她意识到，不是。

林展涵的短节目只有一个四周跳，高梓川以正常的规格用上两到三个就稳压林展涵一头了，然而他跳了四个。

他的真正用意是逼着林展涵也去跳。

运动员都是有强烈求胜欲的，更别说林展涵的跳跃曾经在国际上都享有盛名。

此时此刻，面对高梓川的挑衅，全体观众山呼海啸的呐喊，以及昔日教练的注视……

但凡林展涵有一点少年血性，他都绝对不可能忍下这口气。

他一定会强烈地想要赢。

但是那样就完全中了高梓川的圈套，以林展涵现在的身体情况，强逼自己去跳四周一定会失误……甚至一定会损伤自己的身体。

那样他就彻底失去了重新被郑雪峰接纳的可能。

所有的推论都堵在明沫的喉咙口，她一个大喘气之下竟然激动得没能说出话来。然而林展涵伸出手来，拍了拍她的手背。

"别怕，"林展涵低声道，声音有那么一瞬间让明沫觉得他是在哄小女孩，"他没有那么强，除了第一个跳跃完成得不错以外，第二个单手扶冰，第三个和第四个全部存周，一定会被降档，这样其实分并不算太高。他和真正的强者之间还有的是差距。"

他转头看向明沫，瞳孔漆黑，神色认真。

"你相信我，"他说，"我能赢。"

"不是，"明沫快急哭了，"你别赢……别赢行吗？"

别上难度，别强行跳四周……

然而主持人已经叫到了林展涵的名字，林展涵冲明沫笑了笑，低声道："你要明白一件事。"

"什么？"

"你之前说得对，这场表演是无解的，无论怎样，郑教练都不会再收我，"林展涵笑笑，"但是，因为你给我的礼物，我有了答案。"

他走向冰场，薇薇安亲自接过话筒，笑道："让我们一起欢迎华裔选手林展涵……"

林展涵接过话筒，礼貌地冲观众笑了一下。

"不是华裔，"他说，"中国人。"

薇薇安愣了一下，她自己是美籍华裔，和林展涵的几次接触中了解过他的经历，一直以为他是个外国人。

观众席上一时也有些错愕，毕竟林展涵少有的几次采访中都明显展示出了他中文水平远不如英文的情况，很多不了解他的路人都以为他不是中国籍。

然而全场在寂静了片刻后，立刻爆发出了掌声。

山呼海啸。

林展涵入场。

明沫怔怔地看向他。

随着膝盖一动，林展涵轻盈地飘入了洁白的冰雪世界，他的演出服是银白色的，只有肩头的火红色镶边伴随着运动微微颤动，就像是深秋时飘落的一片红透的枫叶。

《枫》的音乐在全场流淌起来。

开场的滑行用的是下腰鲍步，林展涵一腿屈曲，一腿伸直，双足滑行于冰上，整个上身向后仰去，双臂舒展到了极致。

腿、腰、胸腔、颈、下颌的线条，到发丝的飞动，到情绪，再到眼神。

那一瞬间，即便是高梓川的冰迷，都不得不承认高梓川选错了音乐。

当《雾起》直接撞上了《枫》，两首同样是展现爱恋、情绪细腻的曲目，在这种对比之下，高梓川在表演上的干瘪轻而易举地显现了出来。

他的确跳了四个四周跳，但是每个跳跃的间歇都是非常简单的衔接，也疏于情绪的表露，完全就只是在为下一个跳跃做准备。高梓川的跳跃没有很好地融到节目里，他只是单纯地为跳而跳。

就在全场人都暗暗感慨的时候，林展涵跳了他的第一个、也是原定编排中唯一一个四周——勾手四周跳。

右足刀齿点冰，左后外刃起跳，林展涵轻盈得像是空中被风腾起的一片枫叶。当他稳稳落地后，全场爆发出了巨大的掌声。

转入内刃大一字的滑行，这里按原本编排是一个外刃大一字，然而外刃大一字身体后倾，重心在背部，刚刚的那个四周跳在空中拧转腰背，让林展涵觉得背后被高梓川划开的伤口似乎崩裂了。于是他不敢再将重心转移到背部，而是临场改成了重心在腹部的内刃大一字。

然而这个改动让明沫的心情愈发战抖，林展涵真的开始临场改编排了！

她的担心不是没有道理的，此时此刻，林展涵的心里确实烧着一股火。

高梓川在今天挑衅的眼神，以及在昨天挥向明沫的酒瓶，都让那股火烧得越来越旺。

"我一定要赢他，"林展涵心里只有这一个声音，"我必须赢他。"

他的那些残缺的四周跳并没有什么了不起，自己完全可以跳得比他更好。

林展涵感觉自己的双腿似乎装了弹簧一般，随时想要跃起。

然而就在这个滑行动作中，出于之前的比赛经验，他飞了个眼风给观众席上的裁判。在比赛中，学会"撩"裁判也是证明表现力的一种重要手段。

林展涵收回眼风的时候，目光掠过了明沫。

即便只是很短一瞬，即便隔着很远的距离，林展涵还是敏锐地看到了明沫发红的眼眶。

他突然清醒了。

不要心急。按你原来想的那样……带着她给你的礼物上场。

那个礼物就是在前一晚的游乐场里，在千万如碎星般的灯光的环绕中，女孩抱紧了松鼠玩偶，对他露出了笑容："我答应你。"

林展涵轻轻地闭了一下眼睛，《枫》这首歌最终凝结成的那句话彻底地明亮于他的心中——

谢谢你，一直在我身边。

音乐进入到最后段落，观众们惊讶地看到，林展涵的变刃细腻到了惊人的地步。国际上拥有这种滑行的选手屈指可数,更不要说他绝佳的表现能力。

进入最终的旋转。

燕式接蹲踞,所有火红色的镶边都伴随着旋转飘了起来,看上去就像是一枚枚细小的枫叶在林展涵的周围飞舞旋转。

当所有的星星都黯下去。

当所有的灯光都亮起来。

当老旧的墙上已不再有青葱碧绿的爬山虎。

当还有人见证我的过去,期待我的未来。

"希望你一直在我身边。"

"我答应你。"

曲终,良久的寂静,甚至能听到林展涵的喘息声和汗水砸落冰面的声音。

然后是铺天盖地的掌声。

林展涵深吸了一口气,看向观众席上的郑雪峰。

这是他给他的答案,也是唯一的解、唯一的出路,他用这场证明了一件事——

他仍然想要花滑。然而他不会再偏执,不会再损害自己。

他曾不惜牺牲一切,因为他的世界本就空无一物。

但是现在他的背后有了人,他便不能再轻易倒下。

之后人们会议论起这场商演——金华花样滑冰表演盛典。在这场表演中,林展涵另辟蹊径,以绝高的节目内容分和执行分击败了跳了四个四周跳的高梓川。

曾经披冰斩雪不顾一切的少年学会了和世界和解,因为刀锋般的他终于有了自己的刀鞘。

第五十七章　她为刀鞘

"所以,你和林展涵到底在一起没啊?"

甜品店里,明沫闷头挖着自己面前的芒果雪酪刨冰,而她对面坐着一个高高瘦瘦的男生。男生穿着一件画满粉色火烈鸟的宽松衬衫,下身是一条浅蓝色做旧的九分牛仔裤,脚踩帆布鞋,头顶草帽,脸上还架着一副大墨镜,墨镜旁边是打卷的及肩发。

这种打扮的人如果不是神经病,那就必然是个艺术家。

明沫心虚地继续挖刨冰:"不知道,他没说。"

艺术家男孩双手捂脸:"什么叫他没说?"

事实就是,那一夜在游乐园的场景非常美好感人但同时也非常梦幻朦胧,在进行了"希望你永远在我身边""我答应你"的经典对话之后,两个人就怀揣着对第二天表演的热切希望从滑梯上下来,各回各家一腔热血地做准备工作去了。

现在表演结束热血消退,明沫才后知后觉地反应过来。所以现在这算咋回事?

"永远在我身边"这种话也太百搭了,表白能用,求婚能用,工作场合也能用:"明沫同学,希望你永远在我身边,我们并肩战斗,一起为我国的体育事业做出贡献。"

明沫感到很头疼。

她一脑门官司地问艺术家男孩:"林展涵是搞花滑的,大概比较艺术。你们这些搞艺术的是不是都觉得说'我喜欢你'或者'我们在一起吧'之类的特别俗,所以全用一些文艺的话当暗号。"

艺术家男孩沉思片刻,若有所思道:"这个确实是有的。"

"比如呢,比如呢?"明沫说,"快让我学习一下,我可能就明白林展涵到底是什么意思了!"

"比如说……"艺术家男孩清清喉咙,"一个很经典的,如果我们说'今晚月色真美',那就是在表白。"

明沫不明所以。

"回应的方式也有两种，"艺术家男孩说，"如果我对对方也有意思，就会回应'风也温柔'。"

明沫好奇："那没意思呢？"

艺术家男孩低沉道："适合刺猬。"

明沫觉得问了白问，这位比林展涵高深多了，以林展涵初中前全在美国读书的中文情况，恐怕并没有读过《少年闰土》。

她疲惫怠地坐回去，叹了口气。

然而就在此刻，一种奇怪的第六感袭击了明沫。她恰好坐在窗边的位置，此时感到窗外似乎有一道目光盯着自己。

明沫转过头去，看到了窗外不远处冷冷站立的林展涵。

然而在她开口之前，林展涵转身就走。

这又是怎么了？明沫莫名其妙。

艺术家男孩刚刚恰好在和服务员说话，没有注意到这一幕，当他转过头来后，发现明沫有点不在状态。

"喂，"艺术家男孩挥了挥手，"账我刚刚结了，那就按之前约好的，今天晚上一起去吃日料吧，我借了我朋友的车来接你，超酷。"

明沫一边回应了一个好，一边仍然在心里纳闷。

林展涵这个时候不应该在见郑雪峰吗？

怎么见完了好像很不高兴的样子？

林展涵径直回了休息室，一路上都没人敢跟他打招呼。大家本来都想上来夸奖一下演出不错，结果生生被林展涵身上肉眼可见的寒气吓回去了。

只有正在休息室里吃水果的陆铭铭小朋友没有眼力见，看到林展涵过来就快乐地招呼他："快！哥！这是我姐刚买的黄桃，爆炸甜！"

林展涵备受冷落的心有了一点点安慰，他坐过去，摸了摸陆小天使的头。

还是陆铭铭好，这孩子还是个小肉球的时候就跟着自己玩，长大之后练花滑也是自己一手辅导出来的。在整个晨星俱乐部里，陆铭铭谁都不理，只跟林展涵亲。

然而就在林展涵刚要说点什么的时候，一个扎羊角辫的小姑娘突然探了头进来:"陆铭铭!你怎么在这儿啊?"

"我和我小姨一起来滑冰,可我不会啊,你能教教我吗?"

陆铭铭一秒扑了出去:"没问题!看我给你跳后外点冰跳!"

他扑出去一点又退了回来,一把抱起桌上的水果盒子:"果果你吃!都是你的!"

林展涵无语。

他本来要去拿水果叉子的手尴尬地悬在空中,良久又尴尬地落了下来。

明沫和她弟弟都是一路货色!

说好的一直在身边呢?转眼就跑到别人身边去了!

林展涵一下午训练的时候气都很不顺,结果明沫还偏往枪口上撞。

训练结束的时候,明沫一路小碎步,跑过来一脸担忧地问林展涵:"你和郑教练没吵架吧?"

林展涵神色冷淡:"没有。"

"他答应继续辅导你了吗?"

林展涵面无表情地说:"答应了。"

"太好了!"明沫过于激动,直接扑上去给了林展涵一个熊抱。

林展涵在明沫的拥抱中,脸色渐渐缓和下来。

然而就在他要反手抱住明沫的时候,明沫一把松开他,满脸喜色地说:"那我吃饭去了啊!"

和谁?

这可是演出完的第二天,我们两个可都还没来得及吃饭庆祝一下。

林展涵整个人变成了一瓶冰镇山西陈醋,他冷着脸悄悄跟着明沫出了俱乐部的门。然后就看到外面有一辆非常艺术的车,整辆车都被喷成了粉色,上面画着乱七八糟的涂鸦。

然后中午见过的那个艺术家模样的男生靠在车边,冲明沫挥了挥手。

明沫欢快地冲艺术家男孩跑去。

林展涵原地站了三秒,表情非常冷酷。

"冷静。"他对自己说。

三秒后,冷静的林少侠三步并作两步走了过去,直接把明沫拽了回来。

明沫满脸疑惑。

这人什么时候出现的?

然后林展涵转过身去,非常高贵冷艳地冲艺术家男孩伸出了手:"你好,明沫的朋友是吗?"

艺术家男孩看了看林展涵,然后摘下了墨镜。

"怎么回事啊,林上仙?"男孩笑起来,"你连我都不认识了?"

林展涵沉默三秒。

该死。

他早该意识到的,就凭这个纤细的嗓音,还有这个全粉的配色。

当年这货看到自己抱明沫去医务室的时候,把澡盆摔了,那个……澡盆好像和这辆车的粉一模一样……

混乱的记忆开闸泄洪般糊了林上仙一脑子,他死机三秒钟后,伸出手在男孩手上握了握:"哦,车不错,很适合你。"

"小任。"

第五十八章　心　意

三十分钟后，三个人一起坐在日料店里。

任志宁脸上一直展现着和当年一模一样的微笑，明沫忙着看菜单没注意到，林展涵却在这种满含微笑的注视下如坐针毡。

他天生冷白皮，自信脸上应该不会变红，结果明沫点完菜转过头来，第一句话就是："欸，你耳垂怎么这么红，流血了吗？"

最严重的是她还伸手在上面碰了一下。

林展涵只觉得一股强烈的电流从耳朵那里蔓延开来，弄得他半边身体都麻了。

两个人相处的时候不觉得有什么不对，但是有第三个人在场的话就相当于进了公众环境。包间里开着24度的空调，上的菜全是冷冰冰的刺身和寿司，但是一向仙气缥缈的林展涵硬是吃出了浑身火烧火燎的感觉。

"林上仙你要芥末吗？"

林展涵接过来就直接把一整管芥末全挤在了自己的酱油碟里，小任当场惊呆，暗暗冲明沫竖起大拇指。士别三日，当刮目相看，没想到一向清淡忌口的林上仙四年不见，现在居然这么猛。

林展涵刚夹了一个寿司进碟子，小任就开口道："这么多年你也没和我们联系。"

这个话头在林展涵不会害羞的范围内，于是他多少恢复了一点正常人的逻辑，有点抱歉地对小任道："主要当时你们填志愿的时候我去俄罗斯了，回来之后大家就都已经去各自的城市报到，之后我又一直在训练，没抽出空来。大家都还好吧？"

"唉，其实我们其他人也没好好聚过，大家的大学基本都不在一个城市里，平时也就发个短信什么的，假期不是在实习，就是在参加竞赛，好多人毕业之后都没再联系过了，"小任说，"倒是你和沫沫，之前隔那么远，又凑到一起去了。"

林展涵又进入了火烧火燎模式。

热心的小任中午听了明沫的控诉，有心给明沫打一波助攻，于是直接打开天窗说亮话："其实高中的时候你是不知道，我们私下里最爱八卦你们俩了,哈哈哈……"

小任还没"哈"完,林展涵的害羞神经就又重度过敏了,为了掩饰,他赶紧低头专注于食物,毫不犹豫地把碟子里的寿司夹起来,整个放进了嘴里。

林展涵呆住了。

已经在充满芥末的酱油碟里浸泡了快两分钟的寿司就这样凶猛地闯进了他的口腔。

林展涵平时基本不吃辣,男儿有泪不轻弹,即使辣哭也得忍。于是他匆忙应对之下赶紧把寿司囫囵吞了下去。

这一吞不得了,芥末的后劲完全显露出来。辛辣的气味一路窜进林展涵的鼻腔,接着直接捣毁了林展涵的泪腺。

男儿泪到底还是没忍住。

"不用这么激动吧?"小任战抖道,他这才刚提了一句高中,林展涵怎么就悲痛欲绝地流下了眼泪?

小任一直是个爱心泛滥的感性者,此刻看到林展涵眼眶通红,眼泪涌出,一句话都说不出来的样子,小任觉得比看《罗密欧和朱丽叶》还要伤感。他心里的天平立刻倾向了林展涵,哦,上帝呀,看看这比罗密欧更帅、也比罗密欧更惨的林展涵啊!

小任深有所感,就差陪着林展涵落泪了,他一边给林展涵抽纸巾,一边对明沫柳眉倒竖:"明沫!你看看你,你对人家实在是太过分了!"

明沫的口腔被三文鱼刺身塞满了,只能用眼神传递无声的懵怔。

"当年人家抛家舍业的,你还不跟人家走,本来就是你对不起人家!现在呢,你一门心思等着人家表白,人家表白了你又嫌表白得不清楚,那你自己不能主动点吗?"小任义愤填膺,一把揽过林展涵的肩膀,"来吧姐妹!表达真爱的时刻到了!"

一片尴尬的沉默。

明沫用眼神询问小任:"所以你现在是要我干啥?"

小任挤眉弄眼地回应明沫:"你不是想把关系确立清楚吗?那你现在可以表白啊!"

明沫瞪大眼睛:"我表白?"

小任竖起眉头:"你表白怎么了?现在男女平等,女生不能勇敢追爱吗?"

明沫继续瞪眼:"不是,关键是我完全没准备啊!你让我说啥?"

小任仰头望天,做惊喜状;然后复又低下头闭起眼睛,作陶醉状。

明沫看懂了,小任这一组动作想要表达的话是:"今晚月色真美。"

就在僵持不下的时候,林展涵把任志宁搭在自己肩上的手放了下来。

小任往旁边看了一眼,发现林展涵的耳垂已经不能用红透来形容了。小任觉得自己需要红色颜料的话用画笔在那儿蘸蘸,然后就可以用林上仙金贵的血液画出最美的图画了。

然而他的皮肤的确是傲人,冷白皮压住了血色纹丝不动,而他的眼神……也非常明亮和坚定。

"如果我之前……没有说清楚的话,"林展涵低声道,声音前所未有的郑重,"那我再说一次。"

任志宁长大了嘴巴,明沫则吃惊地看向林展涵。

她认识林展涵这么多年了,林展涵从来没有一次,在外人面前有过任何表露感情的话。

明沫甚至一直觉得比起美国,林展涵更像在英国生活过很多年的样子。他身上有英国人那种对谁都彬彬有礼,但事实上不把内心的真实面给任何人看的作风。

然而此时此刻,林展涵的手在膝盖上攥了一下,然后低声开了口。

"我希望你在我身边。"

"不要在别人的身边。"

他抬起头来看着明沫,黑沉沉的瞳孔,里面像洒满了整个夜空的星星。

"我爱你。"

"从四年前到现在,一直都是这样。"

第五十九章　掉链子型选手

传说中，林展涵属于那种比赛型选手。

简而言之就是越到关键时刻，越能够在比赛的时候拥有更好的发挥。

明沫感觉在这方面她和林展涵很互补。

她属于……掉链子型选手。

简而言之就是平时看上去超优秀，关键时刻蠢得连亲妈都不认识。

据任志宁同学后来说，平日里冰雕一样的林展涵一朝真情流露，其感天动地的程度可以让牛郎织女星当场跨越银河相遇，他就等着明沫和林展涵绕过料理桌然后相互拥抱了。

他可以在旁边用手机记录下这个感人时刻，剪辑成纪录片——《世界冠军的爱情故事》。

试想，你有个男神，还跟你青梅竹马，他终于跟你表白。

你有三个选项：A是扑入怀中，B是疯狂亲吻，C是含泪回应"我也爱你"。

任志宁本来觉得以明沫的性格会选择C。

他想多了，明沫选D。

在原地踌躇了半分钟后，也许是感到周围的空气太寂静，明沫终于开口打破了沉默。

"那什么……我想想。"

然后她拎起包，跑了。

小任一脸震惊。

明沫跑了一半又绕回来了。

她看着林展涵，急声道："我没拒绝你啊！我也爱你！不对，但是这不是说我答应和你在一起……我的天我在说什么，给我点时间我想想。"

然后她抱起包又跑了。

作为始作俑者，小任非常尴尬地看向林展涵。

然而林展涵沉默了片刻，端起大麦茶喝了一口。

"没事，"他低声对小任说，"我可能猜到她在想什么。"

然后他沉吟了一下,对小任说:"今天谢谢你。"

小任也有点感觉自己瞎起哄了,异常愧疚:"我要不要去跟她……"

"没事,"林展涵笑了笑,"我和她说吧。"

今夜的夏风罕见的清凉,吹拂在人的身上,仿佛能把白天那一点暑气悉数吹散。

林展涵登上天台,这里是启虹公司的最高处。启虹作为业内的老大,总部是相当气派的一栋大楼,最高层很高,从天台处可以看到大片大片被霓虹灯渲染过的城市就伏在脚下。

林展涵走向前方,在栏杆边上站定。

明沫就趴在栏杆旁,看着星空下的城市,夜风吹拂起她的发丝,霓虹灯变换的光影映在她的脸上。

良久,明沫先开了口。

"对不起。"

林展涵沉默了一瞬:"对不起不能答应我?"

"不是,"明沫拍拍自己的额头,"对不起刚刚那么……没礼貌。"

林展涵突然笑了。

他的笑容实在是太光彩夺目了,在一些大学生还没脱离校园就已经变得油腻的现在,林展涵仍然有这种清水洗过一样的笑容。

天上的星光和地下的灯光都被吸到他的眼睛里。

"你知道刚刚我在想什么吗?"他趴在明沫身边的栏杆上,"我好像没有那种本来该有的情绪……就比如失望、生气这些什么的,我都没有。"

"因为这一切四年前已经发生过一遍了。"

明沫转过头来看着他。

"其实你都是……为了我好,我心里明白,"林展涵看着远处,淡淡地笑,"当时是我刚开始接受正规训练,你怕耽误我,现在是我刚刚有重新复起的苗头……你还是怕耽误我。"

明沫低下头。

林展涵说得完全对。

她坐在日料店里沉默的那半分钟大脑并不是一片空白的,恰恰相反,里面塞满了太多的问题。

运动员谈恋爱会影响成绩吗？和自己的经纪人谈恋爱会有不好的影响吗？郑雪峰知道了会怎么说？李赫知道了会怎么说？袁冬知道了会怎么说？其他选手和观众们会怎么看他……

林展涵跟着她一起沉默了一瞬。

"其实我一直明白你是为了我，但是四年前我还是生气，"林展涵说，"所以我刚刚就告诉自己，不能再犯四年前犯过的错误了。"

"我能猜到你在想什么……是，逻辑上可能会成立，"林展涵偏过头来看向明沫，"但是事实呢？"

"我难道不是已经向你证明了吗？"林展涵轻声道，"'因为你给我的礼物，我有了答案'。"

那是他在上场前对明沫说过的最后一句话。

"选手和选手之间，其实是不一样的，你有疑虑很正常，但是我心里有数，"林展涵的声音在夏夜里显得很稳很静，让人听了莫名地安心，"我已经找到了正确的路，在这条路上我们会一起变好，绝不会一起……沦陷泥潭。"

明沫反映了一下才想起来这是自己当初对林展涵说过的话。

"如果更新的自己是更好的自己，那么这就是一段好的爱情。否则的话，如果两个相爱的人只是互相拥抱着沦陷泥潭的话，那就不如分开，相忘江湖。"

林展涵伸出手来，抬起了明沫的下巴，让她和自己对视。

然而他的话音却是温柔而郑重的。

"我们会拥有好的爱情，"他说，"我向你保证。"

明沫抬起手，抱住了林展涵。

愿你成为世人的冠军。

也永远做属于我的少年。

就在同一个夜晚，林展涵在金华花样滑冰表演盛典上的视频在一个手机屏幕上放映着。

最后一个旋转结束，视频的界面黑了下来，女人叹了口气，关上了手机，喝下了面前最后一杯酒。

她的面前是生意上的合作伙伴，一个穿着最小号的深蓝色条纹西装、瘦到有些尖嘴猴腮的男人。本来谈生意一般会去饭店的包厢，但是女人不喜欢和一堆高谈阔论的男人一起出现在那种场合，因此她和瘦猴约在了酒吧街一个位置有些偏僻的酒吧里，一人点了一杯酒。

瘦猴在她面前有点扭捏，尽管以他的身份见识过太多的美女，不过面前的女人仍然可以算是漂亮得惊人。她不年轻了，但是脸上一点岁月的痕迹也没有。

瘦猴看女人心不在焉，于是讪笑了一下："那徐总，这次的报价就还和之前一样，没什么问题吧？"

女人把杯子里剩的酒一饮而尽，然后淡淡道："你给我的报价一直比市价低两成，你们公司的人都没有异议吗？"

瘦猴笑了："您看您说的，咱们这交情可不是那两成的钱能买来的。"

女人摇摇头。

"按着市价来吧，"她轻声道，"不，是按比市价高两成的来吧，把之前的也补上。我不想欠你的。"

她在瘦猴惊讶的目光中站起身来，拉平了自己裙角上一条细微的褶皱："小刘，我心里是清楚的，你说的交情不是和我的，你们都是冲着林征宇的面子。"

"您这是说什么呢？"瘦猴愈发不知所措起来，"林总和您……"

"不，"女人微微摇头，"明天……明天你就知道了。"

她拎起包，走了出去。

-216-

第六十章 徐 总

女人穿过酒吧街,她踏着近十厘米的高跟鞋,然而脚步平稳、气场强大,酒吧那些负责招客的侍应生都有些不敢上来拦她,女人平静地一路向前,然后突然停住了脚步。

她看到不远处的一个酒吧前,一群学生模样的人正在跟门口的服务生争吵,闹着要进去。

说是学生,其实打扮得都很成熟,男孩们以不熟练的姿势夹着烟,女孩们化着浓妆,要服务生放他们进去。然而服务生阅人无数,一眼就看出这些客人们装模作样的背后全是还没来得及褪去的稚气,于是一定要他们出示身份证。

双方僵持不下。

这种闲事女人原本应该是看都懒得看一眼的,然而这次不一样。

女人在那群孩子中看到了一个胖胖的身影。

"小珏?"

没人听到她的声音,大家都忙着吵架。

"林珏!"

女人高高地扬起了嗓子,这一次她的气场被释放出来了,那群孩子的背影瞬间僵了一下,然后齐刷刷地回过头来看着她。

林珏转身就要跑,然而被女人三步并作两步一把扯住了领子。

其他孩子见势不好,立刻"呼啦"一声作鸟兽散了。

他们跑开的时候女人听到了他们小声的议论。

"这就是林珏他妈吧?"

"好漂亮。"

"废话,怎么可能不漂亮,你没听说吗,他妈是小三上位。"

"怪不得!"

女人没有回头,她看着面前的儿子,林珏一张脸涨得通红。

如果林展涵在这儿的话,他会发现他这个同父异母的弟弟的变化有点大。

其实并不在于外表,十六岁的林珏除了个子高了之外,外形变化不

—217—

大,还是一张圆圆的很孩子气的脸,变化的是他的气质。

林展涵刚回国那会儿,林珏就是一个非常典型的蜜罐里泡大的孩子,衣来伸手饭来张口,除了吃吃玩玩之外别的都不怎么上心,在单纯的环境中培养出了一副简单的头脑和温温吞吞的个性。林展涵其实对这个弟弟没有什么敌意,他当时只有十七岁,但是已经知道不把父母辈的恩怨往下一代人身上转移,更何况林珏确实对上一辈的事情也没什么概念,听说自己还有个哥哥的时候还有点高兴,来一中看过林展涵两次,送了林展涵一个新款的游戏机,以自己的审美表达一下对林展涵的欢迎。

然而林珏在中学里待了几年之后,事情就浑然不是那么回事儿了。

他小学上的是公立的,一个班的家长们三教九流的全都有,彼此之间也不太熟。中学则被林征宇送进了私立中学,这种学校的学费也只有有钱人交得起,班上同学的爸妈基本都和林征宇是一个圈子里的人。

而富二代们对学习不上心,对八卦倒是热心得很。

于是在蜜罐里泡了十几年、拥有富有老爸和美貌老妈的林珏,终于后知后觉地得知了自己家的故事。

此时此刻,徐妍看着自己面前的儿子,一张面孔在夜色下气得几乎泛白:"还有一个月就期末考试了,你看看你自己在干什么?"

林珏试着从徐妍手上挣开,然而挣扎了两下都没有成功,已经走远的同学有的还转过头来看他,脸上是看好戏般的笑容。

林珏终于暴发了,他一张圆圆的脸涨得通红,伸手推了一把徐妍:"你滚开!"

徐妍怔在了原地。

"你已经得到你想要的了,还来管我干什么?"林珏喘着粗气,"何况你还有管我的权利吗?我已经被笑话得够多的了,明天过后只会更多!你不是我妈了,我没你这样的妈!"

徐妍下意识地后退了一步。

然而下一秒,她猛地上前,给了林珏一记响亮的耳光。

林珏怔了一瞬,然后扭过头来,带着强烈的恨意看向徐妍。

"听着,"徐妍淡淡道,"你是我生的,你认也好,不认也好,你妈都是我。"

"何况你看看你现在的样子,是我配不上做你的妈,还是你配不上做我的儿子,这事还说不好吧?"徐妍冷笑,"不要以为摆脱了我跟着你爸你就是一身清白的了,你爸不止你一个儿子,你敢浪费他的钱,他就敢不认你。林展涵的例子在前面摆着呢,你自己好好想清楚。"

林珏瞪了徐妍两秒,然后转身跑了。

当他的身影消失在了灯红酒绿的酒吧街尽头,徐妍才缓缓在街头蹲了下来。

她昂贵的裙子直接蹭到了落满烟灰的地面上,然而徐妍没有去擦。

疲态和老态终于在她的脸上浮现了出来。

良久,徐妍掏出手机,在通信录里找到"林征宇"这三个字,然后点了下去。

提示音响了两声后,电话被接了起来。

"喂,是我,"徐妍低声说,"明天……一定要公开吗?"

林征宇的声音隔着话筒传了过来,带着公事公办的理智客观:"事情总要让大家知道,不然会有很多误会和不便之处,何况这件事总体而言处得还算是体面,没有藏着掖着的必要。"

"我知道……但是我的意思是,小珏怎么办?"

"小珏能怎么办?"林征宇问,"这个事情很多孩子都经历着,他比别的孩子心灵上格外脆弱吗?"

徐妍长叹了一口气。

"算了,"她轻声说,"对了……展涵的表演……你看了吗?"

那边沉默了一瞬,然后道:"没有。"

"还有事吗?没有我挂了。"

徐妍再次叹了一口气,挂断了电话。

她抬头向前看去,长长的酒吧街上霓虹灯闪烁着绚丽的光彩,似乎要借助这鲜艳夸张的亮丽,来掩盖这条街上所有的伤心、失意、爱别离、求不得。

所谓人间颜色,无非是众生之苦的遮羞布。

第二天的清晨,当林展涵走进休息室的时候,明沫已经在里面了。

她的手里拿着手机,整个人的脸上都带着难以言说的复杂情绪。

"你……看新闻了吗?"她对林展涵说,"林征宇和徐妍离婚了。"

第六十一章　弟　弟

　　对于林征宇和徐妍的离婚，林展涵虽然有些吃惊，但是并没有表现出太大的关注。

　　他已经有很多年不联系林征宇，只在逢年过节的时候如义务般发一条短信问候一下，除此之外父子二人没有更深层的交流。父子二人彼此对对方感到失望，相看两厌，不如不聊。

　　因此他并不知道林征宇究竟是为什么和徐妍离婚了。

　　林征宇作为本市的风云人物之一，新闻上提及了他和徐妍离婚的一些细节：徐妍从前几年就由全职太太转型，有了自己的事业，她名下有两家美容院和一家服装设计工作室，同时和许多大公司也有合作项目，是本市数得上号的女强人。

　　而除此之外，和林征宇离婚后，还有一部分夫妻共同财产划给了她。

　　儿子林珏则跟了林征宇。

　　二人离婚的原因据悉是感情不和。但是分手分得算是和平，财产的划分和儿子的监护权归属都是私下协商决定好了的，没有像其他富人阔太那样在法院闹得鸡飞狗跳。

　　说句实话，这一切在林展涵看来，实在是和自己没有什么关系了。然而得到消息之后，他还是给林珏打了个电话。

　　林珏并没有接。

　　这孩子的心理防线已经崩溃了，跟林征宇的决定是他自己做出来的。他认为自己在学校遭到的嘲笑就是因为自己有个第三者母亲，因此徐妍来询问他的时候，他非常坚定地回答："我跟我爸。"

　　然而林珏很快就发现这个决定其实是个错误。虽然徐妍和林征宇都有事业要忙，但是徐妍多少还有精力分出来给家庭和儿子的教育，林征宇则要比徐妍忙好几倍，平日里他根本无暇也无心去过问林珏的学习和生活。

　　而更要命的一点是，林珏的性格和说一不二的林征宇与雷厉风行的徐妍都不像，这种温吞柔弱的性格非常不招林征宇待见。有一次，林征宇喝醉了回家，林珏上去扶他，结果冒冒失失地打碎了客厅的青瓷花瓶。

林征宇没责备他，左右一个青瓷花瓶在他看来也没多少钱，然而就在林珏松了一口气想去叫保姆的时候，他听到父亲在后边儿说："你还不如林展涵那小子呢。"

林珏的后脊猛地僵硬了。

他一天天地在学校读不进去书，只和几个同样心思不在学习上的同学混在一起。很快，未满十八岁的林珏就爱上了喝酒，酒精似乎能让他忘掉现实里经历的一切。

从家中酒柜里偷了几次酒之后就被保姆发现了。保姆向林征宇汇报之后，林征宇劈头盖脸地骂了林珏一顿，然后从此林家的酒柜就上了锁。

于是林珏开始去酒吧。

大部分正规营业的酒吧都不会放他进去，但是仍然有一些酒吧的服务生睁一只眼闭一只眼。明明一看林珏就不到法定年龄，但还是不查他的身份证，放这个人傻钱多的小孩进来给自己增加业绩。

林珏今天晚上来的酒吧就是这样的。

他第一次来这家，和徐妍约人谈生意所去的酒吧不同，这家酒吧里有巨大的舞池，一群打扮成牛鬼蛇神的年轻人在里面随着音乐肆意摇晃。

这家酒吧的管理非常混乱，就导致里面的情况也有些不堪入目。林珏看到有女孩喝醉了冲进卫生间呕吐，吐完之后瘫倒在卫生间的门口人事不省，之后就被几个男人扶走了。与其说扶，也许拖更合适。

林珏有点害怕起来，他不知道该怎么办，周围的人似乎对一切都见怪不怪，那些男男女女们一个赛一个的兴奋，眼神全是迷乱的。

林珏觉得自己来错地方了，本来他只是想找一个能买到酒的地方，但现在的场面让他害怕了，本能让他想要离开这里。然而就在他起身的时候，一条胳膊搭在了他的肩膀上。

"第一次来吧，小兄弟？"

林珏转头望去，他看到了一张年轻人的面孔，那是一个长得很精神的男生，看上去比林珏大不了多少，但是行事风格要老练许多。年轻人似乎也喝了一点酒，但是神志还相当的清醒。

也许是因为那张浓眉大眼的面孔显得既精神又正派，在一片醉鬼之中，林珏很容易就对眼前的年轻人产生一些好感。

林珏点了点头，他的脸上是显而易见的青涩，在胖胖的面容上显得有点可爱。于是身边的男生笑了笑，在他头上呼噜了一把："没事，哥带带你。"

他和林珏聊了几句，很快就让林珏放松了下来。

"你在哪儿上学啊？"男生问林珏。

"启航中学。"林珏犹豫了一下，还是说了实话。

男生愣了愣："我的天，你们学校不全是有钱人家的小孩儿吗？那等会儿这杯酒你请啊！"

林珏腼腆地笑了笑，回问道："你呢？"

"我？我高中毕业就没再读了，"男孩说，"我是运动员。"

"运动员？"林珏惊讶，"你是什么项目的啊？田径吗，还是球类，应该不是篮球吧，你看着也不壮。"

男孩笑了，有点得意："比打篮球可艺术多了——我是搞花滑的。"

"花滑？"林珏脱口而出，"我哥也是。"

这话从他嘴里飞快地溜出后，林珏心里开始不是滋味起来，林征宇那句话回响在他耳边——你还不如林展涵呢。

就在林珏闷头喝了一口酒，想要驱散这句话给自己带来的郁结时，他并没有注意到，身边男生的脸色微微地变了。

花滑运动员，男性，家里有钱，还有个弟弟。

同时符合这几项条件的人并不多，或者说，其实只有一个。

"欸，"林珏喝完杯中的酒，听到身边的男生声音明快地叫他，"咱俩挺投缘的，留个联系方式呗，以后我去找你玩。"

林珏顺从地接过男生的手机，把自己的名字和手机号存了进去。

男孩默默地看着他打出来的两个汉字——林珏。

姓林。

绝对没错了。

"哥，你呢？"林珏掏出自己的手机，打算存下男孩的备注，"你叫什么名字？"

男孩笑起来，心情很好的样子。

"高梓川，桑梓的梓，山川的川。"

第六十二章　夜　店

两天后，林展涵接到了林珏的电话。

彼时他正处在有点焦头烂额的阶段，在一次新的当面约谈中，郑雪峰告诉他，很快就要到来的俱乐部联赛对于他能否重回国家队至关重要。

"认识这么多年了，我说句实话，"郑雪峰对林展涵说，"你现在的实力确实不如你巅峰时期，一两年之内都不见得能恢复回去。"

"而且新人一茬接着一茬地出，国家队的名额是有限的，达不到标准的话，绝对回不来，这是我的问题，我当初也许不该坚持让你退役，出去容易，再回来可就难了。"

"不怪您，"林展涵摆摆手，"您当时的决定是对的，我当时太偏执，一味求成只会缩短自己的职业生涯，确实是退役这段时间让我解决了心态问题。"

"现在就不说以往的事了，只谈未来——我有回去的信心。"

郑雪峰点了点头："那么眼前还有一桩人事要解决。"

"什么？"

"钱。"

林展涵沉默。

的确如此。

俱乐部联赛的花销是巨大的，远不是商演的表演花费可以比的。林展涵这一年身体状况变化巨大，所有节目的编舞都需要根据身体状态做出调整，这就需要花费资金去请专业的编舞师来配合。

即便郑雪峰的帮助能够让林展涵在编舞这一项上省下一些费用，但在受伤八个月后就开始高密度训练的话，更加专业精心的医疗护理绝对是必需的，这上面的花费是巨大的，更不要说演出服、训练上的经费同样巨大。

在进入国家队之前，这些费用都需要选手自己想办法解决。原本，俱乐部有很成熟的方式来负担选手所需的经费，但是林展涵和晨星俱乐部的业务一把手袁冬已经彻底闹掰，导致他得到支持的道路很可能困难重重。

说白了，一切重担都压在了明沫头上。

而明沫对这个问题意识到得非常早。

"我半个月前就已经在联系各路赞助商了，"明沫告诉林展涵，"你放心，赞助商那边给我的反馈都很不错。"

林展涵毕竟长相气质佳，知名度高，形象上也是积极正能量，因此明沫出去联系的时候，大部分赞助商都表示有进一步了解合作的愿望。

更何况林展涵在金华花样滑冰表演盛典上的表现奇佳，很多原本对花滑不感兴趣的观众在网上看了他的表演视频后都被他圈了粉。

于是明沫天天出门谈赞助，林展涵天天加大训练力度，明明是刚确立了恋爱关系应该甜蜜一段时间的二人一时间把日子过成了打仗，相互之间发个短信都要忙里偷闲。

这天傍晚，林展涵亲自送前来晨星俱乐部视察的郑雪峰上了车，明沫这两天跟着李赫去临市开会了，训练结束后的林展涵迎来了一段难得的清闲时光。

他正准备回住处看会儿书就休息了，林珏的电话就来了。

林展涵有点意外，他之前给林珏打电话的时候林珏并没有接，现在却主动回了过来。

"哥，"电话里传来了怯生生的声音，"对不起啊，我之前心情不太好，就没接你电话。"

"没事，"林展涵太久没和这个弟弟联系，何况二人本来也不算熟，于是一时间也有点不知道说什么，"你……还好吧？"

"不好，哥，"林珏的声音里居然带了哭腔，"爸老是骂我，学校里大家也都笑话我。"

林展涵深深叹了一口气。

万万想不到，他和这个同父异母的弟弟还有同病相怜的一天。

林展涵自己体验过，知道林珏的痛苦，不同的是林展涵那个时候比林珏现在还小得多。

当初在美国的时候，也有不怀好意的同学来问过他："林，你爸爸呢？

不要你了吗?"

而母亲再婚后,又有新的同学来问他:"林,你怎么长得一点也不像你爸?你是白种人还是黄种人?"

当时的林展涵一把推开了对方:"中国人。"

"哥我好难受,"林展涵还没有想出来说什么,林珏就又开口了,"我好想吐。"

这下林展涵听出不对劲来了:"你在哪?"

"我……"回答林展涵的是干呕的声音,然后是哗啦啦的水响,"我在卫生间。"

他的声音迷迷糊糊的。

"你在哪儿的卫生间?"林展涵大声问,"你喝酒了?小珏?听得到我说话吗?你喝酒了吗?"

要是在家喝还好点……怕的就是在外面。

林珏才十六岁,会给未成年人售酒的地方,又有几个是正经的?

"我在……比……号思……"林珏说,"哥你过来陪陪我吧,我太难受了,真的。"

林展涵应了一声,然后调出导航来查了查。

BigHouse,一家位于城西、位置很偏的夜店。

林展涵去停车场把车开了出来,驶向城西。

一个小时后,林展涵在一片群魔乱舞中找到了林珏。

他把林珏拎到了一边的沙发上。

林珏确实是醉了,迷离着双眼看向林展涵,大着舌头招呼道:"锅……锅你来了。"

林展涵冷着脸看向他。

"你在干什么?"他问林珏,"你十六了吧?也不是遇事只知道哭的小孩子了吧?"

"你爸你妈是分开了,没错,可他们谁也没有不管你吧?你要先自己不管自己吗?"

林珏愣愣地看了一会儿林展涵,然后号啕大哭起来:"锅……锅!"

林展涵叹了口气,感觉以林珏现在这个状态,跟他讲什么他都听不懂。

　　林珏不管不顾地拽住林展涵的衣襟，正要哭诉点什么，突然，他手机响了。

　　林珏似乎清醒了一点，他愣了愣，拿出手机，看向屏幕。

　　"不接吗？"林展涵问，"是不是……你爸？"

　　"不是……同学，"林珏小声道，他把电话按掉了，"那个……我去洗把脸，然后我们一起走。"

　　林展涵点了点头。

　　林珏离开了，林展涵坐在沙发上等他。

　　音乐声震得林展涵有点发蒙，他也是第一次进这种地方，有些不适应，只想等林珏出来就赶紧走。

　　然而五分钟过去了，林珏一直没出来。

　　林展涵站起身来，到卫生间里看了一眼——没有林珏的影子。

　　怎么回事？这孩子去哪儿了？

　　林展涵在卫生间里打了个电话，林珏没接。

　　奇了怪了。

第六十三章 设 局

这个时候,一个服务生模样的人走了过来:"先生找人吗?"

"请问有没有看到一个穿蓝色T恤、胖胖的男生。"林展涵比画了一下,"大概这么高……"

他还没说完,服务生就接过了话:"啊,有印象有印象,那位客人去包厢里了。"

包厢?难道林珏还定了个包厢?

林展涵一时间觉得有点头痛,觉得林珏这个程度比自己想的还严重。也许应该给林征宇发条短信……会有用吗?实在不行联系一下徐妍,或者问问有没有林珏比较信任的老师?

林展涵一边跟着服务生往包厢里走,一边思考。

"就是这个。"服务生引林展涵进了一个包厢。

里面是空的。

林展涵看向服务生。

"这是又出去了吗?"服务生摸了摸头,"这样,我再去找人问问,您坐这儿等我一下。"

包厢里总算没有外面那震耳欲聋的音乐声了,林展涵感觉自己的耳膜好受了很多,于是他点了点头。

服务生出去了。

他走后不到十几秒,就有人推门进来了。

然而是一群女孩子。

她们的脸上清一色地顶着浓妆,掩盖住了原本的五官,身材倒是在清凉的衣着下暴露无遗,林展涵还没反应过来,她们就一窝蜂地扑了过来。

就像唐僧进了盘丝洞一样,妖精般的女孩有的揽住了林展涵的脖子,有的趴在了他的腿上,有的手里端着一杯酒,揪过林展涵的领子就浇了下去。

她们一个个身子瘫软如泥,眼睛半睁不睁,似乎是一群走错了路的神志不清的女醉鬼。

然而林展涵嗅出她们的身上并没有酒气。

他猛地意识到了不对。

这是一个圈套。

林珏接到的那个电话、那个及时出现在卫生间里的"服务生"，还有眼下这帮"女醉鬼"。

不可能全是巧合。

这一定是有人在给他下套。

来不及去想林珏在这件事中扮演怎样的角色，电光火石之间林展涵猛地起身，近乎粗暴地推开一个就要扑在自己身上的女孩，夺门而出。

他快速地穿过舞池向外走去，然而那些女孩居然也打开门追了出来，其中一个跑在最前面的生怕追不上，张口喊道："老公，老公你去哪里啊！"

此时林展涵离大门口还有一段路，而舞池里的音乐正在接近尾声，每首音乐之间会有几秒钟的空白，在寂静的时间中，女孩的喊声会被全场的人听到！

林展涵猛地转身，看向最前面的那个女孩。

他黑发黑眸，在夜店绚丽的灯光下看上去逼人的冷漠和英俊："他给你多少钱？我出双倍。"

女孩愣住了，林展涵这句话的信息量有点大，他意识到这是一个局了？他知道布局的人是谁了？以及他说他出双倍的钱……他出得起吗？

"你们商量一下。"林展涵伸手指指后面，让女孩把自己的话转达给其余人。

此刻音乐已经到了尾声，空白的几秒钟出现了。

林展涵插着兜站在原地，面沉如水，似乎在等待她们讨论的结果。

女孩们犹豫着，互相交换着眼色……

两秒钟的时间过去了。

下一首音乐响了起来。

林展涵转身就走！

他的脚步如飞一般，女孩们还没有来得及反应过来，他已经快速地冲出了大门，离着老远就按下了车钥匙，然后飞快地拉开车门坐进了驾

游刃

-228-

驶座,点火挂挡,一气呵成。

车子驶离了BigHouse。

他一路开回了住处。

进屋之后,林展涵又给林珏打了个电话——还是没有人接。

林展涵沉默片刻,然后给林珏发了个短信。

"今天的事我希望你给我一个解释,如果你执意不肯的话,我们就去你爸那里解释吧。"

发完之后他去浴室冲了个凉水澡,让花洒中喷涌而出的凉水把自己心里的暴躁浇熄下去。

林展涵刚刚一直处于极度震惊和愤怒的状态里,但是情绪略微平复下来之后,林展涵察觉到了一丝不对劲。

林珏想要干什么?

他今天的一切全都是演的吗?

尽管林展涵不愿意去往那个方向想,但是有钱人家兄弟相争的故事实在是屡见不鲜,一时间纷纷往他脑海里涌,但是林展涵很快制止了自己继续想下去。

并不是他傻白甜地相信林珏绝对不会做出这样的事——而是他并不觉得今天的事情在林珏的能力范围内。

说句不好听的,如果林珏真有这么逼真的演技,这么一环扣一环步步为营的心计,那么他还用得着给林展涵下套吗?林征宇直接就被他哄得服服帖帖了。

那么就只剩下几个可能性。

第一种,林珏身边有个给他出主意的人,类似于皇子夺嫡的时候太子身边的军师。

这种可能性不大,如果徐妍和林征宇没离婚的话,林展涵没准会怀疑是徐妍给林珏出的主意,但是既然徐妍和林征宇已经离婚了,这事就显然不是她干的,不然她干吗从林家离开?在儿子身边指点他不是更好吗?

第二种,林珏被别人利用了,真正要给林展涵下套的是旁人。

这种可能性倒还真的很高,毕竟凭林展涵对这个弟弟的了解,林珏

-229-

的思维真的比较简单，成熟度要低于十六岁少年的平均水平，之前温室花朵的生活环境让他很容易被别人骗。

林展涵坐在沙发上，皱紧了眉。

如果真是第二种可能性的话……那其实当务之急并不是找到背后的人是谁，而是要搞清楚这个背后的人到底想干什么。

这个人绕了这么大一个弯子，说服了林珏做帮凶，设计了夜店里连环锁一样的环节，不可能就是为了让他在夜店里难堪一下吧？

那些女孩到底是干什么的？

林展涵紧皱眉心思索了片刻。

突然，他的脊背僵硬了起来。

他想到了一个可怕的可能性。

而就在同一时间，他的手机响了起来。

林展涵拿了起来，是明沫。

不知道为什么，他突然有了极其不祥的预感。

林展涵按下接听键，明沫的声音从遥远的地方传来，她似乎在极力克制着感情，但是林展涵还是感觉到她的声音似乎在战抖。

这让他的心跟着战抖起来了。

"你今天晚上干什么去了？"明沫问。

有那么一瞬间林展涵甚至在想林珏背后的人是不是某个暗恋明沫的人，设下这个局只是为了诬陷自己，好让明沫和自己分手。

那样的话都比他刚刚想到的那个可能性要好很多。

他抱着最后一丝侥幸心理说："你听我解释……"

明沫打断了他："没用的。"

明沫到底还是没能控制住情绪，彻底暴发了。

"你解释不过来的，"她说，"你要给今天晚上所有上网的人全部解释一遍吗？"

林展涵的心瞬间凉了下去。

就是他想的那种可能性。

最坏的结果。

第六十四章 蒙　冤

"前国家队花滑选手现身夜店，召多女作陪，尺度劲爆。"

距离林展涵从夜店离开不到两个小时，新闻稿就写了出来，发在了网上。

唯一的可能是稿子早就准备好了。

对方是有备而来。

新闻配图是林展涵的照片，正是那几个女孩扑在他身上的时候——那个包厢里有摄像头。

底下的评论已经炸了，有些是理性的指责，有些是粉丝的心碎，有些则是非常不堪入目的调侃。

明沫关掉手机，感觉耳朵嗡嗡作响，像有一千只蜜蜂在脑子里乱飞。

她本来跟几个同事一起跟着李赫参加兄弟公司招待他们的饭局，看到消息的时候全桌人都蒙了。

明沫直接冲出饭店，在夜风中给林展涵打了那通电话。

她气到手都在发抖，丢了一句"你自己去看看网上有什么吧"就挂了电话。

然后她对着夜色深呼吸了两下，掏出手机开始订最近一班的高铁票。

李赫追了出来，他这个老板在危难之际显出了人性化的一面，第一反应不是俱乐部的损失，而是先问了明沫一句："你没事吧？"

然后他就被明沫打断了。

"李总，"明沫抬起头看着李赫，掷地有声，"林展涵绝对是被人下套了。"

李赫愣了愣。

他追出来也就几十秒而已，这么短的时间内明沫不可能从林展涵那儿得到一个完整的解释。

然而她上来就选择了相信他。

"林展涵不是这种人，"明沫深吸了一口气，"我百分之百确定，他绝对是被整了。"

"对方和他有利益纷争,应该是竞争对手。"

林展涵毕竟是运动员,百分之九十的精力都是投入在训练上的,心思不往那些人情世故的地方放。虽然天生的智商让他也有了大致的分析和预感,但远不如明沫反应迅速。

"对方打的是舆论牌,目标在于毁掉林展涵的公众形象。但是运动员毕竟是靠成绩而不是靠大众的喜爱活着,公众形象能影响什么?"明沫咬紧了牙关,"只有一个东西……"

"赞助。"

只要对林展涵的情况有了解,都会知道赞助对他现阶段而言有多重要。

赞助决定了训练条件和表演水平,也就直接决定了他能不能在俱乐部联赛里夺冠,拿到回国家队的名额。

而赞助是什么?商家邀请运动员为自己的品牌代言,作为回报为运动员提供资金。

能够为品牌代言的运动员,一定是阳光的、干净的、正能量的,能够有出众的外表则是极大的加分,林展涵之前就是个完美的模板。

"李总,我问一下,"明沫竭力让自己的大脑保持清醒,"这种时候我们有什么公关手段可以用?"

李赫沉默了一下,然后低声道:"如果真像你说的那样,我们已经很被动了。"

"公关最有效的时候永远是在发稿前,从媒体那边压下来,"李赫说,"但是这个爆料突如其来,根本没有'威胁公司'这个步骤,可见对方一点余地没留,就是想出狠手让林展涵完全失去退路。"

"在已经发生的情况下,现在只有三种路子。"李赫低声道。

明沫凝神静听。

"第一种,冷处理,就是不管,毕竟现在新闻更迭速度非常快,过一段时间公众就忘了。"

"不行。"明沫说。

林展涵之后还要去国家队,还要代表国家去世界比赛,如果不回应的话,到那个时候再被居心不良的人翻旧账怎么办?

"那我估计第二种你更不干了,"李赫叹了口气,"第二种是及时道歉,争取公众的原谅。"

明沭看着李赫,她的确不干。

其实她知道这种处理方式自有它的道理。林展涵毕竟年轻,道歉态度诚恳的话,公众也许愿意给他一个改正的机会,事后人们再回忆起来,也许这就只是年轻不懂事时犯下的错误。

但是明沭不能答应。

林展涵没有犯错,他凭什么要道歉?

那是她的少年,她要他清清白白地走向他挚爱的冰雪世界。

"第三种呢?"她问李赫。

李赫为难地抓了抓自己的头发。

"第三种就是澄清。"

"但是这种在现在的方式下非常难办,毕竟新闻里是带了图的,有图有真相,大家只会相信他们看到的,"李赫揉揉眉心,"一旦处理不好的话就会让大众觉得你在狡辩和甩锅,事情有可能越发酵越大,除非……"

"除非什么?"明沭问。

"除非有过硬的证据,"李赫无奈地向明沭摊手,"你说林展涵是被下套了,那他究竟是怎么被下套的证据要能拿得出来。"

"有什么证据是有说服力的呢?电话录音、聊天记录、交易证据,你觉得这些东西人家可能给你留着吗?就算留着,你怎么弄到?你是黑客能黑进人家的手机,还是特工能搞到人家的交易明细?"

明沭不说话。

"要我说……第二种方式好一点,"李赫低声道,虽然他才是大老板,但此时此刻他对明沭竟然有点小心翼翼,"我用我从业二十多年的经验做保证……尽量把伤害降到最低。"

明沭抱住了自己的肩膀,明明是夏夜,她却冷得只想打哆嗦。

片刻后,她低声道:"四十八个小时。"

"什么?"

"从现在开始算,给我四十八个小时,我去把证据搞到,"明沭抬起头看着李赫的眼睛,她个子不高,然而眼睛出奇地明亮,像是黑夜中亮起了两盏火炬,火炬中燃烧的全是愤怒和决心,"我知道四十八小时是公关界的黄金时间,如果错过四十八小时的话,旧的信息要么被新的覆盖,要么会进一步发酵。所以,给我四十八个小时,我来解决问题,如果解决不了的话,您再想办法。"

李赫被她气笑了。

"你真知道四十八小时是什么意思吗?"他冲明沫摇头,"这是最长时间而不是最短的,我们不可能两天后再回应吧?"

"我知道你担心赞助的事,"李赫看了一眼她,"但事情不一定有你想的那么糟,从某种意义上来说这件事还给了他热度,品牌方没准会更看重这一点……得,别用这种眼神看着我,我知道你们年轻人一个个都清高得不行,我没说这样是好的,我就是阐述一个事实。"

明沫深吸一口气,她突然决定了。

"现在就回应,否认这件事。"她对李赫说。

"现在否认的话,如果没有后续的证据跟上,再道歉可就来不及了!"

"我知道,"明沫说,"我一定找到,四十八小时内没有找到的话,我辞职。"

李赫沉默一瞬:"你起码先和林展涵本人商量一下吧?"

"不用商量,"明沫轻声说,"这一定是他的选择。"

"钱是次要的。"

"最重要的是……不要让清白的人蒙冤。"

第六十五章　公关之战

十点半的时候，明沫坐了最快的一班城际高铁，赶回了本市。

林展涵在车站等她，他戴着黑色棒球帽和口罩，露出的眼睛非常疲惫。

明沫听他讲了事情的经过。

事情已经在林展涵心里捋了十几遍，每一个细节都异常清晰，因此他只用短短五分钟就讲清楚了全过程。

明沫在自助贩卖机那里买了一罐冰咖啡捏在手里，她低声道："你如果俱乐部联赛失利了，能得冠军的人是谁？"

林展涵思索了一刻便回答道："百分之九十的情况下，是高梓川。"

明沫深吸了一口气，仰起头。

果然。

她在林展涵的车里把那罐咖啡喝了，就着咖啡捋了一下接下来的二十四小时要干什么。

林展涵一直没有说话，直到他把明沫送到了家，明沫准备上楼的时候，林展涵才轻声说："对不起。"

明沫沉默了一下，回过头来看着他。

"对不起什么？"明沫走到林展涵面前站定，仰起头，"对不起你刚刚骗我的，你其实真去夜店叫了一堆陪酒女？"

林展涵低下了头，沙哑的声音飘散在空气里："能不开这种玩笑吗？"

明沫闭上了嘴。

"对不起让你看到那种东西……大概已经很难受了吧？"林展涵低声说，"还要你来解决烂摊子。"

"你知道就好。"明沫说。

林展涵不出声了。

"我看到我男朋友的那种照片……虽说不是真的吧，但是肯定会难受啊，哦，而且作为你的经纪人我现在确实得处理烂摊子，"明沫说，"所以你的确应该跟我说点什么。"

"但是……不是对不起。"

她伸出双手，捧在林展涵的脸两侧，让他看向自己的眼睛。

"你应该跟我说……"明沫的声音抖了起来，"说'我爱你'。"

林展涵盯着她的眼睛看了两秒，然后一把拽下了她的手。

然后他把明沫拽到怀里，低头吻了下去。

明沫闭上眼睛，睫毛微微战抖，掉下一滴眼泪来。

这就够了。

我们一直是这样走来的，在巨大的世界里携手而行，从不在意为了对方而牺牲。

所以我们无须抱有歉意，我们需要的只是一遍遍展露自己的心意。

明沫抬手抱住林展涵，让自己的面孔贴近他的面孔。

黑夜中柠檬洗衣剂的味道伴着夜风吹来，他还是她的少年，不曾沾染一丝一毫别人的味道。

这就够了，明沫想。我身体里的那个小宇宙就又是电量满格。

第二日清晨，墙上的时钟显示六点五十五分。

手机响了起来，杨雨欣在床上翻了个身，瞟了一眼墙上的时钟，抓过手机来准备把闹铃按掉。

还有五分钟可以睡……

等等。

她发现响的并不是闹铃，而是手机铃声。

她坐了起来，接起来电，同时一骨碌从床上爬起来："明沫你怎么回事？这大清早的你让不让人睡了？"

十分钟后，杨雨欣彻底清醒了。

她来不及刷牙、洗脸，直接坐到书桌前，打开了自己的笔记本电脑。

"我查过了，率先爆料的是一家叫'体育界棒棒君'的媒体工作室，这家爆料出来二十分钟后，才开始有别的自媒体进行转载，"电话那端传来明沫的声音，"而我之后查到，这家工作室是你们公司旗下的。"

杨雨欣沉默片刻。

她实习比一般学生要早很多，从大二起就在一家传媒巨头公司做实习记者，距今已经有两年了，在人家还懵懵懂懂初入社会的时候，杨雨欣已经独立完成过两起重要社会事件的报道，还曾经进入监狱采访过重刑犯，展现出了极强的天赋和素质，直接受到了大老板的赏识。

"有什么信息可以透露吗？"明沫问。

杨雨欣沉吟片刻，道："这家工作室和我的工作基本没有什么重叠的部分，所以我了解不多，只知道工作室的负责人叫方炳天。"

"以你的角度，能看出这个新闻存在什么问题吗？"

"有，"杨雨欣非常果断地说，"它甚至现在还不能上升到'新闻'的级别。"

"新闻是要有大量事实作为证据，有合理的逻辑链条的，而这个稿子都没有，它里面甚至连一个信息源都没有……"

"等下，"明沫及时记下来，"什么是信息源？"

"简单来讲就是被采访者，如果以新闻的规格，撰稿者至少应该去采访一下夜店的服务生、经理之类的，现在什么都没有，"杨玉欣说，"这只能算是一个爆料，你明白我的意思吗？用比较网络的语言来讲就是——锤不够实。"

"图片都不能算实锤？"明沫心里燃起了希望。

"不能，"杨雨欣说，"你给我几张乱拍的图，我完全可以根据不同的排列组合编出完全不同的故事，而且图片本身也有非常多的障眼法可玩，很多娱乐记者爆假料的时候都会这么干，用借位来制造男女明星的身体接触什么的。"

明沫那边沉默了下来。

"喂？"杨雨欣敲敲手机，"怎么了？"

"我想到一个问题……既然你作为一个实习记者都能一眼看出来不专业的地方，'体育界棒棒君'会看不出来吗？"

"方炳天和要害林展涵的人一定有合作。"明沫轻声说。

她低声问杨雨欣："你有可能……来跟这个事件吗？"

杨雨欣沉默了一瞬，问："你的意思是，由我做调查记者，调查方炳天涉嫌做假新闻的事件？"

"对，虽然我和林展涵都怀疑是高梓川主使，但是从高梓川那边查太困难了，我们不可能弄到他的私人记录，"明沫说，"但是从'体育界棒棒君'这边做突破口就是另外一个路径了。毕竟一个稿子发出来，编辑、审校、运营什么的全都会过目，他们中也许会有心里还保有正义感的人。"

杨雨欣足足一分钟都没说话。

漫长的沉默后，她低声说："我做的选题是要给大老板报备的。"

"你知道的……方炳天的这家工作室，我们公司投了百分之四十五的股份，算是我们公司的一个分部。如果这家工作室的业绩受影响，我们公司的钱也会打水漂。"

"而且以前也从来没出现总部以分部为调查对象进行新闻报道的案例……"

明沫那边轻声道："如果特别为难的话……"

"但是我愿意做。"杨雨欣打断她。

明沫愣了愣。

"你知道吗？从我当初在火锅店里跟你们说我想学新闻，到我入职做记者，再一直到今天，我一直在期待这样一件事发生在我面前。"

"你还记得林展涵当时说什么吗？他说要永远记住你现在对它的爱，于是我一直提醒自己我为什么想要做新闻——因为我是如此热爱真相和公正。"

她放下电话："我现在去联系大老板。"

杨雨欣几乎是怀着壮烈的心情给大老板打了电话。

而出乎她意料的是，大老板听完之后简短道："去查吧。"

速度之快让本来准备了长篇劝说词的杨雨欣直接愣住了。

"那什么……"杨雨欣到底还是忐忑地提了一句，"金钱上的损失……没关系吗？"

她听到老板笑了。

"小事。"

杨雨欣被这种"谈笑间，樯橹灰飞烟灭"的气场震撼了，忍不住问："那大事是？"

回答她的是两个简短有力的字：

"真相。"

第六十六章　别扭的青少年

上午十点零五分。

方炳天就坐在自己的办公室里，他的对面坐着一个寸头的年轻人。

"小高，"方炳天皱眉，"你怎么这个时候来了？让人家看到了，对你对我都不好。"

高梓川勉强笑道："这不是电话上谈不拢吗？"

方炳天神色淡淡："那当面谈又能怎么样？"

高梓川到底年轻沉不住气，此刻眼神里就流露出了怒意："老方，你这怎么做事的？钱我没给到位吗？你还抓着我的把柄不放，是要到时候再跳出来咬我吗？"

恰好这时候办公室的门被敲响了，方炳天的秘书探进头来："方总，总部派来的实习生到了，现在叫她进来吗？"

方炳天说："让她在门口等我一下。"

他转过头来对高梓川道："你还是快走吧，要是被李赫他们的人看到你在这儿，不用我跳出来咬你，你自己就完了。"

高梓川恨恨地咬了咬牙，戴上帽子站了起来，他在门口狠狠摔了一下门，掀起了巨大的声音。

然而刚摔完门高梓川就看到了不远处站着一个个子高挑的女孩，年纪很轻。但是浑身上下已经充满了知性的气质，白衬衫，米色西装裤，长直发一直垂到腰间，架着一副细边眼镜。

高梓川正在气头上，一时没有搭讪美女的兴趣，因此只是多看了两眼，就气哼哼地走了。

同时方炳天已经在办公室里叫了："进来吧。小杨，是吧？"

半个小时后，杨雨欣提前做完了方炳天给她布置的简单工作，对方炳天道："方总我下去买杯咖啡。要给您带一杯吗？"

方炳天正在忙，头也不抬："一杯冰美式就行，谢谢。"

杨雨欣笑了笑，然后去了写字楼底下的咖啡厅。

她点好了咖啡，站在一边等待，片刻后，一个女孩来到了她的身边。

"我看清楚了，"美女实习生低声道，"和你给我看的照片一模一样，是高梓川没错。"

明沫深吸了一口气，觉得有点胸闷。

"已经基本可以确定下来有问题了，"杨雨欣说，"接下来就是怎么查的问题。"

"我刚刚研究了一下方炳天他们发的那份稿子，"杨雨欣调出自己的手机备忘录，"现场可以作为信息源的有夜店工作人员、被认作'陪酒女'的女孩——从照片上来看数量是四个，结合林展涵本人对当时情况的描述，还有他弟弟林珏，非现场的部分有以方炳天为首的棒棒君工作室的所有人员。"

"那几个女孩绝对是不会出面的，只能从剩下的人入手。夜店的人难度也很大，照片里的场景是在包厢内，他们在外面不可能准确知道发生了什么，提供的信息只能作为参考。"

"所以第一证据在林珏以及棒棒君工作室，"杨雨欣低声道，"这都是接触过高梓川的人。"

中午十二点。

林珏一个人端着餐盘在桌旁坐下来。

他在学校里总受欺负，其他学生永远是三五成群地坐在一起吃，他却永远只有一个人。

一个女生在他对面坐了下来，没有穿校服，简单的白T恤和牛仔裤。

林珏下意识地抬头看了一眼，然后愣在了原地。

他见过这个女孩，当初自己老爸曾经想过要送她和林展涵一起出国读书，但最终没能成行。

林珏看向明沫，一张圆脸憋得通红。

明沫一句话也不说，从包里掏出一个三明治和一杯抹茶拿铁来，仿佛自己真的就是坐在这儿吃个东西。

"你怎么进来的？"林珏到底还是年轻沉不住气，率先开了口。

中学校门口是有保安的，虽说搞一套校服就能混进来，但是明沫连校服都没穿，保安怎么会放她进来？

"哦，"明沫揭开三明治的包装纸，简明扼要道，"翻墙。"

真是风水轮流转,小时候翻墙出学校,长大了翻墙进学校——真是个与墙常相伴的奇女子。

林珏听不到明沫心里的声音,他的脸越来越红:"是林展涵派你来的?"

"省省吧,"明沫咬了一口三明治,指指自己的鼻子,含混道,"我是他经纪人好不好,懂什么叫经纪人吗?我不压榨他就不错了,他还派遣我?"

明沫如果此时直截了当地跟林珏谈前一天晚上的事,那林珏绝对立刻放下餐盘就走,但是她现在这样说东道西的,林珏在迷惑之中愈发恐惧起来。

沉不住气的年轻人永远只会打直球,林珏压着声调对明沫道:"昨天的事情和我没有关系!"

他越激动对面越平静——明沫不置可否地点了点头。

她平静地吃完了自己的三明治,喝光了抹茶拿铁,全然不顾对面的林珏后面又说了什么。吃完之后她拍了拍手,站起身来:"给你个礼物——你哥给你的。"

林珏瞪着她。

明沫从自己的挎包里掏出一个小熊玩偶来,放到了林珏的对面:"喏。"

"你哥刚转来我们班的时候,鼻子恨不得拽到天上去,所以中午自己也都是一个人吃饭。他装着不怎么在乎的样子,其实心里还是有点难受。"

林珏胖胖的身体突然一抖。

"当时的他没想出来办法,后来想到了的时候已经不念书了,于是分享给你,"明沫拍拍那个小熊的头,"它就是你的饭友了,特别难受的时候可以跟它讲讲心里话。"

林珏愣了片刻,然后突然暴起了,他抓过那只小熊玩偶,狠狠摔在食堂的地上。

此刻食堂里已经基本没什么人了,其余的学生都已经吃完回去午休了,偌大一片空旷的座位里只有明沫和林珏两个人。

-241-

明沫毫不在意地笑了笑，转身走了。

然而她其实并没有走远，从一边的楼梯下去之后又从另一边的楼梯绕了上来，在阴影处悄悄打量林珏。

她看到林珏在原地站了许久之后，气哼哼地走了。

然而几分钟后他回来了，捡起了那只小熊，擦了擦它身上的灰，然后一个人默默地离开了。

明沫轻轻舒了口气。

这个事态是她想要的发展。

刚刚的风平浪静其实也是装的，明沫内心深处很想把餐盘扣到林珏的身上去，再把手里的拿铁对着这个狼心狗肺的孩子的头浇下去。

然而她忍住了，那样的话除了出出气外没别的用。

直接问林珏的话他什么都不会说的，他的情况其实很复杂：一方面他生在一个上流社会家庭里，这种环境最容易产生"兄弟不和互争家产"的剧本，林珏难免会受到影响，觉得林展涵一定会是他的敌人；一方面他又还没成熟到通晓世故的地步，内心深处其实对这个半路冒出来的哥哥没什么真切的反感。

叛逆而又迷茫的青少年大多都是如此，你对着和他干永远干不过，顺着毛捋捋没准还有一丝希望。

明沫看了看表，此时是下午一点十五分，距离林展涵夜店门事件被爆料已经过了近十四个小时。

第六十七章 攻 坚

同一时间,杨雨欣和一个短发女孩在咖啡厅坐了下来。

短发女孩叫侯彤,和杨雨欣是一个专业的,只是实习的时候去了作为分部的棒棒君工作室。

杨雨欣叫了两杯咖啡,在等咖啡的时间里犹豫了一下。

也许应该采用更加迂回的方式去询问……但是她是记者,不是特工。

连诈带骗的获得信息手法不是记者该使用的,毕竟很多被采访者其实都是顶着相当大的压力接受采访的,心理防线本来就很脆弱,如果记者不够真诚的话,双方一定得不到信任。

于是杨雨欣打开了天窗。

她开口对侯彤道:"我约你下来,是有一件事想要问你。"

侯彤看着她,眼睛单纯地眨来眨去。

杨雨欣深吸了一口气:"你们工作室里,有针孔摄像头这种东西吗?"

侯彤的脸色变了。

"你想问什么?"

杨雨欣把包里准备好的照片拿了出来,是从新闻稿里直接截图然后打印出来的。

"从拍摄角度来看,拍摄者的位置是在包厢内部,而不是门口,更准确地说,几乎就在林展涵的正对面。"

那张照片里林展涵正对着镜头,脸是半侧着的,不太能看出表情,其他女孩则要么低着头,要么背对着镜头。

杨雨欣低声说,"咱们的记者不可能跑到那个位置上拍照吧?"

侯彤勉强笑了笑:"大概是包厢里其他狐朋狗友拍的吧。"

杨雨欣抿了一口咖啡。

"先不说狐朋狗友为什么要把照片交给媒体,"杨雨欣轻声问,"小彤我问你,什么狐朋狗友有这么高的个子?"

侯彤愣住了,看向那张照片。

的确，女孩们低着头就完全看不到脸的原因就在于镜头架得很高，即便不低头也只能看到上半张脸。

"这个角度镜头架得至少有两米二，再加上和沙发的距离——这个摄像头是被卡在天花板和墙之间的，"杨雨欣说，"这是提前装好的，等着人来。"

这些并不是她临场想出来的，事实上，在明沫出发去找林珏、杨雨欣约见侯彤之前，两个人至少把那篇新闻稿一起看了二十遍，把所有可能用到的信息点全部标了出来。

侯彤犹豫了一下，勉强笑道："你怎么老跟我说这个啊……"

杨雨欣打断了她："因为我在调查这件事。"

侯彤抿起嘴角看着她。

"这篇稿子涉嫌造假，方炳天和他的工作室涉嫌幕后交易，诽谤中伤、操纵舆论，"杨雨欣一个字一个字慢慢道，"我是调查这起事件的记者。"

她看向侯彤："我希望能得到你的帮助。"

侯彤斩钉截铁道："不可能。"

杨雨欣挑起眉。

"我们每个员工和工作室都签过保密协议，"侯彤道，"关于我们的工作内容，无可奉告，即便你是总部的人也不行，合同的甲方是工作室本身，不包括投资方。"

杨雨欣心中大骇。

"你们签保密协议……你们怎么能这么做？"杨雨欣的声调变高了，"你们承诺眼睁睁地看着他们误导大众而以沉默应对？侯彤，老师上课的时候讲过什么你都忘了吗？"

"我签的时候并不知道！"侯彤的情绪也上来了，"保密协议是和劳动合同一起给我的，我当时哪想得了那么多！我也是昨天晚上被提醒了才想起来！"

杨雨欣浑身的血冷住了。

是真的，明沫的判断全都是对的。

方炳天收了高梓川的钱，发了高梓川提供的假稿子，为了不走漏风声，威胁了自己的全体员工。

他甚至可能不是第一次干这种事了，不然的话不会那么有备无患地早早准备好保密协议。

如果侯彤违约，丢掉工作不说，还有一笔巨额赔偿要付。

退一万步讲，就算最后经法院判决，那份保密协议是不合理的，自己无须赔偿。但是一次次出庭的时间、消耗的人力、物力和咨询律师的金钱花费……全都是不少的损失。

没有人想祸从口出，为自己招来那么多的麻烦。

杨雨欣咬了咬嘴唇。

"雨欣，"侯彤低声说，"我承认你说得对，但是你要想一想，不是所有人都像你一样大二就能进总部的，我只是一个小人物，我经过了那么多次面试才进来，不要为难我了。"

侯彤没喝咖啡就走了，留下杨雨欣和两杯冒着热气的咖啡。

良久，杨雨欣长叹了一口气，打电话给明沫。

"我这边非常不顺利，"她对明沫说，"你那边怎么样了？"

明沫叹了口气："我这边是叛逆青少年，急不得，只能徐徐图之。"

杨雨欣："可你时间不多了。"

明沫："我知道。"

她们一起长叹了一口气。

天渐渐地黑了下来。

侯彤下班的时候发现杨雨欣还坐在座位上，她看着杨雨欣的背影叹了口气，最后还是转身走了。

林珏背着书包回了家，他进门就看到林征宇在发火，茶几上的琉璃茶壶被他摔到地上，碎成了一地绚丽而尖锐的碎片，保姆站在一边大气也不敢出。

林珏还没进门就听他骂道："兔崽子！"

林珏小心翼翼地迈进门，林征宇闻声转过头来。

林珏蚊子哼哼般打了个招呼："爸……这是怎么了？"

林征宇喘了会儿粗气，冲林珏嚷道："没你的事！"

他摔门而去，林珏在屋子里陪着吓傻了的保姆和一地碎片。

他知道林征宇刚刚骂的是林展涵。

这下老爸绝对不会再说自己不如林展涵的话了。

但是不知道为什么,这个想法滑过林珏内心的时候,他竟然一点振奋的感觉都没有。

他回到自己的房间,把书包里的那个小熊布偶掏了出来。

他想起自己第一次见到林展涵的情景,那个时候他和邻居家的小女生一起放学回家,那个小女生很漂亮,林珏一直对她暗暗地有点好感,但是她总是翘着鼻子不理他。

结果那次走到小区门口的时候碰到了林征宇带林展涵回家,那是林珏第一次见到这个之前只听父亲提过的优秀哥哥。就在他懵懵怔怔的时候,同行的小女生转过脸来,有点兴奋地拍拍他的肩膀:"林珏!你哥哥好帅啊!"

林珏转头看向林展涵,在灿烂的阳光下,林展涵冲他点了点头。

这本来也许是一个应该滋生出自卑和嫉妒的场景——然而林珏当时的想法很奇怪。

他当时想的是,哥哥一出现,从来不理他的静怡就和他说话了啊。

似乎冥冥之中,哥哥是一个会带来好运的人。

林珏突然觉得很丧气,他躺在那个小熊布偶的旁边。

我不是人。他想。

第六十八章 良 心

他其实并不是太清楚高梓川到底要干什么，高梓川只是给了他一套流程，让他背了一遍，然后又在自己面前演了一遍。

"行，不错。"最后高梓川很满意地对林珏一挥手。

"你要干什么？"林珏问。

"不干什么，整整你哥而已，"高梓川说，"看他吃瘪一下不也很开心吗？"

的确，看到永远优秀、永远光彩耀眼的哥哥吃一下瘪，当然也是很开心的。

但是林珏没有想到事情这么严重。

晚上打开手机看到新闻的时候他整个人都蒙了。

他的第一反应是打电话给林展涵，然而手指在屏幕上战抖了三分钟，都没有鼓足勇气按下去。

最后他打给了高梓川。

"不是我干的。"高梓川接起来的时候相当不耐烦，上来就是这句话。

"你胡说，"林珏当时在空旷的房间里青筋暴起，"所有的话都是你教我说的！也是你让我骗他来的！怎么可能不是你！"

高梓川笑了，片刻后，他轻声道："小胖子，你有证据吗？"

林珏愣住了。

"有吗？有吗？"高梓川逗他玩似的，笑得非常开心，"没有吧？"

"所以你最好不要把这件事跟任何人提，让任何人知道你跟这件事有关系，"他的声音陡然一变，凶狠得让林珏打了个哆嗦，"毕竟你想想，出面骗林展涵的是你，和他有矛盾、有利益冲突的也是你，有什么人会相信不是你干的呢？"

"你……"林珏的脸涨得通红。

"你想想，到时候人家怎么说你？才十六岁，心眼就这么多，手段就这么下流，你爸会怎么看？你老师、同学怎么看？"

高梓川的笑声犹在耳畔，林珏看着天花板，心里满是绝望。

-247-

他把那个小熊布偶抱过来，把脸埋在小熊胖乎乎的肚子上。

就在这时，他的手机响了起来，是一个陌生的号码。

林珏接了起来："喂。"

"喂。"

林珏见鬼似的立马挂断了电话——他听出了声音是明沫的。

两秒钟后，电话又响了起来。

林珏再次按掉。

然而两秒钟后，电话不依不饶地再次打了过来。

"你不要再……"林珏接起电话，气急败坏道。

"听着，"明沫直接打断他，"我能搞到你的电话，就能搞到你爸的、你妈的、你老师的，你再敢挂，我就去找他们说。"

林珏犹豫了一瞬没挂电话，这一瞬给了明沫说下去的机会。

"你先听我说，你有把柄在高梓川那里，对不对？"

这是明沫判断出来的。

今天林珏最后的反应给了她很大的信心——林珏也许并没有所有人想象的那样讨厌林展涵。

当然……那是因为林展涵本身就非常讨人喜欢。

明沫拍拍自己的脑袋，把暂时无关的想法从自己脑海里拍出去，让思路回到正轨上。

如果是这样的话，以高梓川的行事风格，无论是为了让林珏好好配合自己，还是为了事后能让他保密，他手里都一定会留下一些能威胁到林珏的东西。

林珏沉默片刻后，似乎被触动了，低声"嗯"了一声。

"是什么东西？"

林珏没说话，但是也没有挂掉电话。

明沫大着胆子猜测道："是你在夜店喝酒的照片，对吗？"

这是她思考过后得出的最有可能的结果。

林珏胆子不大，前十几年虽然并不优秀，但是肯定算乖孩子，怕老师、怕家长几乎是写在了脸上，最能威胁到他的绝对是他犯过的错误。

未成年进夜店喝酒这一项绝对是他死都不敢让家长、老师知道的事……而除此之外,明沫感觉再出格的事他也干不出来了。

果然,长时间的沉默后,林珏又"嗯"了一声。

明沫的心里立刻燃起了熊熊的希望。

"你……你听我说,"明沫激动得舌头差点绊了一下,"高梓川没办法拿这条威胁你。"

她能感觉到对面林珏似乎触动了一下。

"他告诉你他的年龄是多大?"

"十九岁。"林珏回忆了一下后,很快就回答了。

"不是,"明沫飞快道,因为过于激动,她的声调变得异常强势,"他骗了你,他只有十七岁。"

林珏起先没有明白明沫的意思,他张着嘴巴,呆呆地看了几秒钟明沫的眼睛后,骤然反应了过来。

"那……那他也……"他结结巴巴地说。

林珏是真的好糊弄,网上关于高梓川的信息不多,他也没什么别的手段能把对方的个人信息查出来,因此一直以为高梓川是成年了的。

而如果高梓川自己也没有成年,那么他有什么资格威胁林珏?

"明白了吗?他同样未成年,"明沫语速堪比机关枪,"他如果要爆料你,就需要先自爆,毕竟如果他是清白的就不可能拍下你去夜店的照片。"

"而他爆料比你爆料代价可要高昂多了,他是运动员,今年还想进国家队,出黑料的结果是什么?"

后面的话她放慢了语速,她知道林珏能联想到林展涵。

果然,片刻的寂静后,林珏声如蚊呐地说:"我哥今年是不是也想……进国家队来着?"

明沫深吸了一口气:"出来一下吧。"

林珏小声说:"我不见我哥。"

"不用你见他,你先出来。"

明沫约林珏在一家火锅店见面。

林珏到了的时候明沫已经在等他了,她坐在窗边的位置,面前的锅咕噜咕噜地冒着热气。

-249-

她问林珏："吃饭了吗？"

林珏摇摇头，同时感觉自己肚子咕噜叫了一下。

"那先吃吧。"明沫把一盘肥牛拨进锅里。

红色的肉片在汤里慢慢褪下了颜色，明沫看林珏不动筷子，于是直接用汤勺把肉片全都捞进了他的盘子里。

林珏犹豫了一下，默默地开始吃起来。

温热的食物进了胃里，林珏之前那种满腔冰冷绝望的状态似乎缓和了一点，他放下筷子，抬起头看向明沫："你要骂我就……骂吧。"

明沫正在把金针菇往锅里下，闻言轻哧一声。

"我骂你什么？"她淡淡地说。

"我知道骂我也没用了，"林珏低声道，"都来不及了。"

第六十九章　新闻记者的初心

明沫沉默了一会儿，拿起自己的手机点了两下，推到了林珏的面前："看看吧。"

林珏垂下目光，瞳孔一震。

手机上是正在放着的花滑表演盛典录播，此刻正在表演的正是高梓川。

起先林珏并没有什么触动，然而当林展涵上场的时候，他开始坐不住了。

《枫》的震撼力是无与伦比的，有观众评价说林展涵的出场总让人产生一种幻觉，让人觉得他生于冰上也将死于冰上，全部的生命都在冰上燃烧。

林珏怔怔地看完了，再抬起头的时候，明沫看到他眼角坠下了一行眼泪。

明沫淡淡道："你还想帮帮他吗？"

林珏低着头不说话。

明沫看向窗外，轻声说："今天我在你们学校那里，听到了一些关于你的不好的传言。"

林珏猛地抬起头。

"我相信我不说你也知道他们说什么，"明沫突然把刚刚那副云淡风轻的样子全收起来了，她变得极为刻薄，每一个字都化作了刀，刀刀见血，"说你是小三的儿子，性格大概也随小三，从来不会用光明正大的方式，只会用下三滥的招数去抢夺别人的东西，永远见不得别人的好。"

"他们胡说！"林珏的身体战抖起来。

"体会到了吗？就是这种感觉，就是你现在这种感觉，愤怒、委屈，又无能为力，"明沫盯着林珏的眼睛，她放大了音量，语速变得飞快，"是不是很难受？是不是？"

"既然如此，"明沫吐出一口气，缓缓向后靠去，审视着林珏，"己所不欲，勿施于人。"

林珏愣住了。

"你很讨厌那些泼你脏水的人，对不对？你其实完全不像他们说的那样，你很善良，并没有嫉妒过谁，只想过好自己的生活，对不对？"

"但是现在……你和泼你脏水的人变成了同一种人，你刚刚那种愤怒、委屈的感受在林展涵身上要十万倍地放大，"明沫轻声说，"我希望你可以站出来为他洗刷冤屈，但不是为了帮他，是为了……你自己。"

"向所有人证明，你不是你同学所说的那种人。"明沫看着林珏。

良久，座位上一片寂静，只听得到火锅里的汤在二人之间咕噜咕噜地响着。

长久的沉默后，林珏颤声道："说出真相的话，我就要承认自己未成年去夜店喝酒的事了……对不对？"

明沫叹了口气，把目光移向窗外。

"是。"她轻声说。

林珏沉默。

明沫深深吸了一口气。

她感到穷途末路。

月亮无声无息地穿进云朵里，黑暗包裹着整个世界。

林珏离开后明沫一个人对着火锅，她沉默良久，掏出手机给林展涵发了一条消息：

"你在干吗呢？"

一分钟后，林展涵回复了一张图片。

明沫点开大图，发现是一本摆在床边的书，书的侧面是摆在床上的毛绒玩具，小兔子和小松鼠依偎在一起。

明沫突然笑了笑，十几秒后，林展涵的电话打了过来。

"你今天训练累不累啊？"明沫接起电话就开口问。

"不累，为梦想奋斗。"林展涵故意用了有点夸张的语气，他知道这种时候他这边显得阳光一点，明沫的心理压力能小一点。

"你呢？"他问明沫。

明沫脱口而出："不累，为你奋斗。"

说完才觉得人家为了梦想，自己为了男人，格调低了一百八十档，于是赶紧改口道："不！不！不！我也为了梦想。"

说起来好像真的是这样的，体育经纪人是她的职业，即使她负责的不是林展涵，是另外一位蒙冤的选手，她一样会为之付出全力。

她听到林展涵在那边轻声笑了笑，她的心情立刻好了起来。

"我听李赫说你立了军令状，四十八小时内解决不掉就辞职，"林展涵说，"那……我是说万一，你没解决掉怎么办？"

"换一家公司呗。"明沫说，"我很优秀的，出路很多。"

"那你呢？"她反问林展涵，"我要没解决掉，你这个冰滑不下去了怎么办？"

"换一种职业呗，"林展涵笑笑，"回去接着读书，我学习能力有多强你不是没见过，我也很优秀的，出路也很多。"

明沫笑。

第一个二十四小时已经过去了，事态如此严峻，然而没有人绝望，没有人气馁，没有人哭泣。

明沫挂掉电话，走出火锅店，看着漆黑的夜空。

刚刚氤氲的火锅雾气让她想起了四年前在学校旁边的火锅店里，学生时代的他们一起碰杯，林展涵说："祝我们永不回头。"

还有二十多个小时……明沫在心里默默计算着。

不到最后一刻……我绝不回头。

第二天清晨，侯彤正常来上班，上电梯的时候她的身边站着方炳天。

方炳天脸上挂着两个厚重的黑眼袋，侯彤知道那并不是熬夜工作导致的，而是他前一晚喝酒通宵留下的后遗症，她有点僵硬地打了个招呼。

方炳天也不知道酒醒没醒，带着迷迷瞪瞪的笑容，当着一电梯的人的面对侯彤道："小侯，你这衣服不行啊。"

侯彤看了一下自己，她穿着一件板正的白衬衫，黑色西裤，脚蹬一双黑色帆布鞋，短发服服帖帖地梳好，浑身上下没有一件首饰。

哪里出错了吗？侯彤心里涌上一阵恐慌。

方炳天笑嘻嘻地说："你看看你，穿得像个姑娘吗？多少要照顾一下跟你一个办公室的男同志的感受啊。"

他说完自顾自地笑了起来，电梯里还有两个棒棒君工作室的男同事，

-253-

此刻跟着笑了。

侯彤感到一电梯的目光都集中在自己身上，认识的不认识的都带着似笑非笑的目光注视着她，目光仿佛能穿透她身上的衣服似的。

她的脸瞬间涨得像个番茄。

她如忍受酷刑般挨到了电梯开门，打卡进公司的时候她看到了已经坐在工位上的杨雨欣。

杨雨欣抬起头来看了她一眼，侯彤发现她的脸色有点疲惫。

她没有跟杨雨欣打招呼，僵硬地绕了过去，在自己的位置上坐好。

工位上有她的名牌：实习记者，侯彤。

原本是很平常的四个字，然而这一瞬，侯彤突然觉得它们很刺眼。

杨雨欣的名牌上也是这四个字——实习记者。

但是我……哪有资格和她一起被称为记者？

侯彤煎熬一般地在工位上坐了半个小时，她本来应该读几篇关于社会热点事件的稿子，然而半个小时过去了，她一个字也没有读进去。

她记得自己大一的时候就喜欢和杨雨欣争。杨雨欣简直是优秀女生的范本，成绩好，做事认真，从小学一年级开始当了十二年的班长，到大学当了学生会主席。

但是侯彤也不差，她的成绩甚至比杨雨欣还要好一些，教她们的老师曾经当着杨雨欣的面夸道："侯彤还是比你细致一点。"

侯彤当时有点脸红，但是杨雨欣偏过头来冲她笑了笑。

"你们都要加油啊，"最后那个老师这样说，"就要去实习了吧？希望你们都能成为好的记者。"

侯彤低下了头，她长久地咬着自己的嘴唇，直到嘴唇变成了白色。

然后她打开邮箱，给杨雨欣写了一封邮件。

"我愿意把过程告诉你，"她说，"但是前提是不公开记录。"

那边沉默了一会儿，很快杨雨欣回复道："中午见。"

第七十章　理性人？

"你的意思是……不公开记录是没有用的？"

"在当下情况下是这样。"

楼梯间里，杨雨欣拿着手机，小声地和明沫做着通话。

明沫继续询问："为什么？不公开记录是什么意思？"

"在新闻工作里，被采访者是有自己的权益的，记者要确保能够保护他们的权益，以此为前提，他们才能提供信息，"杨雨欣说，"不公开记录是要求最严格的一种前提，它意味着记者不能够在新闻稿中使用任何由其提供的信息。"

"也就是说她跟你说了什么你全都不能写？"明沫问，"这种采访还有什么意义？"

"在某些情况下还是有用的，因为即使不能写出来，起码也能够帮助记者判断其他信息源提供的信息是否是真实的，"杨雨欣低声回答，"但是现在这种情况下是没有用的，因为我们缺少的是确凿的证据。"

明沫沉默片刻。

"我还是约了她见面，就是希望说服她把前提由'不公开记录'更改为'深层背景信息'，"杨雨欣在楼梯间里警惕地四处张望，确保没有人偷听到，"深层背景信息意味着我需要保密她的身份，但是可以使用她提供的信息。我不确定我能劝说成功，毕竟这对于她而言很危险，方炳天可以根据信息的内容判断出来是谁走漏了风声。"

"你们是中午见面？"

"对。"

"那你等我，"明沫拎上包出门，"我过去。"

一个距离写字楼有一段距离的餐厅里，侯彤坐了下来。

她的对面是杨雨欣和另一个女孩，那女孩个子不高，扎着高高的马尾，一双眼睛异常明亮地看着她。

"你好，我叫明沫，"女孩率先自报家门，"林展涵的经纪人。"

侯彤皱了皱眉头，看向杨雨欣。

"雨欣……这就不太专业了吧?"侯彤说,"你和我的采访之间为什么还会有第三方在场?尤其这第三方也和新闻的内容有很深的利益牵扯。"

明沫的目光往手机屏幕上瞟了一眼,此时是中午十二点十五分,距离四十八个小时的期限还有不到九个小时。

没有时间了。

然而还是不能急。

她压制住心头翻腾的火焰,露出一个友好的笑容来。

"你放心,你们谈话的内容我不听,我只是希望能和你聊几句,聊完我就走。"

侯彤眉头皱得很深,整个人进入了一种非常警惕的状态:"抱歉,我们之间有什么可以聊的吗?"

明沫无视她的脸色,她拿起桌上的冰柠檬水喝了一口,然后淡淡道:"我的专业是金融英语。"

侯彤皱眉看着她,不明白她在说什么。

"所以我修过很多经济学课程,"明沫流畅地说了下去,就仿佛真的是在和朋友喝下午茶聊闲天一般,"经济学的一个基础假设就是'理性人',指的是人无论在任何情况下,都以利益最大化为目标。"

侯彤看着她,她不知道明沫要说什么,因此仍然显得十分警觉。

"你是学新闻的对吗?其实我很不理解新闻学,"明沫说,"我不明白为什么会有人愿意把事情告诉记者?他们这样做会得到什么好处吗?"

侯彤的眉心突然动了一下。

"尤其是,大部分时候不但得不到好处,还会承受诸多的损害,那些举报商业诈骗的人往往也许会承受对方律师团队无穷无尽的骚扰,举报办公室性骚扰的人要把自己的伤口撕裂给大众看,他们究竟为什么要说?难道不该利益最大化吗?究竟为什么要做这种收益为负的事情?"明沫看着侯彤,"你是学新闻的,你可以给我一个答案吗?"

侯彤低下眼睛,她没有看明沫,她浑身颤了起来。

"后来我想明白了,"明沫轻声说,"我想起来了'理性人假设'

只是一个假设而已,就像物理模型里假设没有摩擦力一样,世界上永远不可能没有摩擦力,就像世界上永远不可能有理性人。"

"所以这个世界拥有了公正和真实,"明沫站起身来,"谢谢你们这些学新闻的人,也谢谢你今天愿意出来,我要说的话都说完了,再见。"

"你先别走。"

侯彤突然打断了她。

她转头看向杨雨欣,杨雨欣看到侯彤的眼眶下面微微地泛红。

"前提转成深度背景信息吧,"侯彤轻声说,"你新闻稿该怎么写就怎么写,方炳天问我的时候我尽力否认,否认不掉的话就上法庭。"

杨雨欣深吸了一口气,看向明沫。

明沫没有看她,她仰起头,让同样泛红的眼睛在从空调中吹出来的冷风下慢慢干燥下来。

杨雨欣打开笔记本电脑和录音笔,侯彤组织了一下思路,准备开口。

然而就在这时候,明沫的手机响了起来。

她低头看去,是李赫的。

四十八小时没到,李赫是不应该给她打电话的,毕竟他知道她这边忙得脚不沾地。

打电话就一定是出现了什么不得不通知的变故。

明沫感到自己的眼皮跳了起来。

她按下接听键,手忙脚乱中误碰到了免提,于是李赫的声音在整个空间内响起来:"晨星里来了一批记者。"

"什么?"明沫眼角猛跳。

"他们说当时在林展涵身边的'陪酒女'之一匿名给他们发了邮件,爆料林展涵对其有所……侵犯,"李赫是见惯了风浪的人,然而此刻声音都有些战抖,"这么一来事件就升级了,由原本的生活作风问题变成了刑事犯罪,这些记者怕警察得到消息来查之后就没机会见林展涵了,于是全在得到消息的第一时间就赶到了俱乐部,要求见林展涵。"

"高梓川他……"明沫几乎把牙咬出血来,一时一万句骂人的话全堵在了喉咙口。

杨雨欣脸色惨败,侯彤不敢置信地瞪大了眼睛。

"我不知道警察什么时候会来,"李赫轻声说,像是不忍心一般,"你要知道……如果警察把林展涵带走了的话,那么无论之后的推论是有罪还是无罪……"

"他的公众形象都算完了。"明沫轻声说。

李赫无声地默认了。

"是我……没做对吗?"明沫轻声问,眼泪一瞬间掉了下来,"我是不是应该听你的……当时就让林展涵道歉?那样的话高梓川会收手吗?"

"你没做错,"李赫轻声道,"即使那个时候道歉,后招一样会出的,你还太年轻了,没怎么见过坏人。"

"我还能做什么吗?"

"你已经把能做的都做了……林展涵会很感谢你的,"李赫低声说,"你是一个很优秀的经纪人。"

没有用了。

第七十一章　发布会

警察执法不是公关可以干涉的,明沫根本不是当事人,她连提供证词的资格都没有。

一切只能林展涵自己去面对了,她什么忙也帮不上。

明沫很想哭,但是她不打算在公共场合哭出来,于是她很勉强地冲侯彤点了点头:"谢谢你愿意提供信息,但是现在好像……不太用得上了。"

她转过身,向餐厅外走去。

"你等等。"侯彤突然和杨雨欣同时开了口。

杨雨欣转过头看向侯彤,两个新闻专业最优秀的女生彼此对视。

侯彤看得到杨雨欣眼睛里的期待。

"我跟你一起走,"侯彤说,"晨星俱乐部对吗?"

明沫睁大眼睛。

侯彤选择的是走到一群记者面前。

那样的话她不但是公开信息源,而且还是最公开的一种,她的脸会暴露在记者的镜头之下,她说的每个字会通过麦克风被清晰地录入。

侯彤站了起来,走到了明沫的身边。

明沫轻声问:"新闻工作里管这个叫什么——公开信息源?"

侯彤笑了。

"不是信息源,"她说,"我是证人。"

晨星俱乐部,会议室。

记者们坐在会议室里,长枪短炮般的摄像机全都架了起来。

"请问林展涵先生什么时候可以接受我们的采访?"

"我们什么时候可以见到林展涵先生?"

他们的对面是焦头烂额的李赫。

"诸位少安毋躁,"他扶着额头叹息,"林展涵已经答应见诸位了,他从冰场过来,需要一点时间。"

即使这一点时间记者们也不打算放过,他们立刻把提问对象转成李赫。

"请问林展涵平时是个怎样的人？他日常对女性工作人员有没有奇怪的举动？"

"您俱乐部的选手出了这样的问题，您认为有没有俱乐部的管理责任？"

"听说林展涵还在俱乐部里担任教练，他的言行会不会对小选手们产生不好的影响。"

李赫简直想要吼出来了，但是他只能压抑着，一遍遍擦自己额头上滴落的汗水，他拽过一个工作人员，耳语道："你去拦一下林展涵！让他别来了！这个场面他根本应付不了！"

即便是伶牙俐齿的公关精英也很难扛住新闻发布会上层出不穷的提问，很容易一个字表述不清就被曲解出无数的意思，第二天见诸各大媒体的标题。更不要说林展涵作为一个花滑运动员，说话本身就不是他的长项。

然而已经晚了，就在工作人员想要趁乱出去的时候，门被推开了。

林展涵走了进来。

会议室里立刻炸了锅。

记者们那些问题已经在脑海里滚瓜烂熟，此刻一股脑地抛向他。

然而林展涵的气场发挥了作用，他身边似乎有一座坚冰铸就的屏障，记者们抛出的问题全被屏障挡了下来。他接过一个离他最近的记者的话筒，在一片七嘴八舌中平静地说："我没有。"

记者们提什么问题在他这儿都像没听见一样，他只按自己的节奏走。

"那些事情我一样都没有做过，有人引我去了那里，那是一个等着我的陷阱，"林展涵的声音清冷平静，"设局的人设法拍出了那些照片，联系了媒体试图陷害我。"

记者们沉默了一瞬，然后有人大声叫道："这种阴谋论的说法你自己听着觉得可信吗？"

沸沸扬扬之中，林展涵仍然保持着平静："信与不信，等警察来出一个结果就知道了。"

"尤其是……"他扫了一圈会议室里的记者，"诸位一直以有罪的推定问我问题，请问你们真的有证据吗？"

记者们面面相觑了片刻，有记者大声道："照片不是证据吗？"

他话音未落，一阵气流就掀进了会议室，因为有人用力推开了会议室的大门。

明沫走了进来，在林展涵的身边站定，悄无声息地握住了他的手。

她的手在炎热的夏天里冷得像一块冰，林展涵用力回握了一下。

与此同时，跟在后面的两个女生，一个脖子上挂着记者证，跟进来之后坐进了记者席，另一个短发女生则走到了最前端，拿过了林展涵的话筒。

"我是'体育界棒棒君'工作室的实习生，有关林展涵夜店门事件的第一篇报道和其中的照片，全部是由我们工作室发出。"

记者们全都安静了下来。

在寂静中，侯彤深吸一口气，大声说：

"它们全都是假的！"

侯彤握紧话筒，她手上渗出了汗，保密协议上的白纸黑字似乎就在她眼前晃。

然而她稳定心神，说了下去。

"8月11日晚，方炳天将写好的新闻稿给了我工作室的运营，要求当晚立即发出，"侯彤说，"我当时也在运营小组中，对新闻稿的真实性提出过质疑，因为除了图片外缺乏其余有力的证明，严重不符合正常新闻稿的要求。"

"但是方炳天驳回了我的建议，同时向我们重申了我们在进公司时签下的保密协议，"侯彤握着话筒的手紧了紧，"事后我觉得不对劲，细看了这些照片，发现它们全都是由摄像头拍出来的，而且不是一般的摄像头。于是我悄悄去询问了后勤的同事，得知两天前方炳天以公司的名义购买了一个针孔摄像头。"

记者们倒吸一口凉气，有人去看杨雨欣的记者牌，眼中疑问尽显，棒棒君不是你们公司旗下的吗？

杨雨欣面沉如水，视而不见。

"由于保密协议的压力和方炳天本人在管理上异常激进的方式，我工作室的同事都承受了巨大的压力，但是……"侯彤低下头，复又抬了起来,"我可以确定的是,摄像头是被提前放进去、等着拍照的,是恶意的取证,那些照片不能作为真相。"

寂静。

然而很快,有记者发现了漏洞。

"你那天没有在夜店里?"

侯彤回答:"是的,没有。"

"那么你并不能证明夜店中到底发生了什么,就算摄像机是被提前安插进去的,但是林展涵为什么会出现在夜店里?为什么会准确地进入那个包厢?这些没有人可以为他作证,不是吗?"记者说。

侯彤愣在了原地。

明沫的额头上渗出了汗水。

是的,这个记者说的其实是对的。

侯彤作为媒体这一方的人,在整个事件中其实只见证了下半段。

第七十二章　伟大的运动员

　　如果事件是"方炳天涉嫌新闻造假"的话，那么侯彤提供的信息已经是有力而直接的证据。但是对于"林展涵夜店召多个陪酒女"这一事件而言，侯彤这边的证词就太间接了，顶多是佐证了一下阴谋论的可能性，但是并不能直接说明问题。
　　这个记者提出的问题每一个都直指核心，然而以侯彤的立场，她全都回答不上来。
　　而林展涵回答的又不会有任何人相信。
　　拜托了……拜托了。
　　明沫在心里祈祷。
　　不要让我对你失望。
　　上苍似乎听到了她的心声，就在这一刻，会议室的门被推开了。
　　只是很小的一条缝，然后一个胖胖的男生慢吞吞地从缝里挤了进来。他看着满屋子的人，圆圆的脸上有受惊的表情，浑身上下都写满了紧张和不知所措。
　　有记者认出了他。
　　"这不是林总的小儿子吗？"
　　"那就是……林展涵的弟弟？"
　　"我记得他们兄弟不是一个妈生的，对吧？"
　　"弟弟来看哥哥怎么被收拾的吗？"
　　窃窃私语声在会议室里响起。
　　林珏瑟缩了一下，他自始至终垂着眼帘，没有往林展涵这边看一眼。
　　林展涵沉默了一瞬，对林珏道："你……"
　　林珏突然转头对他大吼道："你闭嘴！"
　　他吼完这一嗓子后，转向了鸦雀无声的记者们，这个胖胖的小男孩用尽全力大吼道："让我来告诉你们是怎么回事！"
　　他鼓足了十成十的勇气，脖子上的青筋暴了出来，似乎不吼就不会说话了。
　　明沫默默地闭上眼睛，她感觉到了眼睛的潮湿。

十个小时前,在火锅店里,在林珏询问了"说出真相的话,我就要承认自己未成年去夜店喝酒的事了,对不对?"之后,他们的对话其实并没有结束。

在漫长的沉默后,明沫突然说:"我觉得很高兴。"

林珏带着一点讶异的眼神看向她。

"我很高兴你对这件事保持着这么强烈的羞耻心,这说明你还是想当一个好孩子……是不是?"

"所以我想跟你说的是……好孩子的意思不是'永远不会犯错的孩子',而是'即使犯了错也会在阳光的路上继续走下去的孩子',"明沫轻声道,"你可以选择把这件事瞒下去,然后看着你哥哥因为这些新闻一直忍受痛苦,失去实现梦想的机会,而你则被保全下来,没有受到任何惩罚。"

"但是这样的话……你就失去了在阳光的路上继续走下去的可能。"

一辈子背负愧疚,一辈子不敢再见到林展涵,一辈子都后悔当初给要害林展涵的人做了帮凶,一辈子都不会有被原谅的可能。

林珏突然捂住脸哭了。

眼泪从他胖胖的手指之间的缝隙里流了出来,他闷闷地嘀咕了一声,声音非常模糊,然而明沫听清了他在说什么。

"带我去见记者,"他说,"我要给我哥做证。"

小熊布偶被摆在床头,床边的少年终于走出了自己狭小的房间,让阳光照到了自己的脸上。

"那天我哥是来找我的,我给他打了电话,让他来接我。"林珏说。

"你的意思是你进了夜店?"有记者问,"我记得你只有十六岁。"

林珏咬紧了牙关,他看向镜头,让自己的眼神没有瑟缩。

"是的,"他说,"我做错了,我以后再也不会这么干了。"

一片哗然。

大家都知道富人家的子女之间很难关系特别好——更别提在不是一个妈生的情况下。

林展涵的陨落原本完全不关林珏的事,甚至对林珏而言颇有好处,然而林珏出来……自爆了。

本来想扒林家大儿子的黑料,结果莫名其妙扒成了小儿子的。

"一个人就是拿这件事威胁我的,他要求我帮他的忙,把我哥引到这里,不然的话他就把我去夜店的事情公开,"林珏看着镜头,就像咬牙切齿地看着幕后人的脸,"现在我自己说了,你还有得公开吗?"

记者们沉默了一会儿,然后有人说:"请把之后的情况告诉我们。"

"他说我把我哥引到夜店里之后就脱身逃走,"林珏说,"我按照他的指示,先去了卫生间,然后再从卫生间里出来,从后门出去。"

"之后的工作不需要我负责,但是我躲在卫生间的时候看到一个男生进来了,他原来穿的是自己的衣服,但是在我旁边的隔间里换了一身夜店服务生穿的工作服,"林珏说,"我当时没有在意,但是之后我想起来了,这个换衣服的男生我见过,我有一次看到他们一起喝酒……他是那个人的朋友。"

记者倒吸一口凉气,一时间都安静了下来。

这是非常充分的准备。

杨雨欣举手提问。

"林展涵先生可以讲一下之后发生的事情吗?"

林展涵点点头,他的语调仍然清冷干净,少有起伏,把服务生如何引他进入包厢,那些女孩如何扑进来的过程讲了一遍。

"谢谢,"杨雨欣礼貌地点点头,她的旁边有记者还想再问,被明沫阻止了。

"各位记者朋友,"明沫说,"我们已经提供了极大的配合。"

"今天为诸位提供信息的三个人,组合出来的信息已经足够拼出整个事情的原貌,证明林展涵的清白,至于诸位今日接到的匿名信件,除了自述之外没有发件人身份、没有可靠证据,我相信以新闻报道的严谨度不会采用这种东西,不然的话,造谣的成本也太低了。"

记者们互相看了片刻,气势都弱了下来。

一位记者轻声道:"可以提最后一个问题吗?"

明沫转头看向他。

"林珏同学是知道背后那个人的身份的,对吗?"记者说,"能否请你说出他的名字?"

林珏看了一眼明沫,明沫点了点头。

然而就在林珏开口的前一刻,林展涵打断了他:"不能。"

林珏有点吃惊地看向林展涵。

明沫同样有些震惊，她转头看向林展涵的眼睛。

片刻的对视后，明沫明白了。

她抬起头看着镜头，像林珏那样，仿佛镜头的对面就是高梓川。

"我们给你一次机会，"她轻声说，"最后一次。"

很久之后，林珏问林展涵："哥，你当时为什么不让我说出来？难道即便在那种情况下，你还在为高梓川那种人考虑吗？"

林展涵笑笑："我的确觉得他年纪还小，还应该有个改正的机会，但是这只是很小很小的一部分原因，我没有那么高尚，我主要还是为了我自己。"

"为了你自己？"林珏没听懂，"为了你自己的话你就应该报仇雪恨！"

林展涵摇了摇头。

"小珏你不是运动员，你不明白，"林展涵轻声道，"运动员需要……特别简单。"

林珏愣了愣。

"竞技的巅峰对决中，实力都是次要的，最重要的是心态，杂念越多的运动员，越不可能成功。"

"这就是为什么我不想当着公众的面说出高梓川的名字，我甚至根本不想记住他。事实也就是如此，我把他带给我的麻烦解决掉之后就忘记他了。"

"为……为什么？"

"因为我不能带着恨意上场，"林展涵说，"竞技体育是非常纯粹的东西，对决就是对决而已，但是如果它和现实生活的恩怨扯上了，遇到讨厌的对手就加倍努力想要复仇，遇到喜欢的对手就犹豫不决觉得赢了会愧对和他的情谊……"

"那样的话我就永远不可能赢了，也永远不可能成为一个伟大的运动员。"

游刃

第七十三章 公布女朋友

林展涵的心理素质是非常过硬的,他能够在风波中保持好自我,尽最大的努力做到不受影响。

而明沫也明白这对于运动员的重要性,因此后续的情况她并没有再过多地和林展涵交流,只是简单地提过几句。

夜店门事件平息得很快,在侯彤站出来后,有更多在职以及离职的工作人员站了出来,指责方炳天为一己私利进行新闻造假。而之前受过方炳天造谣的受害者也联合对他提出了多项起诉。

但是棒棒君工作室并没有关张,杨雨欣的老板以低价从方炳天处购买了股份,之后派了总部的一名副总编担任了棒棒君新的CEO,重整工作室的风气。侯彤等人仍然在那里工作。

那家夜店由于允许未成年进入而被吊销了营业执照。林珏被学校通报批评,不过由于他主动站出来承认错误,媒体对他的评价是偏于正面的。

唯一不明的是高梓川。

自始至终他都没有在本次事件中现身。明沫悄悄打听过,听说高梓川被哥哥陪着在博恒俱乐部里训练,为俱乐部联赛做准备。

明沫没有林展涵的心态,还是觉得轻易放过高梓川实在是令人不爽。但是她到底是明白大局的,她认可林展涵说的,如果他把心思放到仇恨和报复上,那么他就永远无法成为伟大的运动员。

这么一想明沫就舒服多了,就凭这一点,高梓川这种人在专业上就永远不可能比得过林展涵。

经此一事,明沫牢牢记住了林展涵"不能分心"的注意事项。

然而她很快就发现……林展涵自己没记住。

事情的缘起要说到新闻事件平息后,明沫和林展涵请杨雨欣吃饭,顺便拉了小任作陪。

小任从小到大,八卦天性从未改变,他在席上把腰扭得像皮皮虾,热切地问林展涵:"你们什么时候公开?"

林展涵犹豫了一瞬,因为郑雪峰那边施加了压力,非常不希望他谈恋爱。

　　毕竟专业运动员训练为主，即使有女朋友也只会聚少离多，见不着面的时候还往往因为过于思念而状态不好。从教练的角度来看，郑雪峰自然是能阻止就尽量阻止。

　　当然林展涵也只犹豫了一下，谈个恋爱还要偷偷摸摸未免太让明沫受委屈了，而且林展涵自信能够说服郑雪峰，毕竟他在花滑表演盛典上的蜕变就是证明。

　　然而他短短那一瞬间的犹豫被小任捕捉到了，小任天生爱助攻的本性立刻又冒出了头。

　　"哎呀，宣誓主权这种事不能推迟啊，"小任披着艺术家的壳子操着居委会大婶的心，"你不知道我们明沫，在大学里很多男生追的，一个不留神可就被撬走了。"

　　林展涵的脸唰地冷了。

　　明沫一脸无辜。

　　天晓得，她们英语专业一共就三个男生，两个刚上大学就有女朋友了，剩下一个由于资源过剩，加上自身意志力不坚定而迅速地成长为了渣男。最后被闻讯从老家赶来的老娘拿拖把暴揍了一顿之后，飞速地老实了。

　　请问哪有人来追她的啊？

　　林展涵当时没有丝毫表示，明沫以为他没往心里去。

　　结果当天晚上明沫刷微博的时候，发现林展涵发了两张照片——都是明沫的侧脸。

　　明沫吓疯了，当即手忙脚乱地拨了个电话给林展涵："你干吗？"

　　林展涵镇定自若："公开。"

　　明沫语无伦次："不是，你……你……你……你跟身边的人公开一下不就完了，干吗发微博啊？"

　　林展涵振振有词："因为我没法牵着你的手在所有追你的男生面前晃一圈，所以只能退而求其次，采取这种方式了。"

　　明沫无语。

　　不得不说，尽管十分惊吓，但是惊吓之中也有那么一丝惊喜和感动。

明沫点开第一张图,那是四年前的她,站在游乐园滑梯的高处,穿着校服,风拂过鬓发,青涩又明媚。

怀揣着这种感动的心情滑到第二张——明沫当即崩溃了。

事实证明林展涵绝对不是一个有审美的摄影师,第一张好看只是一个巧合,第二张就充分暴露了他的直男拍照技术。

那是记者发布会结束后照的,明沫当时站在俱乐部门口目送着一群记者远去。由于和李赫立了四十八小时的军令状,明沫那四十多个小时里根本没顾上洗头,又在外面奔波了一天,所以油腻的头发被胡乱扎成一团盘在脑后。

当时的她心里对高梓川一肚子气,于是不自觉地双手叉腰神情怨愤。阳光照在她的脸上,奇怪的打光让她看上去皮肤非常黝黑,而且由于在远望记者们的车,明沫的额头上还隐约出现了三道抬头纹。

明沫感觉自己看上去非常像一名菜市场卖鱼的精干中年阿姨,叉着腰站在池子旁边,用狠厉的眼神注视着每一个来挑鱼的客人。如果他们敢偷偷把鱼敲晕,然后按买死鱼的价格买走占便宜,自己就会立刻抄起捞鱼竿和他们拼命。

再翻底下的评论。

涵小兔乖乖:"啊,这是我们崽的妈妈吧!"

展涵哥哥的小迷妹:"前面那张是阿姨年轻时候吧?好漂亮啊。"

林展涵非官方应援站:"我们展涵一直是个孝顺的好孩子,和家里人关系很好,营销号请不要再杜撰了,抱走我们展涵不约。"

明沫无语了。

林展涵在那边也刷到了评论,他显然也有点尴尬:"我这就告诉他们这是我女朋友……"

"住手!"明沫大吼。

她往相册后面翻了翻,看到了林展涵之前发的自己的照片,都是花滑表演盛典的时候摄影师给他拍的表演照。

啧啧,冰上王子林展涵,刀锋美男林展涵。

再返回到刚刚的照片。

啧啧,卖鱼大婶明沫沫,菜场辣妈明沫沫。

明沫疲惫地跟林展涵说："你就先留你那儿吧。"

林展涵小声问："拍得不好看吗？"

他认真地又点开大图看了看："明明很漂亮啊。"

没办法，情人的眼睛自带十级美颜滤镜。

明沫敷衍地说："还可以，还可以。"

林展涵问："你男同学们看得见吧？"

明沫生无可恋地回答："看得见，看得见。"

这下她朋友圈那些修了半个小时的自拍再也瞒不住任何人了！

天杀的林展涵！

第七十四章 老年粉丝

明沫恶狠狠地开始上网浏览高校招生信息，打算等林展涵退役了就给他扔到摄影系里去回炉重造。

林展涵并不知道自己的经纪人连退役之后的职业路线都给他规划好了，他在和郑雪峰商量编舞的事。

"短节目的话用《枫》就可以，在商演那场的基础上做一些改动就足够了，"郑雪峰说，"但是自由滑的节目我不建议用《侠客行》。"

林展涵刚要说什么，郑雪峰摆摆手阻止了他。

"我知道《侠客行》是你最得意的节目，也是你的冰迷们最喜欢的节目，"郑雪峰叹口气，"但是你要考虑到，今时今日，你的体能和当初世锦赛时的差距。"

"高执行分和强表现力一直是你的优势，这让你最后的总分和一些拥有更高难度的跳跃但是做不到完整的选手几乎持平，"郑雪峰看了看林展涵，"但是你也知道，《侠客行》这首曲子的振奋度太高了，有非常强烈的高潮，如果只用细腻的滑行来把它填满的话，视觉效果会非常平淡和不搭。"

"当初小妹写这首歌的时候，就是把每个音乐的起伏点都放在了需要跳跃的部分，相应的你也必须用足够精彩的跳跃去配它的高潮，这样从编舞上来讲才是圆满的。"

"但是你现在……跳不了，"郑雪峰说，"你的跟腱决定了你没法承受很大压力的体能训练，这就意味着你暂时恢复不了当时的跳跃水平。"

"所以我建议用你之前在全国青年锦标赛的那套节目来做出一些改编，那套的芭蕾元素也非常适合你，毕竟你在男单中是少见的柔韧性极强的选手……"

"教练，"林展涵罕见地打断了郑雪峰，"我希望还是《侠客行》。"

郑雪峰皱眉看着他，然而林展涵淡淡地笑了笑："您还记得当年为什么我一定要找您做教练吗？"

郑雪峰沉默片刻，低声道："你说你想滑有中国风元素的曲目。"

"是，"林展涵笑笑，"《侠客行》是我们基于这个心愿一起打磨出来的，我不想放弃它。"

"体能有问题，那就练体能，"林展涵看向郑雪峰，"有没有能训练体能且最大程度不伤及跟腱的方式？"

郑雪峰沉默良久，然后低声道："有。"

林展涵挑眉。

"高原训练。"

"在肌肉力量上，跳跃需要的腰背部肌肉群可以用器械进行分开训练，当然腿部也是非常重要的，如果体能训练也按照正常的量来的话，你的跟腱就受不住了。"

"而在高原上，对于心肺功能的训练效率要远远高于在平原上，因此可以较好地锻炼体能。"

"那我们就去高原训练。"林展涵说。

"这样的话……就要看明沫那边了，"郑雪峰说，"自费去高原特训的话，一定得有赞助的钱才够。"

"对了！"说到这，郑雪峰猛地想起了什么，"小姝说你微博发了明沫的照片，你们俩在耍朋友？"

郑老爷子对于"谈恋爱"的描述方式还停留在20世纪，生命大半时光都是在国外度过的林展涵闻言立刻认真摇头："我们没有耍朋友。"

郑雪峰长舒一口气："那就好，我和你说，现在是紧要关头，年轻人切莫……"

林展涵："我们不是朋友，我们是情侣。"

郑雪峰愣住了。

郑老爷子觉得自己这高血压有加重的趋势。

"现在是什么时候？你谈恋爱？"好在郑雪峰飞快地调整回了状态，他当教练几十年了，什么样的选手没见过？处理选手的恋爱问题绝对不是第一次，棒打鸳鸯的事做得非常得心应手，对这种情况早背了一套烂熟于心的演讲稿，此刻花白的眉毛一震，轻车熟路地背起了稿。

"我能明白你们的心情，但是现在不是适宜发展爱情的时候，你想啊，在你训练的时候，你是想着她，还是不想着她？想着她吧，你的状态要受影响,不想着她吧,又显得你们不够爱。"

"所以说,你有你的事业,她有她的事业,我看到过无数运动员的女朋友放弃了事业来照顾他们,最后运动员的事业倒是成功了,他们的女朋友却成了除了给他洗衣服、做饭以外什么社会地位都没有的黄脸婆,你如果真的爱你的女朋友,你就不该让她承受这些。"

"等一下,教练,"林展涵举手打断郑雪峰,"你说得对,但是我女朋友是……体育经纪人。"

郑雪峰一句话也说不出来了。

他词背得太熟了,套词的结果就是他把明沫的职业给忘了。

"最后我的事业成功的话,那都是她工作努力的成果……尤其是以后我退役了的话,她大概还会带别的选手,而我只有这么一个经纪人了,"林展涵想到此处有点愁眉苦脸,"教练,你说我到时候会不会成为除了给她洗衣服、做饭以外什么地位都没有的黄脸公?"

"哦,你刚刚还提了训练的时候要不要想她的问题,"林展涵思维非常严谨,"这当然是要的,你看《枫》就是想着她滑的,滑得怎么样?"

林展涵继续说:"所以我觉得现阶段正是发展爱情的时候,得趁着我还是她负责的选手的时候好好发展,不能等到黄脸公时期,那样就晚了。"

林展涵说得好有道理。

郑雪峰竟无言以对。

解决了教练这边,林展涵还跟李赫那边打了个招呼。

李赫的反应显得非常平淡,他冲林展涵点了个头示意自己知道了。

然后林展涵刚离开,他就拨通了明沫的电话对其进行咆哮。

"你们在一起了,为什么不告诉我?"

明沫莫名其妙:"这年头谈恋爱需要向老板打报告吗?"

李赫伤心欲绝,他并不能告诉明沫自己正是因为当初全国青年锦标赛时在林展涵的钱包里看到了明沫的照片,有感于他们纯净的感情故事,才让明沫去给林展涵当了经纪人。

好歹我也是你们的老年粉丝。李赫愤愤不平地想道。

被伤透了心的李赫恢复了老板的本质,绝情地对明沫说:"那你赶紧把赞助谈了吧，从今天开始，完不成绩效的非单身员工要多扣一份家属补贴金。"

明沫不明所以。

我们公司什么时候发过这个补贴?

第七十五章　恋爱指导员

不过明沫并不绝望，因为她确实把赞助谈下来了。

赞助来自一家知名国际运动潮牌，叫作杜拜。

这的确是一个很有排面的赞助商，给的赞助资金也相当慷慨。不过这家开始并不在明沫的第一选择里，因为她感觉林展涵的形象和这家店的衣服风格其实不是特别搭。

这家运动潮牌的整体风格其实比较街头，一些涂鸦运动裤和破洞卫衣的设计概念都是"Bad Boy（坏小子）"模式的。

而从小仙到大的林展涵和坏小子这种形象显然是没什么关系的，同时这种风格也不适合他花滑运动员的身份。

但是和杜拜的中国区经理，一个金发碧眼的美女玛丽安聊过后，明沫改变了自己之前的决定。

玛丽安告诉明沫，杜拜新出了一套"深海"系列的运动风潮服，和之前的风格不同，深海的设计灵感来自于"安静的巨鲸"，这一系列将保留杜拜一贯风格中"强势"的那一部分，而洗刷掉"痞帅"的那一部分，强调更为内敛的力量感。

"林的身上有一种很罕见的美感，能够同时满足东西方人的审美，"玛丽安对明沫说，"而且他和'深海'这一系列的理念融合得非常完美，他的沉默感，力量感，包括孤独感，都和安静的巨鲸有太多相同之处。"

明沫拿着玛丽安给她的照片回去给林展涵看了看。

和当初和袁冬相处时表面上云淡风轻，事实上恨不得拳起浑身的刺不同，林展涵现在由里到外都非常服帖，他粗略地看了一下服装风格，就对明沫表示了同意。

于是明沫飞快地和玛丽安签下了代言合约。

等林展涵拍完广告，他们就可以直接去进行高原特训了。

而林展涵拍广告的日子很快就来临了。

玛丽安本来对广告的拍摄非常担心，因为运动员大多在赛场上生龙活虎，一进了片场就开始手足无措，面对着镜头走过去的时候不同手同

-275-

脚就不错了，更别提展现美感。

然而林展涵很快就让她打消了顾虑。

他不是别的运动员。

花滑运动员天生擅长于表现力，而林展涵在所有花滑运动员中也是表现力最顶尖的一批。

其实他也不知道怎么摆动作，但是他只是穿好衣服，往镜头前默默一站，肢体眼神什么的就全都立刻到位。

没有人教，也不需要人教，浑然天成。

明沫站在一边看着他，由于深海的概念，片场里光打得很暗，林展涵站在一束光源中，他侧对镜头，微微回头，以正脸面对镜头。

这一套是纯黑的，深蓝色的光影在他身上流转，黑色的头发，黑色的睫毛，黑色的瞳孔，黑色的胸膛，黑色的长腿。

"不用看镜头，眼睛往那边侧一点。"摄影师说。

于是林展涵转过目光，当他的眼睛看向明沫时，摄影师说："对，看这个位置就行！"

林展涵看着明沫。

明沫听到自己胸膛里擂鼓般的心跳声。

蓝色的水波般的打光在房内游走。

巨鲸在深海遇到了只属于自己的少女。

玛丽安拿到样片后非常满意。

"比我预期的还要好很多，"玛丽安高兴地对明沫说，"他身上那种冷硬感非常符合我们品牌的强势男性概念，孤独感和沉默感也仿佛都是天生的一般。"

"尤其让我没有想到的是最后几张，"玛丽安喋喋不休，"哦，亲爱的，他真是太完美了，你看他最后的眼神，在我刚刚所描述的概念中又添加了'温柔'这一项元素，这是我万万没有想到的，然而又非常合适，冷酷的男孩有一点温柔，就像孤独的鲸鱼也会在深海中唱歌。"

"哦，亲爱的，你脸怎么这么红？"玛丽安惊讶地看着明沫，"是我空调的温度调得不够低吗？"

明沫坐在吹出飕飕冷风的空调下面一边瑟瑟发抖，一边面红耳赤，尬笑着应付玛丽安，同时在心里想："你夸的可是我男朋友！请适可而止！"

然而这并不妨碍明沫心花怒放，当天下班的时候坐在林展涵的车上，明沫向林展涵建议道："要不你退役以后去做平面模特吧。"

林展涵说："不。"

明沫诧异："为什么？"

"太多人看了，"林展涵把明沫后背的安全带拉到她面前，帮她扣上，一边头也不抬地说，"到时候我可以在家拍给你看。"

于是平时总在车上补觉的明沫这次一路上都没有睡着，林展涵莫名其妙地看着满脸放光芒的她，不知道她脑海里都装了些啥。

去高原特训的日子很快定了下来，出发的前一天郑雪峰给林展涵放了一整天假，让他休整好再出发。

于是明沫和林展涵决定用这一天来进行他们第一次正式约会。

明沫感觉这个说法听上去怪怪的。

不过虽然之前也是天天见面，但是明沫和林展涵一个赛一个地忙于事业，交流起来也百分之八十都是工作问题，剩下的百分之二十里还有一部分是陆铭铭的训练情况……明沫简直感觉这跟没在一起没什么区别。

再不进行一点逛街、看电影这样的娱乐活动，明沫预感自己和林展涵的爱情很快就要向战友情的方向急速奔驰了。

结果出门的前一天，明沫紧张了。

她连夜给任志宁打电话。

"小任，"明沫紧张兮兮地说，"约会有什么要注意的吗？"

妇女之友任志宁本来已经敷了睡眠面膜打算睡美容觉了，接到电话后不愿意扯动嘴角破坏面膜形状，于是只好瓮声瓮气地说："没有，该怎么去怎么去。"

"不是，这个'该怎么去'是怎么去啊？"明沫崩溃，"你说我要化妆吗？是不是化妆化得好看一点能让男朋友有面子啊？但是他会不会觉得化妆是不太真诚的行为？觉得我不以最本来的面目见他？"

任志宁怒了。

他一把揭掉脸上的面膜，气急败坏："哪儿那么多问题啊？你难道是第一次约会吗？"

明沫："是啊。"

任志宁无语。

他还没来得及说点什么，面前的电脑就响起了一声提示音。

是林展涵给他发了 QQ。

林展涵：小任你还在线吗？我看你头像亮着。

林展涵：那什么……我有件事想拜托你。

任志宁对明沫只有闺蜜情，对林展涵则在同学友谊之外还有凡人对上仙的仰慕……于是他立刻把手机抛在了一边，打字：我没睡，你说。

林展涵：是这样，我明天和明沫去约会。

林展涵：我不太知道怎么办，而且我也不太懂女生，所以想来问问你，女生一般会比较喜欢去哪儿玩。

小任崩溃了。

他捡起被自己丢到床上的手机，明沫那边还没挂，嚷嚷着："小任？小任？任志宁？你快给点建议！"

任志宁觉得一万只乌鸦从自己头上飞过。

林展涵，四年时间用于好好训练。

明沫，四年时间用于好好学习。

最后变成了事业上都颇有可为的优秀年轻人……以及恋爱上的一对大龄儿童。

两个二十二岁的人，愣是营造出了一种初中生早恋的氛围。

任志宁粗暴地把电话一挂，电脑一关，新开了一袋面膜往脸上一罩——睡觉去了。

不然的话他这样两边指导下去的话，最后是林展涵和明沫去约会，还是两个任志宁在自己和自己约会？

让他们做自己去吧！

第七十六章　约会进行时

做自己的明沫很痛苦。

和林展涵约了十点半见面,她凌晨五点就醒了,开始翻箱倒柜地找衣服。

约会到底应该穿什么?

明沫把自己所有裙子都试了一遍,哪条都觉得不太对劲。

灯笼袖的黄色上衣?不行,这个袖子显得肩好宽。

白底樱桃文艺风长裙?不行,我本来就不高,这显得我腿好短。

波希米亚刺绣裙?不行,显得我好黑。

最后明沫心一横,把自己给毕业舞会准备的小黑裙翻了出来。

这条不是买的成衣,而是明沫跟着明妈,一起去明妈的一个设计师朋友开的店里定制的,所有的设计和剪裁都是按照明沫的身材量身打造,极度贴合她的身材曲线。

一字肩,胸口处有会在阳光下闪出不同色彩的一串水钻,收腰,裙摆是三层的,最外层的一层纱轻盈地蓬起。

选了这条裙子就意味着别的环节也不能走简约风了,于是明沫精挑细选地给自己戴了项链和耳钉,又用卷发棒对头发进行了长达四十五分钟的折腾。最后又花更长的时间化了一个武装到睫毛尖的妆。

她对着镜子鼓励自己:"仙女下凡,仙女下凡。"

今天就应该拍一下照片,让林展涵重新发微博!

由于这全套精致风的穿搭,明沫出门的时候毅然决然地从鞋柜里拎出了她鞋跟中最高的细跟高跟鞋。

当明沫袅袅婷婷地下楼的时候,林展涵已经等在下面了。

当看到林展涵的那一瞬,明沫……后悔了。

林展涵当然是帅气的,问题是……他们俩这个画风完全不搭啊!

林展涵穿着白T恤和修身牛仔裤,一双深蓝和白色搭配的棋盘格帆布鞋,除此之外没有任何别的装饰。

清清爽爽,一尘不染。

明沫有种拐卖高中生的感觉。

然而此刻她如果转身回去换衣服的话未免破坏了本可以完美无缺的约会，于是明沫强打精神走了过去。

好在林展涵看到她的第一瞬间眼睛就亮了。

明沫走到他身边的时候，林展涵凑在她耳边轻声说："你真美。"

明沫心花怒放。

这一定是个完美的约会。她这么告诉自己。

就在这个想法刚刚滑过脑海，就在林展涵还要在她耳边继续说点什么的时候，身边骤然响起了音乐。

然后不知道从哪儿冒出来的大妈们快速地奔到音响旁集合，一位红衣大妈在音响旁热切地喊："姐妹们，最后一次彩排，我们晚上一定要舞赢二头沟小区的那些歪瓜裂枣们！"

大妈们欢快地应了一声，然后旁若无人地在明沫和林展涵的身边舞了起来。她们不时变换队形，一名大妈走位时从明沫和林展涵中间穿过，挥动的红丝巾差点挥到明沫脸上。

明沫无语了。

这不是她幻想的偶像剧氛围。

镇定，一定要镇定，就当什么也没有看见。

于是明沫目不斜视地拉着林展涵从舞动的大妈中穿过，他们一起走出明沫家的小区。

明沫家虽然房子不怎么样，地段倒是很好，是处于市中心的老房子，从小区门口出发只要步行十五分钟就是热闹繁华的商业区。于是明沫前一天就跟林展涵说了不必开车来，两个人散散步过去，正好能赶上吃午饭的时候。

明沫再一次为自己的愚蠢感到后悔。

此刻是盛夏，四周是蒸笼一般的温度，明沫很快就开始出汗。

出汗倒没什么，林展涵的额头上也有一点，但是看上去完全没有影响颜值，反而显得很青春。

明沫就不一样了，天知道她为了让自己的皮肤看上去和偶像剧女主角一样白皙无瑕，而扑了多么厚的一层粉底。

明沫感觉这样下去，五分钟后她的脸就会如同十年没上过漆的石灰墙一样斑驳。

尤其是这双高跟鞋，好看是挺好看的，然而没走几步路，明沫就觉得自己是痛到万箭穿心的小美人鱼。

"坚持，"明沫对自己说，"坚持。"

然而林展涵伸出手拦住了她。

"我觉得有点热，打个车吧。"

明沫听到林展涵先提出来了，差点喜极而泣。

到了商场，要吃饭的地方是五层一个带外景阳台的西餐厅，明沫正打算往电动扶梯上走，林展涵就再次揽住了她。

"你看这个。"他指指一楼一张时尚海报。

上面是一个气质冷硬的女模特，穿着一条华丽的纱裙，然而却留着假小子般的短发，足下踩着一双看上去有点笨重的篮球鞋。

"是不是很好看？"

明沫不知道林展涵为什么突然问这个，摸不着头脑地说："这个就是最近时尚圈流行的混搭风吧，一般都是明星模特这么穿，普通人这样穿还是蛮奇怪的。"

林展涵说："我觉得好看。"

这种当着女朋友狂夸女模特好看是什么直男操作？求生欲也太低了吧？

明沫没好气地说："那是因为人家脸好看呗，脸好看穿什么都好看。"

林展涵回过头来看着明沫。

"你也穿什么都好看。"

明沫愣了愣，她终于知道林展涵为什么对着这张海报长篇大论了。

"你今天也可以穿出这个效果的，"林展涵拉了一把明沫，"走吧，试一下。"

十分钟后，明沫看着镜子里穿小黑裙和运动鞋的自己。

说实话，有点怪怪的。

然而林展涵在旁边开启了疯狂赞美模式。

"美丽极了。"他说。

明沫知道他是用心良苦,绕着圈子想让自己舒服点,又不想说得太直让明沫没面子。

幸亏门口有那么张海报,不然不知道他还能编出什么借口来。

"那就……买了!"明沫转身对店员说,"我穿着走吧,给我个盒子把我原来的鞋装上就行。"

再回过头来的时候林展涵已经不见了。

明沫环顾了一圈,发现林展涵在柜台那边刷卡。

林展涵结了账后,明沫小步地走到他旁边,由于从高跟鞋换成了运动鞋,她比刚才矮了八厘米,仰着头才能正好看到林展涵。

"谢谢。"她说。

林展涵低头看向她,笑了笑。

"你真的穿什么都很好看。"他说

他们一起走向西餐厅。

本来约会气氛终于变得舒适又快乐起来,明沫蹦蹦跳跳地跟在林展涵身边,结果一进门就看到了她最不想看到的人之一——袁冬。

第七十七章　奇怪的小女孩

林展涵看了一眼明沫的脸色，问："要换地方吗？"

明沫犹豫片刻，一挥手："不换！"

她想吃这家餐厅的香草凤尾虾已经想了很久了，没有为袁冬改变计划的道理。

再说了，袁冬算什么？他不待见林展涵，还出手打压他，但是最后自己不还是把一切都处理得很好吗？

明沫和林展涵在远处的空位上坐下，他们的位置离袁冬很远。因此没有听到那边的对话。

在袁冬对面坐着的是个五六岁大的小女孩，此刻正在用刀切自己盘子里的牛排。她力气小，不但没有把肉切开，还把黑胡椒酱弄了一桌子。

旁边的服务生往这边看了一眼，露出了不快的神情。

袁冬似乎有一点点尴尬，低声道："小铃切得动吗？要不爸爸帮你？"

小铃面无表情地看了他一眼，随即垂下眼帘："不要你管。"

她拿起勺子，挖了一大勺百香果慕斯放到嘴里。

"怎么样，好吃不好吃？"袁冬带着一种讨好的笑容问。

小铃突然"呸呸呸"地把它吐了出来。

"是酸的！"她尖叫道。

旁边的服务生有点忍无可忍了："先生，请您看管一下您孩子的言行，这不是只有您一桌客人，孩子这样很影响其余客人的就餐体验。"

袁冬不耐烦道："我赔钱给你们不就完了！"

"这不是钱的问题……"服务生努力维持着最后的耐心。

他们这边的动静已经闹得有点大了，旁边的客人纷纷侧目，连远处的明沫和林展涵都注意到了这边似乎氛围不对。

而就在这个节骨眼上，小铃突然把叉子往前面的盘子上一扔，金属叉子和瓷盘相撞发出了巨大的声响，与此同时，小铃尖叫了起来。

叫声非常地尖锐刺耳，离得近的客人纷纷捂住了耳朵。

林展涵从位子上回过头去。

明沫默默扶额,感觉第一次约会的氛围是被毁得差不多了。

小铃仍然在持续性地尖叫,服务生彻底生气了:"先生,请您带着您的孩子离开餐厅。"

"离开什么?"袁冬吼了回去,"老子花钱买的吃的,没吃完呢!"

这种没素质的行径让周围人纷纷指责了起来。

明沫被这一出搞得饭也没法好好吃,心里气得不行,冲动之下直接走了过去,对袁冬说:"那我花钱让你走行吗?"

小铃高分贝的尖叫声让所有人都失去了理智,袁冬冲明沫吼道:"关你什么事!还你花钱?你有钱吗?"

袁冬指着小铃:"你叫什么叫!回去跟你妈说说,告诉她,你爸带你来了什么地方吃饭!"

小铃突然停止了尖叫。

明沫感觉到有点不对劲。

在她反应过来之前,小铃瞪了袁冬一眼,然后转身就跑。

明沫花一秒时间意识到了她跑去的方向,当即意识到不好。

"回来!外边是天台!"

袁冬也慌了,抬腿就要去追。然而此时一个端着汤的服务生正好从厨房里走出来,手中的托盘直接被袁冬撞翻了,热汤泼到了邻座一个女人的裙子上。那女人立刻尖叫着跳了起来,带翻了桌子,一时间酒杯倾倒,杯盘碎裂在地上。

一片混乱。

而铃铃眼看已经跑进了天台的范围。

"别跑了!那里不是出口!会掉下去的!"一个服务生惊恐地大喊。

小铃似乎也听到了声音,她回过头来,然而脚下一滑,摔了出去。

袁冬发出一声绝望的吼叫。

小铃的身体失去控制,直接向前扑了出去。天台的边缘本来是有栏杆的,但是小铃的身体太过瘦小,栏杆的缝隙又太过巨大,因此小铃直接从缝隙中扑了出去!

这里是五层!

小铃手忙脚乱地攀住一条垂在栏杆上的花藤,然而柔韧的花藤在这一拽之下飞快地断了。

小铃绝望地向下跌落。

千钧一发之际,一只手拉住了她。

小铃抬起眼睛,她看到了一个眉眼非常好看的大哥哥,从上方伸出手来,死死地攥住了自己的手。

林展涵大声道:"抓紧!"

然而小铃连抓紧也做不到了,她被悬在半空中,也不知道是因为惊吓过度还是别的原因,只见她冲林展涵张了张嘴,却一个字都没有吐出来,头一歪晕了过去。

本来她还下意识地用膝盖抵住外墙,摩擦力帮林展涵分担了一点重量。晕过去后双腿荡在空中,林展涵觉得自己手上骤然一沉,突然加大的拉力让他前半身直接倾出了阳台。

好在此时离得近的几位客人也赶到了,他们伸手一起拽住小铃,把她拖了上来。

小铃仰面躺在地上,被随即赶来的袁冬一把抱起来:"小铃!小铃!"

而明沫则第一时间扑向了林展涵。

林展涵靠在栏杆旁,他的脸色有点苍白,额头上冒出了细密的汗珠。

明沫扶住他:"你有没有受伤?"

"没有。"林展涵轻声而沙哑地回答道,然而他很快闷哼了一声,手捂在了腹部。

明沫的脸色一下变得苍白如纸:"拉伤了吗?"

林展涵咬了咬嘴唇,没说话。

明沫的心一下子凉了。

"我包里有药……先喷一下。"明沫语无伦次地说,然而她心里的火焰已经烧了起来。

此时小铃慢悠悠地醒了,她原本下意识地想哭,然而明沫回过头去,冷冷地看了她一眼。

这个眼神太可怕了,小铃被生生吓得把哭声憋了回去。

袁冬发现小铃没有怎么受伤,于是站了起来走到林展涵的身边:"谢……谢谢。"

他被回座位取完药的明沫一把推开。

"带着你女儿滚。"明沫的语气冷得像冰。

袁冬被这语气刺了一下，下意识地又想生气，然而接下来的事情让他气不出来了。

明沫撩开林展涵的衣服，把跌打损伤的药喷上。

袁冬的脸色难看起来。

"是……伤到腹侧了吗？"

刚刚林展涵探身出去拉小铃的时候，瞬间的拉力太大了，导致他的肌肉直接被拉伤了。

"是哪里？"明沫蹲在地上，抬头看林展涵，"是我喷药的位置……还是更靠下？"

第七十八章　童年留下的痕迹

林展涵犹豫了一下，最终还是实话实说："我现在判断不出来。"

再往下的位置就属于私密区域了，明沫不可能当着众人的面让林展涵脱裤子，她冷着脸在旁边打了个电话给队医，然后轻声安慰林展涵："队医的车马上到。"

袁冬在旁边手足无措地站了一会儿，小声问："是腹股沟拉伤吗？"

明沫回答道："闭嘴。"

林展涵看了一眼在旁边瑟瑟发抖的小铃："你先送你女儿走吧。"

袁冬低声道："那出了结果……你联系我，有任何问题我负责赔偿。"

这回换作明沫冷笑："你赔得起吗？"

袁冬讪讪地闭了嘴，他在原地踟蹰了半晌，最后还是默默拉着小铃走了。

明沫的心越来越凉。

能让袁冬一反常态突然这么低声下气的原因只有一个——事情真的很严重。

腹股沟是腹部和大腿连接处的肌肉群，这个位置的肌肉直接影响了林展涵的……贝尔曼旋转。

明沫还记得当初自己在冰场里旁观林展涵在郑雪峰面前的表演，那次让郑雪峰最为震撼的就是林展涵的贝尔曼旋转，这个因需要极佳柔韧性而在男选手中极为罕见的旋转。

林展涵当时转得非常漂亮，整个人就如冰雪中心的一滴水。而他之后也多次在国际赛场中用过这个惊艳的旋转。

然而这个旋转的生命力是很短的。

在男单花滑历史上，也有一些别的选手曾经拥有过贝尔曼旋转，然而随着年龄的增长渐渐不用了，一个主要原因是这个动作很伤腹部和腰。腹股沟的肌肉一旦有伤病的话，就很难再做出美观的贝尔曼旋转。

袁冬根本赔不起，多少钱都买不来一个运动员在赛场上的表现与发挥。

其余人都在餐厅里收拾之前的狼藉，只有明沫和林展涵站在天台上。

由于有屋内吹来的冷气，天台上倒并不怎么热，白云恰好飘过他们的头顶，太阳似乎也没有那么毒了，有高处的风吹过来，把明沫的发梢吹到了林展涵的脸前。

林展涵笑了笑："好香。"

这个时候他居然还能有这种奇怪的关注点，明沫心里简直说不出是甜还是酸涩。

"洗发水的味道吧。"她勉强道。

"不是，"林展涵摇头，"除非你四年来一直用的是同一种洗发水。"

明沫脸一红。

四周很安静，天台上的植物在他们身边随风而动，发出沙沙的响声。此刻倒是终于有点明沫希冀的约会氛围了，可惜明沫已经没心情享受了。

她烦躁地抓了抓自己的头发，低声祈祷："一定不要是严重的伤。"

林展涵笑了笑，伸出手来把明沫抓乱的头发抚平："不会的。"

他越平和明沫越生气："都怪你多管闲事，那种熊孩子谁爱救谁救去。"

林展涵仍然在笑，他平时对每个笑容都吝啬得很，但此时此刻大概只有笑容才能让明沫好受一点。

他靠在栏杆上，淡淡道："我五岁的时候可能比她还熊。"

明沫满肚子的抱怨骤然卡壳了。

五岁的时候？好像是……

"我五岁那年我爸妈离的婚，"林展涵耸耸肩，"你知道吗？袁冬和他妻子也离婚了，他女儿跟的他妻子，我也是前两天刚听一个俱乐部里的教练说的。"

明沫说："该，没哪个女的愿意和他过日子吧！"

林展涵笑笑："那个教练跟我说，袁冬的妻子之前是嫌他太穷，于是袁冬就拼命赚钱，每天晚上都去各种各样的酒局，每天都是带着酒气大半夜才回家。后来他确实有钱了，但是他妻子出轨了。"

明沫沉默了。

"瞒了袁冬很长时间,最后怎么被袁冬知道的我也不清楚。袁冬去问他妻子,他妻子很快就认了,然后跟袁冬离了婚,分了一半的财产走。"

林展涵说:"那个教练还说,当时去离婚的时候袁冬不干,问妻子是不是嫌自己赚得还是不够多,如果赚得多了能不能带女儿回来……他妻子好像最终也没回答他。"

"他女儿选择了跟母亲?"

林展涵沉默了一下:"他女儿不是他的孩子。"

明沫愣住了。

"还记得我说瞒了很长时间吧……对,就是那么长,有四五年,"林展涵说,"而且因为他妻子也不知道怎么把真实情况讲给女儿听,所以女儿之前也是不知情的,她一直以为自己的爸爸就是袁冬,直到她父母离婚了才知道自己一直以为的爸爸原来不是真的,自己是妈妈和别的男人生的孩子。"

明沫沉默。

她不知道该说什么好。

以刚才的情景来看,袁冬对这个"女儿"似乎还是很有感情的。

当成亲生孩子养了四五年,最后才知道是妻子和情夫的女儿。

得知真相的那一刻是爱更多还是恨更多?是纠结了多久,最后变成了爱更多?

"其实最难受的未必是袁冬,"林展涵说,"大人毕竟是大人,可以有种种方式来说服自己,给自己讲道理,从理性的角度帮自己判断,但是这些能力……孩子都没有。"

"他们会比大人更难判断自己该爱还是不该爱,"林展涵看着远处,"袁冬的女儿可能会觉得这些是袁冬的错。"

都是因为你每天喝酒不回家,回家的时候都是醉醺醺的,所以妈妈才会去找别的叔叔,我才会变成别的叔叔的女儿。

如果不是你做错了这么多事,如果你能够对妈妈好一些……那我大概就会是你的女儿了吧?

明沫试图从小孩子的角度去揣测小铃的想法,却发现自己永远难以真正设身处地地思考一个孩子在面临巨变时的心理。

-289-

她心里突然一动。

林展涵说:"他们会比大人更难判断自己该爱还是不该爱。"

他在说谁?袁冬的女儿,还是……五岁的他自己?

林展涵当初在美国并没有什么会让"日子过不下去"的困难,相反在美国他至少能保证自己练习花滑的事情没有长辈干涉。但他远渡重洋,回到了父亲身旁。

然而他和林征宇相处得又是那样的糟糕,在十七岁的日子里,林征宇就是林展涵生活中最大的恶魔。一直到四年后的今天,父子二人之间仍然势同水火。

明沫深深叹了一口气,她小心翼翼地避开林展涵的腹部,伸出手,抱住了他。

"幸好你已经长大了。"她在心里默默地说。

第七十九章　高原特训

　　林展涵刚在队医那里待了半个小时，郑雪峰的电话就来了，明沫战战兢兢地接起来，就听到老爷子在那边咆哮："怎么回事？我就让你们休息一天，你们还给我休息出事来了！"

　　林展涵把电话接过来："教练，是我的问题。"

　　郑雪峰对于林展涵这种关键时候还护着女朋友的行为恨铁不成钢，恨恨道："让队医跟我说！"

　　队医接过电话，开始安慰郑老爷子。

　　万幸的是，林展涵拉伤的并不是腹股沟的肌肉，而是更靠上的位置，而且由于最后一刻他调整了发力方式，伤势并不算重。

　　"按时涂药的话没几天就好了，不会影响以后的训练和比赛。"队医说。

　　郑雪峰哼了一声，又把炮口转向林展涵。

　　"这次是不幸中的万幸！再有第二次，你们俩就别出去了，要约会全都坐在我眼皮底下约！"

　　林展涵与明沫一起想象了一下两个人面对面坐着而郑老爷子在旁边虎视眈眈的情景，不约而同地打了个哆嗦。

　　由于这起意外，高原训练的日子被推后了几天，供林展涵把伤养好，这几天里明沫是不敢折腾了，她决定之后的几天里，两个人的日常娱乐活动就是一起在林展涵的住处看电视。

　　为了确保林展涵的身心都不面临一丝一毫的刺激和伤害，明沫翻了半天台决定看什么——新闻节目不行，太严肃了，耗费脑力；体育节目不行，容易激动，不利于心情上的平静；电视剧和电影也不行，这些影视情节里老有些爱恨情仇生生死死之类的东西，林展涵看了触景生情怎么办？

　　林展涵无语地看着明沫最终把频道调到了少儿台。

　　"就它了！"明沫高兴地对林展涵说，显然对自己的选择很满意。

　　林展涵默默坐了过去，然而还没等他坐稳，明沫就又是一声大叫：

"停！"

林展涵吓了一跳。

"这里是风口，空调对着你吹，"明沫严肃地评估，"不行，空调风不利于健康，我们把空调关了吧。"

林展涵说："可是今天的气温是38度。"

他说得有道理，明沫只好妥协。

看电视的时候忍不住想吃点什么，明沫想下楼买个桶装冰激凌上来，她问林展涵："你吃什么味的？"

林展涵摇头："我不能吃，热量太高了。"

明沫想起来了。

四年前每次明沫跟他去冰场的时候，林展涵都会请她吃个双球冰激凌，但是他自己从来不吃。

"你不喜欢冰激凌吗？"明沫当时问他。

"喜欢，但是要严格控制体重，冰激凌里脂肪含量太高了。"

思及往事，明沫的神情柔软下来，她思索了片刻，一声不吭地下楼了。

在超市里，明沫绕过冰柜，去了水果柜台。

林展涵看到明沫回来的时候拎了一把香蕉。

他挑挑眉："这是干什么？"

"明氏低卡雪糕。"明沫笑了笑。

她把香蕉全都剥开，插上刚刚买好的冰棍棒，放到玻璃盘上，然后浇了一层酸奶上去，她特意选了浓稠但是低糖的酸奶。

接着明沫在酸奶上铺了一层水果麦片，用保鲜膜把玻璃盘封好，放进了冷冻室里。

四个小时后，明沫把它们取了出来。

"喏，尝一尝。"

冻硬后的香蕉有一种冰甜而绵密的质感，和冰激凌非常类似。而外层的酸奶把带有坚果碎的水果麦片黏在香蕉上，吃起来口感非常丰富。

"你可以去开个冷饮店了。"林展涵边吃边说。

"我才不开，"明沫往后一靠，她想起了之前建议林展涵去当模特时他说的"只在家里拍照"，心满意足地笑起来，"我只在家里做。"

总有些好东西是不想和世人分享的，心爱的人喜欢它们就已经是它们最大的荣幸。

两天后，林展涵做伸展运动时已经感觉不到疼痛，队医判断拉伤已经基本康复。

就这样，一行人踏上了去高原特训的旅途。

郑雪峰不是第一次带运动员来了，因此他很快就联系好了条件最好又经济实惠的场地，酒店离训练场的位置也不远，步行十几分钟就到。

明沫本来犹豫过和林展涵住不住一个房间……结果就撞上了郑老爷子严厉的目光。

"训练期间，男女不得混宿！"

明沫一看登记表，原来郑雪峰已经把房间订好了，他给林展涵和他自己定了一个双人间，给明沫定了一个单人间，确保林展涵处于自己的密切监视下。

郑老爷子一片苦心天地可鉴……但是老天爷没能满足他。

老天爷让明沫第一天就出现了高原反应。

林展涵、郑雪峰他们这些又跑又练的没事，明沫这个跟在他们后面的反而严重不适，又是头疼又是喘不上气。在厕所里干呕了一通之后，趴在床上像一条脱水的鱼。

好在晨星俱乐部这次也派了队医跟过来，队医给明沫诊断了一下之后，回去取了几片药给她："没事，你这个症状不算严重，吃了药明天就好了。"

明沫吃了药之后果然觉得好多了，但是林展涵没有放过这个机会。他在郑雪峰千刀万剐的目光中，来明沫的房间做陪床护工了。

整整一晚上，林展涵端茶倒水，嘘寒问暖，无微不至。

明沫深表感动……才怪了。

"你该干吗干吗去！"她往外推林展涵，"一共就这么几天，每一天都燃烧着熊熊的经费！我们花钱不是让你来学习护理知识的！"

林展涵满脸不爽，然而郑雪峰此时和明沫是一条心的，他也跑到这边的房间里拽林展涵："该睡了！明天早起去做心肺功能训练！"

林展涵低声道："在这边不能睡吗？"

-293-

"这边？"郑雪峰的眼睛瞪得比铜铃还大,"这边只有一张床,你想怎么睡？"

其实林展涵本身没觉得睡一张床有任何不妥……但是郑雪峰这么吼出来之后气氛就显得很尴尬了。

明财迷还在旁边煽风点火："就是就是,那边交了一张床的钱结果还空着,那钱不白交了！"

第八十章 年轻活泼的情敌？

林展涵心里燃烧起了第一次见明沫时的熊熊怒火。

然而他孤立无援,最后只好非常不爽地和郑雪峰回去了。

林展涵并不知道,让他更加不爽的事情还在后头。

高原上自然是没有冰场的,这些天的主要训练都是在陆地上进行,同时还有一些舞蹈训练作为辅助,确保林展涵的柔韧性不会退步,行程安排得很是紧凑。因此林展涵一大早起来就跟郑雪峰去了训练场。

作为病号的明沫被郑雪峰批准了一天的假,可以优哉游哉地待在酒店浪费时光。

其实如队医所言,第二天明沫就感觉好多了,和平原上基本没什么区别。她看了看表,发现离自助早餐结束还有一段时间,于是下楼吃饭。

郑雪峰订的这个酒店一看就是给常来训练基地训练的运动员准备的,早餐非常扎实,一个包子有明沫的半张脸那么大。

当明沫举着那个特大号的肉包子刚咬了一口的时候,一个明快的声音响了起来:"您好,请问这儿有人吗?"

明沫挪开挡眼的包子,看到了一张阳光灿烂的面孔,属于一个帅气的大男孩。

明沫环视了一下,周围的位子确实都是满的,估计都是不需要早起的工作人员。

"没有。"明沫冲男孩点点头。

和林展涵冰雕般的行事风格不同,这个男孩宛如拥有多动症和话痨病,坐下就自来熟地搭讪了起来:"姐姐你是什么项目的?"

"我吗?"明沫摆摆手,"我不是运动员。"

"那你是来旅游?"

"我的选手在训练,我是体育经纪人。"

"哇,"男孩的眼睛亮了起来,"可以跟我说说吗?我一直想看看如果当不了专业选手的话,当职业选手会是什么出路。"

明沫和他聊了几句,得知男孩的名字叫叶时宇,还在上高中,今年高二。

叶时宇的项目是短道速滑，和林展涵当年的情况类似，他现在也在走体育道路和参加高考之间纠结。

明沫发现叶时宇和林展涵有相同的优势——就是形象气质非常佳，这种选手在商业策划上是占绝对优势的，因此如果他有意向的话，李赫说不定真的会对他很有兴趣。

于是明沫简单地和叶时宇介绍了一下职业选手的特点和行程，不过叶时宇之后还有训练，于是他们约定中午的时候再谈。

叶时宇上午的训练内容不多，于是午饭刚开饭的时候他就回来了，明沫则干脆一直没挪窝，一直坐在餐厅角落的位子上玩手机。

"姐姐！"叶时宇的目光在空荡荡的餐厅里一下子捕捉到了明沫。

明沫冲他招招手。

"不行，你等我先取一下餐，我的天啊我快饿死了。"

运动员运动量大，消耗也就大，彼时午饭刚开，还没有什么人进餐厅，因此自助的每个盘口里都是满满当当的菜。明沫眼睁睁地看着叶时宇拿了三个餐盘的酱牛肉，又端了包含一整只甲鱼的甲鱼汤过来。

"来了，来了，姐姐你说，"叶时宇把其中比较小的那盘酱牛肉摆到明沫面前，剩下的全放到了自己这边，"算了姐姐，你要不先别急着说了，尝尝这里的酱牛肉，超级好吃。"

明沫看向面前这个即便"小一点"但事实上也堆积如山的牛肉，尴尬地笑了笑。

更尴尬地在后面。

一个冷冰冰的声音在她背后响起："你往里坐一坐。"

明沫一回头，看到林展涵冒着寒气的一张脸。

郑雪峰还在路上，林展涵紧赶慢赶地先回来了，就是为了看看明沫的身体怎么样了，是不是还有哪里不舒服。

结果一看，哪里还有不舒服，简直舒服得不行。

带着笑容和对面的帅哥一起吃肉，看上去两人都对交谈的话题十分感兴趣，明沫看面前男生的眼睛都带着闪耀的光芒。

其实那种闪耀的光芒一般是明沫看向钞票时才有的。叶时宇小哥一张天生优越的面孔潜力巨大，随时可以变成最大功率的印钞机，李赫想必会给作为星探的自己一笔不小的奖金。

可惜林展涵一时之间并没有认清这一点,他怒火万丈地看着二人谈笑风生的背影,心想:"我才离开了一个上午。"

于是他貌似冷静地走了过去,明沫和叶时宇坐的是四人桌,林展涵让明沫往里坐了一格,然后自己坐到了明沫原来的位置上,和叶时宇面对面。

叶时宇冷不丁看到一个陌生人插了进来,忍不住有点蒙。

明沫赶紧介绍:"这就是我的……"

她本来想说"这就是我负责的选手",结果林展涵冰冷地接话:"男朋友。"

他这么说也没错。

叶时宇含着牛肉愣了两秒,赶紧一梗脖子把牛肉吞了下去,半新奇半兴奋地对明沫说:"原来姐姐你有男朋友啊!"

林展涵面无表情地想,你小子知道就好。

他冷冷地问叶时宇:"你们在聊什么?"

明沫已经发觉到不对劲了,然而叶时宇年轻人傻,浑然不觉地回答道:"我们在聊当职业选手的事情,我之前就对职业选手有很多疑问,我发现姐姐懂得好多……"

姐姐?林展涵脸色更冷一分。

"你和我聊吧。"林展涵打断正要和明沫继续交流下去的叶时宇。

叶时宇愣了愣,看了一眼明沫,又看向林展涵:"你是?"

"我也是体育经纪人,"林展涵点点头,"我比她还懂,你就别问她了。"

叶时宇立刻被哄了过去:"真的吗,哥?"

他非常激动:"哥你看上去非常专业!"

拜托啊,我跟你聊了一早上了,他一句话都还没讲你就觉得他专业!少年你们是不是都觉得面无表情、不苟言笑就专业啊!

这年头当经纪人也太难了,和蔼可亲都成了劣势,还要被自己负责的选手抢饭碗。

叶时宇问林展涵:"职业选手大概要接代言拍广告什么的吧?这些会不会影响训练啊?"

林展涵:"其实不管是职业选手还是专业选手,都有可能参与商业活动，国家队的选手也会拍商业广告。这就要一个平衡，好的经纪人一定是以选手的成绩为重的。"

明沫心里美滋滋，林展涵在暗暗夸她是好的经纪人。

叶时宇问："那经纪人和选手之间的关系是什么样的？"

林展涵答道："最重要的伙伴，相互成就的关系。"

明沫心里又美滋滋，我跟林展涵，相互成就。

叶时宇又问："那如果有一天不想当职业选手了，还有重新转成专业的可能吗？"

林展涵说："国家队每年都会有一些名额是向职业选手群体开放的。"

叶时宇："难吗？"

林展涵说："难。"

叶时宇深深叹了一口气。

林展涵轻声道："但是只要你拼尽全力想要做到……你就一定可以。"

明沫在心里轻轻呼出一口气，林展涵，他一定可以的。

她这口气还没呼完就被打断了。

叶时宇跨过那三盘酱牛肉和一盆甲鱼汤，万分激动地抓住了林展涵的手。

"哥，"叶时宇激动得眼眶都红了，"你真的……我不太会夸人，但你真的又有专业的知识又有一颗特别炽热的赤子之心！有你这样的经纪人，真是我国体育界的幸运！"

明沫在一旁没有说话。

"哥！我决定了，我现在就去跟学校说！我要去你在的俱乐部，由你……"叶时宇看着林展涵的眼睛，郑重道，"来当我的经纪人！"

林展涵愣住了。

"尤其是，哥你不知道，其实我刚一见你的时候就觉得特别有眼缘，你长得特别像我的一个偶像，如果你要不是跟我说你是体育经纪人的话，我刚才真的要把你认成他了，"叶时宇眼泪汪汪，"也是冰上项目的，不过不是我这个项目的，是花滑——叫林展涵，你听说过没有？"

明沫决定去自助餐台那儿拿两盘西瓜过来，然后搬好小板凳在旁边吃瓜，看林展涵如何演完这场他自己制造的闹剧。

第八十一章 灾 情

林展涵有点尴尬地看了一眼明沫。

明沫用眼神示意我什么都不管，不要看我。

于是林展涵又把尴尬的目光转向叶时宇："我们接触得还不够多，你不需要再深入考虑一下吗？"

叶时宇："其实我刚刚是有点想让这个姐姐来给我当经纪人的，但是哥，你说得太好了！我还是更喜欢你！"

林展涵无语。

面对叶时宇一片赤诚的目光，林展涵艰难地说道："想成为职业选手也是有成绩要求的。"

叶时宇说："我知道！我上网查过的，我的成绩绝对是符合标准的。"

林展涵回答："当然也还有很多心态上的问题需要克服，包括征求亲人的支持。"

就在林展涵自己都不知道自己在说什么的时候，一声暴喝打断了他。

"林展涵！"

郑雪峰从餐厅外走了进来，他一眼就看到了林展涵，走过来拍拍他的肩膀："怎么样，跟腱那块没有不适吧？"

叶时宇张大嘴巴："跟腱？"

林展涵试图阻止郑雪峰："我们先吃完饭再交流。"

"哎呀，上午的训练情况当然是吃饭前说了，我本来在场上就要跟你说的，结果你小子招呼都不打就一溜烟地跑回来了！"郑雪峰在林展涵肩膀上重重拍了一下，"上午表现不错！按这个状态下去，俱乐部联赛至少可以保证有四周跳！"

郑雪峰真是个狠人，这一番话下来，关键信息一个没落，清清楚楚地把林展涵的身份交代了。

明沫尴尬地别过头去。

叶时宇颤抖道："你……你……"

"对不起，"林展涵急速地说，"我刚刚不是有意骗你的，而且我也没有误导你，我自己现在也是职业选手，刚刚说的那一切都是我切身经历过的。"

叶时宇说："别再说那些有用没用的了！"

林展涵深为抱歉地低下了头。

他欺骗了一个赤诚少年的感情，如果这个少年以后真的要走职业选手的道路的话，这番遭遇会不会给他造成很多障碍？毕竟运动员们普遍会对较为商业化的职业选手产生一些先入为主的偏见，觉得职业运动员无法保证成绩，如果林展涵今天的欺骗行为让叶时宇产生了心理阴影，那会不会之后他再也不敢相信任何出现在他面前自称体育经纪人的人了？中国体坛会不会因此少了一个优秀的职业选手？

林展涵抱歉地说："对不起，我……"

叶时宇激动地一挥手："你赶紧给我签个名！"

林展涵大为惊讶。

事实证明他又想多了，叶时宇一点心理阴影都没有，估计以后还能再被骗个千八百次的吧。

午饭的时间过后，明沫和叶时宇交换了联系方式，也把李赫的邮箱留给了他。

"这是我们CEO的邮箱，你可以直接发邮件联系他，"明沫说，"不过你现在年龄还小，能走专业路线尽量先走专业路线。短道速滑在冰上项目里不占观赏性上的优势，因此商业规划的面要窄很多，你现在发展空间很大，一定先以争取一个好成绩为重。"

从餐厅回到房间的路上，林展涵一路没说话。

"喂，"明沫说，"你不会还在生气吧？亚洲醋王吗，你是？"

林展涵抿了抿嘴："没有。"

这是对前一个问题的回答，后一个的话他自己也不确定。

她迟早还会有别的选手的，林展涵想。

不，应该说不是迟早，而是很快就会有。明沫现在还是新人，能力上只够带一个选手的，但是随着她在工作上的成熟，必然会负责更多的选手，公司里其他经纪人一般都同时带两到三个选手，像袁冬那样能力强大的会带更多。

而且如果林展涵能够成功回到国家队，那么他的商业活动方面也会由体制内接管，不会再由明沫负责。

那个时候她会和新的运动员一起成为最亲密的伙伴。林展涵感觉自己的心里像是被开了一罐碳酸饮料，咕噜咕噜泛起了泡泡。

得找个解决办法。

他默默想了一路，终于在明沫拿着房卡刷酒店房门的时候想了出来。

"明沫，"林展涵说，"我们结婚吧。"

随着"砰"的一声巨响，明沫一个重心不稳，摔进了房间里。

明沫非常惊讶。

"林展涵同学，"她艰难地从地上爬起来，"如果我没有算错的话，我们恋爱才谈了还不到两个月。"

"是，"林展涵说，"但是我们已经认识五年了。"

"但我们今年才二十二！"

"二十二怎么了？刚好到法定年龄。"

明沫崩溃。

"不行的原因是什么？"

"你受什么刺激了？这完全是临时起意吧？"明沫说，"什么都没有准备啊。"

"我现在去准备。"

"你准备什么准备！"明沫怒了，"再有四十天就是俱乐部联赛了，你现在到底在想什么？你分得清重点吗？你现在应该去准备四周跳而不是在这儿儿女情长好不好？"

林展涵不说话了。

然而明沫并没有说完。

她平静了一下，用有一点冰冷的语气说："我之前就跟你说过，两个人在一起，一定是要向好的方向走的。我们努力了这么久，就是为了能让你回国家队，你现在心思不往比赛上放，辜负的是我们共同的努力……"

"对不起，"林展涵说，"是我的问题。"

他转身离开，在即将走出房门的前一刻，犹豫了一下，最终还是回过了头。

"但其实我还是希望你能站在我的角度上，理解一下我是怎么想的。"

明沫愣了愣。

"我这一生，其实没得到过什么，曾经得到的，现在也都失去了，"林展涵低声说，"我只是不想再失去我仅有的。"

他没等明沫再说话，转身出了房门。

明沫一个人静静地站了一会儿，坐到床边，叹了口气。

爱情对于运动员而言永远是双刃剑，有时候可以从爱情中获得力量，有时候又会因为爱情分心。

找好一个平衡点实在是太难了。

当晚林展涵训练结束的时候没有过来找明沫，明沫也没有主动联系他。

双方似乎都意识到了什么，下定决心把关系冷一冷。

明沫理智上明白大局，然而这不能阻止她感情上有点难受。

于是她躺在床上打开手机，决定刷刷微博分散一下注意力，把时间打发过去。

微博上其实也没有太多明沫感兴趣的东西，她看了一会儿娱乐八卦之后感到昏昏欲睡，然而就在此时，一条正在急速上升的热搜吸引了她的注意。

"美国华裔服装设计师公开辱华。"

明沫点开这条热搜，下一秒，她的瞳孔急速地放大了。

新闻的标题里明明白白地标出了该设计师所属的服装品牌——杜拜。

而底下的配图，用的正是林展涵为杜拜拍摄的服装广告。

第八十二章　执意解约

明沫手一抖，李赫的电话就过来了。

"你看到了吗？"

"看……看到了，"明沫一开口才发现自己的声音都哑了，"这个能不能……"

"这个热搜是被有心人推上去的，你看一下时间就明白了，正常的舆论发酵绝对不可能这么快，"李赫毕竟还是老道，"而且配图全是林展涵的，这导向性太明显了。"

明沫刷了刷底下的评论，感到眼前一片漆黑。

起因是那位美籍华裔设计师在社交账号上进行直播，有粉丝询问他是否是中国人。

"当然不是。"设计师说。

"我们以为这次的设计是特别为了中国。"

"怎么可能？"设计师露出夸张的表情，"我是不会为中国人进行服装设计的，你知道的，他们可以把任何一种时尚穿得很难看。"

"这次也只是用了一个我之前作废的点子而已，没有办法啦，你懂的，中国人总是那样热情地想要买我们的衣服，而且他们的钱很多。"

这就是那位设计师的言论。

底下的评论已经炸锅了。

"以后绝对不会再买杜拜的衣服了。"

"顶着这样一张脸说这种话？去问问自己的爷爷奶奶是不是中国人，好吗？"

"想圈钱别来中国。"

"抵制杜拜。"

而再往下几条，已经开始出现了让明沫胆战心惊的评论。

"话说这个拍广告的是谁啊？看着有点眼熟。怎么会给杜拜代言？"

这条评论下有许多回复。

"是个花滑运动员，之前还是国家队的，叫林展涵。"

"国家队怎么管理运动员的？给他们接这种广告？"

"哎呀，国家队把他踢出来了，谁知道是不是因为作风不正呢？"

"对啊,这个人之前是在国外长大的,安的什么心谁也不知道。"

"幸好踢出来了,这样的人不配为国争光。"

明沫战抖地关掉评论,李赫的电话还没有挂。

"怎么办?"明沫第一次遇到这种事情,她实在是有点慌,"你知道的,这不关林展涵的事,而且这个品牌我之前做过调查,没有这种黑历史……有的话我们绝对不会接。"

"我们这边的意思肯定是立刻解约,这是原则性问题,不能妥协。"明沫说。

"我知道,"李赫说,"我在给你打电话之前就已经给林展涵打过电话了,他的意思也是立刻解约。"

明沫呼吸一滞:"你跟他说了?"

"只是说了大体情况,你放心,网上那些评论没有给他看,我也和郑教练打了招呼,这段时间不要让他上网接触到恶评,以免影响他的训练状态。"

"我知道了。"明沫轻声说。

她放下手机,看向窗边的月亮。

高原上的空气没有城市里那样多的污染,因此月亮也比平时所看到的清晰得多。

清透的月亮悬挂于无边无际的夜空,把慈悲的光芒洒向充满疾苦的人间。

明沫深深叹了一口气。

她知道她职业生涯最大的一场危机来了。

明沫深夜和郑雪峰通了电话。

"林展涵现在怎么样?"她躺在被子里问。

"还没睡。"郑雪峰站在阳台上,透过玻璃门往屋内望了一眼,林展涵正靠在枕头上,郑雪峰刚刚以"专心训练,远离电子产品"为由没收了他的手机,避免他看到网上的言论。因此林展涵此刻拿着一本书正在读,但是以他很久很久都不翻页的状态来看,估计书也没看进去。

"他现在训练情况怎么样?"明沫问。

郑雪峰难得地对一个外行非常有耐心。

"他的滑行、衔接这些都没有大问题,和巅峰时期差不了太多,国内职业选手里没有能和他比的,现阶段最大的问题在跳跃,国内职业选手里跳跃最强的就是博恒的高梓川,展涵现在在跳跃上的基础分要比他弱一档。"

"这次的体能训练主要针对的也是跳跃,"郑雪峰说,"我觉得回去上冰的时候,应该是可以跳出四周跳的。"

明沫刚要喘口气,郑雪峰紧接着道:"但是你要明白一件事,训练出四周跳和能在赛场上跳完全是两码事,高梓川在训练的时候跳出的四周跳完全可以和国际一线选手比一比了,但是比赛的时候呢?很多选手都是这样的。我曾经带过的几个国际一线选手是训练的时候出了四种四周,比赛的时候只跳得出两种。"

"尤其是俱乐部联赛的时间太紧了……能出四周跳就不错了,完全没有时间稳固。"

明沫深深叹了一口气。

"但是展涵让我转告你……"郑雪峰犹豫了一下,他一个老年人说这种话多少有点难以启齿,"他希望你能够相信他。"

明沫愣了愣。

她相信林展涵吗?

她一直觉得她是相信的,林展涵的优秀无可置疑,他一句简短的"永不回头"可以感染无数人,他绝对不是缺乏力量的人。

但是这一刻明沫发现,自己确实没有真正相信过他。她不相信林展涵能够在危机面前很好地保护自己,刀锋太薄,美玉易碎。

"他说他已经有了刀鞘,所以能扛,"郑雪峰说,"他一定不会受影响的。"

明沫沉默了片刻。

她挂掉了郑雪峰的电话,起身收拾行李箱。

她乘最近的一班红眼航班起飞。

清晨的时候,明沫回到了晨星俱乐部,她在李赫的办公室里简短地交流了片刻后,走出来给玛丽安打了电话。

玛丽安的声音听上去毫无异样:"怎么了,亲爱的?"

"网上的消息你看了吗?"

那边沉默了一会儿,玛丽安淡淡道:"看了。"

她平淡的语气让明沫预感到了不妙。

"你能来一趟晨星俱乐部吗?"明沫问。

"亲爱的,我很忙,"玛丽安说,"有什么很重要的事非要当面说吗?"

"这当然需要当面说,"明沫冷冷道,"那我过去,十点钟见。"

十点整,写字楼下的咖啡厅里,明沫盯着玛丽安的眼睛看,然而玛丽安只是垂下眼睛,搅动着咖啡杯里的奶油拉花。

"时间很紧张,我直接表态,"明沫说,"我想先知道,这是那位设计师的个人行为,还是品牌行为?"

玛丽安抬了一下眼皮:"个人行为的话,你们可以不责怪品牌吗?"

明沫深吸了一口气。

"不能,"她说,"虽然设计师的个人行为不足以代表品牌,他的言行都已经切实影响到了杜拜整个品牌的信誉,我们无法再与杜拜合作下去,但是我还是建议贵品牌能够公开道歉并且开除设计师。"

玛丽安淡淡道:"这是你在跟我谈条件?"

"不,我们没有条件可谈,我只是给您一个建议。"

玛丽安笑了。

"我们没有什么好道歉的,"她看向明沫,"林自己也是半个美国人,对不对?"

"不,"明沫摇头,"他是中国人。"

"别开玩笑了,"玛丽安摇头,"如果不是在西方受了多年的教育,林怎么可能拥有那样出众的气质?"

"玛丽安女士,"明沫站起来,她竭力控制住让自己的手不要抖,"我看我们没有什么好谈的了。"

"你的意思是直接解约吗?"玛丽安从包里把合同拿了出来,扔到桌面上,"你要不要再好好读一遍合同?"

"不用,"明沫咬紧牙关,"我记得合同上的每句话。"

"是吗?"玛丽安冷笑,"也就是说你记得违约要赔多少钱?"

"退还全部赞助资金,同时进行赔偿,"明沫低声道,"我一定按合同上的做,同时也请您这边做到撤下一切与林展涵相关的广告,从现在开始,我们双方毫无关系了。"

第八十三章　勇气犹存

明沫走出了咖啡厅，外面此时下起了小雨，明沫没有带伞，但她还是毫不犹豫地走进了雨里。

她带着一身的雨雾上了公交车，坐在最后一排的位置上，用包挡在自己的面前，默默掉了一会儿眼泪。

她无法说清她的情绪，巨大的愤怒和巨大的无助交织在一起。明沫表面上维持着冷静，心脏却早已被洞穿。

片刻后，明沫擦干了眼泪。

俱乐部联赛只有三十多天就要开始了，当务之急是给林展涵找到一个全新的赞助商，但是这实在太困难了。

新的赞助商不但要负担林展涵的比赛费用，还要付出和杜拜解约的天价解约金。

这是一笔只赔不赚的生意，没有哪个商家会这么傻。

尤其是还有网上的舆论战。

明沫平稳了一会儿情绪之后给李赫打了个电话，简单汇报了和玛丽安交涉的情况。

"我知道了，"李赫说，"我们的声明已经准备好了，等下就发到你手机上，你看一眼之后以林展涵个人以及公司双方的立场发出就可以了。"

"这么快？"明沫愣了愣。

声明本来是该由她撰写的，但是时间太紧了，明沫下了飞机之后就直接去找了玛丽安，到现在都还没有找出空闲来。

李赫沉默了一瞬，说："是老袁写的。"

明沫再次愣了愣。

袁冬？那个一直和林展涵不对付到极点的人？他怎么可能会为林展涵的事情出力？

蓦地，明沫的眼前闪过了当时在西餐厅的天台上，林展涵紧紧拉住袁冬"女儿"的手的那一幕。

她似乎微微明白了一点。

"赞助的事情你不要太急……老袁那边也在积极地活动着,看看有没有什么解决办法,如果不行的话,俱乐部这边先把钱垫上。"

明沫感到自己的眼睛似乎被雨雾熏透了,到现在还有些潮湿。

"李总……我得提醒您一下,"明沫轻声说,"您这边花钱送林展涵去比赛的话,赢了之后他就进国家队了,可就再也没法把钱给您赚回来了,您做的是彻头彻尾的赔本生意。"

她听到李赫在电话那头微微地笑了笑。

如果明沫和李赫通过视频聊天的话,她就会看到,此刻李赫正穿着冰鞋,站在冰场上,周围都是轻盈滑过的小孩,他穿着冰鞋站在他们中间,臃肿发福的身材显得格外笨拙。

"我干这行二十年了,见过无数从专业转职业的选手,但是没有见过一个职业转回专业的,"李赫笑着对电话里的明沫说,"我愿意花这个钱开开眼。明沫,你和林展涵一起,让我看看奇迹长什么样子吧。"

他挂掉了电话,靠着冰场的栏杆静静站立。

一个男孩子从他身边滑过:"叔叔,你会不会滑啊?"

李赫转过头去,看到了一张肉包子般的小脸,他记得这个男孩,好像是明沫的表弟。

"叔叔曾经是会的,"李赫拍拍肚子上的肉,"但是叔叔现在老啦。"

陆铭铭滑了过来,停在李赫的面前,他看了看李赫的眼睛,然后一句话没说拉起了李赫的手。

"还没有,"陆铭铭说,"你还可以跟我一起滑。"

李赫跟着陆铭铭一起滑向了冰场中央。

李赫想:真好,在这个冰雪的世界里,永远封存着最好的年纪。

那么为这个冰雪世界添砖加瓦的自己,也就真的有了一种方式,可以永远地不在时光中老去。

明沫坐在空寂的会议室里。

不多久的工夫里袁冬已经在阳台上抽完了整整一包烟,当他回身坐回座位时,驱之不散的烟味同时也被带回了会议室。

李赫有点咽炎的老毛病,闻到烟味后皱了皱眉头,下意识地想要抗议,然而最后还是没有出声。

他们都已经快到临界点了,每个人的神经都紧绷到了极致。

舆论的热度倒是已经有所下降,在袁冬写就的声明发出不久后,舆论就有了很大程度上的缓解,不过根除问题的关键还在于林展涵自己。

有粉丝放出了当时金华花样滑冰表演盛典上拍的视频。

麦克风传出的声音经过手机的播放显得有点嘈杂不清,但还是能听清林展涵的回答。

在作为主办方薇薇安介绍他为华裔选手时,林展涵接过话筒,简短而毫不犹豫地说:"中国人。"

那一瞬间已经足够具有说服力。

然而此时此刻,最成问题的并不是可畏的人言,而是现实的真金白银。

林展涵出战俱乐部联赛的比赛服已经在制作过程中了,他的高原训练也即将结束。

这一切加上要赔给杜拜的天价违约金,如一副沉沉的重担,压在了晨星俱乐部的肩头。

袁冬已经连轴转了好几个晚上,和他的各路人脉喝过了酒,然而情况非常不乐观。

"最主要的问题是,时间太紧了,"袁冬说,"如果这事平息一段时间,那么还有谈的余地,但是现在刚刚爆出这么一件事,而且还要处理和杜拜的烂摊子,没有几家公司扛得起。"

明沫深深叹了口气,她揉了揉疲惫的面孔,走出了会议室。

她还有最后一家没有谈,约了今晚见面。

电话响了起来,明沫接起来。

"喂?陈总对吗?"明沫扫了一眼备注,"今晚在哪里见面?"

这就是她剩的最后一家赞助商,一家来自国内的运动品牌。

主事人是个女人,姓陈,是个五十多岁精明强干的女人,常穿黑衣,留一头男人般的短发,为人非常严格冷漠。

明沫之前在联系赞助的时候并没有对这一家抱有太大的希望,因为陈总从来只找那种极硬极壮的运动员做代言。晨星俱乐部和她也一直没有什么交集。多年前袁冬带别的花滑运动员的时候曾经联系过陈总,陈总非常直截地拒绝了,冰上项目的所有运动员在篮球运动员出身的她看来都只能用"软趴趴"来形容。

然而明沫在发邮件的时候看到了陈总旗下运动服装品牌的名字时,心里蓦然一动,这家服装品牌的名字叫"不言弃",在国际上的名字是"Never Say Never",也就是 N.S.N。

鬼使神差地,明沫想到了当年在学校火锅店旁,林展涵在干杯时说的那句"永不回头"。

于是她把邮件发给了陈总,列明了具体的情况。

"是,"那边传来陈总冷硬的声音,"我打电话就是为了通知你一下,晚上的面不必见了,我最近也很忙。"

明沫的心彻底暗下去。

这并不是一个出乎意料的结果,然而确实断绝了她的最后一丝希望。

她带着最后一丝不甘挣扎道:"我还是希望能见您一面,讲一下林展涵的故事,要知道并不一定是强壮孔武的运动员才能代表不言弃的形象,花滑运动员的精神内核一样可以……"

陈总打断了她:"我不需要你来给我讲他的故事。"

明沫默默闭上了嘴。

就在她已经彻底绝望下来的时候,明沫听到陈总说:"因为已经有人讲过了。"

明沫愣住了。

别人?谁?

肯定不是李赫或者袁冬,那样的话他们内部会先沟通好。

还能有谁?

明沫实在想不出来,总不可能是林展涵自己,他手机都被郑雪峰收走了,这些天谁都联系不到。

"我的原则就是这样的,我认为林展涵不合适,因此谁来给他说情都没有用,"陈总说,"但是我不希望驳了我那位老朋友的面子,所以如果你有时间的话,希望你们能见一面,让你看到他的苦心。"

明沫沉默了一会儿:"什么时候?"

"现在,"陈总说,她报了一家餐厅的名字,"我们现在都在这里吃午餐。"

"那您稍等,我马上到。"

明沫拎起包走向门外。

但凡还有一丝可能,也要决不放弃地去尝试。

否则怎么称得上"永不回头"。

明沫步履匆匆地走出晨星俱乐部的大门,她脚步太急了,就在出门的那一瞬,她直接撞在了一个人的身上。

明沫抬起头来。

那一瞬间她愣了愣。

黑发黑眸的少年垂下眼睛看着她。

距离上次和林展涵见面已经过去很多天了,中间他们一直没有联系,在很短的一瞬间,明沫甚至觉得林展涵的面孔有那么一丝丝的陌生。

然而下一瞬,熟悉的柠檬洗衣剂的味道唤醒了她,林展涵伸出手来,抱住了明沫。

"五分钟,"明沫说,"抱够五分钟。"

人群熙熙攘攘地从他们身边路过,有人投来了好奇的眼神,但是明沫没有在意。

她在这个拥抱中给即将踏上征途的自己完成了最后的充电。

然后她松开了林展涵,看向他的眼睛。

"你怎么样?"她轻声问。

林展涵看着明沫的眼睛,片刻后,他的眼睛微微弯起来。

"我会为我们拿到冠军。"

他这一个"我们"让明沫心头所有的阴霾都散去了。

明沫冲林展涵笑了笑,转身走进了人潮。

第八十四章　疑似故人来

　　明沫发现陈总约她的地方是个私人会所。

　　她花了很大的力气才找到这个隐于巷子深处的地方，进门后迎面撞上的是一排葱茏幽静的树木，迎上来的女服务生眉目姣好，穿着手工绣花的白色宽松布旗袍，轻言细语地问明沫："请问您有预约吗？"

　　明沫心中暗暗纳闷，凭直觉，她感觉这个地方并不是陈总的风格。

　　那么难道是那个……陈总口中为她讲了"林展涵故事"的朋友？

　　那究竟是什么人？

　　明沫对服务生报出了陈总的名字，服务生立刻了然，撩开竹帘，带明沫来到了一个包厢门口。

　　明沫走了进去。

　　出乎她意料的是，里面只有陈总一个人。短发的女人听到门响声抬起了头，冷冷的目光扫向明沫，她并不起身也并不说话，只是这样打量着明沫。

　　明沫之前从来没有见到过气场这样强大的女人，在强烈的威压下她感觉自己周身的皮肤都有些发紧。

　　"您好。"明沫说。

　　陈总看了明沫片刻，然后淡淡道："你要见的人在从这里出门的第三个包厢。"

　　明沫愣了一下，陈总的行事作风让她有种全然摸不着头脑的感觉。

　　她竭力稳住不让自己乱了阵脚："我要见的人是您。"

　　"但是我要见的并不是你。"陈总看着明沫。

　　她拿起桌上的茶杯一饮而尽，明沫注意到陈总的手非常大，指关节粗壮如同男子。

　　"不言弃这个品牌做了这么多年，在营销和广告方面非常克制，轻易不用代言人。我不信那些花花哨哨的东西，"陈总放下茶杯，"所以我其实也不是很爱见你们这种经纪人，运动员究竟是什么样的，不是凭你们一张嘴吹出来的。"

明沫沉吟了一瞬:"那么您今天叫我来的意思是……"

"我愿意给一个机会,但这个机会不是给你的,"陈总说,"去按我说的,找你该去见的人吧,你很快就会明白我的意思。"

事已至此,多说无用。明沫沉吟片刻后,冲陈总点了点头,然后转身按照她说的方向去了隔壁的第三个包厢。

她在房间门上敲了敲,门里传来声音:"请进。"

明沫愣住了。

这并不是一个熟悉的声音,这说明她在之前的生活中并不曾频繁地与这个人有所接触。

然而这个声音似乎又不是完全的陌生,这意味着明沫之前听过。

似乎是……很久之前。

有那么一瞬间,陈旧的记忆突破了束缚冲进了明沫的脑海,明沫握在把手上的手猛地僵硬了,她不敢相信自己的耳朵。

然而门把手已经被按下,门在惯性的作用下打开,明沫和门内的人四目相对。

明沫一眼就认出了她。

曾经长及腰际的女神大波浪卷发被减短,变成了及肩的直发,曾经夸张明艳的裙装变成了剪裁合体的西装,曾经佩戴了满身的珠宝通通消失不见,只留下了耳朵上一对小小的珍珠耳环。

她变了很多,然而仍然美丽绝伦。

明沫看着这个毁坏过林展涵家庭的女人——徐妍。

"所以说,你就是陈总的朋友?"明沫感受到了极大的不可置信,"陈总了解到的所谓的林展涵的故事,全都是你讲给她听的?"

那还有得好吗?

就好像白雪公主要和王子相亲,派白雪公主的后妈去说媒一样。那么不管白雪公主多么肌肤如雪、发如乌木、善良单纯,后妈也只会把她描述成一个心肠歹毒、鸡皮鹤发的老太太,叫王子能离多远离多远。

徐妍悠悠地给自己倒了一杯花茶,嫣红的茶色衬着她的唇妆,即使穿着一身全黑的套装,她仍然有不可方物的明艳。

"是我,"徐妍说,"但是你放心,我只是客观陈述事实。"

"你还……客观陈述？"明沫几乎要被气笑了，"你怎么不说你大肆赞美林展涵了啊？你说谎都不带打草稿的吗？"

"你信不信我都没有关系，"徐妍心平气和地看着明沫，"但是你想一想，如果我真说了什么对林展涵不利的话，陈总有什么理由还叫你来一趟？她也很忙，并不会有闲心把一个萍水相逢的陌生人叫过来羞辱一下。"

明沫满腔怒火全被卡在了嗓子眼。

她承认徐妍说得有道理。

"你先坐吧。"徐妍指了指对面的位子。

明沫问："你的意思是我们两个谈？我们有什么好谈的吗？"

徐妍不以为然，她用手摸着茶杯光滑的底部，淡淡道："你和林展涵感情怎么样？"

"你知道？"明沫有点惊讶，但随即脸色再次冷了下来，"这和你好像没什么关系吧？"

徐妍笑笑："我只是希望林展涵没有随他爸爸。"

明沫冷笑起来，事到如今她反而大大方方地在徐妍对面坐了下来。

"什么意思？"她挑起眉看向徐妍，"你叫我过来不会是要向我讲述你婚姻不幸的故事吧？"

徐妍摇摇头："我的婚姻没有什么不幸的，感情没了，就散了，而且我们也并没有闹掰，很多生意仍然在合作。虽然谈不上是朋友，但起码说得上是伙伴。"

明沫不料她主动提起，一时间愣了愣。

"你们都觉得我当初是为了钱，对不对？连小珏也这么想，"徐妍微不可闻地叹了口气，"但其实林征宇当时事业刚起步，也没什么钱的，我当年确实是一心一意喜欢他。"

明沫皱皱眉头："不管你是不是为了钱，你都对不起林展涵的妈妈和林展涵。"

"林展涵的妈妈吗？"徐妍摇摇头，"说句真的，我对她没有什么亏欠的心，即使当时没有我，林征宇也不可能和她一起生活下去了。"

"但是……林展涵，你说得对，"徐妍轻声说，"我是后来生了小珏之后才明白的，婚变里最不幸的永远是孩子。"

"所以你没有必要对我有这么深重的敌意，我不会害他，今天的这个局也只是为了帮他一把，"徐妍说，"你在我这里待着，陈总会亲自见林展涵。"

明沫微微吃惊，她似乎明白了陈总之前说过的——运动员是什么样子不能凭经纪人一张嘴来说。

原来她是要见林展涵本人。

"我提醒你别高兴得太早，"徐妍说，"陈总之前也面见过很多运动员，但是最后他们都没有让她满意。"

第八十五章　老朋友

林展涵赶来的时候天色已经昏暗了下去，天空布满了云，不知道何时就要下雨。

他在四十分钟前接到了陈总的电话。

"你好，我不知道你的经纪人有没有向你提起过我，"陈总在电话里说。

"抱歉，恐怕没有。"

"那好，我自我介绍一下，"陈总淡淡道，"我是服装品牌'不言弃'的运营总监，你现在需要一家赞助，而我是最后的可能。"

林展涵没说话。

明沫一直没有给他讲这些情况。

他的女孩默默扛起了一切。

"我想见见你本人。"

"哪里？"

陈总淡淡地笑了，报上了一个地址。

林展涵在服务员的指引下走进房间，他在位子上坐下，看向对面的陈总。

"您好，"林展涵冲对面点点头，"初次见面，请多关照。"

"不是初次见面了，"陈总端着一杯茶，吹了吹浮在最上面的茶叶，然后在氤氲的茶雾之上抬起了一双冰冷的眼睛，"我们见过的。"

林展涵皱起眉头。

他试图在记忆里搜索，然而没有任何印象。

"你四岁多的时候，跟着你爸在冰场，当时和一个小男孩起了争执，他推了你一把之后你们两个一起摔在了冰面上，锋利的冰刀划破了他的脸。"陈总说。

林展涵缓缓睁大眼睛。

"记不太清了，是不是？"陈总淡淡道，"因为你当时很快就被你爸拉开了，他把你带到一边，然后回来帮你处理烂摊子。最后他赔了一万块钱,在那个年代是很大的一笔钱了,他注册公司的本金也只有十万而已。"

林展涵的瞳孔微微震动起来:"抱歉,我不想听任何和林征宇有关的故事。"

陈总深深看了他一眼。

"我并没有要讲他的故事,"陈总低声道,"我只是想告诉你,那个被划伤了脸的小男孩……"

"是我儿子。"

"陈总到底要问林展涵什么?"明沫问徐妍。

徐妍喝一口茶,道:"我不知道。"

"我不能跟他一起吗?"明沫悄悄地捏了捏自己的手,"运动员对人情世故的东西没那么在行,他不一定能表达清楚他自己。"

徐妍沉默片刻,说:"恐怕没有你说话的份——陈总其实认识林展涵。"

"什么意思?"明沫感觉自己背后的毛突然竖了起来,她有一种不好的预感。

"陈总和林征宇是很多年的老熟人了,当年林征宇初创公司的本金里,还有两万块钱是陈总的。"

"有一次陈总有事要找林征宇,而林征宇当时正在冰场陪林展涵,刚好陈总也从幼儿园接了自己儿子回来,就决定直接带着儿子去找林征宇。"

"结果两个大人谈事情的时候,两个小孩争执起来了,最后造成的结果就是林展涵的冰刀划伤了陈总儿子的脸。"

明沫战抖起来。

"你为什么不早说?"

明沫站起来就要往门外走,然而被徐妍迅速地站起来拉住了。

"你等等,"徐妍说,"你要去干什么?"

"直接带林展涵走。"明沫回头看向徐妍,"我如果知道还有这种渊源,根本就不会同意让林展涵来。我们可以不达成合作,但是起码不要借着这个机会报私仇给他难堪吧?"

明沫自己镇静了片刻,接着说了下去。

"尤其是事情已经过了这么多年了,林展涵当时也一定不是故意的,他不是那种冲动之下会用冰刀攻击对方的人,不管他当时多小都不会,"明沫深吸一口气,"最后那个孩子……怎么样了?"

徐妍沉默了一下:"额头上留了一道疤。"

她打开手机,调出照片:"你自己看吧。"

明沫凑上前去。

这是陈总一家的全家福。她看到了年轻一些的陈总,并没有太大变化,仍然是短发冷硬的女强人模样,旁边是她的丈夫,看上去倒是一个温柔敦厚的男人,带着一张笑脸。

他们中间则是他们的儿子,留着刘海,大概是为了挡住额头上的疤痕。

然而明沫的关注点却并不在这儿。

她猛地抬起头,问:"陈总的丈夫姓什么?"

"唐,怎么了?"

徐妍看到明沫深吸了一口气,然后脸上露出了一个奇怪的笑容。

"我说这小子怎么从高中起就这么赶时髦,刘海不停换啊换的,我还以为他是要迎合美国辣妹的审美。"明沫喃喃了一句,然后拿起手机,拨了一个号码。

片刻后,包厢里响起她的声音:"唐绍!快帮帮忙!"

事情的发展出乎所有人的意料。

明沫打完电话就跑去路口等待唐绍的出现,结果头一个等来的竟然不是唐绍,而是杨雨欣。

杨雨欣是打车过来的,一下车也蒙了:"沫沫,你怎么会在这儿?"

"我在这儿谈工作,"明沫也有点惊讶,"你呢?你来这里见采访对象吗?"

杨雨欣:"没……"

两秒后,明沫震惊地发现杨雨欣的脸变红了。

不是……这有什么可脸红的?明沫的大脑还没转过弯来,一辆车就停在了旁边，里面的唐绍冒出了头来。

怎么这么快？明沫又一次震惊了，距离她给唐绍打电话才过了十分钟。这个会所地方挺偏的，按理说无论唐绍在哪儿，都没可能十分钟内就出现。

除非……他本来就是要来这里的。

蓦然之间，明沫忽地想起来，陈总说她晚餐的时候没有时间，约了别人。

难不成约的就是自己儿子？

那杨雨欣又是……

"欣欣你怎么不往里走了？"唐绍一边锁车，一边走了下来，他一身标准程序员的装扮，格子衬衣搭配牛仔裤，额头依然被刘海遮着，"别害怕，我妈只是看着凶，其实……"

然后他一转过脸来看见了明沫。

"我的天，你怎么出来等我了？我还想过一会儿再给你打电话。"唐绍捂脸。

明沫终于明了，她可算理清现在这个局面是怎么一回事儿了。

合着这是一个带女朋友见家长的现场。

陈总日理万机，于是中午用来见明沫，晚上用来见自己的儿子和准儿媳，杨雨欣和唐绍都想提前一点来，于是分头出发，就有了眼前这一幕。

事到如今，明沫只有两个感叹。

第一个是世界真小啊。

第二个是唐绍和杨雨欣是什么时候在一起的？

明沫直接动手去掐杨雨欣："你……你……你……你还是人吗？你都发展到见家长这一步了还口风这么紧！"

杨雨欣的脸已经变得和当下最流行的西柚唇膏是一个颜色了，她结结巴巴地解释："这……这不是见家长，就是跟阿姨吃个饭，你看叔叔都没来……"

明沫恨铁不成钢："你能先告诉我你俩在一起多久了吗？"

杨雨欣默默捂脸，唐绍在一边心算了一会儿："四年吧。"

明沫震惊了。

"不是我不想跟你说！"杨雨欣赶紧安慰暴走的明沫，"我俩在一起的那会儿林展涵刚去国外，你当时太消沉了，我觉得把我谈恋爱的事情告诉你会更扎心。"

"那之后呢？"

"我本来想着等你和林展涵在一起了就告诉你，结果哪知道你们一拖拖了那么久！"杨雨欣战抖道，"不知不觉就瞒了快四年了，我一想你要是知道我四年都没跟你说，你肯定会掐死我，所以我就……"

明沫无语了……

杨雨欣为了避免明沫掐死自己，赶紧转移话题："说到林展涵，他人呢？"

明沫指指会所："里面呢。"

杨雨欣满脸疑惑。

这又是什么情况？

明沫三言两语地把事情说了一遍。

"我也没想到陈总就是唐绍的妈妈，我记得当初开家长会的时候也都是唐绍爸爸来，"明沫看向唐绍，"你看看能不能跟你妈说说情？"

唐绍摸了摸自己隐藏在刘海后面的疤，摇头苦笑了一下："哎呀，我妈也真是的，我小时候那么皮，身上的疤不止这一个，尤其那时候大家都才多大一点儿，我根本不记得我小时候还见过林上仙了，就记得是在冰场上被划了一道。"

"不过……"唐绍摸了摸下巴，有点狐疑地说，"我妈虽然吃亏的时候不饶人，但是以我对她的了解，她不是过了这么长时间还会翻旧账的人。"

"什么……意思？"

"如果她真的跟林展涵提这事，我感觉她的用意未必是找林展涵算账。"

明沫看向会所的方向。

陈总到底要跟林展涵聊什么？

游刃

第八十六章　何日再相逢

"你的经纪人在给我发的邮件中提到一件事,她说你的座右铭是永不回头。"

出乎所有人的意料,在和林展涵提及往事之后,陈总话锋一转,像没事人一般转回了工作上。

她看着林展涵的眼睛:"在你看来,什么是永不回头?"

林展涵喝了一口茶,没说话。

"是'不言弃'的意思吗,决不放弃?"

"不是。"

这个回答让陈总有一丝吃惊。

正常情况下,不管多么笨的运动员,在这种被引导的情况下也都应该回答:"是。"

自己的座右铭和品牌的名字重合,难道不正证明了自己和品牌在形象上的契合度吗?

然而林展涵竟然给出了否定的回答。

"永不回头的意思是——和所有的前路断、舍、离。"林展涵轻声说。

陈总微微睁大眼睛。

"我刚在美国俱乐部开始比赛的时候,成绩非常差,"林展涵说,"滑行细腻、跳跃稳定这些花滑选手该有的优点我全都没有,我当时摔得非常非常多,我美国的教练告诉我,那是因为我想得太多了。"

"他说我总在犹豫,起跳的时候犹豫,落地的时候也犹豫,说到底其实是杂念太多。"

他看向陈总:"你认识我爸对不对?那你大概能猜到那个时候我为什么会有那么多杂念吧?"

陈总垂下眼睛。

她能想象。

看看林珏当时的一蹶不振就知道了,更何况林展涵当时还被带到了异国他乡,在没有任何熟悉的人的陌生环境里,无法倾诉,得不到理解,思念过去，对当下灰心。

"这就是为什么我一遍一遍地告诉自己永不回头，"林展涵轻声说，"途径了我生命但是最终又放弃我的人，非常想要做到但最后没有做到的事，我都不会再想起。刀锋出鞘，一往无前。"

他斩断了世界上所有会让他消极和犹豫的部分，自此冷眼活在世间。

"所以你说永不放弃，并不是永不放弃，而是'放弃'这个念头从来没有在我脑海里出现过，我不会言弃，因为'弃'这个字不在我的字典里，"林展涵放下茶杯，"我只看前路。"

那一瞬间他的眼神闪烁着极其亮眼的光芒，陈总正对着他的眼睛。

她极少见到这种眼神，这种眼神只在最顶尖的运动员眼中才能出现。

林展涵站起身来，向外走去。

"等一下！"陈总突然开口道。

林展涵回过头来。

"你现在这个情况……确实非常不利，新的商家需要承担和杜拜的违约金，而且在舆论上其实也面临一定风险。"

"我知道，"林展涵点点头，"理解。"

他转过身就要离开。

"但是我希望能帮你一把。"陈总突然大声说。

林展涵停住了脚步。

"如果你是个商人的话，我会对你说，苟富贵，无相忘，"陈总轻声说，"但你是个运动员……"

"所以我只希望你，永不回头。"

林展涵背对着陈总挥了挥手，向外走去。

"你真的一直能……做到这一点吗？"陈总问，"在你之前的所有时间里，都一直履行这样一个信念？"

"不是，"林展涵回过头来，笑了笑，"我回过一次头。"

"找一个被我弄丢的女孩。"

林展涵走了出来，他在门外看到了明沫、杨雨欣和唐绍。

林展涵有点讶异地冲他们扬了扬眉："你们怎么都在这儿？"

杨雨欣一反之前镇定自若的女班长形象，脸又变成了西柚色，她赶紧转移话题："你和陈总聊得怎么样？"

林展涵简单说了两句，明沫就感觉浑身上下的每一个细胞都打开了，清爽的空气掠过，她整个人可以当场飞升成仙。

至此，最大的难题终于解决了。

"我去找陈总签下合同。"明沫起身往里走。

"她说合同之后会寄到公司去，"林展涵叫住明沫，"今天的工作已经结束了，她还有别的事。"

明沫脚步一顿，勉强一笑："是吗？我还有点细节要聊一下，这样……你和雨欣、唐绍不也好久没见了，去门口聊聊天吧！"

杨雨欣不解其意，然而明沫拼命给她使眼色。

尽管没有弄懂到底是怎么回事，但是杨雨欣还是配合道："我们去门口聊聊吧，这里的空调太冷了。"

等杨雨欣和唐绍拉走了林展涵，明沫才回身向里走去。

她并不是要去找陈总，而是要去找徐妍。

奇怪的是，当她推开包厢的门时，徐妍已经离开了，只有一个服务生正在收拾她留下的茶具。

"这位小姐找人吗？"

明沫沉默了一下。

她本来想再问问徐妍的。

毕竟陈总愿意见林展涵，似乎是徐妍牵了线，而之后的事情又顺利得有些不可思议。

明沫很想知道徐妍到底在其中扮演了什么角色。

然而徐妍已经离开，恐怕是并不想再跟自己多说什么。

然而就在明沫叹了一口气，默默转身准备离开的时候，那个收茶具的服务生说："您是明沫小姐吗？徐女士说如果是您找回来的话，她托我带个话。"

明沫脚步一顿。

"徐太太说，凭我的力量，其实是请不动陈总帮忙的，如果你有满肚子的疑问的话，真正能回答你的人也并不是我，"服务生说，"这是徐太太的原话。"

明沫默默走出房门,在走廊一边默默思索。

片刻后,她猛地反应了过来。

明沫转身抓住服务生:"刚刚这条走廊里,除了徐太太和陈总这两个包厢外,还有第三个包厢里有人吗?"

"有,"服务生点点头,"但是那位客人刚刚已经结账走了。"

"往哪边走了?"

服务生指了指方向。

明沫立刻拔腿追了上去。

那是会所的后门,明沫一路追过去,不知道为什么,她就是笃定对方一定没有离开。

因为林展涵还没有离开。

果然,当明沫追到后院时,她看到了一个男人的背影。

男人站在会所后院的一处假山后,透过石缝,向前看去。

明沫知道顺着这个方向刚好可以看到会所的前门,此时此刻,林展涵应该正站在那里和杨雨欣、唐绍聊天。

明沫一时心里说不上是什么滋味。

片刻后,她低声开了口。

"林总。"

男人回过头来。

时隔多年,明沫再一次看到了林征宇。

第八十七章 父 亲

林征宇回过头来的那一瞬，明沫心里的震惊难以用语言来描述。

因为那实在不是她认识的林征宇，记忆中的林征宇是个风度翩翩的中年男人，即便在家里会发火，但是在外人面前极度好面子，西装总是贵气熨帖，头发被焗过，一丝不苟地梳好，精致到领带袖扣这样的细节。

现在的林征宇仍然是风度翩翩的。

只是他老了，带着一股难以言说的颓唐气息。两腮凹陷下去，肤色苍白，嘴唇干燥，头发里是几缕惊心动魄的白发。

他看了明沫一眼，笑了笑。

"今天的事……是你对吗？"明沫低声道，"是你动用你的人脉，让陈总来见林展涵？"

这就是为什么陈总向林展涵提起小时候的往事了。她并不是为了计较幼时的林展涵划伤过唐绍的脸，而是在提醒林展涵那些他曾经和父亲一起相处的日子。

这也就是为什么徐妍一直不肯多说的原因，真正安排下今天这个局的人并不是她，她只是代林征宇出面。

林征宇冲她笑了笑，是商界人士很礼貌的那种微笑，明沫无法从这种微笑中看出任何情绪来。

明沫走近了两步："如果你要找林展涵的话我帮你叫他，你不用这样偷偷摸摸的。"

走近后明沫觉得愈发触目惊心起来，她发现林征宇憔悴了很多，整个人处于一种极其苍白的气色中。

林征宇看了一眼明沫，微笑着摇了摇头。

他开了口，面带微笑，语气却是冰冷的："不要多事。"

明沫停住了脚步。

"我没有让陈总投钱给他，我做的只是让陈总见他一面，"林征宇低低地咳了一声，"你不要告诉他今天我来过这里，徐妍来过这里，这对他而言没有任何好处。"

—325—

他顿了顿，笑了："我也不想见他，这个不肖子。"

"很奇怪的，我生耷一直做得问心无愧，但偏偏两个儿子都不争气，也不知是什么报应，"林征宇看向远处，他有点出神地笑了笑，"大约是私德有亏。"

明沫沉默了一瞬："林展涵当年拿到世锦赛冠军的时候，你一样这么想吗？"

林征宇笑着摇了摇头："冠军？"

他轻叹了一口气："那都是虚的啊。"

"所谓荣耀，不过和面子是一样的东西，有时候觉得钟如泰山，但最后回头一看，发现都是些不值得的意气。"林征宇说。

他的声音很低，比起说给明沫听，他更像是在喃喃自语。

明沫轻声而坚定地说："不一样。"

她并没有解释究竟哪里不一样，因为这样的争论林展涵曾经一定和他的父亲进行过无数次，既然最终也没有争执出个结果来，那么情况并不会因为明沫多说一次就有什么不同。

"无论如何，今天的事谢谢您。"明沫后退一步，冲林征宇认真地欠了欠身，然后转身离开。

"明沫。"林征宇突然开口道。

明沫转头看向他。

林征宇静静地打量着她，即便衰老了许多，那双眼睛仍然如鹰隼一般。

片刻后，他挥了挥手，转身走了。

临走的时候他的手机响了起来，大约是什么合作伙伴给他打的电话，明沫听到了手机铃声。

当所有的人离开我的时候

你劝我要耐心等候

并且陪我度过生命中最长的寒冬

如此地宽容

当所有的人靠紧我的时候

你要我安静从容

游刃

似乎知道我有一颗永不安静的心
容易蠢动

那一刻记忆如潮水般涌来，明沫突然想起当年在冰场见到林征宇时他的手机铃声就是这首李宗盛的《我终于失去了你》。

四年过去了，竟然一直没有变。

和唐绍、杨雨欣告别后，明沫和林展涵一起开车回晨星俱乐部。

林展涵打开了车内的音响，熟悉的旋律飘扬在车里。

明沫愣了愣，很快反应过来这是《侠客行》。

林展涵沉默地开车，一直都没有说话，但是明沫看得出来他有心事。

她回想着刚刚林征宇的面容，无论如何都无法把他和当年那个在冰场旁边给孩子念诗的父亲联系起来。

片刻后，明沫思考了一下，打开了话题。

"今天雨欣是和唐绍去见唐绍的妈妈，"明沫耸耸肩，"世界真的好小啊，陈总居然是唐绍的妈妈。"

林展涵"嗯"了一声，有点心不在焉。

"马上就比赛了……你妈妈会回来看吗？"明沫小声问。

林展涵回过了一点神，摇了摇头："不会。"

"从我十六岁决定回国的时候我妈就和我说过，如果回去的话，就不再和她有关系了，"林展涵说，"成年之前她可能还会关心一下，但是成年之后她就不会再管。我每到圣诞节的时候会发个邮件问候她。"

明沫沉默了一会儿，说："你妈妈也就是这么说说吧？总不会真的……"

林展涵笑了笑："真的。"

"她觉得我和我爸一样，都背叛她了，"林展涵说，"不到万不得已她不会来看我，其实她很不喜欢回国，这是她的伤心地。"

"我妈其实是出生在国外的，十几岁的时候才来了中国，遇到我爸，为我爸留在了这里。"

"但最后他们生活着，生活着，发现彼此是全然不一样的人，"林展涵说，"你见过我妈，对不对？"

明沫说："见过一次，感觉她人还挺好的。"

-327-

林展涵苦笑了一下:"你说得对,但是当初我妈对我爸,确实不怎么样。"

"她觉得自己是牺牲了太多的那一方,所以总希望我爸和我都争气,这样才不辜负她的牺牲。"

"但是我爸当初家境不太好,也没什么钱,"林展涵深深叹了口气,"其实我很小的时候就预感到他俩要掰了,我醒着的时候他们不吵架,我睡了之后就在隔壁客厅里又撕又打,还以为我听不到。"

"但是后来好了,离了婚之后我妈反倒变成了一个脾气好得多的人,"林展涵笑笑,"既然分开之后我们都能变得比之前更好,那么我也就不再期冀她还能和我一起,她现在和乔治的二人世界过得很快乐,生活里已经并不能再容下一个我了。"

明沫沉默良久,终于说了出来:"那……你爸爸呢?你之后打算怎么办?"

林展涵沉默下来。

明沫可以感觉到,林展涵和母亲那边的矛盾和心结都已经打开,但是在父亲这边,他还没有。

他对林征宇的感情要复杂得多。

据说一个男孩小时候最信赖和最崇拜的人都会是父亲,父亲会构成他们人生的第一个模板——但是这一点在林展涵和林征宇的身上似乎并不能够成立。

他们父子两个其实有很多相同之处,比如都头脑聪明而气质冷淡,都是为了目标能不顾一切的人,但他们分明又那么的不同。

"我会滑《侠客行》。"

半响,林展涵说。

这句话似乎牛头不对马嘴,似乎又是一个回答。

明沫转过目光望向窗外,她想象着小时候的林展涵在滑累了之后靠在栏杆边上,林征宇拎着一本《唐诗精选》,在旁边念着"赵客缦胡缨,吴钩霜雪明"。

可惜光阴如箭,曾经的男孩与男人都已经不复当年。

第八十八章 对手的主场

和陈总的"不言弃"之后的流程都走得很顺利，林展涵成功和杜拜解约，拿到了来自"不言弃"的赞助。

最后的二十多天里明沫并没有见到林展涵，郑雪峰对他进行了全封闭的训练，两个人只有偶尔才会发一条短信。

只有有一天的夜里，明沫接到了林展涵的电话。

"喂？"

"喂。"

"怎么了？"明沫问。

"没事，"明沫听到林展涵在那边很轻地说，片刻后，他低低道，"我想你了。"

明沫心里一动，蓦地想起了四年前高考的夜里，自己给林展涵打的电话。

也是这样深黑静谧的夜，四周静寂无声，可以听到少年的呼吸。

"乖，"明沫的心肠温软下来，"比完赛就可以见面了。"

"比完赛能结婚吗？"

明沫失笑："你拿着金牌当戒指？"

她听到那边沉默了一会儿。

明沫突然感到有点不对劲。

"我随便一说……你不要有压力，比赛尽力滑就行了，我就一普通人，标准没那么高，男朋友不是非得冠军才能当。"明沫半开玩笑地说。

林展涵那边还是没出声。

明沫终于觉得不对劲了。

虽说越临近比赛越不能给运动员太大压力，但是林展涵并不是害怕压力的人。

他这个状态可能是出什么事了。

"发生什么了？"明沫严肃下来，"你别瞒我。"

片刻后，林展涵低声说："今天……差点又断了。"

明沫倒吸一口凉气，直接从床上坐了起来。

"你说什么？"明沫感到自己握着手机的手瞬间抖了起来，"你是在说跟腱？"

林展涵以沉默承认。

明沫浑身上下都抖了起来。

跟腱断一次歇一年，而且再断的话情况只会更糟糕。

"你……你说具体一点。"明沫竭力让自己的声音听上去正常一点。

"没有，你别害怕，没有断，今天觉得疼的时候及时停了，"林展涵说，"但是这影响以后的跳跃。"

"什么……什么意思？"

"是个寸劲的问题，我现在跳跃为了改重心会习惯性地压右脚，这种情况下跟腱就容易断，"林展涵低声道，"只有非常注意才能避免，但是运动员的习惯是非常……根深蒂固的，尤其是跳起来的时候只是一瞬间，高压下的比赛往往大脑反应并不是那么快，靠的是肌肉记忆，这样的话我就很容易在比赛的时候还是压右脚。"

"所以郑教练的意思是删跳跃……但是再删的话我就不可能和高梓川比了，"林展涵轻声说，"而且这并不是这一场比赛的问题，跟腱断过的话之后就很容易再断，之后的整个生涯，这个问题都会存在，我永远会被建议不要上高难度跳跃。"

"明沫，"林展涵低声道，"现在我有两个选择。"

明沫屏住了呼吸。

"要么，我现在就退役。"

"要么，我滑到……断了的那一天为止。"

明沫仰起头，不知道什么时候她的眼泪流了下来。

"如果是之前的我，一定会选第二种，而且会一意孤行地选第二种。"

"但是现在不一样了……我在世界上有了在乎的人，可以商量的人，所以我想……征求一下你的意见。"

明沫没有说话。

她觉得自己喉头哽住了，这是太沉重的一个包袱，她不想接到自己手里。

但是她知道林展涵想要的是一个明确的答案，而不是任何推脱和敷衍。

于是她思考了很久。

在漫长的沉默过后，明沫开了口。

"你知道我为什么想做体育经纪人吗？"

"说起来其实有点幼稚——因为我看了一部电影。"

"是讲一个女拳击手的，她原本是个餐厅的女招待，把客人剩下的食物打包回去做晚餐，拳击是她唯一喜欢的事情，但是她三十二岁才开始练，时间上根本来不及了。"

林展涵没有出声，静静地听明沫说下去。

"但是幸运的是她遇到了她的教练，他们一起崛起，她很快成了最闪耀的女拳击手，听上去是部很励志的电影是不是？"

"但是……不是的。"

"在一场瞩目的比赛里，她被对手以很肮脏的方式偷袭了，她的脊椎断了，终身都只能卧床。"

"我上大学的时候修过一门影视赏析的选修课，老师讲过一个词叫'极暗时刻'，大概意思是说，每部电影都会在最后有一个段落是主人公遇到了最大的困难，这个困难让他陷入了最绝望的境地，也就是极暗时刻。最后主人公会成功克服困难，达到全新的高度。"

"所以我就一直等啊等啊，等那个女拳击手克服她的困难。"

明沫轻声说："但是最后她没有。"

"脊椎断了就是断了，再也没办法康复，因为太久的卧床，她没有保住她的腿，被医生截肢了，"明沫低声道，"最后的最后她要求安乐死——是最爱她的教练亲手帮她实现了这一点。"

片刻的寂静，林展涵低声道："这是你选择当体育经纪人的原因。"

"是，"明沫笑了笑，"和你跟腱断裂其实是同一年——我在新闻上看到了。"

"那个电影让我知道了运动员到底要承受多少，我看完想，他们身边一定需要一个陪伴他们的人，不然这一生未免太苦了。"

"你当时还没有从国家队退出来，我没办法陪在你身边，但我想，如果我能陪伴一个和你一样的人,那也很好,"明沫说,"我会全心全意对他,并期待有一个人像我对他那样对你。"

　　林展涵沉默了一段时间后,轻轻地笑了:"那还是现在比较好,不要假借旁人,就你和我。"

　　"是,"明沫跟着笑了,"但其实我给你讲这个电影……并不是为了解释我当体育经纪人的原因。"

　　"那部电影的最后,教练非常后悔,他认为女主的悲剧都是他的错,他当时不该同意让她去练拳击,不然的话就不会有最后的悲剧。"

　　"但是他的同伴对他说了一段话,那是我最喜欢的台词,也是我给你那个问题的答案。"

　　明沫轻声背诵道:"弗兰基,每天都有人死去,拖地的时候,刷碗的时候,你知道他们最后一个念头是什么吗?'我从没有过机会'。"

　　"因为有你,麦琪得到了属于她的机会。如果她今天就死去,你知道她最后一个念头是什么吗?'我觉得我干得不错'。"

　　"这就是我想要对你说的话,"明沫的泪水滴在屏幕上,"你是第一个让我真切地感受到体育精神是什么的人,我相信你,我知道你求的并不是圆满,而是……"

　　她轻声说:"永不回头。"

　　永远在梦想的路上拼尽最后一丝力气,直到再也拼不动为止。

　　他就是这样的少年,也永远是这样的少年。

　　她不会改变他,因为他们的答案是相同的。

　　把每一场当成最后一场来滑,这样就不会在多年之后遗憾地说"我从没有过机会"。

　　最后的时钟已经响过。

　　全国花样滑冰俱乐部联赛终于到来。

　　明沫看着手里的时间表。

　　16号是男单短节目,17号为女单短节目,之后才是18号的男单自由滑。

　　16号和18号的比赛都是硬仗,明沫深吸了一口气,缓缓吐出来。

　　比赛全都安排在下午,上午的时候选手们可以在冰上试练。

情况对于林展涵而言十分不利,其中最不利的一点在于——场地。

俱乐部联赛是轮流在各个俱乐部的主场进行的,晨星俱乐部是前年的比赛场地,而今年轮到的主办方是博恒俱乐部。

博恒是高梓川所在的俱乐部。

上午上冰的时候,明沫看到林展涵的眉头皱了起来。

"怎么回事?"林展涵下场后,明沫小跑着过去询问。

"这个冰质是我最不喜欢的一种,"林展涵低声说,"冰面痕迹太深,冰刀的运动就很不灵活。"

李赫立刻叫人去联系了博恒的工作人员,但博恒给出的答复是——无法改变。

"这是公平的,所有选手都是用同一个冰场。"

"但是我们俱乐部的选手更容易受伤。"

"您能和国际赛事的主办方这么说吗?"博恒俱乐部的工作人员耸耸肩,表示爱莫能助。

休息室里,郑雪峰沉默了一会儿,然后低声道:"博恒的人是故意的。"

"这是他们根据抽签结果进行的策略安排——林展涵和高梓川分属于不同的两个小组,每个小组比完后都会对冰面进行一次清理。"

"高梓川是他们小组的第一个,这个时候冰面是最干净的,对选手而言不确定因素最少。但是林展涵是所属小组的最后一个,这意味着他上场的时候冰场已经被其他选手的冰刀划过很多次了,变数最大。"

明沫咬了咬牙:"这有什么解决办法吗?"

郑雪峰叹了口气,摇了摇头:"没有。"

"所有赛事都有可能面临这种问题,只能选手自己克服。事到如今,只有相信展涵的发挥。"

午饭过后,明沫在场馆里坐着等待,然而就在此时,几个鬼鬼祟祟的人引起了她的注意。

那是几个介于少年和青年之间的男生,全都留着貌似时髦但实际上很土的发型,穿的也是破洞牛仔裤和涂鸦T恤,手里还夹着烟。

似乎是一群不务正业的小混混。

花滑比赛虽然对观众的服装没什么要求,但是一般也没有穿成这样的人来看。

明沫心里打了个问号,她思索片刻,伪装成工作人员的样子走了过去,微笑道:"您好,请出示一下您的票。"

"怎么着?以为我们偷混进来的?"为首的小混混留着一头黄毛,脸色很是不悦。

"只是例行检查。"明沫笑容不变。

黄毛嗤了一声,不屑地从脏兮兮的口袋里掏出门票来:"看见没?贵宾票!"

"好的,"明沫满面笑容地致意,"贵宾席在那一侧,希望您观赛愉快。"

她带着职业化的笑容冲几个小混混点了点头,转过身后,脸上的笑容却骤然消失了。

不对劲。

那个黄毛出示的贵宾票是参赛选手内部拿到的,每个选手都会分到三四张,用来给自己的亲友团。明沫也多拿了三张,给了唐绍、杨雨欣和小任,请他们前来观赛。

也就是说,这几个小混混是某个参赛选手的亲友团。

如果是之前,明沫可能并不会感觉到什么不对劲,但是出了林珏夜店的事情之后,明沫不得不多长一个心眼。毕竟高梓川的手段,无所不用其极。

她貌似无意地跟着那几个小混混,其间他们经过卫生间的时候,还遇到了高梓川。

高梓川的身边跟着博恒的经纪人和教练,几个小混混从他身边经过的时候,其余人都投来了有点诧异的目光,显然是对这几个人的画风感到惊奇。

但是明沫敏锐地注意到,高梓川的目光一眼都没往他们几个身上看。

太过避嫌,反而露了马脚。

这几个人是高梓川找来的。

他们来干吗?

明沫急速地思索片刻,突然意识到,刚刚碰见这几个人的时候,他们似乎是从……选手休息室那边过来的。

当时选手们大多都在主办方选定的餐厅里享用午餐，休息室基本全都是空的。

明沫心头一个激灵，猛地往休息室的方向跑。

而在她刚刚到达休息室的时候就看到了恐怖的一幕。

林展涵正在换冰鞋，而他刚刚把脚伸进去就撤了出来。

然后他面无表情地把冰刀鞋翻过来，晃了晃。

鞋中掉出了一个刀片。

很薄但是很锋利，像是从刮胡刀上拆下来的。

明沫倒吸一口凉气，忙不迭地跑过去。

"有没有受伤？"她急切地问林展涵。

"没有，我感受到有异物的时候立刻撤出来了，"林展涵说，"但是我也没想到是刀片。"

明沫深吸一口气，咬紧了牙。

"你知道是谁干的？"林展涵观察了一下明沫的脸色，问。

"十有八九是高梓川，"明沫低声把对几个小混混的观察说了一遍，"你要看到他们的话一定离远点。"

她看了看周围。

尽管怒火万丈，但是明沫还是勉强控制住了自己，休息室这一带没有摄像头，他们没有证据说这是黄毛他们干的。

尤其就算抓住了黄毛，以刚刚的情况来看，高梓川不会承认他们是自己的朋友，那么也是无用功。

"休息室里所有的水和食物都不要碰了，我等下叫人买新的。"明沫说。

"专心比赛……其他的，我来解决。"

第八十九章 化身侦探

此时距离比赛开始已经没有多少时间了。

林展涵和郑雪峰去冰场附近做最后的探讨了，明沫一个人待在休息室里。

这场比赛事关究竟谁能够进入国家队，对于林展涵和高梓川而言都是会改变人生命运的重要赛事。既然高梓川已经下定决心出手，明沫相信并不会仅仅是一个刀片那么简单。

她在休息室里兜了一圈，暗想着如果自己是黄毛的话，还有什么地方是可以下手的。

休息室里没有太多的东西，除了比赛必备用品和运动员自己带来的运动包外，还有一些赛事的赞助商提供的用于补充体力的食物和水。

食物都是没有拆包的，黄毛不可能动过之后再把包装袋复原。

那么……

明沫的目光很快落在了沙发旁边摆放的一排运动型饮料上。

这是赞助商之一的"力多多"提供的，虽然已经推出很久了，但是因为卖点只在于运动后补充能量，口感并不好，基本很少看到有人买来喝。大多数超市也都并不售卖这款饮料，因此这次也是借助俱乐部联赛为它打个广告。

明沫走上前去，默默在心中数了数——她的瞳孔紧缩起来。

一共是七瓶。

工作人员往休息室里搬饮料的时候明沫是看过一眼的，当时他们往每个休息室里都搬了一箱，然后拆开来摆放。

一箱里的数量……不应该是奇数。

明沫走出休息室，刚好旁边是另一个职业男单选手的休息室，明沫在金华花滑表演盛典上跟对方有过一面之缘，于是她走上前去。

"小李，"她冲休息室里面挥挥手，"你休息室里有几瓶力多多啊？"

"六瓶啊，咋了？"

明沫心中雪一般透亮。

她随便几句话应付了小李,转身回到林展涵的休息室。

她坐在沙发上,然后伸手取过离自己最近的这一瓶。

她尝试着拧了一下瓶盖。

瓶盖拧得很紧,没有办法判断是从一开始就没打开过,还是拧开之后用人力又给死死地拧上了。

这种饮料瓶的瓶身是玻璃的,因此也没有办法从接口处进行判断。

明沫拿出手机,点开手电筒功能,一寸一寸地在瓶身上搜寻着。

终于,她在包装纸上看到了一点白色的粉末。只有很小的一点,粘在外壁上,几乎已经和包装纸融为一体。

明沫深吸了一口气,她的掌心已经渗出了冷汗。

找到证据了,这瓶饮料绝对是被下过东西的。

她找来一个塑料袋,小心翼翼地把它封了起来,塞进了自己包里。

明沫飞快地在脑海里分析了眼下的情况。

对方想要在饮料中下药,然而如果在休息室里行动的话,时间太长,容易被抓住,因此最好的方法是直接带进来一瓶现成的。

力多多这种饮料在市面上很难买到,因此几乎不可能是从外面带进来的。

唯一的可能是……从别的选手那里拿的。

唯一让明沫略有慰藉的是,黄毛那群人的行事并不够严密。真的要消弭痕迹的话,应该放下自己这瓶下过药的后,拿一瓶没问题的走,让饮料数量还维持在六瓶。

万幸的是黄毛他们并没有这么周密的头脑,因此给明沫留了机会,直接从数量上发现了不对劲。

明沫站起身来,林展涵在这个时候是不可能看手机了,于是她发了个短信给郑雪峰,简要说明了情况,提醒他一定万事小心。

做完这一切后,明沫起身出了门。

而就在同一时间,比赛正式开始了。

高梓川是第一个小组第一个上场的,明沫走到高梓川休息室的时候,高梓川已经去冰场边上了。

休息室里坐着一个和明沫有过一面之缘的身影——高梓川的哥哥,

高云天。

"是……明小姐吧?"高云天看着明沫,反应了两秒后记起了她的身份,"怎么了,有什么事吗?"

休息室的屏幕里直播着冰场上的情况,高梓川已经上场了,他的节目是《Red》,一首非常昂扬的西班牙风格舞曲,非常适合擅长跳跃的高梓川。

明沫瞥了一眼沙发旁边的饮料,然后瞳孔无声无息地紧缩了一下。

出乎她意料的是,高梓川休息室里的饮料是六瓶。

怎么回事?是什么地方出了错?

"明小姐?"高云天在一旁问。

"没事,我走错了。"

明沫匆匆和高云天打了个招呼,走出了休息室。

难道是她想错了?饮料难道不是高梓川给黄毛的?

直播处传来山呼海啸般的掌声,明沫瞥了一眼,刚好镜头切给了高梓川的教练,从他脸上的表情来看,高梓川显然是发挥得非常不错。

明沫在心里咬了咬牙。

她全然没有目标地向前走着,不知不觉已经走了很远,在一个拐角处,明沫听到了一阵抽泣声。

"教练,我……我不想比了。"是一个小姑娘的声音。

"说什么呢?"教练也是个女人,此刻声音急切,"明天就开始比了,不要紧张,很快就过去了。"

"大家……大家都不看好我,我……不可能有好成绩的。"

"谁说大家不看好你?"教练急了。

"真……真的,"小姑娘泣不成声,"其他姐姐的房间里都有六瓶饮料,只有我少一瓶,肯定……肯定是把坏的一箱给我了!"

明沫猛地顿住了脚步。

她绕过拐角,看到了正一脸气急败坏的女教练和梨花带雨的小姑娘。

小姑娘大概只有十三岁,花滑女单选手都瘦瘦小小的,此刻小姑娘瞪大了泪眼看着突然冲过来的不速之客,显得很是楚楚可怜。

明沫还没说话,小姑娘就叫了起来:"啊,你是……陆包子的姐姐?"

小姑娘显然比较好面子，在外人面前飞速地擦干了眼泪："我也是晨星俱乐部的，只不过我是女单选手，但我和陆铭铭练完经常一起玩，姐姐你叫我萱萱就行。"

　　明沫在心里沉吟片刻，她的大脑飞快地转动着。

　　明沫冲萱萱微笑道："我知道你，林展涵说你是一个很优秀的小选手。"

　　萱萱睁大眼睛，不可置信道："展涵大哥哥……这么说过？"

　　当然没有，林展涵最近和明沫除了工作外连话都说不上几句，实在是没空关心别的小朋友了。

　　不过林展涵在晨星俱乐部的小选手眼中都是神一样的存在，因此明沫立刻坚定地点了点头。

　　萱萱的眼睛里立刻放出了光彩。

　　"看吧，"女教练默默冲明沫传递了一个感激的眼神，然后拍拍萱萱的肩膀，"展涵哥哥都觉得你很棒，你可不能再这么没信心了。"

　　"但是现在林展涵遇到了一些不公平的事情。"明沫低声说。

　　萱萱睁大眼睛，连女教练都惊讶地看向明沫。

　　"可以借一步说话吗？"此时此刻三人都在走廊里，"我想去你们的休息室看一看。"

-339-

第九十章　小分队再聚首

"明姐姐你的意思是……有人从我这里偷走了一瓶饮料，放到了展涵哥哥的休息室里？"

明沫点了点头。

同为晨星俱乐部的人，也没有什么好隐瞒的。

女教练在旁边急切道："这个事情要尽快报给主办方才行。"

明沫摇摇头："现在还不行。"

"怎么？"

"我们没有证据，"明沫说，"没有任何证据可以证明这件事是黄毛他们做的，更无法证明黄毛他们和高梓川之间有关系。"

"那么该怎么办？"

明沫撑着额头在原地坐了一会儿。

她必须在今天的比赛结束前让事情真相大白，否则一旦黄毛和他的伙伴出了场馆，之后人海茫茫，再找到就难了。

"这样……你们先不要声张，"良久的沉默后，明沫站起身来，"我来想想办法。"

观众席上，小任、杨雨欣、唐绍正坐着看比赛。

突然，杨雨欣的手机响了起来。

她接起来。

"喂，你人呢？"杨雨欣问，"马上就该林展涵上场了吧？"

"喂，雨欣，"明沫压低了声音道，"情况紧急，我需要你们来帮我的忙。"

"活都干完了的话，就可以走了。"

黄毛看向自己的手机，上面没有备注的号码发来了这样一条短信。

"钱你会给到位吧？"黄毛回复。

"废什么话。当然。快走。"

黄毛站起身来，招呼自己的同伴。

"黄毛动了。"

由于都是拿的内部票,所以杨雨欣一行人坐得离黄毛并不远,此刻黄毛站起身来,杨雨欣立刻给明沫发了短信。

明沫飞速地走向前场,同时低着头打字:"行动。"

门口的保安正在阴凉处昏昏欲睡。

半梦半醒之间他看到有一行小混混模样的人正从场馆内部走出来。

啧啧,这帮人肯定也看不懂花滑比赛,全都是附庸风雅,结果没看一半就要走了。保安默默地想着。

就在此时,一个女孩突然从旁边杀了出来。

她脚步飞快,行走带风,语气专业而又严厉。

"记者,"她把记者证出示在保安眼前,"经人举报,本场赛事有运动员涉嫌违禁药物使用,特来调查。"

保安还没反应过来,一旁主办方的工作人员就过来了。

这位工作人员应该是个头目性质的人物,他问女孩:"请问这位媒体朋友,这是怎么一回事?我们每个运动员都是提前检查过的,入场的时候……"

"药是观众带进去的,"女孩说,"有一位观众为我们提供了线索,说他看到有拿内部票的观众偷偷往休息室里送药。"

那工作人员沉吟片刻。

"刘总,这……"保安迟疑。

此刻黄毛他们已经走到了近前。

"等一下,"刘总拦住黄毛几个,"请先不要出去。"

他转过身来看向女孩:"这种事情是很严肃的,我们一定配合调查,也希望媒体朋友不要在有确凿证据之前做出任何论断。"

杨雨欣点点头:"这个自然。"

"封锁场馆,"刘总对保安说,"不要让任何观众出来。"

这一切全都真真切切地落到了黄毛的耳朵里。

"哥,怎么办?"一个背着书包的胖子跟在黄毛的后边,低声耳语道。

他们一行三个人,除了黄毛外,一胖一瘦,形体特征倒是非常好记。

黄毛颇为蛮横地转过头去,对刘总说:"我现在要出去,你们这么拦着人，耽误了我的大事，你们赔得起吗？"

刘总有点为难。

虽然作为主办方，他非常在意在公众面前的清白和声誉。但其实按理说，工作人员是否有权封锁场地是存疑的，黄毛如果强行要出去的话，无论是记者还是工作人员都没有限制他人身自由的权利。

"您要出去的话可以，"杨雨欣在一边说，"麻烦出示身份证登记一下，而且包请过一下安检。"

黄毛哑了。

片刻后，他转回身去："算了，那就配合你们的工作吧！我再回去看一会儿！"

杨雨欣默默注视着他们离开，悄悄地发了一条短信给明沫。

"确认了，东西应该还在他们的包里。但是你想好了吗，怎么证明黄毛他们是受高梓川指示的？"

明沫收到短信，默默地攥了攥拳。

"想好了。"

"哥……哥要不这样，我去卫生间把东西丢掉，"黄毛身边的瘦子是个比较精明的角色，此刻趴在黄毛身边小声道，"这东西已经发挥完作用了，咱们把它扔掉，高梓川应该也不会叫咱们赔。"

黄毛点了点头，低声道："小心点。"

"得嘞。"瘦子从胖子手中接过了书包，径直去了男卫生间。

他进了一个隔间，正要把"药"从背包里拿出来，就听到隔间有人打电话。

"我知道的，高哥，你放心，我肯定不把钱转给他们。"

瘦子本来要将药冲进下水道的手突然顿住了，"高哥"和"钱"这两个字牵动了他敏感的神经。

"您说得对，事情做得这么不妥当，记者都找过来了，还想要钱？"隔间的男人似乎并没有听到有人进来，仍然在自顾自地打着电话。

瘦子强压怒火，竖起耳朵凝神细听。

"所以高哥，现在我们怎么办？怎么才能把记者应付过去？"

"还是您有主意！"很快，隔壁的男人笑了起来，"就按您说的办,咱们把他们扔出去,承诺再给他们加一笔钱,到时候等他们把锅背完了……那是,肯定不是真给啊,到时候不给他们也没办法嘛!"

瘦子再也听不下去,他把药粉重新收回了包里,悄无声息地跑了出去。

瘦子走了一分钟后,隔间的男人走了出来。

那人一身风骚的打扮,粉色为主,花花绿绿的饰品凑了一身。

不是别人,正是小任。

"我就是这样一个艺术天才,"小任陶醉地想,"这个演技,唉,我就是未来话剧界的台柱子啊!"

"哥。"瘦子背着包跑了回来,坐到了黄毛身边。

"怎么样?处理完了吗?处理完了我们现在就走。"

"处理什么啊!"瘦子心急火燎地抓住黄毛的胳膊,把在卫生间里听到的全都复述了一遍。

"高梓川那小子想推我们出去当替罪羊,想替完罪之后再赖账不给我们钱。哥,如果是这样的话,我们真的一点办法都没有,到时候再举报他也没用了,人家比赛已经比完了,我们手里的证据也没了,谁还会相信我们?"

瘦子攥紧手中的包:"哥,依我看,趁着东西还在我们手里,我们这就去举报他,那小子不仁,也别怪我们不义!"

"等等。"黄毛比胖子和瘦子大两岁,到底心思还是缜密一些,此刻一把拉住了激动的瘦子。

"这样我们恐怕也没好果子吃。别冲动,待我试探一下高梓川,如果真是他不仁不义的话,我们再鱼死网破不迟,"黄毛低声道,"奇了怪了,会不会是你听错了?那小子在钱的方面一直很大方,把黑锅抛给我们,我信他做得出来,但我实在想不到他会干赖账这种事。"

"知人知面不知心啊哥,我听到的都是千真万确!"

黄毛按住瘦子,掏出手机,给那个号码发信息:"好像有人过来调查了。"

那边很快回复了一个问号过来。

"来不及解释了,这样,我就问你,如果从我们这里搜出东西来了怎么办？"

那边沉默了一会儿，然后回复道："兄弟，如果真的东窗事发，你们就说你们之前是林展涵他爸公司的人，受过林展涵他爸的气，所以想要报复在林展涵身上。不要提到我，钱我双倍给你。"

"看见没有……"瘦子嘴唇哆嗦道，"和我听到的一模一样。"

黄毛咬紧牙关，打字："那你现在就把全款给我转过来。"

"现在转全款？你疯了？"那边回应得也很直接，"你拿到钱了再把我卖了怎么办？"

黄毛面无表情地收起手机。

他相信瘦子听到的是真的。

"高梓川，"他咬牙切齿道，"我混了这么多年，还没被这么玩过。"

"走，"他说，"我们去找门口那个工作人员，把东西给他看。"

第九十一章 攻心之战

"你说黄毛他们指控高梓川的话,一定能构成证据吗?黄毛他们几个都是满嘴跑火车的小混混,主办方会不会认为他们只是随便找了一个选手进行诬陷?"

"明沫,你有没有能直接从源头进行佐证的办法?"

"有。"

高梓川面沉似水地待在休息室里。

他心里很慌,然而强自镇定。

"怎么了?"高云天走了进来,"你脸色怎么不太好看的样子?"

"没事……哥,你先出去吧,"高梓川说,"我想自己待会儿。"

高云天离开后,高梓川坐在沙发上,咬紧了牙关。

幸好他今天的节目已经比完了,不然以他现在这个心态,绝对全是失误。

黄毛最后没有回他的短信,这让他感觉很慌,似乎有一种山雨欲来的感觉。

而就在此时,休息室里的广播响了起来。

"各位选手请注意,为保证赛事的绝对公平,我们临时起动检查,希望各位选手配合。"

高梓川的瞳孔猛地缩紧。

而两分钟后,他的房门被敲开了。

一个五官端正的男生走了进来:"你好,是高梓川选手吧?"

高梓川面无表情地看向这个男生,他的心里已经紧张到了极点。

"我们认为您这边可能存在一些问题。"

高梓川紧绷到极点的神经被拉扯了一下,终于突破了临界值。

"你在说什么鬼话?"他低声道,手脚已经完全冰凉。

"有人指认了你。"男生不紧不慢地说。

"指认我?谁指认我?"高梓川梗着脖子,他的每一个字都说得极其小心翼翼,"我这个人平时性格比较直,在外面玩的时候得罪过很多人,可能他们中有人要害我。"

男生一步步走近。

他的面孔很平静，然而他越平静，高梓川越慌。

"你……你……你……你干什么？"

高梓川终于忍不住爆发了。

"别再过来了！给我滚远点！"高梓川冲着步步紧逼的男生大吼道，"有什么证据说是我干的？有问题的饮料是出现在我这儿的吗？出现在谁那儿你就去查谁啊！"

男生突然不再往前走了。

高梓川愣愣地看了他两秒，突然，他像是反应过来了什么，全身的血轰地一下全涌到了头顶。

男生默默站定，从兜里掏出了录音笔，那是他女朋友工作常备的东西，此刻为了行动方便而交给了他。

"你好，自我介绍一下，我并不是工作人员，我叫唐绍，是一个程序员，"唐绍冲高梓川点点头，"但是作为这个比赛的观众，我有权把这份记录交给主办方，以确保比赛的公平。"

高梓川呆呆地看着他，大张着嘴巴，像一条脱水的鱼。

"有问题的饮料，这是你的原话，"唐绍笑了笑，"我刚才也听到了广播，并没有提到关于药究竟是什么样的，是注射的，还是口服的？一个字都没有提到。"

"而你却直接知道……是下在了饮料里。"

"有什么解释的话，请去对主办方说吧。"

至此，明沫包里的力多多饮料，黄毛三人的指控，和高梓川自己的失言，终于构成了一条完整而无可辩驳的证据链。

然而林展涵并不知道这一切，作为运动员，他的全部精力都集中在即将到来的比赛上。

而现在终于轮到了他上场。

观众席的气氛已经被炒热了。

当解说报出林展涵的名字时，全场发出了经久不息的掌声和尖叫声，以示对他的期待。

林展涵在铺天盖地的声音中走向冰场。

远处的掌声是如此模糊，然而近处的声音却如此清晰。

"林展涵。"

林展涵回过头去，他看到了高云天。

高云天看着林展涵，笑了笑。

林展涵注意到高云天的唇色出奇地苍白。

"我有几句话跟你说。"

"有什么比完之后说吧。"林展涵向前走去。

"林展涵！"高云天一把拉住他，"求你让一让我弟弟吧！"

林展涵并没有回头，他试图甩掉高云天的手。

"你听我说，我得了胃癌。"

林展涵的脚步猛地顿住了，他回过头来，不可置信地看着高云天。

"我知道梓川有诸多对不起你的事，但是求你理解他一下，他太年轻了，而且太想为我们兄弟两个获得荣誉。"

"我们两个从小开始滑冰，最大的梦想就是进国家队，但是一直到现在都没有实现。我时间不多了，癌细胞扩散得很快，我只希望能在我活着的时候看到他进国家队。"

"你今年不行，还有明年，但是我就没有了，"高云天低声说，"当年在全国青年锦标赛上我从来没有为自己求过你，但这一次——我想为了我弟弟求你。"

林展涵看着高云天，黑沉沉的眸子里波涛汹涌。

有工作人员上前催促："林展涵选手，请上场。"

林展涵转身离去。

此时此刻，明沫正好从主办方那里急匆匆地跑了出来，她远远地看到了林展涵的身影。

"旁边……旁边那个是谁？"她眯起眼睛，看向那里。

看清后她的心一颤。

怎么是高云天？

高云天在林展涵临上场的时候拦住他要说些什么？

明沫脚步生风地飞跑过去，该死，她一直忽略了高云天这个人。

和顽劣不堪的弟弟相比，高云天文雅有礼，在所有的冲突中都未露面过，因此明沫一直没有试图去提防这个人。

然而他为什么要在临上场前找林展涵？

明沫想要急速地跑去问一下林展涵，然而时间已经来不及了，她眼睁睁地看着郑雪峰在林展涵的肩上鼓励性地拍了一下之后，林展涵滑入冰场。

音乐声响起。

明沫停下脚步,她紧紧盯着林展涵的步法。

只一瞬,明沫的心就慌了。

这些日子下来她虽然也算粗通花滑,但是并没有专业人士的好眼力。然而她硬是凭借爱人之间的互相了解,一眼看出了林展涵……他的状态不太对。

怎么回事?刚刚还是好好的啊?

明沫惊疑地看向高云天的方向,从她的位置只能看到高云天的后脑勺。

而就在同一瞬,场上观众爆发出了"咦"一声的可惜声。

明沫的瞳孔猛地放大。

第一个勾手四周跳,林展涵落地后单手扶冰,失误。

一股绝望之火在明沫的心里熊熊燃烧起来。

她三步并作两步冲到高云天身边,一把揪住了他的领子。

"你跟他说了什么?"明沫比高云天要矮整整一个头,然而这一瞬她力气大得惊人。

"明沫,你在干什么?"周围有同为晨星俱乐部的工作人员斥责道,"这里离冰场这么近,你大喊大叫只能影响你自己的选手!林展涵在场上全都看得见!"

明沫猛地回过头去,看向林展涵。

那一瞬间她已经不抱任何希望,竞技场上的事就是如此残酷,它太短暂,你十几年如一日地为它准备,然而一个极细微的变数就可以把你所有的努力尽数摧毁。

就在明沫回头的瞬间,林展涵进行了他的第二个跳跃。

阿克塞尔三周跳,所有三周跳里分值最高也是最难的一种。

林展涵腾空的那一瞬明沫的心就凉了。

太低了。

起跳高度太低了。

低空下根本难以完成那么多圈的旋转。

明沫绝望地闭上眼睛,她已经不敢再看下去了。

第九十二章　君子小人

然而两秒钟后，四周传来了山呼海啸般的尖叫声。
明沫惊讶地睁开眼睛，她看到郑雪峰脸上狂喜的神色。
没有失误！这个跳跃是完美的！
而接下来的一切都是完美的。
联合跳跃，接续步，联合旋转。
在《枫》如水般流淌的音乐里，林展涵如同进入了幻境，他的身体仿佛不受任何摩擦力和重力的束缚，在冰场中轻巧地翻转、升起、落下。
到最后明沫根本忘了去注意他每个动作到底是什么——她只是进入了那个故事。
那个发生在北京秋天、无疾而终的爱情故事，男孩和女孩在漫山遍野的红叶中擦肩而过。
所有的哀愁、思绪、无奈、倾慕、无悔。
所有的等待都是期待。
所有的自白都是告白。
一曲终了，林展涵立于冰场正中，汗水从他的发上滚落，滴落在如银的冰雪上。
全场寂静了许久，整个场馆内落针可闻。
然后是山呼海啸的掌声，粉丝将毛绒玩具从观众席抛下，落在冰场上。小兔、小松鼠、小猴、小猪落在林展涵的周围。
他擦了一把额头上的汗，然后从中捡起了一个小松鼠的，冲明沫挥了挥。
明沫冲他笑了起来，笑着笑着就捂住了脸。
泪水从她的指缝间流出来。
片刻后，她感觉自己被用力地抱住了。
明沫睁开眼睛，她看到高云天已经离开了。
"刚刚……高云天到底跟你说了什么？"
"不重要。"林展涵用力抱紧明沫。
"那你最后为什么又……调整回来了？"
林展涵笑起来，在万众瞩目里，他轻轻吻上明沫的唇。

"因为我想起来了,这是我想要滑给你的曲子——我不能把它搞砸。"

事后,林展涵见到了高云天。

"我以为你会是那种……有善良之心的人。"高云天对林展涵说。

林展涵沉默片刻,低声道:"说实话,你告诉我的那一刻,我动摇过。"

但是我很快想明白了一件事,运动员的善心不能被用在竞技场上。

竞技的公平,不能被任何东西破坏掉,无论是善的,还是恶的,都不能。

"我今天维护了这个公平,可能会伤害到你,但是如果竞技的公平被破坏了,那伤害的就是所有在场上和不在场上的运动员。"

"当时在场上我没办法想那么多,只是突然悟到了这一点。但是在赛后,我想了很多。"林展涵一步步走向高云天,他目光如炬,高云天垂下了眼睛,竟然不敢跟他对视。

他和高梓川都犯了一个错误,他们以为林展涵是单纯愚蠢好欺负的人,但事实上并不是,林展涵有着远超常人的聪明头脑,只是大部分时间他懂得什么才是更重要的,所以不肯把心思往这方面放。

此刻他锋芒毕露,高云天才意识到他的可怕。

"如果真想要我放水,你为什么不提前来找我,而是在临上场的时候才对我说?"

"因为提前跟我说的话,我有充分的时间来抉择,然而在上场的前一刻告诉我,我根本没有反应的时间,无论我答不答应,我的心态都严重地被干扰了,"林展涵盯着高云天的脸,"你真正想做的并不是让我放水,只是从心态上给我临场一击而已,难道不是吗?"

"林展涵……"

"而且,"林展涵低声说,"在和你聊这几句的时候,我又多了一个惊人的发现。"

他突然伸手钳住了高云天。

"你……你干什么?"

高云天挣扎起来,然而林展涵只是伸出指尖,在高云天的嘴唇上蹭了一下。

他的指尖立刻变白了。

"是粉底。"林展涵轻声说。

高云天愤怒地甩开他的手,这是这个文质彬彬的年轻人第一次露出这么失态的情绪。

他转身就要走。

"我不明白,你说你们兄弟从小就喜欢滑冰,"林展涵双手插兜,淡淡地说,"可是为什么到最后……你们喜欢的只是赢?与滑冰没有任何关系的赢?"

为此不惜用尽各种下三滥的招数,不惜用很忌讳的方式来谎称自己得了绝症,只为利用对手的一点怜悯。

"什么叫我们喜欢的只是赢?"高云天回过头来,冷冷地笑,"林展涵,这话说得太虚伪了吧?你不喜欢赢吗?这个世界上有不想赢的运动员吗?"

"你只是一直能赢而已,所以站着说话不腰疼。"

林展涵沉默地看着他,事已至此,他已经感觉不到再和高云天说下去的必要。

外人的眼里,林展涵是一个传奇故事。

人们喜欢传扬故事里的传奇,刻意地忽略故事外是更多人的默默无闻。

而最终成为传奇的人,也没有人记得他们于晦暗时的挣扎。

就在此时,有工作人员走了过来。

"高先生,"工作人员说,"高梓川选手涉嫌违规,希望您配合我们的调查。"

事情并没有明沫和林展涵想得那样顺利。

高云天为高梓川背下了一切,宣称这一切都是自己计划好的,高梓川与此无关。

其实对此明沫和林展涵心里都是有数的。之前的种种,高云天不可能全无参与,否则以高梓川那种暴躁轻浮的个性,很多计划不可能那么一环扣一环。

但这绝不意味着高梓川就是无辜的。

可惜这一届承办的是博恒俱乐部,在这件事上,博恒有很大可能会尽力维护自己的选手。

总之最后的结果是,高梓川仍然可以参加之后的自由滑,至于比赛后经过更深一步的调查,他的成绩是否取消,这还是个未知数。

这就意味着局面对于林展涵而言还是非常不利。

由于失误,林展涵现在的短节目得分以 58.75 排在第三,第一名为高梓川,第二名是另一个来自黑龙江的职业选手。

一切都取决于自由滑上的表现。

17 号的清晨林展涵和郑雪峰一起出去了,明沫一个人待在俱乐部里刷手机。

她本来点开新闻想要看一看有没有关于前一天赛事的报道,然而当她点开首页的时候,明沫看到了一个新闻的标题。

有那么一瞬间,明沫觉得自己看错了,要不然就是在做梦。

极大的不真实感充斥着她的脑海,直到很长时间后,反射弧才不情不愿地跑完了全程。明沫猛地惊觉,然后脑子里轰然一声巨响。

她想起了不久前自己站在会所后院幽静的假山竹林旁,看到了消瘦苍白的林征宇。

她想起他当时看向林展涵的目光。

人生中的大事其实早已经轰轰烈烈地拉开了帷幕,只是那一天你并没有意识到,只当那是再平淡不过的一天。

明沫看着眼前的新闻。

"今日八时三十二分,著名企业家林征宇因肺癌去世,享年四十七岁。"

明沫看向手机上的时间,现在是九点整。

她恍惚地站起来,她不知道自己该去干什么,然而潜意识支配着她下楼打了一辆车。

她报出了林征宇所在医院的名字,出租车启动了。

上午的阳光肆意地透过玻璃倾洒下来,外面的街上很热闹,形形色色的人穿行而过,有的步履匆匆,有的满面愁容,有的眼角带笑。在他们的身边,没有收摊的早餐铺子仍然冒着蒸腾的热气,把人间烟火用一碗碗馄饨、豆腐脑来传递。

然而这样的世界,都再和林征宇没有关系了。

第九十三章 《我终于失去了你》

明沫在医院的大门口处看到了正站在外面打电话的徐妍。

徐妍看到了明沫，她放下手机，走到明沫面前。

她没有哭，然而脸上因为不施粉黛的原因，显得苍白失色，眼角的皱纹也清晰可见。

明沫突然发现，这个记忆里明艳华丽的女人也无声无息地老了。

"不必用这种眼神看着我，我来帮他处理最后一点事是应该的，但是等一下我还得回公司，有一桌人在等着我开会，"徐妍低声道，她的嗓音有点哑，"你来得正好。"

明沫闭上眼睛，手指战抖起来，她知道徐妍要问她什么问题。

"我知道林展涵明天比赛，我和他不熟，不知道他知道这件事会怎么反应，"徐妍垂下眼睛，"所以你来替我决定一下……要不要通知他。"

明沫看向天空。

层层云朵之上，是否真有一个名叫"老天爷"的存在？

如果有的话，那他为什么如此不公。

无论是她还是林展涵，都承受了太多命运的巧合。

曾经是高考的时候姥爷去世。

到现在，轮到林展涵。

这不公平，这一点都不公平，为什么别人可以平平安安地走完全程，自己和林展涵就要遭受这样的大起大落？

明沫竭力回忆着自己当年的心情。

良久，她闭上眼睛，轻声道："通知吧。"

如果可以，自己也多想回到当年，去见姥爷最后一面。

徐妍点了点头，她发了一条短信，然后冲明沫点头致意了一下，走向了自己的车。

"小珏还在医院里……你帮我照顾一下吧，"徐妍轻声说，"那孩子还是不太愿意见我。"

她摇起车窗，黑色的车窗玻璃遮住了女人美丽而苍白的面容。

她的最后一眼看向医院的方向。

至此,随着另一个人的离开,那一段埋下了错误的因果的爱情终于在时光里烟消云散。

明沫无从揣测徐妍到底是怎么想的,而现在这一切也不再重要。

上一代人的故事永远埋在上一代人的心里,后辈们可以有无穷多的想象,但最终也无法得到真相。

明沫走向医院,那一瞬间她甚至有点恍惚,四年前姥爷走的时候她并没有来过医院,而今生死无常,因果轮回,她到底是要来这里走一遭。

时间一分一秒地流逝过去。

每一秒都无比地漫长,仿佛被拉伸成一个世纪。

明沫在楼道里站得太久了,她的小腿是麻的,四肢的末端几乎都和冰一样冷,面前有太多的人走来走去,穿着白大褂的医生和护士,穿着黑西装的律师,还有形形色色明沫根本不知道是什么身份的人,林珏原本站在她身旁哭到几乎脱力,最后直接瘫倒在了地上,被两个护士搀扶着离开。

然而就在离开的前一刻,明沫听到林珏颤声道:"哥。"

她猛地回头。

林展涵站在楼道的尽头,他的身影逆着医院楼道冰冷的光线,整个人像是一尊已经屹立了千年的石雕。

明沫没动,她小腿的肌肉止不住地打战,她甚至已经没有勇气走过去看林展涵的表情。

然而林展涵走了过来。

他走得近了,明沫看清了他的面孔。

林展涵仍然是平静清冷的,他走到近处的时候律师看到了他,走上前去跟他说着什么,林展涵礼貌地侧过耳朵听着。

但是明沫注意到了,林展涵的目光几乎是涣散的,他礼貌地随着律师的话点头,但是他根本就没听进去。

他和律师交谈完毕后,在医生的带领下去看了他父亲最后一面。

出来的时候仍然很镇定。

路过林珏的时候他甚至以一个长兄的姿态,伸手抱了抱这个弟弟。

林珏轻声道:"哥,爸留了一个录音,说如果你还肯来,就让我交给你。"

林展涵站着没有动,林珏用战抖的手从外套的兜里掏出了手机,然后从里面调出了一段音频。

他小心翼翼地看了一眼林展涵,然后点下了播放键。

一段凌乱的咳嗽声,然后男人虚弱的声音响了起来:"展涵。"

明沫以为男人有很多的事要展开来说,毕竟那是他留给长子的遗言了,然而隔了很久,手机里只传出来了一段气息紊乱的朗诵。

"赵客缦胡缨,吴钩霜雪明。

银鞍照白马,飒沓如流星。

十步杀一人,千里不留行。

事了拂衣去,深藏身与名。"

朗读到这里的时候,声音突然被一阵汹涌的咳嗽声打断了,咳嗽过后是漫长的寂静。

就在明沫以为已经结束的时候,手机里再次传来男人的声音。

他低声道:"加油,儿子。"

然后是音频结束的声音。

明沫不知道林展涵是什么感受,她根本不敢去想,因为她自己的身体都宛如被电流穿过。

《侠客行》,是童年深处的回忆,是经年的默默注视,是离世时刻最后的祝福。

林珏看向林展涵,然而林展涵没有给他任何反应,他就这样带着一张平静的面孔,走过一个个看着他的人,穿过人群,走向外面。

明沫不由自主地跟了过去。

林展涵走到了拐弯处,他远离了众人的视线,只有明沫远远地跟在他的身后。

他伸手去推安全通道沉重的大门,然而推了几次都没有推动。

就在这时,不知道是哪个不知情的人拨了林征宇的电话,那段林征宇用了四年或许更久的手机铃声响了起来,李宗盛带有沧桑感的男声在寂静的空间里飘荡。

当所有的人离开我的时候

你劝我要耐心等候

并且陪我度过生命中最长的寒冬

如此地宽容

当所有的人靠紧我的时候

你要我安静从容

似乎知道我有一颗永不安静的心

容易蠢动

然后明沫看到林展涵缓缓地跪了下去。

他就这样跪倒在了医院安全通道的门口，把脸埋进了自己的臂弯，像一只在雨中翅膀被淋得透湿的飞鸟。

我终于让千百双手在我面前挥舞

我终于拥有了千百个热情的笑容

我终于让人群被我深深地打动

其实再多一天就好了，再多一天，林展涵就可以向父亲证明他自己了，他会成为冠军，然后拿着奖杯站在领奖台上，宣告当年父亲的做法是多么错误。

可惜他的父亲没有给他这个机会。

我却忘了告诉你

你一直在我心中

啊我终于失去了你

在拥挤的人群中

我终于失去了你

当我的人生第一次感到光荣

那一瞬明沫突然明白了，其实林征宇是爱他的儿子的，而林展涵也爱他的父亲，他怀着一颗热诚的心坚持回到中国，那么坚定地要滑带有中国风元素的曲目，是因为这些就是他和父亲仅有的相处时光中，父亲带给他的。

但是终其一生，他们都没有找到爱彼此的方式。

第九十四章 侠客行

那天林展涵一个人走了,他擦干眼泪之后上了郑雪峰的车,他们还有很多比赛的准备工作要做,明沫没有理由跟上去。

她也确实不知道能和林展涵说什么,她给了林展涵一个很紧的拥抱,然而她自己也知道,这即使能稍作安慰,也终究是乏力的。

她一个人在晨星俱乐部里待到了晚上,到最后整个大楼都空了,明沫才魂不守舍地意识到自己应该离开了。

她不知道林展涵会受什么影响,生死之间,世间的一切都是小事。

明沫无从判断林展涵现在到底在想什么。

然而经过冰场的时候,她敏锐地注意到里面的灯似乎没有关。

明沫顺着光源走了过去。

其实冰场的灯大多都已经关了,只留下最上方的一顶,把微弱的光线投在冰面上,光圈的正中央,少年非常平静地躺在那里,他闭着眼睛,胸口随着呼吸一起一伏。

明沫叹了口气,她想了想,走了过去,在他身边不远处跟着躺了下去。

好安静。明沫突然想到。

原来冰场是这样安静又寂寞的地方,有鲜花掌声和音乐的时刻在冰场中只是那样短暂的一瞬,就像流星划过黑夜一样转瞬即逝。

大部分的时间里它都是这样的安静,十几年的时间里林展涵就是在这样的安静里一遍又一遍地重复着他的每一个动作。

明沫突然想起了当年初见林展涵时他的眼神,以及他说的那句话:"我是能在这片冰上粉身碎骨也在所不惜的人。"

他的每句话她都记得清清楚楚,他的每句话都让她在人生前行的过程中得到过无数的力量。

"起来吧,冰上太冷了,会冻病的。"最后是林展涵先开了口。

他率先起了身,明沫跟着站了起来。

他们站在黑暗的冰雪世界里对视,唯一的光源在他们的头顶。

"我刚刚……突然想起一件事,"林展涵轻声说,"我爸一辈子都没有对我说过爱我。"

明沫沉默着。

很多男人都是这样，可以在外面指点江山，回家后却从未、也不知该如何对最亲近的人表达。

"当然，我好像也从来没对他说过我爱他，"林展涵声音低低地说，他的声音哑哑的，像是被清泉浸透过又在风里被吹干的细沙，"我其实一直都和他较着一股劲……我想让他看一看，但是现在……他再也看不到了。"

"我刚刚还想起来，其实我好像没有被任何人说过我爱你，你也没有对我说过，对不对？"林展涵看向明沫，他的脸色仍然是平静清冷的，但他的声音克制不住地有点抖。

"我爱你，明沫，你现在是我在这片土地上唯一重要的人了。"他低声说，"我爱你。"

他看向明沫的眼睛，那一瞬间明沫觉得他的眼睛深处藏着一个很小很小的男孩。

一个刚刚失去父亲的小男孩。

她很想抱住那个小男孩说她爱他。

她没有任何可能不爱他。

然而良久的沉默后，明沫轻声道："我不想现在说。"

她看到林展涵的眼睛如烧着的陨石般，在无穷宽阔的宇宙里，由灼烧般的明亮化作了黑暗的死寂。

"没关系，"林展涵用尽最后的力气笑了笑，"你……"

"因为我想告诉你，"明沫看着林展涵的眼睛，"不是说了才是爱的。"

林展涵的身形在瞬间定了一下。

"你明白吗？其实有很多很多人爱你，虽然他们没有说过这句话，"明沫轻声说，然而她的每个字都清晰而坚定，"就像我一样。"

"整场比赛有两个节目，短节目的《枫》和自由滑的《侠客行》，你说《枫》是滑给我的，那么《侠客行》……是滑给天堂的父亲的，对不对？"

"你已经走了这么长的路，走到了这里，那就请走完最后一程吧，"明沫抱住林展涵，轻轻地吻上他的眉心，"你要相信我……你爸爸会很高兴看到这一切。"

"他会很高兴他的儿子不再孤独。"

"他也会很骄傲他的儿子从未回头。"

终战就这样拉开了帷幕。

和短节目当天的一地鸡毛不同,明沫来到现场的时候,觉得自己的内心一片空澄。

他们和高梓川在路上相遇的时候,高梓川投来了极尽敌意的眼神,然而林展涵看也没有看他一眼,径直走了过去,让高梓川的所有挑衅都落了空。

在休息室的时候,林展涵看着转播的屏幕,低声道:"这场比赛会直播的,对吗?"

明沫点了点头。

"那你能不能帮我给解说带个纸条,我没有麦克风,没有赛前发言的机会,所以想让她在我上场的时候帮我说一段话——我知道可能有点不合规,但是希望能试试。"

明沫沉默片刻:"好。"

她并没有看林展涵给自己的纸条里写了什么,径直把它交给了解说,她对他有着绝对的信任。

高梓川仍然在林展涵的前一组。

明沫想过高梓川会在这种情况下心态崩坏失误连连,然而情况似乎是相反的。

高云天为他顶下了所有罪名这件事似乎深深地刺激到了他,他憋着最后一股劲,要为哥哥争气。

他这次自由滑的选曲也很聪明,避开了自己表现力不够细腻的短板,选了一个相当激昂的乐曲,刚好发挥了跳跃的优势。

最后,高梓川总分为191.28。

这是一个在俱乐部联赛中很罕见的高分,即便放到亚洲公开赛上也可以争夺一下前三名,直接破了俱乐部联赛的纪录。

观众席上高梓川的粉丝疯狂尖叫。

明沫不得不承认,抛开人品来看,高梓川其实是非常有天分的花滑选手。

大屏幕转播了一段高梓川的赛后采访,高梓川带着笑容和眼中熊熊燃烧的光芒,对着镜头道:"我为冠军而来。"

中间几位选手的表演相对而言都有些乏善可陈,所以,当场内报出林展涵的名字的时候,场馆内的反应空前热烈。

很多观众都知道林展涵在前一天失去了父亲,他们带着忐忑好奇的心情看着林展涵出场。

林展涵来到他们的视野中,有很多老冰迷已经开始欢呼了起来。

待他们的声音稍微小了一点之后,解说开口道:"在表演之前,林展涵选手托我念一段话,是他想要说的……"

"大家都知道,花滑这个项目,是竞技和艺术的结合。"解说对着林展涵交给她的纸条念道。

"我之前一直把它当成竞技更多,但是今天……我不想再去想冠军的事情,我只想贡献一场表演。"

"给我爸爸。"

"我爱你。"

随着解说的最后一句话落地,《侠客行》的音乐响了起来。

如风起于竹林之巅,有白衣的少侠立于巅峰之上,穿过竹林间的重重啸声,将目光投向远方。

赵客缦胡缨,吴钩霜雪明。

银鞍照白马,飒沓如流星。

十步杀一人,千里不留行。

事了拂衣去,深藏身与名。

林展涵的身影轻盈地绕于冰场之中,他身姿昂扬,剑眉星目,浑身上下如泼墨般写满了潇洒不羁。

时隔两年,林少侠终于再度于冰场出世。

打头的是一个阿克塞尔三周跳,林展涵轻盈起身,跳得极高,落得极远,轻盈漂亮,恰如侠客一剑出鞘,又轻巧地收回。

观众席上爆发出喝彩声。

闲过信陵饮，脱剑膝前横。

将炙啖朱亥，持觞劝侯嬴。

进入了细腻的滑行部分，林展涵的步法是极具美观性的大一字，整个人舒展如中国汉字，冰刀划过冰面的每一瞬都像是侠客的闲庭信步，这是他的洒脱，他的闲适，他的心怀天下，他的成竹于胸。

三杯吐然诺，五岳倒为轻。

眼花耳热后，意气素霓生。

乐曲骤然激昂了起来，最难的跳跃即将一个个到来。

大一字后转三进入的后内结环四周，林展涵进入跳跃的速度非常高，不带有丝毫的迟疑，又是一个完美的跳跃，观众席上已经没有人欢呼了，所有人都紧紧盯着冰场中的那个身影。

救赵挥金锤，邯郸先震惊。

千秋二壮士，烜赫大梁城。

衔接得无比紧密的跳跃开始一个个亮相，落冰时发出的声响掷地有声，就如同侠客于战场前鸣起战鼓。林展涵加速进入后外点冰四周接三周，三周的时候使用了上双手的高难度做法，划出时采用的也是外刃大一字的加分难度。

进入最后的旋转，林展涵祭出了他标志性的贝尔曼。

将腿后拉至头顶，林展涵上身后仰，进入最后的旋转。

他越转越快，远远看去，只见冰场中央一团光影在不停旋动。

纵死侠骨香，不惭世上英。

谁能书阁下，白首太玄经。

侠客的名字永远在世间传颂。

林展涵也终将把自己的名字刻入花滑界的历史。

一曲终了，全场无声。

在空旷的寂静里，林展涵看向上方。

场馆并不是露天的，林展涵并不能够从他站的地方看到天空，更遑论云层之上。

然而冥冥之中，林展涵就是觉得有一束目光从上方传来，穿透一切，落到了自己身上。

"爸爸，"他轻声说，"你教我的，我今天做到了。"

那一届的花滑俱乐部联赛，被很多人津津乐道了很久。

人们很少看到一场职业比赛中有那样世界级的表现，那样专业级的对决。

最终，男单选手林展涵以198.89的总分逆转了短节目时的落后，一举赢得了冠军，重回巅峰。

而第二名的高梓川却在比赛结束后，最终由于涉嫌违规，失去了亚军的资格。

自此之后，高梓川飞快地陨落了，然而他的陨落并没有引起太多人的注意，毕竟在这个残酷的世界和更加残酷的竞技场上，每天都有无数年轻人在梦想面前惨败，高梓川只不过是其中最最平凡的一个而已，即便他曾经也是那么的惊艳。

晨星俱乐部由此愈发扬名，当然林展涵并没有留在那里，很快，他重新回到了国家队。

他的经纪人明沫因为极其出色的表现，成了体育经纪界最年轻的明星经纪人。

而这一切仅仅是个开始。

新的征途永远在脚下。

身经百战的年轻人已经学会了永不回头。

第九十五章　永不回头（大结局）

金秋送爽，转眼又是一年一度的开学季。

作为全市最好的高中，一中的校门很是气派，门口的公告栏中展示着一排排的照片，全都是各届的杰出校友。

"快看这个，这个学长好帅啊。"有刚入学的新生站在公告栏前指指点点，让我看看，"啊，是花滑运动员啊！"

"林展涵你都没有听说过？"另一个女生说，"他原来是超级天才的一个运动员，后来因伤退役了，大家都以为他再也没法出现在赛场上的时候，他又重新回到了国家队，听说马上就要代表国家出战亚洲公开赛了！"

传达室里的大爷板着脸溜达了出来。

"在这儿吵吵什么？还不赶紧进去报到！"

有胆子大的女生笑嘻嘻地问："大爷，您见过林展涵学长吗？"

老头耷拉着眼皮瞥了一眼公告栏上的照片："怎么没见过，这小子我很有印象。"

"真的吗？真的吗？"女生们欢呼起来，"原来林展涵学长在校的时候就这么优秀！"

大爷没有说话

他把能记住林展涵是因为对方老翻墙这个事默默地吞了下去。

"林展涵学长真人和照片一样帅吗？"

"还行吧，"大爷仍然耷拉着眼皮，"可能比照片好看那么一丁点。"

女生们又是一阵尖叫，搞得大爷只想捂耳朵。

他看了一眼远处，眼皮突然抬了抬，似乎是有点惊讶。

"行了，行了！赶紧进去，迟到了又挨老师说。"他轰小鸡一般把叽叽喳喳的女生们轰进校门，然后眯起眼睛望向远处。

在灿烂的阳光里，远处走来的是一对朝气蓬勃的年轻人。

男孩清冷英俊，女孩阳光知性。

距离他们毕业已经过了很多年了，但是大爷还是一眼认出了他们。

他们也认出了看门的大爷,男孩冲这边点了点头,女孩则冲大爷挥了挥手。

他们相携着远去,大爷看着他们的背影,然后回到了传达室里。

皮沙发已经换过一个了,只不过恋旧的大爷选的是和之前一模一样的款式,因此看上去还是一样的。

曾经并肩坐在上面的翻墙少年少女已经长大,青春慢慢被抛在身后,前路仍然漫长。

而他们将一起走下去。

明沫和林展涵绕着校园走了一圈之后,走向了学校附近的商区。

几年过去,这个商区也变了很多,火锅店周围原本几家奶茶店消失不见了,变成了一家生鲜超市。

明沫看到超市里卖水果的地方提供橙汁现榨服务,于是走了过去,然而不等她开口,橙子背后的年轻人就叫了出来:"明沫?"

明沫抬起头来,一个黑黑壮壮的男生冲他笑出了一口白牙。

"李泽?"明沫震惊,"你怎么在这里?"

"这是我爸妈的地方啊,我今天不上班,过来帮他们的忙,"李泽擦了擦额头上的汗,"哟,还有林上仙!上仙好!"

"爸!你来这边看一下吧,我同学来了!我们出去聊会儿!"尽管现在已经是二十二岁的年轻人了,李泽还是跟个大号的多动症儿童一样,热情地推着林展涵的肩膀走了出来,"我听说上仙又回国家队了!还是上仙厉害!"

"快到午饭的点儿了,要不我们去旁边火锅店聊聊吧。"李泽提议,"就当庆祝林上仙重回国家队了!"

明沫思索了一下,觉得李泽这个提议倒是很好。

"那我问问其他人能不能来。"明沫掏出手机,"咱们几个也真的是很长很长时间都没有聚过了。"

非常巧的是,小任、杨雨欣、唐绍今天都有空。

四十分钟后,众人一起坐在火锅店里。

雾气蒸腾了起来,一盘盘的肥牛、羊肉被摆了上来,可乐、雪碧的瓶盖被拧开,冒出的气泡带着夏天没有散去的味道。

小任是最后一个进门的,一进门就将冷冷的目光扫视了过来。

"小泽子。"小任低垂眼帘,神情高贵。

"喳!"李泽说,"奴才这就去帮娘娘调制奴才祖传的独门酱料!"

"滚回来!"小任怒道,"你的酱料只会毒死本宫!"

杨雨欣发挥了她的媒体人本能,掏出手机来给一对活宝录像,唐绍在旁边看热闹不嫌事儿大地冲小任煽风点火,小任举起他的粉色包包作势要砸李泽的脑袋,李泽抱着一摞蘸料碟抱头鼠窜,而林展涵拿过热茶壶,把明沫的餐具默默都烫了一遍。

明沫靠在椅背上,看着眼前的一切。

她满足地想:真好,我们当年愿许过的,今天都实现了。

他们当时一起坐在这里,在林展涵的刺激下第一次思考自己未来究竟想成为一个什么样的人,而今时过境迁,他们依然不能确信自己有答案。

然而一步一步,似乎都还是走在了自己希望的方向上。

看似达成所愿,但是路途上失去了多少,成长了多少,也只有自己才能够知道。

而重聚时,他们变了那么多,却又仍然将一部分最美好的东西封存了下来,让那些不变的东西永远地美好下去。

那是他们的少年时代。

"听说雨欣和唐绍见家长了?"终于开吃后,小任一边在锅里捞鱼丸,一边问。

杨雨欣又一秒害羞起来,双颊仿佛再次涂满西柚色唇膏。

"怎么样?得到婆婆认可没?"李泽打蛇棍随上,"我要是婆婆肯定特别满意,咱们杨班长一看就是上得厅堂下得厨房的好媳妇。"

"也没……"杨雨欣满脸通红,谦虚否认。

然而唐绍没有配合她,在一边笑眯眯地说:"我妈爱死雨欣了。"

其余的四人一起发出起哄声,杨雨欣的脸已经不能用西柚色来形容了,色号有往复古正红色发展的趋势。

她赶紧转移炮口:"怎么不问问明沫和林上仙啊,你们也这么多年了,该见家长了吧?"

话一出口杨雨欣就后悔了。

明沫这边倒是没什么问题,然而林展涵那边……爸爸已经去世了。

就在她又急又悔,思考着怎么收回这句话的时候,林展涵不以为意地笑了。

"见了。"他说。

他拍了一张自己和明沫的合影发给了远在美国的妈妈。

妈妈回复说"祝福你"。

而前一天,他和明沫驱车去了父亲的墓园。

墓园在山上,那一日下着细细的雨,是今年的第一场秋雨,远远望去时,雨丝让整个世界都仿佛蒙了一层薄薄的雾。

明沫把一束白玫瑰放在林征宇的墓碑前,然后沉默地与墓碑上的照片对视。

照片里的林征宇还很年轻,还没来得及在生意场上培养出他日后那种说一不二的强大气场,他温润地注视着明沫,明沫突然可以想到他当年陪林展涵去冰场时的样子了。

林展涵在墓碑前沉默了很久。

在漫长的时光中,他都没有和父亲有过真正意义上的交流,因此现在需要开口的时刻,他竟然不知道该怎么开这个头。

良久的沉默后,林展涵低声说:"爸爸。"

"我前两天去了小珏的学校,征求了小珏的意见,我们都同意把他从私立高中转出来,去公立学校,然后好好准备高考。"

"小珏的成绩变好了很多,其实他也蛮聪明的,他的班主任跟我说男孩子有时候就是这样,开窍会比较晚,但是未来有很多追赶的空间。"

"我会照顾他,你放心。"

又是一段沉默。

然后林展涵拉起了明沫的手。

"爸爸,多余的话我不说了,我这一生干过很多让你失望的事。"他指指明沫,"然而在找人生伴侣这件事上,我相信我是让你满意的。"

明沫看向林展涵的侧脸,然后转头与照片上的林征宇四目相对。

她想起了很多年前的夏天,眼前的男人带着一股让她气恼的神情冲自己微笑:"现在的年轻人真是了不得,你如果是个男生的话,将来肯定是能干成一番事业的男人。"

以及最后那一面中,在会所的后院,他叫住自己,然后长久地打量。

当时明沫并不知道林征宇在想什么。

然而现在她明白了。

林征宇是在最后看一看他儿子爱的人。

他即将离去,在他离去后,他的儿子即将和这个女孩度过余生。

那一眼是审视,是观察,是期待,是托付。

明沫对着林征宇的墓碑弯下腰,鞠了一躬。

"我不会让您失望。"她在心里悄悄地说。

结束后,他们驱车离开。

满山烟雨如雾。

少年时代一心一意对抗的魔头已经永远地留在了山中的泥土之下,而长大后的他们发现,原来手眼通天、无所不能的魔头到头来,也只是个肉身凡胎的父亲。

这一生他们父子之间有太多的错过,林展涵已经无缘去听林征宇讲述他的故事,然而之后还有漫长的一生,他将带着林征宇留在他血脉里的基因,去体验未来的人生。

也许在某一个瞬间,他会明白他父亲到底是怎样的一个人。

桌上的盘子已经被吃空得差不多了,大家都靠在椅背上,默默地看着汤在锅中咕嘟咕嘟地冒起气泡。

"喂,好,我马上就去。"杨雨欣接起一个电话,是她同事的,是工作上的事需要她尽快去一趟。

大家互相看了一眼,知道又是散场的时刻。

青春的相聚总是如此短暂。

"最后我们干一下杯吧!"杨雨欣率先举起了杯子。

"还是那个祝酒词吗?"李泽跟着举了起来。

唐绍和小任也都举起杯子。

明沫看向林展涵。

林展涵笑了笑。

曾经的世界对于少年时代的他而言是这样的,前路永不足够,后路悉数断绝。

所以他怀着一腔孤勇一往无前，不能后退，无路可退。

而今刀锋般的少年已经长大。

有些话被赋予了全新的意义。

他举起杯子："祝我们永不回头。"

杯子碰撞在一起。

这一路失去过，愤怒过，不甘过，困顿过，所有的失意在这一刻的撞击中全都碎裂。

新的路上有爱，有伙伴，有梦，有日复一日的破茧重生。

少年会老去，而明天永远是新的。

"永不回头。"

（全文完）